Catherine Bybee
Für immer ab Donnerstag

Aus der Reihe:
Eine Braut für jeden Tag

AF196961

Montlake
Romance

Das Buch

Die schöne Gabriella Masini wurde in der Vergangenheit zu oft enttäuscht, um an die Liebe zu glauben. Statt nach ihrem Traummann zu suchen, konzentriert sich die toughe Geschäftsfrau deshalb lieber auf ihre Arbeit in der elitären Dating-Agentur Alliance. Doch ein Blick in die Bilanzen eines neuen Kunden bereitet ihr Kopfzerbrechen. Hunter Blackwell ist ein schwerreicher Draufgänger und spielt nicht mit offenen Karten. Als Gabi sich weigert, seine Ehefrau auf Zeit zu werden, setzt Hunter ihr ein Ultimatum, und Gabi muss dem undurchsichtigen Charmeur widerwillig eine Chance geben.

Hunter Blackwells gigantisches Ego wird nur von seinem noch größeren Reichtum übertroffen. Dieser Mann nimmt sich immer, was er haben will. Im Augenblick hat er jedoch seine Gründe, es etwas ruhiger angehen zu lassen. Zumindest für eine Weile. Die ebenso sinnliche wie unerschrockene Gabi hält er für eine perfekte Übergangslösung. Als ihre Zweck-Ehe für die junge Frau plötzlich gefährlich wird, muss Hunter sich entscheiden, wie ernst er den Schwur, Gabi für immer zu ehren und zu schützen, tatsächlich nehmen will.

Die Autorin

New-York-Times-Bestsellerautorin Catherine Bybee wuchs im Bundesstaat Washington auf. Nach der Highschool zog sie nach Südkalifornien, um dort Schauspielerin zu werden. Bald aber hatte sie genug davon, sich den Lebensunterhalt als Kellnerin zu verdienen, und absolvierte eine Ausbildung zur Krankenschwester. Die meiste Zeit ihrer Karriere verbrachte sie in der Notaufnahme. Jetzt arbeitet sie hauptberuflich als Autorin. Zu ihren bekanntesten Werken zählen die Bücher aus der Brautserie »Bis Mittwoch unter der Haube«, »Ab Montag verheiratet«, »Jawort am Freitag«, »Single ab Samstag«, »Am Dienstag getraut« und »Bis Sonntag verführt« sowie die Bücher der Not-Quite-Serie »Fast ein Date«, »Fast mein Baby«, »Fast im Himmel«, »Fast für die Ewigkeit« und »Fast mein Traummann«. Catherine Bybee lebt mit ihrem Mann und zwei Söhnen in Südkalifornien.

Catherine Bybee

Für immer ab Donnerstag

Roman

Aus dem Amerikanischen
von Teresa Hein

Montlake
Romance

Die amerikanische Ausgabe erschien 2015 unter dem Titel
»Treasured by Thursday« bei Montlake Romance, Seattle.

Deutsche Erstveröffentlichung bei
Montlake Romance, Amazon Media E.U. S.à r.l
5 Rue Plaetis, L-2338 Luxembourg
Dezember 2017
Copyright © der Originalausgabe 2015
By Catherine Bybee
All rights reserved.
Copyright © der deutschsprachigen Ausgabe 2017
By Teresa Hein

Die Übersetzung dieses Buches wurde durch AmazonCrossing ermöglicht.

Umschlaggestaltung: bürosüd⁰ München, www.buerosued.de
Originaldesign: Crystal Posey
Umschlagmotiv: © Elena Litsova Photograph/Getty;
© Pelevina Ksinia/Shutterstock; © LaMiaFotografia/Shutterstock
Lektorat: Daphne Grossmann
Korrektorat: Manuela Tiller/DRSVS
Printed in Germany
By Amazon Distribution GmbH
Amazonstraße 1
04347 Leipzig, Germany

ISBN: 978-1-503-95187-7

www.montlake-romance.de

Für Tiffany Snow. Neue Freunde, die dich verstehen, sind so wichtig wie alte, die dich schon lange kennen.

KAPITEL 1

Sein Ziel fest im Blick schob Hunter Blackwell sich durch die Menge. Etliche Frauen drehten die Köpfe nach ihm. Die letzte Begegnung lag lange zurück. Er bat alte Freunde nur ungern um einen Gefallen, doch jetzt hielt er direkt auf einen von ihnen zu. Wenn an den Gerüchten etwas dran war, würde er binnen weniger Tage einen guten Teil seiner Probleme los sein.

Ohne sich darum zu scheren, ob er vielleicht mitten in ein Gespräch platzte, trat Hunter hinter seinen alten Freund, sorgte dafür, dass die Umstehenden ihn bemerkten, und hob das Kinn.

Das Gespräch brach ab. Der Mann vor ihm drehte sich um und neigte den Kopf. Ein Lächeln trat auf Blake Harrisons Züge. »Blackwell.«

»Eure Hoheit.«

Blake lachte auf und streckte die Hand aus.

Aus dem Händedruck wurde eine männlich-herzhafte Umarmung. Dass Blake Harrison sich bei seinen Zuhörern entschuldigte und ihm seine volle Aufmerksamkeit zuwandte, erfüllte Hunter mit Zufriedenheit.

»Großer Gott. Wie lange ist das her? Acht Jahre? Neun?«

»Es war in Texas«, antwortete Hunter. »Als du deine Frau zum dritten Mal geheiratet hast, glaube ich.«

Blake starrte einen Moment lang in die Ferne und ließ das Ereignis Revue passieren. »Das muss die bislang verrückteste Hochzeit gewesen sein.« Die Idee, dieselbe Frau immer wieder zu heiraten, war zumindest merkwürdig. Viele hielten es sogar für irrsinnig, dass Blake und Samantha sich alljährlich aufs Neue das Ja-Wort gaben, ohne sich zwischendurch scheiden zu lassen. Manche munkelten hinter vorgehaltener Hand, Blake sei noch immer ein Herzensbrecher, der nichts anbrennen ließ, und müsse sein Eheversprechen alljährlich erneuern, um seine Frau bei Laune zu halten.

Doch wer den Herzog genauer kannte, wusste, wie wenig das mit der Realität zu tun hatte. Als Kinofilm hätte Blakes und Samanthas Ehe das weibliche Publikum verzückt und eingefleischte Junggesellen in die Flucht geschlagen.

»Das Eheleben scheint dir gut zu bekommen.« Hunter sagte das nicht nur so dahin. Sein alter Freund wirkte tatsächlich sehr zufrieden, und die paar Extrapfunde, die ihm die letzten, etwas ruhigeren Jahre beschert hatten, standen ihm gut.

»Das werde ich Sam gerne ausrichten.« Blake lachte. Vermutlich würde sie sich nicht an Hunter erinnern. Sie hatte ihn nur ein einziges Mal gesehen, als sie bei der besagten Texas-Hochzeit wieder einmal ihren Treueschwur erneuert hatten.

Sie standen mitten in einer Gruppe von Gästen, die den Abschied eines Unternehmers und Philanthropen aus dem aktiven Berufsleben feierte. Hunter wies auf eine etwas ruhigere Ecke. »Hast du eine Minute Zeit?«

Blake zog die dunklen Brauen zusammen und forderte Hunter mit einer Handbewegung auf voranzugehen.

Sie schlängelten sich durch Dutzende Geschäftsfreunde, alte Kollegen und noch ältere Feinde. Indem sie sich weit abseits stellten, signalisierten sie, dass ihre Unterhaltung privat war. Mit etwas Glück würde niemand sie stören.

»Du bist ein Mann mit einer Mission«, konstatierte Blake trocken.

»Bin ich das nicht immer?« Hunter hatte in den letzten zehn Jahren nur ein einziges Ziel verfolgt: gewinnen. Ob bei seinen Geschäften oder Investitionen, gewinnen war alles, was für ihn zählte.

»Weitere Investitionstipps habe ich leider nicht auf Lager.«

»Darum geht es diesmal nicht.« *Nicht im eigentlichen Sinn.*

»Ich rede nicht gern um den heißen Brei herum.«

Blake grinste. »Dann lass es. Mit mir kannst du Klartext sprechen.«

Genau das schätzte Hunter an seinem alten Freund. »Man sagt, deine Frau hätte ein eigenes Unternehmen.«

Blakes Lächeln saß bombenfest, doch die Art, wie er die Augen zusammenkniff, verriet Hunter, dass er sich auf vermintem Terrain bewegte.

»Hat sie.«

»Dann kann sie mir vielleicht helfen.«

»Du willst deinen Status als umschwärmter Junggeselle aufgeben, Blackwell?«

Blackwell war erleichtert. Anscheinend konnte er sich auf seine Quellen verlassen. »Du kannst dir gar nicht vorstellen, wie kompliziert mein Leben geworden ist, seit ich auf der Forbes-Liste stehe.«

»Unterschätz mich nicht. Ich habe eine lebhafte Fantasie.«

Das wusste Hunter durchaus. »Kann deine Frau etwas für mich tun?«

Blake zog einen kleinen Stapel Visitenkarten aus der Tasche und suchte nach einer bestimmten. »Du musst wissen, dass ich mit Alliance nichts zu tun habe. Ich kann dir nicht versprechen, dass Sam und ihre Mädels dich als Kunden akzeptieren.«

»Mich akzeptieren?«

Blakes Lächeln erreichte jetzt wieder seine Augen. »Meine Frau unterzieht alle Interessenten einem sehr eingehenden Background-Check. Falls sie oder eine ihrer Mitarbeiterinnen etwas an dir auszusetzen haben, musst du dir leider woanders Hilfe holen.«

Hunter dachte an seine Ziele und lächelte unschuldig. »Die Frauen lieben mich.«

»Auf der Jagd nach einem Date kann das hilfreich sein. Aber wenn du eine Ehefrau suchst, sieht es anders aus. Ich muss dich warnen, Blackwell. Falls die Damen dich ablehnen, werde ich kein gutes Wort für dich einlegen.«

Blake reichte ihm Samanthas Visitenkarte.

Blackwell griff bedächtig danach und steckte sie ein. »Ich mache mir keine großen Sorgen.«

Blake lachte. »Ich kenne dich, Blackwell. Und ich kenne meine Frau. Du solltest dir nicht nur Sorgen machen, sondern dir besser gleich einen Plan B zurechtlegen, um deine Probleme aus der Welt zu schaffen. Wie immer die aussehen mögen.«

»Ich bin nicht mehr derselbe wie früher.«

»Das ist keiner von uns. Ich hoffe nur, du kommst mit Zurückweisungen inzwischen besser klar. Wenn ich mich recht erinnere, hast du früher gelegentlich die Fäuste sprechen lassen, wenn dir die Argumente ausgegangen sind.«

»Genau wie du.«

Blake dachte nach. »Aber dich hat man erwischt.«

»Du warst der Sohn eines Herzogs und damit so gut wie unantastbar.«

»Das ist richtig. Aber bei Gewaltanwendung jedweder Art kennt Sam kein Pardon.«

»Wenn man in der Lage ist, seine Probleme mit Diplomatie und Geld aus der Welt zu schaffen, passieren erstaunliche Dinge. Man wird erwachsen und prügelt sich nicht mehr.«

Blake schüttelte den Kopf. »Wir prügeln uns immer noch. Nur nicht mehr mit den Fäusten.«

Hunter zeigte Richtung Bar. »Wie wär's mit einem Drink?«

***

»Mir ist das unglaublich peinlich.«

»Das wäre es mir auch.«

Gabi Masini schaute von ihrer britischen Freundin zum eingedrückten Heck ihres Lexus. Sie war rückwärts aus einer Parklücke gefahren und hätte schwören können, dass der andere Fahrer ihr signalisiert hatte, er würde warten.

Nach dem Zusammenstoß waren sie beide ausgestiegen. Der Mann Anfang fünfzig, der in den letzten Jahren eindeutig zu viele Donuts gegessen hatte, hatte ihr mit der Faust gedroht und sie in einer ihr unbekannten Sprache beschimpft. Obwohl sie drei Sprachen fließend beherrschte und gerade eine vierte lernte, verstand sie kein Wort. Aber für den Zorn des Mannes brauchte sie keine Übersetzung.

Verborgene Sensoren in ihrem Wagen hatten das Sicherheitsteam alarmiert. Jemand von denen war ganz in der Nähe gewesen. Deshalb erfuhren Neil und seine Frau Gwen als Erste von Gabis Missgeschick.

Neil ging an den verbeulten Fahrzeugen vorbei, schob sich zwischen die aufgebrachten Fahrer und Gabi und sprach leise mit dem Mann.

»So was kann passieren.« Gwen legte Gabi ihren Arm um die Schultern.

»Das ist schon der zweite Unfall diesen Monat.« Was das für ihre Versicherungsprämie bedeutete, wollte Gabi gar nicht wissen. Gleich nach ihrem Umzug nach Südkalifornien hatte sie schon einmal zwei Unfälle gehabt.

»Du hast jahrelang auf einer Insel gelebt, auf der es nur Golf-Caddies gab.«

»Aber nach achtzehn Monaten Kalifornien müsste ich doch ans Autofahren gewöhnt sein.«

Gwen atmete nur tief durch und sagte nichts.

»Ich bin die schlechteste Fahrerin der Welt.«

»Ich bitte dich. Bestimmt gibt es noch irgendwo eine schlechtere.«

Ja, aber wo?

Neil drehte sich mit ernster Miene zu ihr. Wie immer hatte er sich ganz und gar unter Kontrolle. Er streckte die Hand aus. Gabi wusste sofort, was er wollte. Mit zittrigen Fingern reichte sie ihm die Wagenschlüssel.

»Es tut mir leid.«

Neil hob eine Augenbraue. »Fahr sie nach Hause. Ich komme gleich nach«, sagte er zu seiner Frau.

Gwen machte auf ihren perfekt pedikürten Füßen kehrt und ging davon.

Gabi blieb nichts anderes übrig, als ihr zu folgen. »Augenblick.« Sie rüttelte an der hinteren Wagentür. Beim zweiten Versuch gab sie nach, und Gabi konnte sie öffnen. Sie nahm die Post und ihre Einkäufe vom Rücksitz und schleppte alles zu Gwens Wagen.

Auf den ersten Meilen versuchte Gabi noch, Gwen davon zu überzeugen, dass sie wirklich nichts für das Missgeschick konnte. Gwen hörte schweigend zu.

»Ich bin eine grauenhafte Fahrerin«, lenkte Gabi schließlich ein.

Gwen nahm die Ausfahrt nach Tarzana, wo Gabi wohnte. »Da muss ich dir leider recht geben. Vier Unfälle in nicht ganz zwei Jahren, das ist schon überdurchschnittlich.«

»Vielleicht sollte ich wieder nach New York ziehen. Dort besitzt kein Mensch einen eigenen Wagen.«

»Wann hast du zuletzt dort gewohnt?«, fragte Gwen.

»Als Teenager. Ich war gerade mit der Schule fertig, da hat Val unsere Mutter und mich zu sich auf die Insel geholt.« Ihr Bruder Valentino Masini besaß ein Luxusresort auf einer privaten Insel in den Keys, wo die Gäste in Golf-Caddies umherchauffiert wurden. Dort hatte Gabi ein behütetes Leben geführt, bevor sie achtzehn Monate vor ihrem vierten Unfall nach Südkalifornien gezogen war. Val hatte inzwischen nicht nur eine Insel, um die er sich kümmern musste, er war auch verheiratet. Deshalb hatte Gabi ihr Leben in die Hand genommen und war auf die andere Seite des Landes übergesiedelt, wo man ohne ein richtiges Auto nur sehr schwer vorankam. Öffentliche Verkehrsmittel waren in Südkalifornien keine echte Alternative. In den ersten Monaten hatte Gabi am Steuer öfter mal die Nerven verloren. Dann hatte es ausgesehen, als würde sie sich an den Verkehr gewöhnen. Doch seit etwa einem Monat fuhr sie wieder, als säße sie in einem Scooter auf der Kirmes.

»Ein Umzug nach New York würde dein Problem nur verlagern.«

Da hatte Gwen wohl recht. Ganz abgesehen davon, dass sie in Kalifornien einen Job gefunden und wieder auf die Beine gekommen war. Sie konnte nicht aus diesem Staat flüchten, nur weil es ihr schwerfiel, mit einem Pkw die Spur zu halten. »Vielleicht sollte ich Fahrstunden nehmen.«

Gwen bog in die Einfahrt ein. »Oder wir besorgen dir einen Chauffeur.«

»Nein, bitte, das wäre übertrieben.«

Gwen stellte den Motor ab und warf Gabi einen Blick zu.

Gabi rang die Hände. »Jedes sechzehnjährige Pickelgesicht kann Auto fahren. Da werde ich es doch auch noch schaffen.«

Gwen hielt es ausnahmsweise wie ihr Ehemann, dessen Schweigen oft mehr sagte als viele Worte. Stumm stieg sie aus dem Wagen und ging zur Haustür.

Sie tippte den Türcode ein. Im Haus stellte sie sich gleich vor einen Monitor, um dem Überwachungsteam zu zeigen, dass ein Hausbewohner und kein Fremder sich Zugang verschafft hatte. Gabi legte die Einkäufe auf die Arbeitsplatte in der Küche und die Post auf den Tisch.

Während sie die Lebensmittel verstaute, fragte sie Gwen: »War es nach deinem Umzug von England in die Staaten schwer für dich, auf der rechten Straßenseite zu fahren?«

Gwen erzählte ihr von ihrer Eingewöhnungsphase. Allem Anschein nach hatte nicht jeder so viele Probleme wie Gabi.

Als Neil schließlich ankam, waren Gabi die Ausreden für ihre miserablen Fahrkünste längst ausgegangen. Sie war zu der Einsicht gelangt, dass sie etwas unternehmen musste, damit nicht noch Schlimmeres passierte.

Neil präsentierte ihr die dürren Fakten. Die Entscheidung, wie es nun weitergehen sollte, war ihr offenbar abgenommen worden. Für den Augenblick jedenfalls.

»Dein Wagen ist in der Werkstatt. Deine Versicherung hat deinen Vertrag auf Eis gelegt. Die wollen erst genau wissen, wie es zu diesem neuen Unfall kam.«

»Dürfen die das?«, fragte Gabi.

»Die dürfen das, und sie tun es auch. Aber ohne Versicherung kannst du dir keinen Mietwagen nehmen.«

»Das ist hart«, sagte Gwen.

Nach kurzem Schweigen fügte Neil hinzu: »Gabis aktueller Unfallgegner ist Anwalt. Der hat ihre Versicherung angerufen, noch bevor der Abschleppwagen da war.«

»Oh nein.«

»Oh ja.« Neil zog eine Visitenkarte aus seiner Geldbörse. »Das ist die Firma, mit der Blake öfter fährt. Ich habe bereits mit denen gesprochen. Du musst deine Fahrten dreißig Minuten vorher anmelden. Dann bringen die dich fast überallhin.«

Gabi zwirbelte eine lange braune Haarsträhne um ihren Finger und warf einen Blick auf die Karte. »Das ist sicher irrsinnig teuer.«

»Immer noch günstiger als ein Prozess. Oder du nimmst dir ein Taxi. Aber bei der Arbeit, die du hier machst, ist ein privater Fahrservice wohl die bessere Wahl«, sagte Neil.

»Wie bringe ich die Versicherung dazu, mich zu behalten?« Ohne Versicherungsschutz konnte Gabi ihren Wagen nicht mehr fahren, auch wenn er wieder flott war.

»Das finde ich für dich raus. In der Zwischenzeit benutzt du den Fahrservice.« Gwen verabschiedete sich mit Wangenküsschen von Gabi, dann folgte sie ihrem Mann zur Tür.

Die beiden waren erst ein paar Minuten weg, da klingelte Gabis Telefon.

Als sie den Namen auf dem Display las, schnappte sie nach Luft. Die Buschtrommeln arbeiteten in Höchstgeschwindigkeit. Sie schloss die Augen und nahm das Gespräch an. »Ich kann nichts dafür.«

»Wofür?« Samantha Harrison, Gabis Chefin und neue Freundin, lachte nicht, machte ihr aber auch keine Vorwürfe.

»Ich könnte schwören, er hat mir ein Zeichen gegeben, dass ich rückwärts aus der Parklücke fahren kann. Außerdem fahre ich schon viel besser als direkt nach meinem Umzug.«

»Wovon redest du überhaupt?«

Gabi saugte an ihrer Unterlippe. »Du, ähm … weißt es noch nicht?«

»Wenn ich es wüsste, würde ich nicht fragen. Wofür kannst du nichts?«

»Für den kleinen Blechschaden auf dem Parkplatz. Es gab keine Verletzten.«

Gabi glaubte, Sam stöhnen zu hören. »Und du kannst nichts dafür?«

Sie wedelte mit der Hand, als könnte Sam sie sehen. »Nein, natürlich nicht. Aber wenn du nicht wegen des Parkplatz-Rumplers anrufst, was kann ich dann für dich tun?« Gabis hektischer Themenwechsel brachte ihr ein kurzes Auflachen vom anderen Ende der Leitung ein.

»Ich habe einen potenziellen Kunden, dessen Bilanzen du für mich durchrechnen sollst.«

Rechnen … herzlich gerne. Zahlen waren Gabis Stärke. »Gib mir den Namen und den Zugangscode zu seiner Akte, dann lege ich los.«

Hunter Blackwell, J836AY9, schrieb Gabi auf einen Notizzettel.

»Soll ich mich nur um die Bilanzen kümmern?«

»Nein. Eigentlich brauche ich mehr als die Basis-informationen. Mr Blackwell ist ein alter Freund von Blake. Nur deshalb gebe ich ihm eine Chance. Jeden anderen hätte ich nach allem, was ich bisher gehört habe, gebeten, sich anderswo nach der zukünftigen Mrs Blackwell umzusehen.«

Eins hatte Gabi schnell gelernt: Ihre Chefin nahm alle Heiratskandidaten, ganz gleich, ob männlich oder weiblich, genauestens unter die Lupe. Sie interessierte sich für die wahre Geschichte hinter den Klatschspalten-Storys und Gerüchten. Männer, die sich auf der Suche nach einer Partnerin an Alliance wandten, hatten dafür normalerweise gute Gründe, und manchmal hielten sie gewisse Informationen zurück. Sam stöberte die Leichen im Keller ihrer Kunden auf, zerrte sie ans Licht und entschied dann anhand der Reaktionen, ob sie den Anwärter in der Kartei haben wollte oder nicht. Mächtige und einflussreiche Männer, die für eine Ehe auf Zeit einen siebenstelligen Betrag investierten, schätzten es normalerweise nicht, wenn jemand ihre schmutzige Wäsche inspizierte. Schon gar nicht, wenn dieser Jemand eine Frau war.

Falls Sam oder Gabi kein gutes Gefühl hatten, brachen sie das Erstgespräch umgehend ab und verzichteten auf den neuen Kunden.

»Warum steht er auf deiner Abschussliste?«

»Allzu viel wissen wir nicht, aber es hat wohl eine Anzeige wegen einer Tätlichkeit gegeben. Zu einer Verhandlung ist es nicht gekommen. Die Anzeige wurde zurückgezogen. Zudem heißt es, Mr Blackwell sei nach einer Wohltätigkeitsveranstaltung in Dallas mit drei Frauen gleichzeitig auf der Rückbank einer Limousine angetroffen worden.«

»Seit wann glauben wir den Klatschblättern?«

»Tun wir doch gar nicht«, verteidigte sich Sam. »Aber eins der Mädchen war anscheinend erst siebzehn. Das recherchiere ich gerade. Falls dieser Blackwell auf Minderjährige steht, nehme ich ihn nicht in unsere Kartei auf.«

In Gabis Kopf leuchteten die Alarmlämpchen auf. »Bis wann kennen wir die Fakten?«

»Ich habe ein paar Kontakte, die mir Informationen liefern können. In der Zwischenzeit überprüfst du die Zahlen.«

Die Alarmlämpchen blinkten heftiger.

»Klingt nach einem Risiko-Kandidaten.«

»Das ist er. Aber jetzt, wo Jordan wieder im Krankenhaus liegt, bin ich mit anderen Dingen beschäftigt. Leider kann ich mich nicht so eingehend mit Mr Blackwells Hintergrundcheck beschäftigen, wie ich es eigentlich müsste.«

»Oh Sam. Das mit Jordan tut mir leid. Das wusste ich noch gar nicht.« Samanthas Schwester Jordan war schon seit Jahren schwer gehandicapt. Als junge Frau hatte sie nach einem Selbstmordversuch einen schweren Hirnschlag erlitten und konnte seither ihren Alltag nicht mehr ohne Unterstützung bewältigen. Gabi kannte keine Einzelheiten, wusste aber, dass die inzwischen dreißigjährige Jordan bei Samantha und Blake im Haus lebte. Jordan war auf einen Rollstuhl angewiesen und konnte sich kaum mitteilen. Und obwohl sie rund um die Uhr von Krankenschwestern und Pflegern betreut wurde, gab es immer wieder größere gesundheitliche Probleme. Seit Gabi in Kalifornien lebte, war Jordan sicher ein halbes Dutzend Mal im Krankenhaus gewesen.

»Du kümmerst dich für mich um Blackwell?«

»Aber klar doch. Soll ich das Erstgespräch mit ihm übernehmen?«

»Wärst du so lieb?«

»Selbstverständlich. Sobald wir die Informationen von deinen Kontakten haben, mache ich einen Termin mit ihm aus.«

Sam seufzte. »Wunderbar. Und wenn du nicht glücklich mit ihm bist, wenn du irgendwelche Zweifel hast, dann lehn ihn ab. Ich vertraue auf dein Urteil.«

Gabi zögerte. »Aber er ist mit Blake befreundet.«

»Blake war mit ihm und seinem Bruder auf der Highschool. In den ersten Collegejahren hatten sie noch Kontakt. Aber wirklich enge Freunde waren sie nie. Blake hat ihm über die Jahre hin und wieder ein paar Tipps gegeben, das war alles. Er hat Blackwell deutlich gesagt, dass wir das letzte Wort haben und er sich aus unserem Geschäft heraushält.«

Gabi war gleich ein bisschen wohler zumute. »Soll ich meine Entscheidung erst dir mitteilen, bevor ich diesen Blackwell informiere?«

»Nicht nötig. Im Augenblick habe ich zu viel um die Ohren. Ich muss Schluss machen. Jordans Kardiologe ist auf der anderen Leitung.«

»Ist gut. Ruf an, wenn ich irgendetwas tun kann.«

»Ja, mache ich.« Sam legte auf.

Mit einer Tasse Tee ging Gabi ins Arbeitszimmer. Sie setzte sich an den Schreibtisch mit den drei großen Monitoren, holte sich die Alliance-Seiten auf den Bildschirm und loggte sich in die Blackwell-Akte ein.

Zunächst überflog sie die persönlichen Profil-Informationen. Ob der Mann eins neunzig oder eins sechzig groß war, interessierte sie im Moment genauso wenig, wie ob er geschieden war oder Kinder hatte. Sie konzentrierte sich einzig und allein auf die Zahlen in seinen Bilanzen.

Auf die sehr großen Zahlen.

Hunter Blackwell hatte es kürzlich auf die Forbes-Liste unverheirateter Milliardäre geschafft. Weil er gute Chancen hatte, auch auf der Liste mit dem Titel »Milliardäre mit hohem Skandalpotenzial« zu landen, die Forbes zum Jahresende veröffentlichte, galt er für Alliance als Risiko-Kandidat.

Bevor sie sich endgültig in die Zahlen vertiefte, machte Gabi eine kurze Medienrecherche. Sie wollte wissen, weshalb Blackwell auf dem Forbes-Skandal-Radar erschienen war.

Stunden später hörte sie die alte Standuhr einmal schlagen. Sie war kribbelig vom starken Tee. Auf ihrem ansonsten sehr aufgeräumten Schreibtisch stand ein benutzter Teller und neben der leeren Teetasse trockneten drei gebrauchte Teebeutel.

Sie druckte sich ein paar Seiten aus, notierte sich den automatisch veränderten Zugangscode der Blackwell-Akte und schaltete dann den Computer aus.

Gabi stieß die Kante des Papierstapels auf dem Schreibtisch gerade und lehnte sich zurück. Verspannt vom langen Sitzen verließ sie das Büro.

»Nun, Mr Blackwell. Wenn Sie in natura nicht ganz und gar überzeugen, müssen Sie wohl Ihr aktuelles Betthäschen ehelichen und hoffen, dass es Sie nicht ausnimmt wie eine Weihnachtsgans.«

KAPITEL 2

Gabi atmete tief durch und stellte sich vor, was Samantha an ihrer Stelle tun würde. Sie saß in dem Starbucks, in das sie ihre Kunden immer bestellten. Hier im Stadtzentrum herrschte ein ständiges Kommen und Gehen. Dieser Treffpunkt war sicher und leicht zu finden. Alliance hatte nur das Büro in Gabis Wohnhaus in Tarzana. Öffentliche Geschäftsräume gab es nicht. Die Computer der Agentur standen an fünf verschiedenen Orten in den Staaten. Tarzana war das Hauptquartier, aber Treffen mit Kunden fanden auch dort nicht statt.

In den vergangenen Monaten hatte Gabi einige männliche Kandidaten in die Vermittlungskartei aufgenommen. Ein so wohlhabender und gleichzeitig schwieriger wie der, den sie heute treffen würde, war bislang nicht darunter gewesen.

Zu siebzig Prozent stand ihre Entscheidung bereits fest. Trotzdem bekam sie feuchte Hände. Zu gern hätte sie geglaubt, sie hätte die mehr als lästige Angst vor unbekannten Männern endlich besiegt. Aber leider war dem nicht so. An Tagen wie diesen spürte sie die Schatten ihrer Vergangenheit.

Zu allem Überfluss hatte sie auch noch vergessen, sich das Foto aus Hunter Blackwells Kartei auszudrucken, und musste auf Fotos aus dem Internet zurückgreifen. Davon gab es erstaunlich wenige, und die meisten waren alt, unscharf oder der Mann war darauf teilweise verdeckt. Wie es ihm gelungen war, halbwegs inkognito zu bleiben und doch auf der Forbes-Liste zu stehen, war ihr ein Rätsel.

Sam war im Krankenhaus bei ihrer Schwester, sonst hätte Gabi sie anrufen und um eine Beschreibung von Hunter bitten können.

Sie gab ihre Internetsuche auf, schaute noch ein viertes Mal auf ihr Telefon und steckte es dann in die Tasche. Noch zehn Minuten.

Ihr Herz raste.

Sie atmete langsam ein und dann wieder aus. Ihr Pulsschlag verlangsamte sich ein wenig. Sie musterte die Leute, die das Café betraten. Ein Paar mit zwei kleinen Jungen kam herein, die quengelnd nach etwas Schokoladigem verlangten und sich an die Beine ihrer Mutter klammerten. An einem größeren Tisch saß ein halbes Dutzend College-Studenten mit Laptops und Smartphones. Einige machten sich Notizen, andere hatten Stöpsel in den Ohren und hörten sich Musik, Vorlesungen oder wer weiß was an.

Gabi nippte an ihrem Tee und behielt die Tür im Auge. Ein asiatisches Paar. Nicht Blackwell. Zwei junge Mädchen. Ein bierbäuchiger älterer Herr in Shorts und Flip-Flops. Ganz sicher nicht Blackwell.

Dann zwei Männer in Anzügen. Geschäftsleute. Einer war etwas größer als der andere. Sie unterhielten sich leise und stellten sich an der Theke an. Kein einziges Mal sahen sie sich im Raum um.

Gabi sah auf die Uhr.

Fünf Minuten.

Sie trommelte mit den Fingern auf den Tisch und zwang sich, ruhig zu atmen. Dann wurde die Tür von draußen aufgehalten. Eine gestresste Frau mit einem Kinderwagen kämpfte sich hindurch. »Danke«, sagte sie zu dem Mann, der fast gleichzeitig mit ihr eintrat.

Einen Moment lang glaubte Gabi, es handle sich um eine Familie. Dann schob die Frau den Kinderwagen weiter und der Mann blieb stehen.

Gabis Herz legte wieder einen Zahn zu.

Hunter Blackwell stand vor ihr wie aus einer Modezeitschrift gefallen. Er war um die eins neunzig, wenn nicht sogar größer. In seinem Anzug ließ er die anderen Männer aussehen, als trügen sie Pyjamas. Er hatte ein markantes Kinn und dichtes, hellbraunes Haar. »Unverschämt attraktiv« hatten einige Klatschblätter ihn genannt, und Gabi musste ihnen recht geben. Sein Blick glitt über sie hinweg, kehrte aber sofort zurück.

Gabi spürte, wie ihre Unterlippe zwischen ihren Zähnen verschwinden wollte – wie immer, wenn sie nervös war. Sie zwang sich, die dumme Angewohnheit zu unterlassen.

Samanthas Ratschläge liefen wie in einer Endlosschleife durch ihren Kopf. Das Mantra ihrer Schwägerin Meg gesellte sich hinzu. *Du kannst es nicht? Dann tu so!*

Mr Blackwells unmittelbare Zukunft lag in ihren Händen. Sie hatte etwas, was er wollte, und das verschaffte ihr einen Vorteil.

Theoretisch zumindest.

»Mr Blackwell.« Gabi machte sich nicht die Mühe aufzustehen. Dieses kleine Einschüchterungsmanöver hatte sie sich von Samantha abgeschaut.

»Miss Masini.« Die samtige Stimme war eine Oktave tiefer als die meisten anderen Männerstimmen.

Ihr Herz gebärdete sich wie wild.

»Bitte setzen Sie sich.« Gabi deutete auf den zweiten Stuhl am Tisch und rang sich ein Lächeln ab.

Hunter Blackwell knöpfte sein Jackett auf und nahm Platz. Die Narbe unter seinem linken Ohr tat seinem guten Aussehen keinen Abbruch.

»Ich habe mir erlaubt, Kaffee zu bestellen«, sagte sie.

Sie warf der Bedienung hinter dem Tresen einen Blick zu, dann schaute sie den Mann wieder an.

»Und wenn ich keinen Kaffee mag?«

Das Spiel konnte beginnen. Gabis Puls beruhigte sich. Ein wenig. »Eine Aushilfe, ich glaube, sie hieß Natalie, sagte, Sie würden morgens erst nach drei Tassen Kaffee – ohne Milch und Zucker – den ersten Anruf annehmen, Mr Blackwell. Also lassen Sie uns keine Spielchen spielen.«

Beim Lächeln bildete sich ein Grübchen an seinem Kinn. Seine grauen Augen blickten amüsiert.

»Kaffee geht in Ordnung.«

Gabi gab der Bedienung ein Zeichen.

Eine Minute lang redeten sie über den Verkehr und das warme Wetter.

Als die Bedienung den Kaffee gebracht hatte, nahm Mr Blackwell den obligatorischen ersten Schluck und lehnte sich zurück.

»Wie gehen wir jetzt vor?«

Gabi warf einen Blick auf die Uhr und stellte ihren inneren Zeitmesser ein.

»Unser Geschäft ist es, Menschen zusammenzubringen, Mr Blackwell. Aber keiner schlüpft durch die engen Maschen unseres erprobten Überprüfungssystems.«

Sein linkes Augenlid zuckte. »Ich höre.«

Ob Hunter Blackwell es nun ahnte oder nicht, das war die erste und einzige Warnung gewesen, die sie ihm geben würde. »Wurden Sie schon einmal verhaftet?«

»Ja«, antwortete er ohne das geringste Zögern.

»Möchten Sie das näher ausführen?«

Er schüttelte den Kopf. »Ich nehme an, Blakes Frau weiß alles darüber, was es zu wissen gibt.«

Das war tatsächlich so. Der Mann war festgenommen und wieder freigelassen, die Anzeige war zurückgezogen worden.

Vier Mal. Mindestens. Zweimal in den letzten Jahren. Zweimal vor seinem achtzehnten Geburtstag. Er wusste, dass Gabi ihre Hausaufgaben gemacht hatte. Deshalb hielt sie sich mit dem Thema nicht auf.

»Haben Sie schon einmal eine Frau geschlagen?«

»Nein.« Die Antwort kam schnell und war schwer zu widerlegen.

»Hätten Sie es gerne mal getan?«

Diesmal ließ er sich ein wenig mehr Zeit. »Einmal habe ich mitbekommen, wie eine Frau ihr Kind in einem heißen Fahrzeug hat sitzen lassen … Da hätte ich gute Lust gehabt. Aber ansonsten – nein.«

Diese Behauptung konnte Gabi nicht überprüfen.

»Haben Sie schon einmal einer Frau Schaden zugefügt?« Die Frage stand nicht in Sams Katalog, aber sie war Gabi wichtig.

»Manche würden es behaupten. Aber wenn Sie von körperlichem Schaden sprechen, dann nein. Es kommt vor, dass Frauen glauben, jemanden zu lieben, den sie gar nicht kennen. Dafür lehne ich jede Verantwortung ab.«

Die Klatschspalten hatten wohl recht, wenn sie den Milliardär als Draufgänger und Herzensbrecher bezeichneten. Dass er hier und da einen Scherbenhaufen hinterließ, schien der Mann in Kauf zu nehmen, solange er dabei seinen Spaß hatte. Gabi fragte sich, wie viele Frauen wohl schon auf sein umwerfendes Lächeln und seinen Charme hereingefallen waren.

Es war Zeit, hinter die ansprechende äußere Hülle zu blicken. »Ich brauche den Namen Ihres besten Freundes.«

Er zuckte die Achseln. »So was habe ich nicht.«

Die Antwort erstaunte Gabi. Aber noch mehr erstaunte sie das Ziehen in ihrer Herzgegend. »Jeder hat Freunde.«

»Ich habe Feinde, Miss Masini. Und Leute, die etwas von mir wollen. Als engen Freund würde ich niemanden bezeichnen.

Einen Menschen, dem ich mich anvertrauen würde, kenne ich nicht.«

Ein Schatten huschte über seine grauen Augen.

Gabi schüttelte das Gefühl eines Déjà-vus ab und fragte weiter.

»Wer ist Ihr größter Feind?«

Er lachte so herzhaft auf, dass einige Gäste die Köpfe nach ihnen drehten. »Seit meiner Kindheit sagt man mir immer wieder, mein größter Feind sei ich selbst.«

»Das ist also Ihre Antwort?«

Hunter Blackwells Kiefer zuckte. »Ich habe unzählige Feinde. Sicher wissen Sie das aus Ihren Recherchen.«

Das war tatsächlich so. Völlig unabhängig vom Gemüt ihres Gatten würde Hunter Blackwells Zukünftige wohl gefährlich leben.

»Warum wollen Sie heiraten, Mr Blackwell?«

Er fixierte sie mit erhobenem Kinn. »Wie ich Mrs Harrison bereits gesagt habe, hat die Aufnahme auf die Forbes-Liste milliardenschwerer Junggesellen zu regelrecht chaotischen Zuständen geführt. Ich brauche ein ruhiges Jahr, um mich sortieren und neu aufstellen zu können. Wenn ich nicht mehr zu haben bin, muss ich meine Zeit nicht mehr mit den vermeintlichen Ansprüchen von Dates und Kurzbeziehungen verschwenden. Die Anzahl von Frauen, mit denen ich angeblich geschlafen und denen ich einen Ring versprochen habe, hat sich im vergangenen Jahr verdreifacht, Miss Masini. Das ist sehr ermüdend.«

Er sah tatsächlich ein wenig erschöpft aus, aber das war nicht die Antwort, die sie hatte hören wollen.

»Und Sie sind sicher, dass das der einzige Grund ist?«

Er nickte.

Das war's dann wohl.

Gabi schob ihren Tee beiseite und hob ihre Handtasche vom Boden auf. Sie warf einen Blick auf die Uhr. Seit Hunter Blackwell sich gesetzt hatte, waren vier Minuten vergangen. Sie lag eine Minute unter ihrem Limit. Mehr als fünf Minuten schenkte sie keinem Kandidaten, der sie zum Besten halten wollte. »Vielen Dank, dass Sie sich an Alliance gewandt haben, Mr Blackwell. Aber ich denke, wir müssen auf eine Zusammenarbeit verzichten.«

Sie erhob sich.

Im Handumdrehen stand er vor ihr. »Wie bitte?«

»Wir verzichten.«

Er schüttelte den Kopf. »Warum?«

Sie entschied sich für die einfachste Antwort. Niemand zwang sie, alle Karten auf den Tisch zu legen. »Ich habe Sie nach dem Namen eines einzigen Freundes gefragt. Fehlanzeige. Dann wollte ich den Namen eines Feindes hören. Wieder nichts. Ich habe schon Politikern gegenübergesessen, die auskunftsfreudiger waren als Sie. Ehrlichkeit gehört zwingend zum Geschäftsmodell von Alliance. Ohne Ehrlichkeit kann ein Ehearrangement für die Beteiligten unschöne Konsequenzen haben. Meiner Schwester würde ich nicht empfehlen, Sie zu heiraten, Mr Blackwell, und einer unserer Kundinnen schon gar nicht.«

Als sie sich zum Gehen wandte, spürte sie seine Hand am Ellbogen.

Unwillkürlich zuckte sie zusammen, riss den Arm weg und ging in Abwehrhaltung.

Blackwell ließ sie sofort los. »Eine Liste potenzieller Feinde kann ich Ihnen binnen einer Stunde zukommen lassen. Was Freunde angeht … Blake Harrison würde ich als alten Bekannten bezeichnen. Aber viel Zeit habe ich in den letzten zehn Jahren nicht mit ihm verbracht.«

»Es tut mir leid.«

Erneut schob er sich vor sie. »Ich brauche eine Ehefrau«, sagte er leise.

Sie schluckte ihre Angst hinunter und rückte ein wenig näher an ihn heran. »Dann schlage ich vor, Sie halten um die Hand Ihrer neuesten Eroberung an. Alliance wird Ihnen nicht helfen.«

Gabi schob sich an ihm vorbei und machte sich auf den Weg zur Tür.

»Unser Gespräch ist noch nicht beendet.«

Sie warf einen Blick über die Schulter. Etliche Gäste sahen sie neugierig an. »Ich fürchte, doch.« Damit ließ sie den Mann mit dem Äußeren, von dem Frauen träumten, stehen und marschierte aus dem Café.

Sie stieg in den wartenden Wagen und fuhr unter dem düsteren Blick des verärgerten Milliardärs davon.

***

Heilige Scheiße.

Hunters Blick folgte dem schmalen Hintern und den langen Beinen in dem eng anliegenden Rock, während Gabriella Masini zu einem Wagen auf der anderen Straßenseite ging. Ein Fahrer sprang heraus und öffnete ihr die Tür. Wie in Trance starrte Hunter hinter dem Fahrzeug her, in dem seine Zukunft davonbrauste.

Das habe ich doch wohl geträumt.

So hatte er sich dieses Treffen nicht vorgestellt. Ans Verlieren war Hunter nicht gewöhnt.

Der trockene, heiße Wind schob ihn förmlich zu seinem Wagen. Im Gegensatz zu Miss Masini fuhr er gern selbst. Zumindest, wenn er sich in L. A. aufhielt.

Er ließ den Motor an, schaltete die Freisprechanlage ein und wählte die Nummer seines privaten Ermittlers.

»Wenn das nicht Mr Blackwell ist«, sagte der Mann am anderen Ende der Leitung spöttisch.

»Ich brauche Informationen über eine bestimmte Person.«

»Sie klingen gestresst.«

»Ich rufe nicht an, um mit Ihnen zu plaudern, Remington. Haben Sie was zu schreiben?«

»Ich bin bereit.«

»Gabriella Masini. Alles, was Sie kriegen können«, sagte Hunter.

»Da will offenbar jemand Blut fließen sehen.«

An Remington wandte Hunter sich immer, wenn er eine Schlammschlacht in Betracht zog. Jede noch so kleine Information konnte bei seinen Kurzbeziehungen aber auch geschäftlich hilfreich sein, deshalb ließ er fast jeden überprüfen, mit dem er es zu tun bekam. Er hatte geglaubt, bei Samantha Harrisons Angestellter könnte er sich das sparen. Diesen Fehler musste er umgehend ausbügeln. Eine Frau mit einer derart makellosen Haut, einer so direkten Ausdrucksweise und Beinen, die fast bis zu ihren üppigen Brüsten reichten, musste ein paar dunkle Punkte in ihrer Vergangenheit haben. Noch nie hatte ihm jemand nach kaum fünf Minuten die kalte Schulter gezeigt und ihn stehen lassen.

Offenbar wusste die Gute nicht, mit wem sie es zu tun hatte.

»Ich will alles über sie wissen, Remington. Und zwar bis morgen früh.«

Remington schnaubte. »Viel Zeit ist das nicht, Mister Geld-wie-Heu.«

»Bis morgen früh. Und solange die Informationen weiterfließen, bleiben Sie auf der Gehaltsliste.«

»Sie sind der Boss.«

Immerhin einer, der das verstanden hat.

KAPITEL 3

Vielleicht war es gar nicht so schlimm, keinen Wagen zu haben. Yoga konnte man schließlich auch vor dem Fernseher machen.

Gabi nahm die Krieger-eins-Position ein, streckte sich zur Decke und hoffte, dass die Sicherheitsleute an den Überwachungsmonitoren sie nicht dabei beobachteten.

Dabei sah sie in ihrer hautengen Sportkleidung nicht übel aus. Nie zuvor war sie so gut in Form gewesen. Seltsam, was Dramen und Herausforderungen bewirken konnten. Sie brachten einen um oder sie machten einen stärker.

Auch ein fehlendes Auto konnte man als Herausforderung empfinden, und irgendwie würde sie damit klarkommen.

Ein wenig zu spät merkte sie, dass die Yogalehrerin auf der DVD bereits die nächste Pose erklärte. Sie atmete tief durch und versuchte, nicht dauernd daran zu denken, dass sie keinen Wagen in der Einfahrt stehen hatte.

Was, wenn sie dringend Eiscreme brauchte? Sie war eine Frau, und in bestimmten Situationen war Eiscreme absolut unverzichtbar. Sie beugte sich vornüber und angelte einen Kuli vom Couchtisch. Weil sie kein Papier hatte, schrieb sie »Eiscreme« auf ihre Hand, damit sie beim nächsten Einkauf daran dachte, sich eine Familienpackung zu besorgen.

Als es an der Tür klingelte, war es um ihre Konzentration endgültig geschehen. Sie gab ihre DVD-Yoga-Bemühungen auf.

Beim zweiten Klingeln riss Gabi hektisch die Haustür auf.

Sie sah nur einen riesigen Strauß exotischer Blumen, die sie an Florida erinnerten.

Der Mann hinter dem Blütentraum riss bei ihrem Anblick die Augen auf. Er musterte sie von oben bis unten.

Mit geschätzten Anfang vierzig war er für einen Blumenboten ungewöhnlich alt.

»Kann ich Ihnen helfen?«

»Ich … ich suche eine Gabriella Masini.« Aus seiner Reibeisenstimme schloss sie auf mindestens eine Packung Zigaretten am Tag, wenn nicht mehr.

»Steht vor Ihnen.«

»Na dann.« Erneut taxierte er sie. »Die sind für Sie.«

Gabi fühlte sich nicht passend gekleidet, um den Lieferanten hereinzubitten. Von seinen eindeutigen Blicken ganz abgesehen.

»Moment.« Sie drückte die Tür zu und zog eine Fünfdollarnote aus ihrer Geldbörse. Dann machte sie die Tür wieder auf und reichte ihm den Schein. »Sorry. Ich musste nur kurz das Trinkgeld holen.«

Sein Lächeln machte den Mann ein klein wenig sympathischer. »Kein Problem.« Er drückte ihr die Blumen in die Hand und zog ein Notizbuch aus der Gesäßtasche. »Ich brauche hier noch eine Unterschrift.«

»Ok.« Sie balancierte den riesigen Strauß in der linken Hand und unterschrieb mit der rechten.

»Einen schönen Tag noch, Miss Masini.«

»Danke.«

Auf dem Weg zurück zu seinem Wagen riskierte er einen letzten Blick.

Gaby schubste mit der Hüfte die Haustür zu. Die Explosion aus Farben und duftenden Blüten belebte ihr kleines Heim.

Vielleicht sollte sie sich öfter frische Schnittblumen gönnen. Sie zog eine Karte zwischen den Stängeln hervor. Vermutlich hatte ihr Bruder oder Meg ihr den Strauß geschickt.

Doch die Blumen stammten nicht von ihrer Familie.

Sie haben keine Schwester, stand auf der Karte. Unterschrieben war sie mit *H.B.* Dreimal musste Gabi den kurzen Satz lesen, bis sie wusste, wer hinter der Blumenlieferung steckte. Ihre letzten Worte bei dem Treffen mit Hunter Blackwell fielen ihr wieder ein. *Meiner Schwester würde ich nicht empfehlen, Sie zu heiraten, Mr Blackwell, und einer unserer Kundinnen schon gar nicht.*

Kichernd sog sie den Blumenduft ein. »Netter Versuch, Mr Blackwell.«

Hunter Blackwell war mit allen Wassern gewaschen und kein bisschen vertrauenswürdig. Aber was Blumen anging, hatte er einen erlesenen Geschmack.

***

»Ein sexy Kätzchen haben Sie da aufgetan, Blackwell.«

Auf einen Plausch mit Remington war er in etwa so scharf wie auf eine Wurzelbehandlung. »Kommen Sie zur Sache.« Hunter presste den Hörer ans Ohr. Er stand an der Fensterfront seines Eckbüros mit einem großartigen Blick auf L. A.

»Ihre Wohnadresse habe ich herausgefunden und gecheckt. Sie lebt tatsächlich in dem Haus.«

Jemandem Blumen zu schicken, war die einfachste Art, eine Adresse zu überprüfen.

»Schön. Was noch?«

»Wie ich schon sagte, der Fahrer ist von einer Firma. Ihr Sexkätzchen hat keinen Wagen in der Einfahrt stehen und die Garage hat keine Fenster. Ich hätte mich gern ein bisschen umgesehen, aber das Haus ist gesichert wie Fort Knox.«

»Genauer.«

»Es gibt überall Kameras und dazu eine sehr moderne Alarmanlage. Beeindruckend.«

Hunter lehnte sich an die Glasscheibe, die zwischen ihm und dem vierzig Stockwerke tiefen Abgrund stand. »Und wovor fürchtet Miss Masini sich?«

»Das habe ich mich auch gefragt und dabei ein kleines Geheimnis aufgedeckt.«

Hunters Kiefer zuckte. Remington machte eine Kunstpause. »Ich warte.«

»Miss Masini ist nicht Miss Masini. Sie ist Mrs Picano.«

»Sie ist verheiratet?« Damit hatte Hunter nicht gerechnet. Dass sein Magen sich zusammenzog, irritierte ihn.

»Verwitwet.«

Hunter dachte nach, dann sagte er: »Lassen Sie mich raten. Sie hat sich einen reichen alten Schnösel geangelt, und der ist gestorben.« Die Frau hatte sich offenbar einen spendablen Sugar Daddy angelacht. Das passte zu ihrer Arbeit bei Alliance.

»Nein. Einen jungen Schnösel. Und nach allem, was ich aus ein paar vergilbten Klatschblättern weiß, waren sie ständig am Händchenhalten und Knutschen.« Remington fügte ein paar Soundeffekte hinzu.

»Wie ist er gestorben?«

»Gute Frage. Sitzen Sie gerade?«

»Sie gehen mir auf die Nerven, Remington. Spucken Sie's schon aus.«

»Schussverletzungen, und zwar jede Menge.«

»War er bei der Polizei? Oder Soldat?«

»Nein! Soweit ich weiß, hat er ein Weingut besessen. Einzelheiten über seinen Tod sind kaum bekannt. Um einen Blick hinter diese Mauern werfen zu können, muss ich noch etwas Überzeugungsarbeit leisten.«

Hunter konnte sich auch gleich die Pulsadern aufschlitzen. Remington würde ihn bluten lassen.

Drei Stunden später und um einige große Scheine leichter hatte Hunter die Information, die er brauchte, um Miss Masini seinen Willen aufzuzwingen. Für den Fall, dass das doch noch nicht reichte, schickte er Remington nach Florida. Er konnte dem Schnüffler nur raten, ihn nicht zu enttäuschen.

Das Telefon auf seinem Schreibtisch summte. Ein Lämpchen zeigte an, dass seine Sekretärin in der Leitung war.

»Ja, Tiffany?«

»Ich habe Ihren Terminplan fürs Wochenende und ein paar Dinge, an die ich Sie erinnern soll.«

Hunter warf einen Blick auf die Uhr. Es war nach fünf. »Kommen Sie rein.«

Tiffany Stone war eine kurvige Endzwanzigerin. Die Frau war attraktiv, aber nicht sein Typ. Dass einige seiner Angestellten glaubten, er hätte etwas mit ihr, war ihm egal. Er wusste, dass es nicht so war. Sie tippte wie Supermann, wenn er als Clark Kent seinem Job als Journalist nachging, war ein Organisationstalent und sorgte dafür, dass er nie einen Termin verpasste. Mit seiner Sekretärin zu schlafen, war allzu klischeehaft und kam für ihn nicht infrage. Er hatte schon genug Ärger mit irgendwelchen Ex-Flammen, die ihm das Leben schwer machten. Und eine gute Sekretärin wusste einfach zu viel.

Sie setzte sich ihm gegenüber an den Schreibtisch und tippte auf ihr Tablet. »Morgen um eins essen Sie mit Senator Fillmore. Der Fundraiser der Rickers ist um sieben im Patina.« Sie schickte ihm die Informationen direkt auf sein Smartphone. »Das Patina befindet sich in der Disney-Konzerthalle.«

»Ich weiß, wo das Patina ist.«

Sie fuhr ungerührt fort. »Ihr Smoking war in der Reinigung und wird Ihnen morgen um zwei nach Hause geliefert. Soll ich Ihnen einen Wagen bestellen?«

Hunter schüttelte den Kopf.

»Am Sonntag haben Sie ein bisschen Luft. Aber denken Sie an die Vorstandssitzung in New York nächsten Freitag.«

Als würde er die vergessen.

»Und heute Abend? War da nichts?« Er hätte schwören können, dass er einen Termin hatte.

Tiffany hob lächelnd eine Braue. »Vielleicht ein Date, von dem ich nichts weiß.«

Ein Date … ein Date?

Oh, verdammt.

Tiffany verdrehte die Augen und legte das Tablet auf ihren Schoß. »Wem schicke ich diesmal Blumen?«

Er war ein Mistkerl. »Ich erledige das selbst.«

Sie stand auf und wollte zur Tür gehen.

»Und, Tiffany?«, sagte er.

Sie schaute ihn an.

»Schreiben Sie sich bitte einen Namen auf.«

Er wartete, bis sie ihren Notizblock in der Hand hatte.

»Gabriella Masini.« Er dachte einen Moment lang nach. »Solange ich Ihnen nichts anderes sage, stellen Sie alle ihre Anrufe direkt zu mir durch, ganz gleich, wer gerade bei mir ist.«

Tiffany sah ihn fragend an. »Sicher?«

»Ganz sicher.«

***

Er war nicht in Deckung gegangen … Er hätte es tun sollen.

Was für ein Scheißtag.

Shannons zweitem Schlag war er mit einer Drehung nach rechts ausgewichen. Den dritten hatte er pariert, indem er ihre Faust gepackt hatte.

Im Bett war sie eine Rakete gewesen. Vielleicht ein bisschen anstrengend. Aber richtig zur Sache war es erst gegangen, als er ihr gesagt hatte, es sei vorbei.

Blumen und eine Karte zu schicken, auf der stand: *Es war schön mit dir*, war viel bequemer. Aber er versuchte gerade, ein besserer Mensch zu werden. Das war anstrengender als gedacht, und eine Beziehung persönlich zu beenden, gehörte nun mal dazu.

Hunter ließ die Schlüssel auf das Tischchen im Flur fallen und legte sein Telefon und seine Geldbörse dazu.

»Mr Blackwell.«

Er reichte dem Butler seine Jacke. Der ältere Mann starrte auf Hunters lädiertes Kinn. »Fragen Sie nicht.«

»Natürlich nicht.« Dem Butler war anzusehen, dass ihm das schwerfiel, aber er hielt sich zurück.

»Ich brauche Whiskey.«

»Im Arbeitszimmer?«

»Ja.«

Andrew war seit mehr als fünf Jahren bei Hunter. Der Mittsechziger kümmerte sich um die Wohnung und hatte das Vergnügen, seinen Arbeitgeber zu bedienen, wenn dieser sich in L. A. aufhielt. Manchmal fand Hunter ihn etwas anstrengend. Aber Andrew gehörte zu den ganz wenigen Menschen, denen er vertraute.

Das Licht im Arbeitszimmer ging automatisch an. Hunter schaltete den Computer auf der gläsernen Schreibtischplatte ein. Per Fernbedienung öffnete er die Jalousien. Das Penthouse in Westwood bot eine großartige Aussicht. An klaren Tagen konnte er das Meer sehen. Heute Nacht entspannte ihn der Blick auf die Lichter der Großstadt. So spektakulär wie in New York war er nicht, tat aber trotzdem seine Wirkung.

Andrew näherte sich mit leisen Schritten.

Er brachte Hunter ein Kristallglas mit einer großzügigen Portion der bernsteinfarbenen Flüssigkeit.

»Kein Eis?«

Andrew streckte die andere Hand aus. Das fehlende Eis befand sich in einem Beutel.

Hunter drückte ihn leise lachend ans Kinn und zuckte zusammen. Der ältere Mann schien auf etwas zu warten. »Mit weiteren Besuchen von Miss Shannon rechne ich nicht.«

Andrew nickte kurz. »Rechter Haken?«

»Die kleine Rache musste ich ihr gönnen.«

»Soll ich unten am Empfang Bescheid geben?«

Das war einer der Gründe, weshalb Hunter Andrew so schätzte. »Bitte. Und wenn Sie schon dabei sind, lassen Sie doch gleich den Namen Gabriella Masini auf die Besucherliste setzen.«

Jetzt schaute Andrew zu Boden und schüttelte den Kopf.

»Es ist nicht, wie Sie denken.«

»Etwas zu denken, maße ich mir nicht an.«

»Ah ja.« Hunter lachte auf.

Andrew wandte sich ab. »Brauchen Sie noch etwas?«

Hunter zögerte. »Irgendwelche Anrufe?«

Das leise Lächeln verschwand aus Andrews Gesicht. »Nein. Tut mir leid.«

Hunter legte den Eisbeutel weg und wandte sich wieder der Aussicht zu. Der Whiskey brannte angenehm in seiner Kehle. Nach ein paar Schlucken setzte er sich an den Computer. Auf dem Online-Kalender blinkten Erinnerungen an seine Termine. Eine kleine Aufmerksamkeit von Tiffany. Er griff nach dem Telefon, um einen Fahrer zu bestellen. Dann hielt er inne, zog sein Notizbuch aus der Tasche und suchte sich die Kontaktdaten von Miss Masinis Fahrservice heraus.

Beim zweiten Klingeln hob jemand ab. »First Class Services. Was können wir für Sie tun?«

»Ich möchte einen Wagen buchen.«

»Sehr gerne, Mister ...?«

»Blackwell.«

Die angenehme Männerstimme stellte ihm eine ganze Reihe von Fragen. »Sind Sie schon einmal mit uns gefahren?«

»Nein. Sie wurden mir empfohlen.«

»Das hören wir gern. Wann und wo dürfen wir Sie abholen?«

»Diesen Samstag um sechs Uhr abends. Die Fahrt geht vom Wilshire zur Disney Concert Hall.«

Er hörte eine Tastatur klappern, wartete einen Moment und fügte dann hinzu: »Hat Miss Masini für dieses Wochenende schon ihren Wagen gebucht?« Von Blake wusste Hunter, dass die Angestellten seiner Frau an den Wochenenden viel Zeit auf den Events der Reichen und Schönen verbrachten und nach geeigneten Kandidaten für die Agentur Ausschau hielten. Weil sich auf der Veranstaltung, zu der er musste, ebenfalls viele Reiche und Schöne tummeln würden, hoffte er, dass die attraktive Italienerin dort vielleicht auch auftauchen würde.

»Ich denke schon. Soll ich nachsehen?«

Ein zufriedenes Lächeln spielte um Hunters Lippen. »Bitte.«

»Einen Moment, bitte.«

Er nippte an seinem Whiskey und wartete.

»Der Wagen, den sie immer hat, ist ebenfalls für sechs bestellt, Mr Blackwell. Sie haben dasselbe Fahrziel. Soll ich den Fahrer bitten, Sie beide mitzunehmen?«

Bingo!

»Gute Idee. Eigentlich wollten wir uns dort treffen. Aber schicken Sie einfach eine Stretch und holen Sie mich zuerst ab.«

»Kein Problem, Mr Blackwell. Geht das auf Ihre Karte?«

»Selbstverständlich.«

Hunter gab dem Mann die nötigen Informationen und legte auf.

Wenigstens etwas an diesem Tag lief so, wie er sich das vorstellte.

KAPITEL 4

Gabi schnappte sich ihre Clutch, sah nach, ob sie die Eintrittskarte für den Abend eingesteckt hatte, löschte das Licht in ihrem Zimmer und ging die Treppe hinunter. Schon klingelte es an der Tür. Sie spähte durch den Spion, sah den Fahrer und aktivierte die Alarmanlage.

»Perfektes Timing«, sagte sie auf dem Weg nach draußen.

»Wie geht es Ihnen heute Abend, Miss Masini?«

»Blendend, Charles. Und Ihnen?«

Nie im Leben hätte sie geglaubt, dass sie eines Tages mit einem privaten Chauffeur plaudern würde. Und doch war sie jetzt auf dem Weg zu einer Limousine ... »Ich habe keine Stretch-Limousine bestellt.« Sie zögerte, aber Charles öffnete ihr bereits lächelnd die hintere Tür.

»Das geht schon in Ordnung, Miss Masini.«

Gabi grinste. Vermutlich hatte Sam dafür gesorgt, dass sie standesgemäß auf dem Fundraiser der Rickers ankam. Eigentlich hatten sie zusammen hingehen wollen, aber dann war Sams Schwester krank geworden.

Gabi hob den Saum ihres Kleides an, damit sie beim Einsteigen nicht darüber stolperte, und schob sich auf die Rückbank. Erst als die Tür sich schloss, bemerkte sie, dass sie nicht allein war. Sie versuchte, nicht laut hörbar nach Luft zu schnappen, und bemühte sich, ihren Puls unter Kontrolle zu halten.

Beides misslang.

Eine hochgewachsene Gestalt saß ihr gegenüber. Ein Arm des Mannes lag über der Sitzlehne, in der anderen Hand hielt er einen Drink. Schatten verbargen sein Gesicht, doch sie erkannte ihn mühelos.

Sofort stellten sich ungebetene Erinnerungen ein. Gabi war wie gelähmt.

»Miss Masini.«

Sie suchte nach ihrer Stimme. Weshalb saß Hunter Blackwell in ihrem Wagen?

»Oder soll ich Sie lieber Mrs Picano nennen?«

Das Blut verließ ihre Wangen und ihre Hände begannen zu zittern. Von ihrer kurzen Ehe wussten nur wenige Menschen. Dass Hunter Blackwell informiert war, durfte sie eigentlich nicht überraschen.

Als die Limousine sich in Bewegung setzte, schnellte ihre Hand zum Türgriff.

»Aus dem fahrenden Wagen zu springen, wäre ein wenig extrem«, sagte er.

Sie schloss die Augen und atmete durch. »Was tun Sie hier, Mr Blackwell?«

»Ich versuche, mich mit Ihnen zu unterhalten, Mrs Picano.«

»Nennen Sie mich nicht so!« Sie spürte, wie ihr Kampfgeist erwachte.

Er beugte sich vor. Jetzt konnte sie sein Gesicht sehen. Er war glatt rasiert und sah gefährlich gut aus. »Sie machen den Eindruck, als könnten Sie einen Drink vertragen.« Er stellte sein Glas ab und griff nach der Karaffe neben ihm.

»Nein danke.«

Ihr Nein schien ihn nicht zu kümmern. Schön, sollte er ihr einen Drink einschenken. Wenn er so weitermachte, würde der in den nächsten Minuten auf seinem Smoking landen.

Damit er ihr nicht noch näher kam, nahm sie das Kristallglas entgegen, stellte es aber sofort in den Getränkehalter auf ihrer Seite.

Er hob eine Braue und lehnte sich zurück.

»Ich möchte Ihnen ein Angebot machen, Miss Masini.«

»Abgelehnt.« Das war eindeutig. Dennoch lächelte er.

»Sie haben es noch gar nicht gehört.«

»Ein Mann, der glaubt, mich mit Blumen und ungebetenen Besuchen in einer Limousine umstimmen zu können, hört mir offenbar nicht zu. *Nein*, Mr Blackwell. Was immer Sie wollen, die Antwort lautet *Nein*.«

»Vielleicht überlegen Sie sich das bis zu unserer Ankunft in der Disney Hall noch einmal. Ein *Nein* akzeptiere ich nämlich nicht. Ich brauche eine Ehefrau und habe mich für Sie entschieden.«

Gabi lachte auf und spürte, wie sie lockerer wurde. »Sie neigen zu Selbstüberschätzung und Größenwahn.«

Als sein Lächeln aufstrahlte, erlosch ihres. Er lehnte sich zurück, als hätte er gerade einen Zehnmillionen-Dollar-Deal unterzeichnet.

»Ihr verstorbener Gatte hatte eine Lebensversicherung. Sie haben einen beachtlichen Betrag kassiert.«

Sie schluckte. Immer wenn jemand Alonzo erwähnte, zog sich ihr Magen zusammen und ihre Handflächen juckten. Sie beschloss, erst einmal zuzuhören.

»Durch die Versicherungssumme sind Sie zu einer recht wohlhabenden Frau geworden.«

Er hatte keine Ahnung. Alles Geld, das nach Alonzos Tod geflossen war, hatte sie Hilfsorganisationen gespendet.

»Versicherungen zahlen nur ungern. Sie sorgen mit allerhand Klauseln dafür, dass die Versicherten keinen Cent bekommen. Aber in Mr Picanos Fall wurde bezahlt. Wissen Sie, was passiert, wenn eine Versicherung erfährt, dass jemand unberechtigter Weise kassiert hat?«

Wovon redet er? Fischte er nach Informationen? Versuchte er, eine Reaktion zu provozieren?

Den Gefallen wollte Gabi ihm nicht tun. Betont locker legte sie die Hände in den Schoß.

»Sie sind eine schöne Frau. Aber ein orangefarbener Knastoverall würde selbst Ihnen nicht stehen.«

»Ich habe nichts verbrochen.«

»Das sehe ich anders. Sie haben sich eine Lebensversicherung ausbezahlen lassen, obwohl die Bedingungen dafür nicht erfüllt waren.«

Einfach stumm dazusitzen, erwies sich als unmöglich. Gabi beugte sich vor. »Sie wissen nicht, wovon Sie reden.«

»Ich widerspreche Ihnen ungern, aber das Gegenteil ist der Fall. Ihre Unterschrift findet sich auf den entsprechenden Dokumenten. Und Sie haben die lebenserhaltenden Maßnahmen für Ihren Ehemann einstellen lassen. Ein eindeutiger Verstoß gegen die Klauseln des Versicherungsvertrags. Man könnte auf die Idee kommen, dass Sie Ihrem Mann des Geldes wegen den Weg ins Jenseits geebnet haben.«

»Sie glauben doch nicht … Sie wissen gar nichts.« Vieles von dem, was er sagte, stimmte. Über die Versicherungspolice war sie nicht allzu gut informiert gewesen. In jener schwierigen Phase in ihrem Leben hatte sie unzählige Schriftstücke unterzeichnet, ohne sich über deren Inhalt wirklich im Klaren zu sein. Blackwells Behauptungen konnte sie weder bestätigen noch widerlegen. Aber falls man ihr einen Betrug vorwerfen wollte, würde sie sich wehren und die Versicherungssumme notfalls zurückzahlen.

»Und dann wäre da noch das Auslandskonto.«

Sie zuckte zusammen und starrte ihn an. Der Wunsch, ihm das Feixen mit einer Ohrfeige aus dem Gesicht zu wischen, wurde übermächtig. »Welches Auslandskonto?«

»Ihres.«

»Ich habe kein ...«

»Aber eine gewisse Mrs Picano.« Er zog ein gefaltetes Blatt Papier aus der Tasche und reichte es ihr.

Das Schriftstück war in einer fremden Sprache abgefasst, aber die wichtigsten Worte verstand sie. Das Konto wurde in Euro geführt, es gab etliche Nullen und ihr Name tauchte auf. Anstatt sich weiter mit ihm zu streiten, prägte sie sich den Namen der Bank und die Kontonummer ein, dann gab sie ihm das Blatt zurück.

»Wollen Sie mir jetzt vielleicht zuhören, Gabriella?«

»Sie sind ein Kotzbrocken.«

»Stimmt. Aber ich werde nicht wegen Versicherungsbetrug oder Steuerhinterziehung im Knast landen.«

Die Beträge, um die es ging, reichten für einige Jahre hinter Gittern. Sie konnte sich wehren. Einen Prozess würde sie vermutlich gewinnen. Irgendwann. Aber sicher war es einfacher, ihre angeblichen Verbrechen zu widerlegen, wenn sie in Freiheit war.

»Was wollen Sie?«

»Eine Frau. Sie.«

»Warum mich?« Sie lächelte nicht mehr.

»Weil wir sehr viel gemeinsam haben.«

»Wir haben gar nichts gemeinsam«, zischte sie.

»Ich brauche eine Frau, und Sie brauchen einen Mann, der mit seinem Geld Ihre kriminellen Machenschaften ausbügeln kann.« Er grinste. »Indem Sie Mrs Blackwell werden, wird Mr Picano Geschichte. Meine Anwälte wissen, wie man Probleme geräuschlos aus der Welt schafft. Sicherzustellen, dass in Ihrem

Lebenslauf keine Gefängnisstrafe auftaucht, wird schätzungsweise achtzehn Monate dauern.«

»Lassen Sie mich raten«, sagte sie. »Ihre Ehe auf Zeit soll achtzehn Monate dauern?«

»So schön und so klug.«

»So arrogant und so abscheulich.«

Er hob lachend sein Glas und trank einen Schluck. »Touché.«

***

Hunter dachte an seinen ersten Trip nach Las Vegas, an die Lichter, die Frauen, den Whiskey und die Spiele. Er hatte fünfzigtausend auf einen exklusiven Pokertisch gelegt und geblufft. Mit vierhunderttausend hatte er den Tisch verlassen, und das nur, weil er seine Gegner hatte einschüchtern können.

Wieder hatte er sein Pokerface aufgesetzt, wieder bluffte er.

Gut, dass der Innenraum der Limousine so schlecht beleuchtet war. Sonst hätte Miss Masini seine Reaktion auf ihr Gesicht gesehen, als er ihren Mann erwähnt hatte. Diese Frau hatte ein Geheimnis, und er kannte vermutlich erst einen kleinen Teil davon. Aber selbst wenn sie seinen Bluff durchschaute und ihn abblitzen ließ, würde er der Sache auf den Grund gehen.

Dass Gabriella angesichts seiner Drohungen nicht sofort kapitulierte, imponierte ihm. Sie leistete Gegenwehr, das erhöhte den Reiz. Nur wenige Menschen sprachen mit ihm, wie sie es tat.

Er war ein Kotzbrocken, aber er war ein Siegertyp. Am Ende hatte er bis jetzt noch immer gewonnen.

»Wie viel Zeit habe ich für meine Entscheidung?«, fragte sie.

»Die Veranstaltung dauert sicher ein paar Stunden.«

»Das kann nicht Ihr Ernst sein.« Wieder reagierte sie empört.

Er gab sich entgegenkommend. »Ich will die Verträge Montag früh auf meinem Schreibtisch liegen sehen.«

»Unmöglich.«

»Nichts ist unmöglich.«

Der Wagen fuhr langsamer. Sie würden gleich da sein.

»Erpressung ist eine hässliche Sache.«

Die Limousine hielt an. Gabi legte die Hand an den Türgriff.

Er beugte sich vor und griff nach ihren eisigen Fingern. »Genau wie eine Gefängnisstrafe.«

Ihre Blicke trafen sich. Sie hatten beide denselben harten Zug ums Kinn.

Charles öffnete die Tür und streckte Gabriella die Hand hin.

Hunter stieg eine Sekunde nach ihr aus. Er legte ihr die Hand ins Kreuz und tat, als würde er nicht spüren, wie sie zusammenzuckte. Zu seiner Erleichterung holte sie nicht gleich zu einem Faustschlag aus. Aber so, wie sie ihre Handtasche hielt, hätte sie es wohl gern getan.

Im Blitzlichtgewitter schoben sie sich langsam über den roten Teppich. Vor ihnen stauten sich die Promis, und Gabriella musste wohl oder übel in die Kameras schauen.

Hunter beugte sich vor und sog den blumigen Duft ihrer Haut ein. »Lächeln, Schätzchen«, flüsterte er.

Sie durchbohrte ihn mit einem Blick, der ihn eigentlich hätte töten müssen, und murmelte etwas in einer fremden Sprache. Dann setzte sie ein Debütantinnenlächeln auf, das nicht bis zu ihren Augen reichte, und straffte die Schultern.

Warum er jede ihrer Bewegungen mit so viel Interesse verfolgte, war Hunter schleierhaft. Das hier war reine Akquise, mehr nicht. Trotzdem freute er sich, dass etwas Farbe in ihre Wangen kam.

Er hielt sich eng an ihrer Seite. Jeder sollte sehen, dass sie zusammen gekommen waren. Je früher er sich mit ihr in

44

der Öffentlichkeit zeigte, desto besser. Als ein Reporter seinen Namen rief, rückte er noch ein wenig dichter an Gabriella heran. »Immer schön weitergehen«, raunte er.

»Rennen kommt ja wohl kaum infrage.« Ihre Worte trieften vor Gift. Den Kameras schenkte sie ein kokettes Lächeln.

Gott, sie war umwerfend. Das lange, glatte Haar hatte sie sich aufgesteckt. Ein paar lose Strähnen fielen auf ihren Hals. Ihr energisches Kinn und die zusammengebissenen Zähne sagten ihm, dass sie beißen würde, wenn er ihr noch näher kam. Der olivfarbene Teint verriet ihre italienische Herkunft, und ihre ausdrucksvollen Augen verbargen mehr, als sie preisgaben. Dabei trafen ihre Blicke ihn wie Dolche.

Langsam schoben sie sich vorwärts, und er erlaubte seiner Hand, sich wieder in ihr Kreuz zu legen.

Diesmal zuckte Gabi nur noch ganz leicht zusammen. Er beschloss, die Hand an diesem Abend noch öfter an diese Stelle wandern zu lassen.

Sein Blick wanderte zu ihren schwingenden Hüften. Der dicke Stoff ihres Kleides ließ nicht erahnen, was sie darunter trug.

Der Anziehung dieser Frau zu verfallen, konnte böse enden und führte zu nichts. Sie hasste ihn, und das aus gutem Grund.

Er war ein Mistkerl.

Von der schlimmsten Sorte.

Aber sein Ziel verfolgte er unerbittlich weiter.

Endlich ging es vorwärts und sie gelangten in den Eingangsbereich des berühmten Restaurants. Hunter nannte einer Hostess ihre Namen.

»Ich bin nicht mit Ihnen hier«, zischte Gabriella.

Er grinste. »Jetzt schon.«

***

Hunter Blackwell zu entkommen, war in etwa so aussichtsreich, wie bei einem Wolkenbruch trocken zu bleiben. Egal, wohin sie ging und was sie sagte, er war immer an ihrer Seite.

Sie trank in kleinen Schlucken Mineralwasser mit Limette und ließ sich von dem unausstehlichen Kerl allen möglichen Leuten vorstellen. Nach einer Stunde hatte sie die Nase endgültig voll.

Sie flüchtete zur Damentoilette. Obwohl Blackwell ihr auf den Fersen war, schaffte sie es, in der Nähe der Toilette durch eine Personaltür zu schlüpfen. Sie überredete einen attraktiven Kellner, sie durch eine andere Tür zurück ins Restaurant zu bringen, und stahl sich dann davon.

Bald saß sie auf dem Rücksitz der Limousine und war auf dem Heimweg.

Zu Hause angekommen, stellte sie die Alarmanlage für die Nacht ein, löschte die Lichter im Erdgeschoss und ging ins Büro.

Hunter Blackwells Handynummer stand in seiner Akte. Sie nahm an, dass er versuchen würde, ihr zu folgen. Damit er nicht in den nächsten Minuten an ihrer Tür klopfte, schickte sie ihm eine Nachricht.

Verträge aufsetzen braucht Zeit. Melde mich morgen früh.

Seine Antwort kam zwei Minuten später. *Bis dann.*

Es dauerte eine Weile, aber schließlich fand sie das Auslandskonto, von dem Blackwell gesprochen hatte.

Wie dumm von Alonzo, ein Passwort einzurichten, das etwas mit seinem Geburtstag zu tun hatte. Dass man so etwas nicht machte, war doch allgemein bekannt. Andererseits – der Mann war tot. Seine Dummheit hatte ihn letztendlich umgebracht.

Auf dem Konto lagen über fünf Millionen.

Schlimmer war, dass jemand Zugriff hatte und in regelmäßigen Abständen tausend Euro einzahlte oder abhob.

Mr Alonzo Picano und Mrs Gabriella Picano. Das Konto lief auf den Namen, den sie kurzzeitig getragen hatte. Mit schmutzigem Geld wollte sie nichts zu tun haben. Aber wenn sie es spendete, würde es aussehen, als hätte sie Angst. Und man würde es als Beweis betrachten, dass sie das Konto nutzte, um zu Hause Steuern zu hinterziehen.

Wie immer, wenn sie sich irgendwo ausloggte, änderte Gabi vorher das Passwort. Dann gab sie ihren Namen in eine Suchmaschine ein. Und danach den Namen Gabriella Picano.

Mit diesem Namen hatte sie sich nie irgendwo vorgestellt oder eingetragen.

Sie tippte langsam, spürte, wie ihre Hände zitterten, als sie das O schrieb, und hielt inne. Kalter Schweiß sammelte sich in ihrem Nacken. Das Abendkleid klebte an ihrem Rücken. Sie trug es noch immer, obwohl sie schon seit Stunden zu Hause war.

Als sie auf *Enter* drückte, atmete sie tief aus.

Er ist tot, Gabi, sagte sie sich. *Er kann dir nichts mehr tun.*

KAPITEL 5

Sie war geliefert. Bevor sie ins Bett gefallen war, hatte sie ein zweites Konto gefunden. Ausgerechnet in Kolumbien. Die Eingänge und Ausgänge passten zu den Bewegungen auf dem anderen Auslandskonto. Vermutlich waren die Konten gekoppelt. Wer die Finger in dem einen hatte, hatte sie auch im anderen.

Beim Aufwachen war Gabi fest entschlossen, Samantha in ihr Dilemma einzuweihen. Doch Samantha hatte ihr bereits eine Nachricht aufs Handy geschickt. Sie sollte sich um alle Alliance-Belange kümmern. Jordan war auf die Intensivstation verlegt worden, für Alliance fehlte Sam im Augenblick die Zeit.

Gabi griff nach dem Telefon, um ihren Bruder anzurufen, legte aber wieder auf. Val hatte ihr schon einmal aus der Patsche geholfen, nachdem sie der falschen Person vertraut hatte. Wenn im Knast zu landen nur ihr selbst geschadet hätte, wäre sie das Risiko eingegangen, Blackwell einen Korb zu geben. Aber leider war es nicht so. Die Erfahrung mit Alonzo hatte sie gelehrt, dass alles, was sie tat, weitreichende Konsequenzen für die Menschen in ihrem Umfeld hatte. Ihr Vertrauen in diesen Mann hatte ihre Schwägerin beinahe das Leben gekostet.

Gabi fand, es sei an der Zeit, sich selbst aus dem Treibsand ihrer Vergangenheit zu befreien, anstatt auf andere zu hoffen.

Sie holte sich die Vertragsvorlagen von Alliance auf den Bildschirm und begann mit der Ausgestaltung. Zwei Stunden später schickte sie der Alliance-Anwältin eine E-Mail. Noch bevor Gabi duschen konnte, rief Lori Cumberland sie an. »Was in aller Welt soll das denn sein?«, fragte sie ungläubig.

»Ein Vertrag.«

»Und der soll unterzeichnet werden?«

»Steht etwas Illegales drin?« Gabi war ziemlich sicher, dass keine der Klauseln gegen irgendwelche Gesetze verstieß. Dasselbe galt für die Sonderbedingungen, die sie hinzugefügt hatte.

»Das möchte ich nicht sagen. Aber, wow. Verstehe ich das richtig? Der Vertrag wird zwischen Ihnen und Hunter Blackwell geschlossen?«

Der Gedanke ans Heiraten jagte Gabi einen Schauer über den Rücken. »Ja, richtig.«

»Wir sprechen von dem Zilliardär Hunter Blackwell?«

»Ob es wirklich Zilliarden sind, weiß ich nicht. Aber ja. Sagen Sie mir bitte, ob meine Sonderbedingungen vor Gericht Bestand hätten.«

Gabi konnte sich ein Grinsen nicht verkneifen. Sprachlos hatte sie die Anwältin noch nie erlebt.

»Wenn er das unterzeichnet, muss er plemplem sein.«

»Oder verzweifelt.«

Lori ließ sich Zeit mit der nächsten Frage. »Weiß Sam Bescheid?«

»Ihre Schwester ist schwer krank, Lori. Sam hat mich gebeten, mich um die Blackwell-Sache zu kümmern.«

»Aber sicher erwartet sie nicht, dass Sie den Mann gleich heiraten. Nach allem, was man so hört, ist er ein Ekel.«

Gabi war nach vielen Stunden endlich wieder einmal zum Lachen zumute. »Ein Ekel, das richtig Ärger kriegt, falls er gegen den Vertrag verstößt. Ist alles legal?«

»Ein paar Formulierungen muss ich noch ändern. Aber ja. Wow.«

»Ich bin froh, dass Sie ihn gut finden.«

Lori seufzte. »So weit würde ich nicht gehen. Aber ich bin beeindruckt. Dass Sie so gerissen sind, hätte ich nicht gedacht. Schicken Sie mir eine Einladung zur Hochzeit.«

Gabi zweifelte, dass es ein Fest geben würde. »Die Verträge müssen bis heute Mittag bei Blackwell sein. Können Sie sie überarbeiten und gleich zurückschicken?«

»Ich hoffe, Sie wissen, was Sie tun.«

»Ich auch«, murmelte Gabi beim Auflegen.

***

Der Saum des schwarzen Etuikleides reichte ihr bis knapp übers Knie, die schwarzen, hinten mit Perlen besetzten Strümpfe waren ein weiterer Blickfang. Ihre große, schlanke Silhouette unterstrich sie mit zehn Zentimeter hohen Stilettos. Das Haar hatte sie sich zu einem schlichten Knoten aufgesteckt.

Mit durchgedrücktem Kreuz marschierte sie direkt auf den Pförtnertisch zu. Sie rechnete damit, aufgehalten zu werden. Doch als sie ihren Namen nannte, wurde sie durchgewinkt und konnte zu den Fahrstühlen gehen. Unter vielen neugierigen Blicken stieg sie ein.

Blackwell Enterprises belegte das gesamte oberste Stockwerk des Gebäudes. Allein der Empfangsbereich war größer als das Erdgeschoss des Hauses, in dem sie wohnte.

Auch hier erregte sie Aufsehen. Die Empfangsdame strahlte sie freundlich an.

»Miss Masini für Mr Blackwell.«

Das Lächeln blieb, die modelperfekte Frau in den Zwanzigern blinzelte. »Einen Moment, bitte, Miss Masini. Ich sage Tiffany Bescheid.«

Gabi versuchte, ihre innere Anspannung abzuschütteln. Ihr Weg in dieses Büro war viel zu reibungslos verlaufen.

Sie hoffte, dass man ihr die Nervosität nicht ansah. Auf der Fahrt in die Stadt hatten sie Zweifel gequält. Blackwell würde den Vertrag vermutlich in Stücke reißen.

Das eilige Klicken von Absätzen näherte sich. »Miss Masini?«

Gabi wandte sich der Frau zu und lächelte, obwohl ihr gar nicht danach zumute war.

»Ich bin Tiffany, Mr Blackwells persönliche Sekretärin.«

Unwillkürlich fragte Gabi sich, wie persönlich die Beziehung zwischen Hunter und seiner Sekretärin war. Tiffany war eine schöne Frau mit üppigen Kurven, wirkte aber zu unschuldig und unbefangen für einen Mann wie Hunter. Sofort hatte Gabi das Bedürfnis, die junge Frau zu beschützen.

»Hallo Tiffany«, presste sie hervor.

»Mr Blackwell erwartet Sie.« Tiffany ging voraus durch ein Labyrinth von Gängen und Büros.

Mit hocherhobenem Kopf marschierte Gabi hinterher und ignorierte die Blicke, die ihnen folgten. Offenbar bekam Hunter hier in seinem Firmensitz nicht allzu oft Privatbesuch. Aus irgendeinem Grund stimmte sie das froh.

Tiffany trat durch eine Tür in ein Vorzimmer mit Sofas und Zeitschriften und einem Schreibtisch, der mindestens zweimal so groß war wie der von Gabi.

Hunters Privatsekretärin klopfte an eine hohe Doppeltür. Unaufgefordert öffnete sie einen der Flügel und trat ein.

Gabi spürte, dass ihr sorgsam einstudiertes Lächeln eine Sekunde lang verrutschte. Dann straffte sie die Schultern und betrat den Raum.

Hunter stand hinter einem schwarzen Schreibtisch mit einem Computer, einem Telefon und einem Füllhalter. Die Fensterfront hinter ihm bot eine großartige Aussicht auf die Stadt. Mit den Ledersofas, ein paar schlicht gehaltenen Kunstwerken und der Bar in einer Ecke wirkte das Büro durch und durch maskulin.

Ihre Blicke trafen sich. Er starrte sie geradezu an.

Ein triumphierender Funke flackerte in seinen grauen Augen auf.

Sie war hier. Er hatte gewonnen.

»Danke, Tiffany. Geben Sie mir bitte Bescheid, wenn Ben hier ist.«

»Ist gut, Mr Blackwell.« Tiffany zog die Tür hinter sich zu.

Ganz ohne Eile kam Blackwell hinter seinem Schreibtisch hervor. »Ich nehme an, Sie hatten kein Problem mit den Sicherheitsleuten unten im Haus.«

Gabi trat einen Schritt näher und stellte ihre Handtasche auf einen Stuhl. »Dass ich so ungehindert bis hierher gelangen konnte, zeugt von großer Arroganz.«

»Aber Sie sind da.«

Konnte ihr Hass auf diesen Mann sich noch steigern?

Suche die Nähe deiner Feinde.

Anstatt sich auf eine Diskussion einzulassen, zog sie die Verträge aus ihrer Handtasche und schob sie über seinen Schreibtisch. »Ich habe mir erlaubt, in den Standardvertrag ein paar Bedingungen einzufügen. Angesichts unserer *persönlichen* Umstände.«

Er warf nicht einmal einen Blick auf die Unterlagen. »Sicher werden wir uns einigen können.«

So arrogant.

»Ich weiß nicht, Mr Blackwell. Sie könnten es bereuen.«

»Hunter, Gabi. Mein Name ist Hunter.«

Sie wusste nicht, was sie mehr durcheinanderbrachte: dass er durch die Verwendung von Vornamen eine gewisse Nähe herstellen wollte oder dass er ihren Spitznamen benutzte.

»Ich verabscheue Sie«, murmelte sie.

Er deutete auf einen Stuhl. »Ich nehme das zur Kenntnis und wir werden offen darüber sprechen. Wenn wir allein sind. In der Öffentlichkeit erwarte ich eine nicht allzu unterkühlte Ehefrau, die gelegentliche Berührungen zulässt und sogar hin und wieder lächelt.«

»Welche Art von Berührungen?« Sie fragte nur ungern.

»Ich werde mich nicht auf Sie stürzen.«

Froh, dass sein ausladender Schreibtisch zwischen ihnen stand, setzte sie sich ihm gegenüber.

Dieser grauenhafte Kerl war ein Fremder für sie. Jetzt knöpfte er sein Jackett auf, setzte sich und rollte seinen Sessel näher an den Tisch. Den Vertrag würdigte er keines Blickes.

»Warum machen Sie das wirklich?«

»Das habe ich Ihnen doch bereits gesagt …«

»*Baggianate!*«

»Wie bitte?«

Gabi fand es wohltuend, eine Sprache zu benutzen, die er nicht verstand. »Ich glaube Ihnen nicht. Ihre Erklärung war eine Farce. Das ist einer von vielen Gründen, weshalb Alliance Sie abgelehnt hat.«

Er hob eine Braue. »Und doch sitzen Sie jetzt vor mir. Und haben einen Vertrag mitgebracht.«

Sie schloss die Augen und atmete tief durch, um ihre Nerven im Griff zu behalten. Als sie die Augen wieder öffnete, sah sie, dass er sie beobachtet hatte.

Einen Moment lang wirkte er beinahe besorgt. »Sobald die Verträge unterzeichnet und wir verheiratet sind, wird sich ein Team aus Anwälten und privaten Ermittlern mit Ihrem Fall beschäftigen«, sagte er.

»Und wenn sie mich für schuldig befinden?«

Er grinste hintersinnig. »Dann werden sie eine Möglichkeit finden, Sie von Ihrer Schuld zu befreien.«

Was für ein aalglatter Kerl.

»Und Sie haben keine Bedenken, eine Frau zu heiraten, die ihren Gatten ins Jenseits befördert hat, um eine ordentliche Summe einstreichen zu können?«

Zum ersten Mal, seit sie eingetreten war, lächelte er. »Schwarz steht Ihnen ausgezeichnet.« Sein Blick glitt an ihr hinab. »Aber für eine Schwarze Witwe halte ich Sie nicht.«

Jetzt war *ihr* plötzlich zum Grinsen zumute. »Stimmt. Man muss sich nicht erst paaren, um zu töten.«

Sie hatte ihn schockieren wollen, doch er lachte.

Daran muss ich noch arbeiten.

Bevor er etwas sagen konnte, summte das Telefon auf seinem Schreibtisch. Er nahm den Hörer ab und horchte. »Schicken Sie ihn rein.«

Gabi blieb sitzen, während Hunter ihr einen seiner Anwälte vorstellte.

Ben Lipton war Hunters persönlicher Rechtsbeistand und informiert, dass die Verbindung zwischen Gabi und seinem Mandanten nicht romantischer Natur war. Er schüttelte ihr die Hand, nahm den Vertrag und zog sich zum Lesen in eine Ecke des Raumes zurück.

»Was möchten Sie trinken, Gabi?«

Ihren Namen aus Hunters Mund zu hören, war absolut gewöhnungsbedürftig. »Tee.«

Er übermittelte ihren Wunsch an Tiffany.

Das Schweigen im Büro wurde durch Tiffanys Ankunft durchbrochen. Sie stellte den Tee vor Gabi auf den Tisch, warf einen Blick in die Runde und verließ wortlos den Raum.

Mr Lipton hob ab und zu eine Braue, fixierte Gabi und wandte sich dann wieder den Unterlagen zu. Als er fertig war, stapelte er die Seiten ordentlich aufeinander und legte den Vertrag auf den Tisch. »Haben Sie das gelesen?«, fragte er Hunter.

»Dafür habe ich Sie.«

Mr Lipton war in den Fünfzigern und wirkte mit seinem grau melierten Haar und dem gestärkten Anzug sehr kultiviert. Er hatte freundliche blaue Augen, aber weil er für Hunter arbeitete, wollte Gabi ihm nicht trauen.

»Dann lassen Sie mich Ihnen Miss Masinis Bedingungen erläutern.«

»Ich höre.«

Gabi lehnte sich zurück und hörte sich ihre Worte aus dem Mund von Hunters Anwalt an.

»Der Vertrag hat eine Laufzeit von achtzehn Monaten. Dann folgt die einvernehmliche Scheidung. Sollte darüber keine Einigkeit bestehen, ist der Vertrag nichtig, und Geld fließt in diesem Fall nicht.« So weit bewegte sich alles im normalen Rahmen.

»Miss Masini stehen laut Vertragstext vierundzwanzig Millionen zu. Eine Million für jeden Ehemonat und eine für jeden geschätzten Monat, der vergehen wird, bis die Scheidung rechtskräftig ist.«

Gabi sah Hunter ins Gesicht. Der Betrag war dreimal so hoch, wie bei Alliance sonst üblich. Er zuckte nicht mit der Wimper.

»Fahren Sie fort.«

»Miss Masini besteht darauf, als Ihre Frau in einem neu zu erwerbenden, Ihrem derzeitigen Lebensstil entsprechenden Heim zu wohnen, das Sie bislang keiner anderen Frau zugänglich gemacht haben.«

In Blackwells Augen glomm ein Funke auf. Belustigung oder Bewunderung? Gabi konnte es nicht sagen.

»Weiter.«

»Wenn die Ehe achtzehn Monate Bestand hat, verlangt sie fünf weitere Jahre unentgeltliches Wohnrecht in der Immobilie, die Sie erwerben werden. Anschließend wird die Immobilie verkauft, ein etwaiger Gewinn geht zu gleichen Teilen an Sie beide. Falls ein Verlust entstehen sollte – den tragen Sie.«

Kein Zweifel. Er lächelte tatsächlich.

»Weiter.«

Ben schüttelte den Kopf.

»Falls eine tatsächliche oder auch nur angenommene außereheliche Affäre öffentlich bekannt wird, kostet Sie das eine Million. Pro Affäre.«

Hunter wirkte überrascht. »Tatsächlich, Gabi?«

»Ich lasse mich ungern der Lächerlichkeit preisgeben.«

Er schüttelte den Kopf und machte eine rollende Handbewegung. »Weiter.«

»Im Falle einer Anzeige gegen Miss Masini wird die Ehe fortgeführt, bis die Vorwürfe ausgeräumt sind. Die Gelder fließen weiter. Etwaige Ausgaben für Anwälte, Gerichtskosten und Ähnliches tragen Sie.«

Hunter neigte den Kopf. »Respekt.«

Gabi grinste. Ihr Selbstbewusstsein wuchs mit jedem Wort des Anwalts.

Ben blätterte weiter und fasste zusammen. »Im Falle häuslicher Gewalt hat Miss Masini das Recht, die Ehe zu beenden, und erhält einhundert Millionen Dollar. Dieser Betrag wird am ersten Tag der Ehe auf ein Treuhandkonto einbezahlt und bleibt dort bis zum Ablauf der Vertragszeit eingestellt.«

Hunters Lächeln fiel in sich zusammen, und Gabi fühlte sich zum ersten Mal, seit sie das Büro betreten hatte, schutzlos und durchschaut.

»Ich würde mich nie an Ihnen vergreifen.« Sein Ton war sanft.

Das habe ich schon mal gehört.

Sie schaute Hunter direkt ins Gesicht. »Bitte fahren Sie fort, Mr Lipton«, sagte sie.

»Falls Miss Masini ein Kind von Ihnen bekommt, wird die Hälfte Ihres Vermögens in ein Treuhandkonto zugunsten des Kindes überführt. Wird eine Schwangerschaft festgestellt, kann die Ehe jederzeit beendet werden. Die Wohnimmobilie, die Sie erwerben, steht dem Kind bis zum achtzehnten Geburtstag oder bis zu seinem Highschool-Abschluss mietfrei zur Verfügung.«

Hunter legte die Stirn in Falten. »Das wäre ein ziemlich teures Kind.«

Sie beugte sich vor und betonte jedes ihrer Worte. »Die Zeugung eines Kindes könnte in unserem Fall nur das Ergebnis eines Gewaltaktes sein. Diese Klausel dient einzig und allein meinem Schutz, *Hunter*.«

Er erwiderte ihren durchdringenden Blick. »Sonst noch etwas, Ben?«

»Nichts Ungewöhnliches. Falls Sie sich gütlich auf einen früheren Scheidungstermin einigen, mindert das nicht Miss Masinis finanzielle Ansprüche an Sie.«

Hunter schob ihr das Telefon hin. »Rufen Sie Ihren Anwalt an. Ich habe ebenfalls ein paar Bedingungen.«

Zwei Stunden später gab Gabi ihre Zustimmung zu einigen Klauseln. Falls sie eine Affäre hatte, bekam sie nur die Hälfte der ihr zustehenden vierundzwanzig Millionen. Die Wohnimmobilie würde dann binnen Jahresfrist nach der Scheidung verkauft werden. Ein Kind, das nicht von Blackwell stammte, würde ihren Nachnamen tragen und die Hälfte des ihr zustehenden Geldes erhalten.

Als Mr Lipton Hunters Büro verließ, war es fast drei Uhr nachmittags.

Gabis Rücken schmerzte vom langen Sitzen und der Ausblick aus dem Bürofenster hatte sich für immer in ihr Gedächtnis gebrannt.

Dass sie einmal auf diese Weise über eine Eheschließung diskutieren würde, hätte sie nie für möglich gehalten. Früher hatte sie geglaubt, Liebe und tiefe Verbundenheit wären Voraussetzungen für den Bund fürs Leben. Inzwischen wusste sie es besser.

In ihrem Umfeld gab es durchaus glückliche Ehen. Aber jetzt fragte sie sich, wie viel sie über die Paare tatsächlich wusste. Was spielte sich hinter geschlossenen Türen wirklich ab?

Ihr wurde ganz flau von diesen Gedankengängen.

Und von ihren Erinnerungen.

»Wir haben noch nicht zu Mittag gegessen«, sagte Hunter, als sie alleine waren.

Sie hatten sich geeinigt. Die Verträge lagen vor ihnen und warteten auf ihre Unterschriften.

»Ich glaube nicht, dass ich jetzt etwas essen kann«, murmelte sie.

Er schwieg, bis sie ihn anschaute.

Zum ersten Mal, seit sie ihn kennengelernt hatte, fielen Hunter Blackwells Schultern herab und sein Blick wurde weich. »Ich bin noch nie einer Frau gegenüber gewalttätig geworden, Gabi. Und Sie werden nicht die erste sein«, sagte er leise.

Die Erinnerung an Alonzos Lächeln, als er die Nadel in ihre Vene gestochen hatte, kam ohne Vorwarnung. Auch er hatte ihr nichts aufgezwungen.

»Das ist ein schwacher Trost.«

Hunter stand auf und näherte sich ihr wie einem verängstigten Tier.

Hatte sie diese Phase nicht längst überwunden? Hatte sie nicht gelernt zu kämpfen, anstatt vor Angst zu erstarren? Bevor er etwas sagen konnte, zog sie die Verträge zu sich, schnappte sich seinen Füllhalter und setzte ihren Namen unter die Dokumente.

Morgen würde sie damit beginnen, ihren Namen von allem zu tilgen, was irgendwie mit Alonzo Picano zu tun hatte.

Von jetzt an, oder zumindest, bis sie die Heiratsurkunde unterschrieb, würde sie einfach nur Gabriella Masini sein.

Die Zukünftige von Hunter Blackwell.

Die Witwe eines Mannes, der in der Hölle schmorte, wurde durch Erpressung zur Ehefrau eines skrupellosen Milliardärs.

KAPITEL 6

Vierundzwanzig Stunden, nachdem Gabi die Verträge unterzeichnet hatte, rief Hunter an und erkundigte sich nach ihrer Ringgröße.

Die weiteren Formalitäten nahmen zwei weitere Tage in Anspruch. Am dritten, einem Donnerstag, standen sie vor dem Friedensrichter und legten ein bedeutungsloses Ehegelübde ab.

Hunter versuchte nicht, die Braut zu küssen, und der Friedensrichter forderte ihn nicht dazu auf.

Er hatte es geschafft.

Zwei Wochen nach Auftauchen seines vermeintlich unlösbaren Problems war er verheiratet.

Mit einer blassen Fremden an seiner Seite verließ er das Gerichtsgebäude und spürte jede skrupellose Zelle in seinem Körper.

»Ich wünschte, es hätte anders laufen können. Ganz ehrlich«, sagte er fast zu sich selbst.

»Wie bitte?«, fragte Gabi.

»Ach nichts.« Er deutete auf die wartende Limousine und ließ sich darin mit ihr zu ihrem Heim in Tarzana chauffieren.

Zusammen wohnen würden sie erst, wenn eine Immobilie gefunden war, die Gabi zusagte.

Ihm blieb nichts anderes übrig, als hinter ihr her zur Haustür zu gehen. Wie Remington gesagt hatte, gab es ein ausgeklügeltes Überwachungssystem. Nach dem Eintreten schaltete Gabi die Alarmanlage ab.

Die hellen Möbel waren das genaue Gegenteil von allem, womit Hunter sich umgab. Das Sofa in Blassgrün und die Kissen mit den Blumenmustern wirkten zurückhaltend und ruhig.

Fasziniert schaute er zu, wie Gabi ihre Handtasche auf den Tisch in der Diele legte. Dort standen die Blumen, die er ihr geschickt hatte. Seine Verwunderung war ihm offenbar anzusehen.

»Die Blumen können nichts dafür, dass du ein Kotzbrocken bist«, erklärte Gabi.

Sie ging weiter und überließ es ihm, die Haustür zu schließen.

Er sah ein Lämpchen auf einem Panel aufleuchten. Im selben Augenblick fiel ihm die Kamera über der Haustür auf. Es gab weitere Kameras und einige Bewegungsmelder. »Weshalb wird dieses Haus so aufwendig überwacht?« Er folgte ihr in die Küche.

Gabi füllte den Wasserkessel und stellte ihn auf den Herd. Aus irgendeinem Grund konnte er sie sich nicht als häuslichen Typ vorstellen. Doch hier in der Küche wirkte sie deutlich entspannter als während der Fahrt.

»Das Haus gehört Samantha«, erklärte Gabi. »Seit sie Blake geheiratet hat, wohnen hier ihre Angestellten.«

»Alle weiblich?«

Gabi nickte.

Blake war offenbar ein fürsorglicher Mann. Doch die Sicherheitsmaßnahmen im Haus erschienen Hunter selbst für allein lebende Frauen etwas übertrieben. Unwillkürlich fragte er sich, ob die Vorkehrungen etwas mit Gabis Vergangenheit zu tun hatten.

Von der Essecke aus warf er einen Blick hinaus in den kleinen Garten. Selbst draußen unter dem Dachtrauf hingen Kameras. »Wer sitzt an den Überwachungsmonitoren?«, fragte er.

»Ist das wichtig?«

Er ließ die Gardine am Fenster zum Garten fallen und wandte sich um. Gabi stand mit verschränkten Armen da und schaute ihn missmutig an.

»Warum bist du so feindselig? Das war nur eine einfache Frage.«

Sie stieß sich von der Arbeitsplatte ab und öffnete einen Schrank. »Blake hat ein Sicherheitsteam.«

»Das dachte ich mir fast.«

Sie ließ einen Teebeutel in ihre Tasse fallen und drehte ihm den Rücken zu. Ihr schlichter, schwarzer Hosenanzug war sehr elegant, aber nicht ganz das, was Hunter für ihren Gang zum Friedensrichter erwartet hatte. Dass sie nicht in einem Hochzeitskleid auftauchen würde, war ihm klar gewesen. Aber schwarz?

Vermutlich fand sie das passend. Das Haar trug sie zu einem strengen Knoten aufgesteckt. Er fragte sich, wie lang es wohl sein mochte und wann er es einmal offen zu sehen bekommen würde.

»Wann wirst du mir den wahren Grund verraten, weshalb du unbedingt so schnell heiraten musstest?« Sie nahm den Kessel vom Herd und goss den Tee auf.

Die Frage überraschte ihn, und er hatte nicht vor, sie zu beantworten. Irgendwann würde sie es erfahren. Aber jetzt war nicht der richtige Augenblick.

»Sobald du mir den wahren Grund hinter all den Extraklauseln in unserem Vertrag verrätst.«

Sie hörte auf, Wasser einzugießen. Der Kessel hing in der Luft. »Das werde ich niemals tun«, sagte sie.

»Dann werde ich es wohl selbst herausfinden müssen.«

Sie warf ihm über ihre Schulter hinweg einen düsteren Blick zu. »Wozu die Mühe? Du hast, was du willst. Wir sind verheiratet und werden es für die Dauer unserer Vertragslaufzeit auch bleiben.«

Er hob das Kinn. »Achtzehn Monate sind eine lange Zeit, um Geheimnisse voreinander zu haben.«

Gabi stellte den Kessel ab und stützte die Hände auf die Arbeitsplatte. »Und wie geht es jetzt weiter?« Sie wollte über ein anderes Thema sprechen.

Er warf einen Blick auf seine Uhr und zog ein zusammengefaltetes Blatt Papier aus der Innentasche seines Jacketts. »Ich habe morgen ein Meeting in New York. In ein paar Stunden muss ich los.«

Ihr Aufseufzen klang erleichtert. Sie drehte sich zu ihm und Hunter schlug vor: »Am besten, du fängst gleich heute mit der Suche nach einer passenden Immobilie an. Wenn du bis in einer Woche nichts gefunden hast, suche ich uns ein Haus.«

»Wozu die Eile?«

»Wir sind verheiratet, Gabi. Kein Mensch wird uns glauben, dass wir es ernst meinen, wenn du hier wohnst und ich in derselben Stadt eine andere Adresse habe.« Er reichte ihr das Blatt und schaute zu, wie sie es auseinanderfaltete. »Telefonnummern und Adressen. Wir sollten unsere Heirat bis zu meiner Rückkehr nicht an die große Glocke hängen. Falls doch etwas durchsickert, melde dich.«

»Ich bin nicht deine Angestellte«, gab sie zurück.

Die Erwiderung, die ihm auf der Zunge lag, schluckte er hinunter. »Bitte«, sagte er stattdessen.

Sie zeigte auf eine Nummer auf dem Blatt. »Was ist das?«

»Der Code für das Parkhaus in meinem Gebäude.« Er trommelte mit den Fingern auf den Tisch. »Was für ein Auto fährst du eigentlich?«

Sie schüttelte den Kopf. »Mein Wagen ist in der Werkstatt.«

»Ich lasse dir einen von meinen bringen.«

Warum zog sie so ein Gesicht?

»Meine Versicherung hat den Vertrag gekündigt.«

»Bitte was?«

»Meine Autoversicherung hat mich rausgeschmissen. Lange Geschichte.«

Hunter warf einen weiteren Blick auf die Uhr. »Lange Geschichten müssen noch etwas warten. Ich kümmere mich darum und schicke dir einen Wagen.«

Gabi verdrehte die Augen. »Mit Geld kann man wohl alles kaufen.«

Schon möglich. »Sogar Ehefrauen.« *Lächelt sie etwa?* »Ich muss los.«

Sie wandte sich ab und griff nach ihrer Tasse. »Ich würde dir ja einen guten Flug wünschen. Aber wenn deine Maschine abstürzt, bin ich all meine Sorgen los.«

Jetzt lächelte *er*.

***

»Judy?«, rief Rick durch die offene Tür des Überwachungsraums in seinem Haus.

»Ja?«

»Kannst du mal kommen?«

Sie stand von ihrem Zeichentisch auf. Um ihre Karriere als Architektin voranzutreiben, arbeitete sie gerade zu Hause an einem Projekt weiter.

Rick saß vor einer ganzen Wand voller Monitore und Überwachungsvorrichtungen. Dutzende von Objekten ließen sich von seinem Schreibtisch aus beobachten. Fast überall herrschte ein ständiges Kommen und Gehen, und es gab jede Menge Gespräche, die er allerdings nur in den seltensten Fällen mithörte.

Judy legte von hinten die Arme um die breiten Schultern ihres Ehemanns. Er küsste eine ihrer Hände, dann holte er die Überwachungsbilder aus Tarzana auf seinen Computermonitor.

Zunächst wirkte das Bild von Gabi in ihrer Küche am Spülbecken ganz harmlos. Doch dann bemerkte Judy Gabis zuckende Schultern. Offenbar weinte sie und das gab Judy einen Stich. »Oh nein. Ich dachte, es ginge ihr wieder besser.« Judy schaute beiseite. Sie hatte das Gefühl, in die Intimsphäre der anderen Frau einzudringen.

»Das dachte ich auch. Russell sagt, sie hätte Besuch gehabt. Ich habe mir das Video angesehen.«

Rick holte den Film auf seinen Monitor und schaltete den Ton dazu.

»Wer ist das?« Hinter Gabi betrat ein hochgewachsener Mann das Haus. Sein eleganter Anzug verriet, dass er Geld hatte. Er schaute direkt in eine der Kameras und verzog das Gesicht.

»Keine Ahnung.« Rick zeigte auf den Bildschirm. »Siehst du, wie abweisend Gabi zu ihm ist?«

»Sie ist gereizt.«

»Ziemlich. Hör dir ihre Stimme an.«

Ist das wichtig?

»Wow. Klingt ganz schön giftig«, sagte Judy.

»Es geht noch weiter«, sagte Rick.

Judy war bald klar, dass der Mann ein Kunde von Alliance sein musste. Doch dann sagte Gabi: *Du hast, was du willst. Wir sind verheiratet und werden es für die Dauer unserer Vertragslaufzeit auch bleiben.*

Der Fremde starrte sie an und sagte: *Achtzehn Monate sind eine lange Zeit, um Geheimnisse voreinander zu haben.*

»Oh mein Gott.« Judy schnappte nach Luft. »Denkst du dasselbe wie ich?«

Rick drehte sich zu ihr und hob die Augenbrauen. »Jap.« Er zeigte auf eine Stelle in dem Video und zoomte den Ausschnitt näher heran. An Gabis Ringfinger prangte ein Diamant in der Größe von Judys Daumennagel.

»Unfassbar.« Judy schüttelte den Kopf.

»Ich glaube, sie hat es tatsächlich getan«, sagte Rick.

Judy war bereits auf dem Weg in ihr Arbeitszimmer, um ihre Handtasche zu holen.

»Wo willst du hin?« Rick folgte ihr.

»Ich muss mit ihr reden. Man sieht, dass es ihr nicht gut geht. Ich nehme an, keiner weiß von der Sache. Wenn sie Meg und Val davon erzählt hätte, hätte Meg mich angerufen.« Meg war Gabis Schwägerin und Judys beste Freundin.

»Ich fahre dich hin.«

Judy legte die Hand an Ricks breite Brust. »Nein. Männern traut sie nicht über den Weg. Ich gehe lieber allein.«

»Dann muss ich mir heute wohl Pizza bestellen.« Rick grinste.

»Heb mir was auf, Grünauge.«

Er küsste sie und klopfte ihr zum Abschied auf den Hintern.

***

Erst nach mehrmaligem Klingeln quälte Gabi sich aus der Küche an die Haustür und machte auf. Dass Judy draußen stand, hätte sie nicht überraschen sollen. Sie war trotzdem verwundert.

Gabi wischte sich über die Augen. Sie weinte, seit Hunter gegangen und ihr klar geworden war, worauf sie sich eingelassen hatte.

Gabi hielt Judy die Tür auf und versuchte zu lächeln.

Judy schaute sie mitfühlend an. Ihre Worte trieben Gabi sofort neue Tränen in die Augen. »Ach Liebes, was ist denn passiert?«

Judy schob sich ins Haus, schubste die Tür zu und ließ ihre Handtasche fallen.

Gabi sank in ihre Arme. »Ich ... ich habe geheiratet«, schluchzte sie.

Ein paar Minuten lang standen sie zusammen in der Diele. Judy versuchte, sie mit leisen Worten zu beruhigen. Wer hätte gedacht, dass eine fünf Jahre jüngere Frau ihr Trost spenden würde?

»Komm.« Judy schob Gabi zur Couch im Wohnzimmer. »Und jetzt erzähl.«

Die Vorstellung, Judy ihr Herz auszuschütten und ihr alles haarklein anzuvertrauen, war verlockend. Aber das konnte nicht gut gehen. Judy war so etwas wie die direkte Verbindung zu ihrem Bruder. Und wenn Val erfuhr, dass Hunter sie zu dieser Ehe erpresst hatte, musste sie Vals Zorn besänftigen und konnte sich nicht darauf konzentrieren, ihren Namen reinzuwaschen.

»Er heißt Hunter Blackwell«, nuschelte Gabi.

»Ein Alliance-Kunde?«

»Ja.«

»Wenn er ein Kunde ist, warum hast *du* ihn dann geheiratet?«, fragte Judy.

Gabi blieb bei der Wahrheit. »Er hat eine Frau gebraucht. Ganz schnell.«

»Warum?«

»Das weiß ich nicht genau.« Das würde Judy nicht gefallen, doch Gabi wollte sie nicht belügen. »Aber er ist mit Blake befreundet.«

Das schien Judy ein wenig zu beruhigen. »War Sam einverstanden?«

Gabi schüttelte den Kopf. »Jordan geht es ziemlich schlecht. Sam hat mich gebeten, mich um Blackwell zu kümmern.«

»Aber doch sicher nicht so, dass du ihn gleich heiratest.«

Das Bild des Friedensrichters, der sie fragte, ob sie Hunter zum Mann nehmen wollte, schoss Gabi durch den Kopf. »Er hat mir ein Angebot gemacht, das ich nicht ablehnen konnte.«

»Ich kann mir nicht …«

»Vierundzwanzig Millionen.«

Judy blieb der Mund offen stehen. »Oh.«

»Ja, genau. Oh.«

Eine Minute lang schwiegen sie beide. Dann fragte Judy: »Wenn du den Deal wirklich wolltest, warum bist du dann so deprimiert?«

Ein Teil der Wahrheit brach sich Bahn. »Weil so viele Erinnerungen in mir hochkommen.«

Judy nahm Gabis Hände in ihre. »Das tut mir leid.«

»Mir auch.«

Sie hatte geglaubt, Alonzo zu lieben, und sich zu einer heimlichen Heirat überreden lassen. Jetzt legte sich das Bild von Hunters Eheversprechen über die Erinnerung an dieses erste Jawort.

Judy strich mit dem Daumen über den Ring an Gabis Finger. »Verrückt.«

Gabi hatte sich den Ring noch gar nicht richtig angesehen. Sie drehte ihn zu sich und staunte über seine Größe. »Das kann man wohl sagen.«

»Das müssen fünf Karat sein, wenn nicht mehr.«

»Mit so was kenne ich mich nicht aus.«

Zusammen mit Gabis Tränen versiegten die Erinnerungen an Alonzo.

»Und was jetzt? Ziehst du bei ihm ein?«

Gabi hob die Hand und betrachtete den Ring. »Nein. Ich suche uns ein Haus.«

»Was?«

Gabi ließ die Hand fallen und brachte ein Grinsen zustande. »Ich habe ihm gesagt, dass ich nicht zu ihm ziehe. Er muss erst ein neues Haus kaufen.«

Judy lachte auf. »Im Ernst?«

»Ja. Ich wollte Zeit gewinnen, damit wir uns ein bisschen kennenlernen können, bevor wir unter einem Dach leben.«

»Okay. Habe ich das richtig verstanden? Er gibt dir vierundzwanzig Millionen, er kauft dir ein Haus ... und einen Ring, der in einen Safe gehört und nicht an deinen Finger?«

Gabi dachte lächelnd an die anderen skurrilen Klauseln, die sie in den Vertrag hatte aufnehmen lassen. »Ich sage ja, es war ein Angebot, das ich nicht ablehnen konnte.«

»Wow. Hast du dir schon überlegt, wie du es deinem Bruder beibringst?«

»Nein. Bitte verrate Meg noch nichts. Ich ... ich brauche ein paar Tage, um mir die richtigen Worte zu überlegen.«

»Okay. Dein Geheimnis ist sicher bei mir.«

Ein Klopfen an der Haustür unterbrach sie.

Draußen stand ein Unbekannter, aber mit Judy an ihrer Seite fühlte Gabi sich sicher genug, um die Tür zu öffnen. »Ja?«

Der Mann wirkte so jung, dass er vermutlich in jeder Bar seinen Ausweis vorlegen musste, bevor man ihm auch nur ein Bier einschenkte. Er hatte einen Autoschlüssel in der Hand. »Mrs Blackwell?«

Der Name klang fremd. »Wie bitte?«

Der Junge schaute an Gabi vorbei zu Judy. »Sind Sie Mrs Blackwell?«

Judy gab Gabi einen kleinen Schubs.

»Nein. Ähm. Das bin ich.« Gabi zeigte auf ihre Brust.

Er gab ihr den Schlüssel. »Mr Blackwell hat mich gebeten, Ihnen den da zu bringen.«

Gabi und Judy gingen auf die Veranda und warfen einen Blick auf den Wagen in der Einfahrt.

Judy begann zu kichern. »Weiß er, wie du Auto fährst?«

Gabi hätte verletzt sein können, aber ihre miesen Fahrkünste waren allgemein bekannt. »Darüber haben wir nicht gesprochen.«

Der Junge joggte zu einem wartenden Fahrzeug und stieg auf der Beifahrerseite ein. Gabi ging bereits um den mattweißen Aston Martin herum. Sie öffnete die Fahrertür. Auf dem Armaturenbrett lag ein Umschlag mit ihrem Namen. Darin steckte ein vorläufiger Versicherungsschein. Ausgestellt war er auf den Namen Gabriella Blackwell.

KAPITEL 7

Hunter verließ die Vorstandssitzung mit mehr Fragen als Antworten. Jemand in seinem Unternehmen, einer oder mehrere, unterschlug Teile der Gelder, die Blackwell Enterprises für wohltätige Zwecke zur Verfügung stellte. Die Zahlen, die Hunters Buchhalter an die Steuerbehörde weitergaben, stimmten nicht mit den tatsächlichen überein.

Seine Buchprüfer in New York arbeiteten rund um die Uhr, um das Leck zu finden und zu stopfen. Auf eine Anzeige wegen Steuerhinterziehung, weil als Spenden deklariertes Geld abgezweigt wurde, konnte Hunter gut verzichten.

Travis O'Riley verließ die Sitzung gemeinsam mit seinem Boss. Um mit Hunter mithalten zu können, musste er für jeden seiner Schritte zwei machen.

»Das war hässlich«, sagte Travis.

»Noch viel hässlicher wird es, wenn ich rausfinde, wer mein Geld stiehlt«, entgegnete Hunter.

Er marschierte an seiner New Yorker Sekretärin vorbei in sein Büro. An der Ost- und an der Westküste betrieb er jeweils unterschiedliche Zweige seines Unternehmens. In New York ging es vorwiegend um internationale Fusionen und Akquisitionen, in L. A. um das Inlandsgeschäft und den Erwerb neuer Firmenzweige in den Staaten. Ein kleines Büro in London sorgte dafür, dass die europäischen Steuerbehörden entspannt blieben, aber den Großteil seiner Investitionen tätigte Hunter in den USA.

»Wie lange bleibst du in New York?«, fragte Travis, als die Bürotür sich hinter ihnen schloss.

»Bis Sonntag.«

Travis setzte sich auf einen Bürostuhl und lehnte sich zurück. »Ich finde, du brauchst einen Partner.«

»Lass mich raten? Dich?«

Travis war einer der drei Manager, die in Hunters Abwesenheit die Geschäfte führten. Sie hatten alle dieselben Befugnisse, keiner konnte Hunter alleine vertreten.

»Nur gegen eine saftige Gehaltserhöhung«, scherzte Travis.

»Fangen wir doch mit einem Bonus an, wenn du rauskriegst, wer die Spendengelder abschöpft.« Aus Erfahrung wusste Hunter, dass die Aussicht auf eine Belohnung Wunder wirken konnte.

Travis verlagerte sein Gewicht und wechselte das Thema. »Wie läuft es mit der Akquise von Adams Öl?«

»Fusion. Meine Leute in L. A. kümmern sich darum.«

Travis nickte. »Und du glaubst wirklich, Pipelines sind die Zukunft?«

Hunter ging zum Fenster hinter seinem Schreibtisch und schaute auf die Häuserfluchten von Manhattan hinunter. Die Aussicht war spektakulär. »Ich *weiß*, dass sie die Zukunft sind. Solange Öl nicht transportiert werden kann, ist es nutzlos. Und so, wie es im Nahen Osten aussieht … Unser Land steht vor einem neuen Ölrausch.«

»Ich hoffe, du weißt, was du tust.«

Er wusste es.

»Ich bin weg.« Travis stand unvermittelt auf und ging zur Tür. »Du weißt, wo du mich findest, wenn du mich brauchst.«

Hunter hob die Hand. »Die Sache mit dem verschwundenen Spendengeld ist mir sehr wichtig.«

Travis nickte. »Ich kümmere mich darum.«

Als Hunter allein war, schaute er auf die Uhr. Seit vierundzwanzig Stunden war er ein verheirateter Mann. Verheiratet. Wie so viele Entscheidungen in seinem Leben hatte er auch diese spontan und aus einem Impuls heraus getroffen. Eine schnelle Lösung für ein akutes Problem. Und wie jede seiner impulsiven Entscheidungen war auch diese sehr teuer.

Er hatte sich auf eine Strafe von einer Million Dollar pro außerehelicher Affäre eingelassen. Was zum Teufel hatte er sich dabei gedacht? Achtzehn Monate lang enthaltsam zu leben, war für ihn etwa so wünschenswert, wie sich den Schniedel abzuschneiden. Was hatte Gabi gesagt? *Ich lasse mich ungern der Lächerlichkeit preisgeben.*

Was hieß das genau? Und was steckte hinter all den anderen Klauseln, die sie hatte in den Vertrag schreiben lassen? Ganz offensichtlich hatte jemand seiner Frau wehgetan. Die Frage war, wer ... und wie sehr.

Er zog sein Handy aus der Tasche. Ein Kontrollanruf bei Remington konnte nicht schaden.

Der Detektiv meldete sich beim dritten Klingeln. »Hey Boss.«

»Wo sind Sie?« Die Geräusche im Hintergrund klangen, als wäre eine wilde Party inklusive Liveband im Gang. Nicht das, wofür Hunter den Mann bezahlte.

»In Miami. Die Stadt ist der Hammer.«

Hunter schüttelte den Kopf. »Ich bezahle Sie nicht fürs Feiern.«

»Oh doch, das tun Sie.«

Hunter wollte ihn beschimpfen, aber er beherrschte sich. »Was haben Sie für mich?«

Remington legte die Hand über das Telefon. Anscheinend redete er mit jemand anderem. »Wer hätte gedacht, dass Krankenschwestern solche Partynudeln sind?«

»Wie bitte?«

Wieder hörte Hunter nur gedämpfte Geräusche, dann wurde es stiller. »Sieht aus, als hätte Ihr kleines Sexkätzchen zur selben Zeit im Krankenhaus gelegen wie sein Gatte. Nur der hat ins Gras gebissen.«

»Weshalb war sie dort?«

»Keine Ahnung. Sie ist nicht gestorben. Also komme ich nicht an die Informationen ran. Seltsam. Wenn du stirbst, kann man in deinen Akten blättern. Wenn du weiterlebst, eher nicht.«

»Deshalb feiern Sie mit den Krankenschwestern?«

Remington lachte. »Einen Scheißjob habe ich da, Blackwell. Ich glaube, ich brauche eine Gehaltserhöhung.«

»Elender Blutsauger.«

Remington lachte. »Ich melde mich wieder.«

***

Die Maklerin fuhr sie bereits zur sechsten Luxusimmobilie in Bel Air. Gabi hatte die Klausel mit der neuen Bleibe in den Vertrag schreiben lassen, um Zeit zu gewinnen. Aber die Suche nach einem Haus fing an, ihr Spaß zu machen. Ihre selbst auferlegte Obergrenze von zehn Millionen erwies sich als Problem. Denn allzu klein sollte das Grundstück nicht sein.

Jede Immobilie hatte Plus- und Minuspunkte. Eine schöne Aussicht … ein Pool? Gabi vermisste die Urlaubsinsel ihres Bruders. Ihr fehlte das Meer, obwohl ihr bei seinem Anblick hin und wieder noch immer der kalte Schweiß ausbrach. Die Liebe zum Meer hatte Alonzo ihr genommen. An das, was er ihr sonst noch angetan hatte, wollte sie lieber nicht denken.

Das Grundstück des einen Hauses war ihr zu schmal. Das nächste Haus klebte buchstäblich auf dem Nachbargebäude.

Die geräumigen Küchen wirkten seltsam unpersönlich. Es war, als würden Leute, die in solchen Häusern lebten, gar nicht selbst kochen, sondern höchstens hin und wieder die Mikrowelle anwerfen.

Während sie den steilen Hügel hinter einem der Besichtigungsobjekte erklomm, klingelte ihr Handy. Eine unbekannte Nummer.

»Hallo?«

»Gabi.«

Am Telefon klang seine Stimme erstaunlich angenehm.

»Blackwell.«

Er lachte. »Mich Hunter zu nennen, ist wohl zu viel verlangt?«

»Ich denke noch darüber nach.« Sie hielt inne. Dann sagte sie: »Dein Flugzeug ist also nicht abgestürzt.«

»Nein. Pech gehabt.« Er lachte. »Mein Pilot ist einer der besten.«

»Du hast einen eigenen Piloten? Ich hätte es wissen müssen.«

»Das ist richtig«, antwortete er.

»Weshalb rufst du an?« Gabi entfernte sich ein Stück von der Maklerin.

»Ich würde gern mit dir zu Abend essen. Ich bin morgen Nachmittag wieder in L. A.«

Sie schloss die Augen. Am liebsten hätte sie sofort Nein gesagt. Nach Alonzo hatte sie sich auf kein einziges Date mehr eingelassen. Dabei hätte sie seit ihrem Umzug nach L. A. jede Menge Gelegenheiten gehabt, aber sie hatte nie den Wunsch verspürt, mit einem Mann allein zu sein.

Das war immer noch so. Doch Hunter war immerhin ihr Ehemann. Zumindest für einige Zeit.

»Ist gut«, murmelte sie. »Es gibt einiges zu besprechen.«

»Ganz sicher«, stimmte er zu.

»Ich schaue mir gerade ein paar Häuser an«, sagte sie, als er nicht weiterredete.

»Schon was in der engeren Wahl?«

Sie seufzte. »Eigentlich nicht. Ich lasse mir nur bezugsfertige Immobilien zeigen, die sich gut weiterverkaufen lassen, aber es ist nicht so viel auf dem Markt, wie ich gehofft habe.«

»Wie heißt das Maklerbüro?«

Sie sagte es ihm und fuhr fort: »Beverly Hills ist zu verstopft. Hollywood ist zu …«

»Hollywood.« Er beendete den Satz für sie.

Sie lächelte. »Ja. Ich suche in Bel Air.«

»Nahe am Freeway, man ist schnell in der Stadt.«

Gabi runzelte die Stirn. »Es geht mir nicht darum, dir das Leben leicht zu machen.«

Er lachte. »Schade. Aber bevor du ein Gebot abgibst, würde ich das Haus gern sehen.«

»Vertraust du mir nicht?«, fragte sie.

»Dazu kenne ich dich nicht gut genug.«

Da musste sie ihm recht geben. »Schön. Wenn wir uns morgen sehen, gebe ich dir eine Liste.«

»Um fünf?«, fragte er.

»Ist gut.«

»Bis dann«, sagte er.

»Es sei denn, dein Pilot versagt doch.«

Hunter legte lachend auf.

***

Gabi saß einem Fremden gegenüber. An einem Kleiderständer hätte sie den dünnen Rollkragenpullover sicher nicht attraktiv gefunden. An Hunter zeigte er jedoch Wirkung.

Sie hatten ein ihr unbekanntes schickes Restaurant betreten und waren an einen ruhigen Tisch im hinteren Bereich geführt worden. Die Dame, die sich um sie kümmerte, begrüßte Hunter mit Namen und lächelte Gabi freundlich an. Der Gedanke an dieses Abendessen hatte Gabi von Anfang an beklommen gemacht. Jetzt saßen sie schweigend am Tisch. Wie sie die kommenden achtzehn Monate überstehen sollten, war ihr schleierhaft. »Ich bin keine gute Schauspielerin«, sagte sie schließlich.

»Ich fürchte, ich kann dir nicht folgen.«

»Bei unseren weiblichen Kandidatinnen achten wir immer darauf, dass sie so tun können, als ob.« Sie beugte sich vor und flüsterte. »Als ob sie glücklich verheiratet wären.«

»Ah.«

»Männern scheint es weniger schwerzufallen, Liebe vorzutäuschen, wenn sie auf die Art bekommen, was sie haben wollen.«

»Du sprichst von den Tipps und Ratschlägen, die Jungs in der zehnten Klasse in der Umkleidekabine austauschen.«

Gabi verzog die Lippen zu einem kleinen Lächeln. »Während uns Mädchen etwa zur selben Zeit beigebracht wird, wie man ungebetene Hände abwehrt.«

»Zum Glück passen nicht alle Mädchen bei dieser Lektion gut auf.«

»Ich wette, die Liste deiner Eroberungen ist lang.«

Er lehnte sich mit einem selbstzufriedenen Grinsen zurück. »Und deine?«

Zu komisch. »Wie kommst du darauf, dass ich eine habe?«

»Okay. Nehmen wir mal an, du hast keine. Warum nicht?«

Mit der Frage hatte sie nicht gerechnet. Und um sie zu beantworten, hätte sie ihm Dinge erzählen müssen, die sie ihm nicht erzählen wollte. Jetzt nicht und vielleicht niemals. »Das geht dich nichts an.«

»Dir wird bald klar werden, dass mich im Zusammenhang mit dir nun alles etwas angeht.«

»Und dir muss klar sein, dass eine Frau keine Angestellte ist, die du herumkommandieren kannst.«

Sie sah ihm an, dass ihm eine Erwiderung auf der Zunge lag. Doch er hielt sich zurück.

»Ein Gespräch mit dir ist wie ein Spaziergang auf vermintem Terrain«, sagte er schließlich. »Ist es so schlimm, dass ich etwas mehr über meine Frau erfahren möchte, als das, was mein Privatdetektiv mir über sie berichtet?«

»Dein Privatdetektiv? Warum bin ich nicht überrascht?«

»Weil du klug bist.«

Bevor sie darauf antworten konnte, kam der Kellner und zählte die Spezialitäten des Tages auf. Hunter bestellte sich einen Cocktail, Gabi bestellte Tee.

»Würde ein Glas Wein dir nicht helfen, ein bisschen lockerer zu werden?«, fragte er.

»Ich bin klug«, entgegnete sie. »Allzu locker zu werden, ist nicht ratsam.«

»Er muss dir übel zugesetzt haben«, sagte Hunter.

»So geht das nicht«, flüsterte sie und griff nach ihrer Handtasche.

Hunter legte seine Hand auf ihre. »Bitte. Lass uns noch mal von vorn anfangen. So schlimm bin ich eigentlich gar nicht.«

»Du hast mich erpresst, dich zu heiraten.«

Er schürzte die Lippen und sah damit fast komisch aus. »Okay. Davon mal abgesehen. Aber ich hatte keine Wahl. Ohne Erpressung hättest du mich nicht genommen.«

Weglaufen hatte keinen Sinn. Sie mussten aufhören, aufeinander einzuhacken, und sie musste sich ein dickeres Fell zulegen, wenn es um ihre Vergangenheit ging.

Gabi zog ihre Hand weg und legte sie in ihren Schoß. »Die Alliance-Ehen funktionieren unter anderem, weil die Partner einander sympathisch sind. Bei uns beiden ist das nicht der Fall.«

»Du solltest nur für dich selbst sprechen.«

»Ich bitte dich.«

»Du hast mir die Stirn geboten, mir einen völlig unmöglichen Vertrag vorgelegt. Ich mag Frauen, die sich was trauen.«

»Ach ja?«

Seine Lippen lächelten, seine Augen nicht. »Jetzt bist du dran.«

»Womit?«

Er zeigte auf sich. »Sag irgendetwas, was du an mir nicht absolut grauenhaft findest.«

Sollte das ein Witz sein? »Ist das dein Ernst?«

»Irgendwas, Gabi.«

Sie dachte nach. Spontan fielen ihr tausend Dinge ein, die sie an ihm hasste. Dann fand sie doch etwas Positives. »Was Blumen angeht, hast du einen guten Geschmack.«

Sein Lächeln wurde breiter. Als es seine Augen erreichte, wirkte er jünger. Zum ersten Mal spürte sie, wie sie sich in seiner Gegenwart etwas entspannte.

Für den Rest des Abends unterhielten sie sich über das, was sie tagtäglich so machten. Sie zeigte ihm eine Liste von Häusern und sagte ihm, was ihr an jedem einzelnen gefiel oder nicht gefiel.

Er hörte ihr zu, hielt sich mit Ratschlägen aber zurück. Sicher rätselte er, warum sie ein neues Haus wollte. Doch er fragte sie nicht nach dem Grund.

Nach dem Essen tranken sie Kaffee.

»Wir werden unsere Heirat bald bekannt geben müssen«, sagte Hunter auf dem Weg zu ihr nach Hause.

»Ich rufe morgen meine Angehörigen an.«

»Sag mir Bescheid, wenn du das getan hast. Dann leite ich die nächsten Schritte ein.«

»Was ist mit deiner Familie? Wie wird die es aufnehmen?«

Hunter warf ihr einen kurzen Blick zu. Dann schaute er wieder auf die Straße. »Meine Familie ist nicht Teil meines Lebens.«

Sie glaubte, in seiner Akte etwas über einen Bruder gelesen zu haben. Nichts über seine Mutter, aber sein Vater lebte wohl noch. Wo Hunters Angehörige wohnten, hatte Sam nicht notiert.

»Mein Bruder wird stinksauer sein und sich sorgen«, sagte Gabi. »Und meine Mutter wird an die Decke gehen.«

»Sie wissen, womit du dein Geld verdienst?«

»Ja. Aber damit, dass ich mich selbst vermittle, rechnen sie sicher nicht. Ich werde ihnen sagen, dass ich es so wollte. Dass es sich um eine Verbindung auf Zeit handelt, wird ihnen sofort klar sein.«

»Ich hoffe, das behalten sie für sich.«

»Ja, keine Sorge.«

Er hielt in ihrer Einfahrt an. Als er aussteigen und sie zur Tür begleiten wollte, winkte sie ab. »Die ganze Situation ist auch so schon merkwürdig genug«, sagte sie.

»In Ordnung. Wir reden morgen?«

Sie nickte. »Ich suche weiter nach Häusern und schicke dir die Exposés.«

Sie öffnete die Wagentür.

»Schlaf gut, Gabi.«

Sie hatte eine höfliche Erwiderung auf den Lippen, aber dann fielen ihr passendere Abschiedsworte ein. »Tu mir den Gefallen und wirf dich vor einen Bus.«

Er lachte. Sie schloss die Tür und ging ins Haus.

Frühmorgens wurde ein Blumenstrauß für sie abgegeben. Auf der beiliegenden Karte stand nur: *Kein einziger Bus verfügbar. Ich versuch's morgen wieder.*

KAPITEL 8

Gabi sprach zuerst mit Meg. Ihre Schwägerin arbeitete ebenfalls für Sam. Sie war mit dem Geschäftsmodell von Alliance vertraut, und wenn jemand ihrem Bruder die Sache schonend beibringen konnte, dann seine Frau.

»Ich habe einen Vertrag unterschrieben«, sagte Gabi nach ein paar Höflichkeitsfloskeln und ein paar Sätzen über das Wetter.

»Was denn für einen?«, fragte Meg. Dann schrie sie auf. »Nein. Sag, dass das nicht wahr ist!«

»Doch. Wir haben letzte Woche geheiratet.«

»Was? Warum? Oh mein Gott. Dein Bruder reißt dir den Arsch auf.« Meg war nie um ein klares Wort verlegen.

»Es ist bloß ein Vertrag, Meg. Eineinhalb Jahre. Val wird sich nie wieder Gedanken um mich machen müssen. Für mich springt eine astronomische Summe dabei heraus.«

»Geld ist deinem Bruder scheißegal. Und dir doch auch. Also tu nicht so, als hättest du das für ein paar Kröten gemacht.«

»Vierundzwanzig Millionen.«

»Oh.« Meg zögerte.

»Und ein Haus.«

»Wirklich?«

Gabi war ganz glücklich in ihrem derzeitigen Heim. Aber offenbar verstand Meg, worum es ging. »Es sind nur eineinhalb Jahre. Ein Klacks.« Von möglichen Problemen mit Alonzos Lebensversicherung und den Auslandskonten sagte sie lieber nichts.

»Wer ist es?«

»Wer ist was?«

Meg schnaubte. »Wer ist dein Ehemann? Du weißt schon, der Kerl, den du geheiratet hast.«

»Sorry. Hunter Blackwell. Ein Freund von Blake.« Na ja, vielleicht nicht ganz. Aber es klang gut und würde ihren Bruder vielleicht etwas gnädiger stimmen.

»Wenn du es nicht schon getan hättest, würde ich versuchen, es dir auszureden«, sagte Meg.

»Deshalb rufe ich auch jetzt erst an. Ich muss die Vergangenheit abhaken und wieder in die Zukunft schauen.«

»Okay, aber deswegen gleich einen Fremden heiraten? Ein Date hätte für den Anfang auch genügt. Hattest du überhaupt schon mal eins seit …?«

Meg musste den Satz nicht beenden. Die Frage verstanden sie beide auch so.

»Mir ist nicht nach Daten zumute, Meg. So ist es viel einfacher. Die Leute werden denken, ich sei ganz normal, und ich habe die Chance, mein Leben wieder auf die Reihe zu kriegen.«

»Tut mir leid, dass ich das nicht ganz so sehe, Gabi. Normal wäre es, wenn du nach deinen schlechten Erfahrungen ein paar Kerle eiskalt abservierst. Aber heiraten statt daten? Das klingt für mich nicht wirklich vernünftig.«

»Romantik spielt in dieser Verbindung überhaupt keine Rolle. Sie ist rein geschäftlich. Vertrau mir.«

»Habe ich denn eine andere Wahl?«

»Es ist mein Leben.«

Gabi hörte, wie Meg die Hand über das Telefon legte. »Rate mal, wer gerade reinkommt.«

»Val?«

»Jap.«

Gabi schloss die Augen. »Okay. Wünsch mir Glück.«

»Das wird kaum reichen.«

Valentino Masini war ein Selfmademan. Das Luxusresort auf seiner eigenen privaten Insel hatte er praktisch aus dem Nichts geschaffen. Beim Klang seiner Stimme zog der Knoten in Gabis Magen sich noch fester zusammen. »Margarets Gesicht sagt mir, dass es ein Problem gibt. Was ist passiert, *tesoro*?«

»Es gibt kein Problem.« Wenn man über die Fakten hinwegsah. Gabi sprach langsam und sagte ihm nur, was er unbedingt wissen musste.

Ich habe einen Vertrag unterschrieben.

Es ist nur eine Ehe auf Zeit.

Ja, wir sind bereits verheiratet.

Nein, ich bin nicht verrückt.

»Ich weiß, dass du das nicht gut findest, Val. Aber versuch zu verstehen, dass ich es tun musste.«

Das Schweigen ihres Bruders schnitt ihr ins Herz.

»Wie heißt der Mann?« Vals Stimme klang kalt.

»Hunter Blackwell.«

In etwas sanfterem Ton sagte er ihr, dass er sie liebte. Dann gab er Meg das Telefon zurück.

Meg nahm den Hörer und berichtete, Val habe sich soeben eine Flasche Whiskey geholt. »Ich rede mit ihm«, sagte sie.

»Es ist wirklich alles in Ordnung«, bekräftigte Gabi.

»Wir machen uns eben Sorgen.«

»Ich weiß. Das tut mir leid.«

Sie verabschiedeten sich, und Gabi schickte Hunter eine Nachricht. *Meine Familie ist informiert.*

***

Gabis Nachricht kam um acht Uhr morgens. In seiner Mittagspause telefonierte Hunter mit der Maklerin, und kurz nach halb vier saß Tiffany in seinem Büro und stellte eine Gästeliste für eine besondere Ankündigung später in der Woche zusammen. Der Donnerstag, genau eine Woche nach der Hochzeit, war perfekt dafür. Das Wochenende würde er sich dann freinehmen.

»Von welcher Art Ankündigung sprechen wir?« Tiffany notierte sich Hunters Anweisungen für die Veranstaltung. »Ich wusste gar nicht, dass die Adams-Verträge schon unter Dach und Fach sind.«

»Es ist nichts Geschäftliches«, sagte er. »Es ist rein privat.«

Tiffany blickte überrascht auf. »Private Einladungen geben Sie nicht.«

»Das ändert sich gerade.«

Das schnurlose Telefon neben der Sekretärin klingelte. Sie meldete sich. »Mr Blackwells Büro. Augenblick bitte.« Tiffany ließ den Hörer sinken. »Ein Mr Masini ist hier und möchte Sie sprechen.«

Mister? Gabis Bruder. »Das ging aber schnell. Sagen Sie, er soll raufkommen.«

Tiffany informierte die Sicherheitsleute und stand auf.

»Wir wollen nicht gestört werden, Tiffany. Bitte stellen Sie keine Anrufe durch.«

Hunter hatte keine Schwester. Es fiel ihm schwer, sich vorzustellen, wie er an Masinis Stelle reagieren würde. Sicher recht unentspannt, entschied er.

Täuschen und tarnen. Klarstellen, dass ihr keinerlei Gefahr droht. Die Wogen glätten.

Der Mann, der jetzt in sein Büro trat, konnte so viel kaputtmachen.

Valentino Masini war alles andere als schmächtig. Sein Anzug wirkte nach dem Flug quer übers Land recht mitgenommen. Sein tödlicher Blick hätte die meisten anderen Männer eingeschüchtert. Hunter sah die Kraft in Masinis dunklen Augen und starrte ungerührt zurück.

»Mr Masini.« Hunter machte keinen Versuch, Gabis Bruder die Hand zu schütteln.

»Warum Gabriella?«

Sehr direkt. Ganz wie die Schwester.

Hunter hob die Hände. »Sie hat Ja gesagt.«

»Aus freien Stücken hätte Gabi das niemals getan.«

Der Bruder schien seine Schwester gut zu kennen.

»Ich versichere Ihnen, das hat sie.«

»Ihre Versicherungen interessieren mich nicht.« Valentino kam zwei Schritte näher und sprach gefährlich leise weiter. »Sie braucht weder Ihr Geld noch Ihr Haus und Männern traut sie nicht über den Weg. Dass sie sich auf den Handel mit Ihnen eingelassen hat, passt nicht zu ihr.«

»Vielleicht wissen Sie nicht so viel, wie Sie glauben.«

Masini ballte die Fäuste.

Einen Augenblick lang fixierten sie einander stumm. Hunter wollte seinem Schwager auf Zeit gerade sagen, dass Gabi von ihm keine Gefahr drohte, da überraschte Val ihn mit einer Drohung.

»Wenn Sie ihr auch nur ein Haar krümmen, bringe ich Sie um.«

Umbringen? Nicht *mache ich Sie fertig* oder *kriegen Sie es mit mir zu tun*, sondern *umbringen*?

»Wäre Ihre junge Frau nicht furchtbar getroffen, wenn Sie als Mörder in den Knast müssten?«

»Sie würde die Sache an meiner Stelle zu Ende bringen, falls ich das aus irgendeinem Grund nicht könnte«, erwiderte Masini. »Sie ist eine exzellente Schützin.«

Hunters Nackenhaare stellten sich auf.

»Was fällt Ihnen ein, in mein Büro zu kommen und mir zu drohen?«

Der andere sah aus, als würde er sich jeden Moment auf ihn stürzen. »Meine Schwester mag eine leichte Beute für Sie gewesen sein. Ich bin es nicht.«

Hunter wollte etwas entgegnen, doch vor der Tür wurden Stimmen laut.

Gabi stürzte herein. Ihr Blick streifte Hunter und blieb dann an ihrem Bruder hängen. Sie riss die Hände hoch. »Was tust du hier?«, schrie sie ihn an.

Tiffany stand mit großen Augen dabei.

»Hast du wirklich geglaubt, ich würde nicht kommen?«, schrie Masini zurück.

»Es ist, wie es ist, Val. Daran kannst du nichts ändern.« Gabi wechselte so schnell in eine andere Sprache, dass Hunter es im ersten Moment gar nicht merkte. In hitzigem Ton sagte sie etwas zu ihrem Bruder. Er schrie genauso hitzig zurück.

Hunter konnte nicht eingreifen. Italienisch hatte er nicht gelernt. Vielleicht war es Zeit, einen Sprachlehrer anzuheuern.

Er wechselte einen Blick mit Tiffany, die den Schlagabtausch aus sicherer Entfernung beobachtete.

Gabi warf ihrem Bruder eine weitere Bemerkung an den Kopf. Dann stellte sie sich neben Hunter. Erst jetzt fiel ihm auf, dass sie ihr Haar heute offen trug. Ihre Hände flogen, ihr Haar flog. Sie war nicht glücklich, dass ihr Bruder gekommen war, sie schrie und zeterte. Und sie war wunderschön, so außer Rand und Band.

Dann fiel in einem ihrer Sätze der Name Alonzo und Masinis Tonfall änderte sich sofort. Hunter verstand nicht, was gesagt wurde, aber Masinis Zorn schien zu verebben. Plötzlich hob Gabi die Hand mit dem Ring. Die andere legte sie auf

Hunters Arm. »Du kommst zu spät«, sagte sie auf Englisch. »Wir sind längst verheiratet.«

Masini stieß ein paar weitere Worte auf Italienisch aus, dann fuhr er sich durchs Haar.

Tiffanis Frage durchbrach die plötzliche Stille im Raum. »Sie sind verheiratet?«

So viel zum Thema, die Nachricht bis Donnerstag unter Verschluss zu halten. »Das wäre alles, Tiffany.« Mit diesen Worten verscheuchte Hunter seine Sekretärin.

Gabi nahm ihr Haar zusammen und legte es sich auf den Rücken. »Geh nach Hause, Val. Lass mich mein Leben leben und leb du deines.«

Val hob warnend den Zeigefinger. »Nur ein Haar, Blackwell. Nur ein Haar.« Unwirsch umarmte er seine Schwester. Sein Zorn schien endgültig zu verpuffen. Zumindest der Teil, der gegen Gabi gerichtet war. Hunter trafen Masinis Blicke weiterhin wie Dolche.

»Ich liebe dich, *tesoro*. Du weißt, wo du mich findest.«

Damit stürmte Masini aus dem Büro.

Gabi ließ sich auf den Stuhl vor Hunters Schreibtisch fallen. Ihre Schultern sanken herab. Hunter fürchtete bereits, er hätte es mit einer weinenden Frau zu tun. Doch dann stellte er fest, dass sie nicht schluchzte, sondern lachte.

Er lehnte sich an seinen Schreibtisch und gluckste leise auf. »Das war sehr unterhaltsam.«

Sie lachte lauter. Sich nicht anstecken zu lassen, war völlig unmöglich.

»Er hat gedroht, mich umzubringen«, erklärte Hunter.

Gabi bekam einen Schluckauf und wischte sich die Tränen aus den Augen.

Hunter lachte. »Das war nicht lustig.«

Sie prustete erneut los und lachte für sie beide. Hunter holte ihr ein paar Papiertaschentücher aus dem privaten Badezimmer seines Büros. Sie dankte ihm, wischte sich das Gesicht ab und lachte weiter.

»Wenn meine Mutter …« Sie konnte vor Lachen kaum reden. »… meine Mutter hier auftaucht, gehst du besser in Deckung.«

»Meinst du, sie wirft einen Stuhl nach mir?«

»Hoffen wir, dass das alles ist.«

Hunter wartete, bis Gabi sich ein wenig beruhigt hatte. Die Designerjeans und ihre Hemdbluse standen ihr gut. Das Haar floss ihr wie Seide über die Schultern. Kein Wunder, dass ihr Bruder glaubte, sie beschützen zu müssen. Sicher hatte er sich sein Leben lang abgemüht, auf seine Schwester aufzupassen. Die Männer mussten ihr in Scharen nachlaufen.

»Streitet ihr euch immer so?«

»Auf Italienisch?«

»Ja, und so laut.«

Gabi zuckte die Achseln. »Wenn schon, denn schon. Er hätte nicht kommen sollen. Aber dass er es getan hat, freut mich natürlich. Mir ist ganz warm ums Herz.«

Hunter schüttelte den Kopf. »Euch Frauen werde ich wohl nie ganz verstehen.«

»Das will ich hoffen. Wo bliebe denn die Spannung im Leben, wenn wir das andere Geschlecht immer ganz und gar verstehen könnten?«

»Ich rätsle lieber, welchen Preis ich bei einer Wohltätigkeitstombola gewonnen habe, als mit welcher Waffe deine Angehörigen auf mich losgehen werden.«

Gabi fing wieder an zu lachen. »Wenn du dich endlich vor einen Bus werfen würdest, müssten wir uns diese Gedanken gar nicht machen.«

Sie stand auf und machte einen Schritt Richtung Tür. »Ich habe die Maklerin einfach stehen lassen. Ich glaube, ich sollte mich wieder in die Häusersuche stürzen.«

»Ich bringe dich raus.«

»Nicht nö…«

»Inzwischen weiß sicher das ganze Büro, dass wir verheiratet sind. Wenn ich dich allein abziehen lasse, sieht das aus, als hätten wir Krach oder als wäre an den Gerüchten nichts dran. Es wird Zeit, deine Schauspielkünste zu testen.«

Sie nickte knapp und schaffte es, nicht zusammenzuzucken, als er ihr auf dem Weg aus dem Büro die Hand ins Kreuz legte.

Tiffany ließ das Telefon sinken und stand auf, als sie vorbeigingen.

Hunter schenkte ihr nicht einmal einen Blick. Gabi lächelte die Sekretärin an und ging wortlos weiter.

Es war fast fünf, aber niemand schien es eilig zu haben, Feierabend zu machen.

»Alle starren uns an«, flüsterte Gabi an Hunters Ohr.

»Sie fragen sich, wer du bist. Also hoch mit dem Kinn.«

Sie straffte die Schultern und betrat zusammen mit ihm den Fahrstuhl. Stumm fuhren sie mit ein paar anderen Leuten ins Erdgeschoss.

Noch immer folgten ihnen Blicke. Er spürte sie und Gabi spürte sie auch.

Vor dem Gebäude stand mit eingeschalteter Warnblinkanlage sein Wagen. Der Aston passte zu ihr. Er war elegant und hatte Klasse.

»Mr Blackwell.« Der Pförtner war ganz aufgeregt. »Ich wollte gerade in Ihrem Büro anrufen.«

»Nicht nötig, Benny. Ich nehme an, Sie kennen sich?« Hunter sah zwischen Gabi und dem Pförtner hin und her.

»Nein, leider nicht. Ich hatte es sehr eilig«, sagte Gabi.

Hunter rückte ein wenig näher an Gabi heran und lächelte. »Also gut, Benny. Das ist Gabriella Blackwell. Meine Frau.«

Bennys genervter Gesichtsausdruck wich echter Verwunderung.

»In Zukunft dürfen Sie den Wagen gern von einem Helfer parken lassen.«

Benny nickte. »Ja, Sir.«

Hunter begleitete Gabi zur Fahrerseite und öffnete ihr die Tür. Als sie einsteigen wollte, verstellte er ihr den Weg. »Jetzt bitte nicht weglaufen«, flüsterte er.

»Wie bitte?«

Mit der Hand, die noch immer auf ihrem Rücken lag, zog er sie zu sich und drückte die Lippen auf ihre.

Sie riss erschrocken die Augen auf. Zurückweichen konnte sie nicht, denn hinter ihr stand der Wagen. Aber sie stieß Hunter nicht weg.

Er ließ seine Hand nur locker auf ihrem Rücken liegen. Schließlich wollte er ihr keine Angst machen.

Ihre vollen Lippen waren weich. Der Duft ihrer Haut und das exotisch blumige Aroma ihres Haars würden ihm in Erinnerung bleiben.

»Ganz locker, Gabi.«

Hunter spürte, wie sie sich bemühte. Er sah, wie ihre dunklen Wimpern sich flatternd schlossen, legte eine Hand an ihre Wange und bog ihren Kopf ein wenig zurück. Ihre Lippen öffneten sich für einen kurzen, berauschenden Moment.

Normalerweise hatte Hunter seine Gefühle und Gelüste fest im Griff. Aber eine Sekunde lang war er in Gefahr, die Kontrolle zu verlieren. Fast so abrupt, wie er den Kuss begonnen hatte, löste er sich von Gabi.

Ihre Blicke trafen sich.

Gabi saugte ihre Unterlippe zwischen die Zähne.

Hunter strich mit dem Daumen über ihr Kinn. »Ich rufe dich an.«

Sie schluckte, dann schlüpfte sie aus seinen Armen und stieg in den Wagen.

Hunter trat einen Schritt zurück und schaute zu, wie sie davonfuhr.

***

»War es schlimm?«, fragte Meg am Telefon.

Gabi rief sie gleich vom Parkplatz des Maklerbüros aus an.

»Ich bin froh, dass Hunter kein Italienisch versteht. Val hat ihm alle möglichen Scheußlichkeiten samt Einsatz diverser Waffen angedroht.«

»Er wird sich wieder beruhigen. Er macht sich eben Sorgen.«

»Ich weiß. Aber bitte bring ihn dazu, nach Hause zu fliegen. Mir zuliebe. Das Letzte, was ich jetzt brauche, ist, dass mein Bruder wie eine Drohne über mir schwebt.«

»Sein Flug ist schon gebucht. Er ist morgen wieder hier auf der Insel.«

»Gut. Danke.«

Gabi klappte die Sonnenblende herunter und schaute sich im Spiegel an. Ihr Lippenstift war ein wenig verschmiert. Ein Andenken an Hunters überraschenden Kuss.

»Kann ich dich was fragen?«, fragte Meg.

»Aber klar.«

»Warum jetzt? Warum Hunter Blackwell?«

»Ich habe dir doch gesagt, er hat mir ein Angebot gemacht, das …«

»Du nicht ablehnen konntest. Ich weiß. Aber Alliance hat jede Menge andere Kunden mit einem deutlich besseren Ruf.«

Gabi strich mit der Fingerspitze an ihrer Lippe entlang. »Den hatte Alonzo auch. Bei Blackwell weiß ich wenigstens, dass ich nur Mittel zum Zweck bin. Es ist völlig klar, dass er mich benutzt. Er tut es nicht heimlich oder hinterlistig. Das hat etwas sehr Beruhigendes.« Als sie die Worte laut aussprach, wurde Gabi klar, wie zutreffend sie waren. In guten wie in schlechten Tagen – bei Hunter wusste sie, woran sie war.

Er benutzte sie, aber nach Vertragsende würde sie als reiche und vor allem freie Frau wieder ihr eigenes Leben leben.

»Die Nachricht wird sich rasend schnell verbreiten. Nach allem, was ich bisher über Blackwell weiß, ist er einer der begehrtesten Junggesellen des Jahrzehnts. Da draußen laufen jetzt ganze Heerscharen enttäuschter Frauen herum.«

»Sein Junggesellendasein ist beendet.«

»Trotzdem werden die Damen nicht lockerlassen. Dieser Mann ist ein zu dicker Fisch. Pass bloß gut auf dich auf.«

An die Frauen in Hunters Leben hatte Gabi noch gar nicht gedacht. Dabei hatte sie ihm keine Minute lang abgenommen, dass er nur hatte heiraten wollen, um vor hartnäckigen Verehrerinnen sicher zu sein. »Ist gut.«

»Ich muss Schluss machen. Deine Mutter steht seit deinem Anruf heute Morgen in der Küche und macht Pasta. Wenn das so weitergeht, lege ich bis zum Ende der Woche satte fünf Kilo zu. Warum kocht sie immer, wenn sie sich aufregt?«

»Das sind unsere italienischen Gene.«

»Prima. Diese Gene machen dick. Sobald du dich an deine Ehefrauenrolle gewöhnt hast, musst du deine Mutter zu euch einladen.«

»Ich weiß nicht …«

»Hast du Angst, dass sie deinen Gatten vor seinen Angestellten mit Pasta bewirft? Angedroht hat sie es nämlich.«

Bei der Vorstellung, wie ihre Mutter Hunter mit Marinara-Soße übergoss, musste Gabi grinsen.

»Gib uns ein paar Wochen.«

»Ich buche schon mal die Flüge.«

Gabi verabschiedete sich seufzend. Ihr blieben zwei Wochen, um sich mit Hunter häuslich einzurichten und einen zivilisierten Umgang mit ihm zu trainieren, damit ihre Mutter sich keine Sorgen machte.

***

Am nächsten Morgen legte Andrew beim Kaffee eine Klatschzeitung über die *New York Times*. Die Überschrift sagte alles: *Playboy-Milliardär in festen Händen.* Ein pixeliges Foto zeigte Hunter beim Betreten seines Wohngebäudes in L. A. Auf einem zweiten Foto stand Gabi mit dem Telefon am Ohr vor einem Maklerbüro. Der einzige Beweis, auf den die Zeitung sich stützte, war ein vergrößerter Bildausschnitt von Gabis Hand mit dem auffälligen Diamanten. Schade, dass es keinen Schnappschuss von ihrem Kuss gab. Zu gern hätte er Gabis Gesichtsausdruck aus der Perspektive einer Kameralinse gesehen. Überrascht … so wie er von seiner eigenen Reaktion. Mit dem Kuss hatte er seine körperliche Unversehrtheit riskiert. Aber Gabi hatte weder versucht, ihn vor ein Auto zu stoßen, noch hatte sie ihm das Knie in seine empfindlichsten Körperteile gerammt. Dass sie seinen Kuss erwidert hatte, wollte er nicht behaupten. Aber irgendetwas war passiert. Etwas, womit sie beide nicht gerechnet hatten.

Ein leises Zungenschnalzen holte Hunter in die Gegenwart zurück.

Andrew hielt die Kaffeekanne in die Höhe. Er wartete darauf, dass Hunter sich zurücklehnte, damit er ihm einschenken konnte. Danach blieb Andrew hartnäckig stehen. »Irgendetwas, was Ihr Butler wissen müsste?«

Hunter nahm einen Schluck Kaffee und lächelte über seine Tasse hinweg. »Ja. Wir ziehen demnächst um.«

Andrew hob eine Braue und wartete.

»In ein Haus.«

»Ach?«

»Hmm …« Hunter nahm einen weiteren Schluck und schob die Klatschzeitung beiseite. »Sie müssen auf der Besucherliste unten am Eingang einen Namen für mich ändern lassen.«

»Und der neue lautet wie?«

»Gabriella Blackwell.«

»Ein lange verschollenes Familienmitglied?« Andrew wusste sehr gut, dass es so jemanden nicht gab.

»Ein neues Familienmitglied. Die Klatschblätter lügen nicht, Andrew. Ich habe Miss Masini letzte Woche geheiratet.«

Andrew blinzelte. »In alten Filmen wissen die Butler und Hausmädchen immer über alles genau Bescheid. Aber ich bin völlig überrumpelt.«

Hunter nahm seinen Kaffee und klemmte sich die Zeitung unter den Arm. »Sie wird Ihnen gefallen. Sie hat Temperament und Klasse.« Lächelnd dachte er an Gabis Streit mit ihrem Bruder. »Und sie ist sehr schön.«

»Schönheit ist einem alten Mann nicht so wichtig.«

Hunter klopfte Andrew mit der Zeitung auf die Schulter. »Gut, dass ich kein alter Mann bin.«

Andrews Blick folgte ihm auf dem Weg aus dem Zimmer.

Wie ein Goldfisch im Glas oder eine Zellkultur unter dem Mikroskop, so fühlte Hunter sich als verheirateter Mann.

***

Auf die Blicke achtete er nicht, und an den Objektiven, die aus der Ferne auf ihn gerichtet waren, schaute er vorbei. So marschierte Hunter in sein Büro in L. A.

Nur Tiffany hatte den Mumm, etwas zu sagen. »Das Telefon klingelt ununterbrochen. Soll ich eine Pressemeldung ankündigen?«

»Für den Donnerstag, ja.«

Tiffany nahm einen Notizzettel von ihrem Stapel. »Travis O'Riley bittet um einen Rückruf.«

»Okay.«

Sie gab ihm einen weiteren Zettel. »Eine Mrs Masini hat angerufen. Sie sagt, es wäre gut für Sie – ich zitiere –, sich schnellstmöglich bei Ihrer Schwiegermutter zu melden.«

Diese Nachricht fand Tiffany ganz eindeutig sehr interessant.

»Sonst noch was?«

»In Ihrem Büro wartet jemand auf Sie. Ein gewisser Blake Harrison.«

Hunters Blick flog zu der geschlossenen Bürotür. Er gab Tiffany die Notizzettel zurück. »Stellen Sie bitte keine Anrufe durch.«

»Und wenn Ihre Frau am Apparat ist?«

Hunter hob einen Finger. »Dann schon.«

Anstelle einer schnippischen Bemerkung oder eines spöttischen Blicks erhielt er von Tiffany etwas viel Beängstigenderes: schweigende Zustimmung.

Tiffany wandte sich wieder ihrem Schreibtisch zu und Hunter trat in sein Büro.

»Hoheit.«

Blake Harrison trug einen perfekt sitzenden Anzug. Er lächelte schief und seine Augenringe verrieten, wie wenig er geschlafen hatte.

»Diese Anrede werde ich dir noch abgewöhnen.«

»Du kannst es versuchen, aber ich gebe gern damit an, einen Herzog zu kennen.«

Sie schüttelten einander die Hände. »Kaffee?«

»Darum hat deine Sekretärin sich bereits gekümmert.«

Hunter gab sich keine Mühe, seine Überraschung über Blakes Besuch zu verbergen. Er setzte sich in seinen Sessel. »Was verschafft mir die Ehre?«

»Ich vertrete heute Sam. Sie ist zu beschäftigt, sonst wäre sie selbst gekommen.«

Dass Sams Schwester sehr krank war, hatte Gabi erwähnt. »Wie geht es deiner Schwägerin?«

»Leider gar nicht gut.«

Hunter lehnte sich zurück und wartete. Blake hatte nie lange um den heißen Brei herumgeredet und glücklicherweise hielt er es immer noch so. »Was kann ich für dich tun?«

Blake knöpfte sein Jackett auf und setzte sich. »Ich sage dir einfach, was Sam gesagt hat. Ihre Worte waren ziemlich klar. *Ich habe Gabriella gut eingearbeitet und mit allen Fallstricken vertraut gemacht. Finde raus, wie dieser Mann sie dazu gebracht hat, ihn zu heiraten.*« Als er die Sätze seiner Frau wiederholte, hob sich Blakes Stimme um eine Oktave.

Dass Nachfragen kamen, hätte Hunter nicht wundern dürfen. Anstatt die Wahrheit zu sagen, erklärte er seinem alten Freund, was sie beide ohnehin wussten. »Jeder hat seinen Preis.«

Blake legte die Stirn in Falten und seufzte müde auf. »Nicht Gabi. Dafür hat sie zu viel hinter sich. Das weiß jeder, der sie kennt.«

Zum ersten Mal, seit er seine Erpressungsstrategie auf dem Rücksitz der Limousine in die Tat umgesetzt hatte, empfand Hunter so etwas wie Verunsicherung. Sie schlang sich wie ein Knoten um seinen Magen.

»Ich habe ihr ein Angebot gemacht, Blake. Sie hat es angenommen.« Hunter wusste, dass Blake ihm diese Erklärung nicht abkaufte.

»Okay, Hunter, du hast noch schneller als ich ein Vermögen angehäuft. Du hast Geschäftssinn, das muss man dir lassen. Aber als der Ältere und nach ein paar Jahren mit einer wunderbaren Frau möchte ich dir gern einen Rat geben.«

Hunter erinnerte sich nicht, wann zuletzt ein Mann so mit ihm geredet hatte. Er hörte schweigend zu.

»Karma«, begann Blake. »Unser Karma ist unbestechlich und gnadenlos. Falls du die Ehe mit Gabi aus verwerflichen Gründen erzwungen hast, wird deines dich in den Hintern treten. Gabi hat einflussreiche Freunde, und keiner, der sie kennt, wird zulassen, dass sie ein zweites Mal durch die Hölle geht.«

Hunter machte plötzlich eine ganz neue Erfahrung: Kalter Schweiß prickelte auf seinem Rücken.

»Du hast keine Ahnung, wovon ich rede, oder?«, fragte Blake.

»Ich weiß, dass sie verwitwet ist.«

Blake lächelte nachsichtig. »Oh Hunter.« Er stand auf und streckte die Hand aus.

Der Händedruck erschien Hunter nicht passend. Dennoch schlug er ein. »Bei deiner nächsten Fusion oder Akquise mach besser deine Hausaufgaben.«

Der Schweiß sammelte sich zu einem Rinnsal.

Blake wandte sich zum Gehen. »Tu dir einen Gefallen«, sagte er. »Frag deine Frau, wer auf ihren verstorbenen Mann geschossen hat.«

Oh verdammt.

»Ist zwischen uns alles okay?«, fragte Hunter. Er wusste nicht, weshalb ihm das so wichtig war.

Blake zuckte die Achseln. »Meine Frau fühlt sich für jede Ehe, die durch ihre Agentur zustande kommt, persönlich verantwortlich. Was ihr wichtig ist, ist auch mir wichtig. Und wenn etwas Gabi betrifft, betrifft uns das auch. Und nicht nur, weil sie Sams Angestellte ist.« Blake schaute Hunter in die Augen. »Behandle sie anständig, dann ist alles gut.«

Als Blake gegangen war, atmete Hunter tief durch.

KAPITEL 9

Sie fuhren hinauf zu den Bel Air Estates, wo viele schöne, alte Bäume in den Himmel ragten. »Heute werden wir das perfekte Heim für Sie finden«, erklärte Josie Fortier zuversichtlich. Sie war dreiundsechzig Jahre alt und verkaufte seit über zwanzig Jahren Häuser an die Reichen und Schönen.

»Das hoffe ich sehr. Meine Nachbarn sind schon ziemlich genervt von den Übertragungswagen der Lokalsender.«

Josie fuhr ein Stück weiter den Hügel hinauf zu den ersten drei Häusern, die heute Morgen auf ihrer Liste standen. »In dieser Gegend sind die Leute an einen gewissen Medienrummel gewöhnt. Und Sie brauchen dringend ein eingezäuntes Grundstück mit einem Tor.«

Gabi nickte. »Ich fürchte, da haben Sie recht.«

»Jede Immobilie, die ich Ihnen heute zeige, hat eine Zufahrt mit Tor. Und zu jedem Haus gehört ein kleineres Extragebäude für Gäste.«

Während Josie von Schlafzimmern, Badezimmern und Grundrissen sprach, dachte Gabi an die Lippen von Hunter Blackwell. Der nervige Bastard hatte etwas in ihr geweckt, was sie für tot gehalten hatte.

Sie wollte Hass und Abscheu für ihren Ehemann empfinden, sonst nichts. Verlangen stand nicht auf ihrer Wunschliste. Weder für jetzt noch für die Zukunft.

Sie schüttelte die Erinnerung an seinen Mund auf ihrem ab und versuchte, sich auf Josies Beschreibung des Hauses zu konzentrieren, das sie sich gleich ansehen würden. Hinter einem Doppeltor lag eine baumbestandene Einfahrt. Ein gepflegter, parkartiger Garten sorgte für ein Ambiente, das den bisherigen Immobilien gefehlt hatte. Hier konnte man tatsächlich ein Privatleben führen.

»Hier haben Sie fast einen ganzen Hektar Garten. Das sorgt für Abstand zwischen Ihnen und den Nachbarn und kommt den Bedürfnissen Ihres Mannes entgegen.«

»Wie bitte?« Dass Josie Hunter erwähnte, machte Gabi stutzig. Josie parkte den Wagen in der ringförmigen Einfahrt.

»Als Mr Blackwell mich gestern angerufen hat, hat er ein größeres Grundstück vorgeschlagen.«

Warum rief er die Maklerin an? Warum überließ er die Entscheidung für ihr gemeinsames Wohnhaus nicht ihr?

Als Gabi und Josie ausstiegen, hielt ein schnittiger graphitgrauer Maserati hinter ihnen. Einen Moment lang überlegte Gabi, ob es sich um den Wagen des Hausbesitzers handelte. Doch dann erkannte sie Hunters inzwischen vertraute Silhouette. Mit einer Sonnenbrille auf der Nase stieg er aus. Sein markantes Kinn und sein nicht ganz perfekt sitzendes Haar sorgten dafür, dass sich die Härchen auf Gabis Armen aufrichteten.

Josi ging mit einem strahlenden Lächeln auf ihn zu. »Mr Blackwell. Ich freue mich, dass Sie Zeit gefunden haben.«

»In meinem Terminplan hat sich eine Lücke aufgetan«, antwortete Hunter.

Gabi schaute an ihm vorbei. Er schüttelte der Maklerin die Hand, dann kam er zu ihr, tat so, als wäre es normal, ganz nahe an sie heranzurücken, und streifte mit den Lippen ihre Wange. »Lächeln«, flüsterte er.

Sie tat es und ärgerte sich sofort, dass sie seine Anweisung so gehorsam befolgte. »Du hast mir nicht gesagt, dass du kommst.« Gabi sprach laut. Sie wollte von Josie gehört werden.

»Seit die Nachricht von unserer Heirat zu den Medien durchgedrungen ist, ist arbeiten fast unmöglich.«

»Dass Sie mit Hunter Blackwell verheiratet sind, hätten Sie mir ruhig verraten können.« Josie tätschelte Gabis Arm.

»Wir … wir wollten das erst in ein paar Tagen offiziell bekannt geben.«

Josie schloss die Haustür auf und fing an, die Vorzüge des Objekts zu preisen. Hunter und Gabi ließen sich ein paar Schritte zurückfallen. Gabi beugte sich zu ihm. »Was tust du hier?«, raunte sie.

Er verstaute die Sonnenbrille in der Innentasche seines Jacketts. »Ich beschleunige unsere Suche.«

»Wozu denn? Wir sind noch keine Woche verheiratet.«

»Je schneller wir zusammenziehen, desto besser«, flüsterte er. Hunter gab ihr keine Chance, schmollend hinterherzuschleichen. Er legte ihr die Hand ins Kreuz und schob sie näher zu Josie.

»Im Hauptgebäude gibt es fünf Schlafzimmer und sechs Badezimmer. Das Nebengebäude ist für Gäste gedacht. Dort finden Sie neben den beiden Schlafzimmern eineinhalb Badezimmer.«

Von der Diele führte eine breite Treppe nach oben. Das Haus war spärlich möbliert. Die derzeitigen Besitzer wohnten offenbar nicht hier.

Die meisten Wände waren weiß, die meisten Böden aus Marmor. Auch in der Küche verhinderte die kühle Atmosphäre, dass Gabi sich für die Ausstattung begeistern konnte, von der Josie schwärmte.

An das Wohnzimmer schloss sich ein großes Esszimmer an. Gabi kniff die Lippen zusammen und schüttelte den Kopf.

»Es gefällt dir nicht«, sagte Hunter leise.

Sie zuckte die Achseln. »Zu kalt und zu modern.«

Josie hatte sie gehört. »Mit Möbeln wird es gleich viel einladender wirken.«

Hunter ging ins Esszimmer und schaute von dort in den Garten. »Das glaube ich kaum.«

»Das obere Stockwerk wird Ihnen gefallen.« Josie gab nicht so leicht auf.

»Davon gehe ich nicht aus, Ms Fortier. Lassen Sie uns das nächste Haus anschauen!« Hunter unterstrich das Ausrufezeichen hinter seinem Satz mit energischen Schritten Richtung Haustür und einem leichten Druck auf Gabis Rücken.

Er schob Gabi zu seinem Wagen und öffnete ihr die Beifahrertür. »Wir folgen Ihnen«, sagte er zu Josie. Der Maklerin blieb nichts anderes übrig, als sich ans Steuer zu setzen und loszufahren.

»Das war unhöflich«, sagte Gabi, als sie sich an Josies Stoßstange hefteten.

»Warum?«

»Das obere Stockwerk hätten wir uns wenigstens ansehen können.«

»Was hätte das gebracht? Das Haus hat dir nicht gefallen.«

»Trotzdem hätten wir uns auch den Rest zeigen lassen können.«

»Ich verschwende nicht gern meine Zeit.«

Gabi schaute aus dem Fenster. »Ich kann mich nicht daran erinnern, dich zu den Besichtigungen hinzugebeten zu haben.«

»Ich werde genau wie du eineinhalb Jahre lang in dem Haus leben und weiß gern, wofür ich mein Geld ausgebe.«

»Ach ja? Während unserer Verhandlungen hast du nicht auf ein Mitspracherecht gedrängt.«

»Auch auf ein Budget haben wir uns nicht festgelegt. Wir sollten uns nur flott auf eine gemeinsame Bleibe einigen.«

»In der du nur eineinhalb Jahre wohnen wirst, ich jedoch bedeutend länger.«

Er schaute ihr über den Rand seiner Designersonnenbrille hinweg in die Augen. »Du kannst gern unser neues Heim aussuchen, aber ich will keinen Monat lang warten.«

Josie fuhr langsamer und bog dann in eine weitere baumbestandene Einfahrt ein. Das Tor lag hier ein Stück weiter innerhalb der Grundstücksgrenze.

»Das dauert keinen Monat.«

»Tut es doch, wenn du dir jede Abstellkammer zeigen lässt.«

Sie parkten hinter Josie und begannen die nächste Besichtigung. Gabi klebte sich ein Lächeln ins Gesicht, behielt ihre Gefühle für sich und gab zu den nächsten beiden Immobilien nur zurückhaltend freundliche Kommentare ab. Das Haus im Kolonialstil war nicht das Richtige, und die Villa nach spanischem Vorbild hatte nicht, wonach sie suchte.

Hunter hielt sich stumm im Hintergrund.

***

Lügen gehörte nicht zu Gabis Spezialitäten, fand Hunter. Aber ihr künstliches Lächeln und ihre wohlwollenden Kommentare zu den Häusern sorgten dafür, dass sie beide Male länger blieben als nötig.

»Dann war Ihre Wunschimmobilie dabei?«, fragte die Maklerin hoffnungsvoll. Gabi verneinte bedauernd. Ihre Gründe waren fadenscheinig. Eine zu kleine Küche oder ein Außenbereich, der nicht zum Hausinneren passte? Diese Frau spielte auf Zeit, das war Hunter klar.

Während sie das Gästehaus der vierten Immobilie inspizierten, sah Hunter sich unauffällig die Verkaufsangebote an, die

Tiffany ihm aufs Handy geschickt hatte. Einige sortierte er aufgrund von Gabis bisherigen Kommentaren aus. Zwei Adressen schickte er an Ms Fortier.

Er sah, wie sie ihr Telefon aus der Tasche zog und ihm dann einen kurzen Blick zuwarf. Er legte einen Zeigefinger an seine Lippen. Die Maklerin zwinkerte.

Nach der Besichtigung zuckte Gabi die Achseln. »Scheint, als hättest du heute tatsächlich deine Zeit verschwendet.«

»Der Tag ist noch nicht vorüber.«

»Josie hatte vier Häuser auf dem Plan. Wir sind fertig.« Gabi lächelte zufrieden.

Ms Fortier schloss die Tür hinter sich ab. »Sieht aus, als hätte sich ganz in der Nähe gerade eine weitere Möglichkeit aufgetan. Haben Sie Zeit für ein oder zwei weitere Besichtigungen, Mr Blackwell?«

Gabi runzelte die Stirn.

Hunter lächelte. »Selbstverständlich.«

Stumm fuhren sie die kurze Strecke zur nächsten Immobilie. Sie gelangten an ein üppig verziertes, schmiedeeisernes Tor zwischen hohen Hecken und hundert Jahre alten Bäumen. Die Einfahrt führte eine kleine Anhöhe hinauf bis zum Haus. Ein Brunnen plätscherte auf dem Rasen davor.

Gabi schnappte kaum hörbar nach Luft. Hunter blickte auf. Offenbar hatte er mit seiner Einschätzung richtiggelegen. In Gabis Adern floss italienisches Blut. Zudem hatte sie jahrelang auf der Urlaubsinsel ihres Bruders gelebt. Davon hatte er sich leiten lassen.

Genau wie bei den vorigen Besichtigungen hielt Hunter sich schweigend im Hintergrund.

Gabi strich über das dunkle Holz der Doppeltür. Eine breite Veranda lief um das gesamte Gebäude herum. Vom großzügig geschnittenen Eingangsbereich führte eine geschwungene Treppe ins Obergeschoss. Es gab dunkles Holz und der Anstrich der Wände in warmen Gold- und Ockertönen erinnerte an rissigen römischen Putz. Aber Hunter wusste, dass der Look durch viele Lagen sorgfältig aufgetragener Farben und Lacke zustande kam.

»Ohhh.« Angesichts der fast zehn Meter hohen Decke vergaß Gabi ihre Zurückhaltung.

Im Gegensatz zu den anderen Häusern war dieses speziell für den Verkauf möbliert worden. Im geräumigen Wohnzimmer standen einladende Sofas, hohe Kerzen säumten den Sims des offenen Kamins, in dem ein kleines Kind hätte aufrecht stehen können.

Ms Fortier las die Vorzüge des Hauses vom Display ihres Telefons ab. Aber Hunter bemerkte, dass Gabi ihr kaum zuhörte. Sie ging durchs Wohnzimmer in die Küche, begutachtete den restauranttauglichen Herd und strich mit den Fingern über einen besonderen Wasserhahn. »Weißt du, was das ist?«, fragte sie ihn.

»Ich koche nicht.«

»Das ist ein Topffüller. Sehr praktisch, wenn man Pasta kocht.«

Gabi öffnete die Kühl-Gefrier-Kombination. Nur ein paar Flaschen Mineralwasser standen darin, ein Hinweis, dass niemand hier wohnte. An die Küche mit Essecke schlossen sich ein Esszimmer, eine Vorratskammer und ein weiteres, noch größeres Esszimmer an, das sich für Feste und Feiern anbot. Mehrere Doppeltüren führten von den Zimmern auf eine großzügige Loggia hinaus.

Gabi ließ anerkennende Bemerkungen über den offenen Kamin und die bereits vorhandenen Einrichtungsgegenstände fallen. Als sie oben im Hauptschlafzimmer ankamen, wusste Hunter, dass sie das richtige Haus gefunden hatten. Beim Anblick der Badewanne und der Dusche im angrenzenden Badezimmer strahlte Gabi wie ein Kind in einem Bonbonladen.

Die schmiedeeisernen Akzente und warmen Erdfarben trafen offenbar ihren Geschmack. Vom Balkon im oberen Stockwerk aus sah man hinunter auf den Pool, den Garten, das großzügig geschnittene Grundstück.

Zurück im Erdgeschoss öffnete Ms Fortier weitere Türen.

»Es gefällt dir«, raunte Hunter an Gabis Ohr.

»Es ist … zu viel.«

Er grinste und wandte sich zu Ms Fortier um, die sie gerade gerufen hatte: »Das müssen Sie sehen.«

Gabi folgte ihr mit beschwingtem Schritt eine schmale Treppe hinunter. Die dunklen Ziegelwände passten perfekt zum Rest des Gebäudes.

»Ein Weinkeller darf in einem italienischen Haus doch nicht fehlen«, sagte Ms Fortier.

Unten an der Treppe blieben sie stehen. Gabis Lächeln fiel in sich zusammen, sie wich so hastig zurück, dass sie fast stolperte. Hunter hielt sie am Ellbogen fest.

Sie war eiskalt.

»Gabi?«

Sie schloss fröstelnd die Augen. »Es ist alles in Ordnung.«

Offensichtlich nicht. Hunter schaute sich in dem ansprechend gestalteten Kellerraum um. »Lass uns hochgehen.«

Dass sie sich nicht wehrte, als er den Arm um sie legte und sie behutsam nach oben führte, war ein sicherer Hinweis, dass der Keller eine unschöne Erinnerung in ihr geweckt hatte.

Sie setzte sich aufs nächstbeste Sofa und bat Ms Fortier, ihr ein Glas Wasser zu holen.

»Lassen Sie uns bitte einen Moment allein«, sagte Hunter, als die Maklerin mit dem Wasser zurückkam. Die Frau verließ das Zimmer und Hunter setzte sich auf den hölzernen Couchtisch. Er wartete, bis Gabis Zittern nachließ. »Geht es wieder?«, fragte er dann.

Sie trank einen Schluck Wasser. Ihre Hand war noch immer nicht ruhig. »Ja.« Sie drückte den Handrücken an ihre Stirn. »Damit habe ich nicht gerechnet.«

»Mit einem Weinkeller?«

»Mit meiner Reaktion.«

Auch er war völlig überrumpelt. »Dieses Haus können wir wohl von der Liste streichen.«

Sie schüttelte den Kopf. »Nein. Es ist wirklich schön. Eigentlich perfekt.«

»Eben im Keller wärst du beinahe umgekippt.«

Sie versuchte zu lächeln, und Hunter spürte, wie sie seine Hand umklammerte. Erst jetzt fiel ihm auf, dass er ihre Hand festgehalten hatte. Auch Gabi schien das plötzlich zu bemerken und ließ ihn los.

»Es ist nur ein einziger Raum in einem großen Haus. Ich muss ihn ja nicht betreten.«

Er beugte sich vor und stützte die Ellbogen auf die Knie. »Was ist der Grund für deine Angst, Gabi?«

Sie schaute ihm in die Augen. Ihr gezwungenes Lächeln erlosch. »Das ist nicht wichtig.«

Im Klartext hieß das, *das geht dich nichts an.*

Hunter nahm ihr das Wasserglas aus der Hand und stellte es beiseite. Er hatte eineinhalb Jahre lang Zeit, ihre Geheimnisse zu ergründen. Doch irgendetwas sagte ihm, dass es so lange gar nicht dauern würde.

Beim Aufstehen wankte Gabi ein wenig. Sie stützte sich an seinem Arm ab. »Danke«, sagte sie. »Dass du nicht weiterbohrst.«

»Das fällt mir schwer.«

»Ich weiß.«

Ms Fortier kam zurück. »Sollen wir lieber gehen?«, fragte sie besorgt.

Gabi ließ den Blick durchs Zimmer schweifen. »Was soll das Haus kosten?«

»Achtzehn Komma vier.« Ms Fortiers Stimme klang ungläubig und ein wenig schockiert.

Gabi fuhr zu der Frau herum. »Millionen?«

»Ja.«

»Hatte ich nicht gesagt, zehn seien die Obergrenze?«

»Wir müssen uns nicht daran halten.« Hunter trat zwischen die beiden Frauen. »Schicken Sie mir ein schriftliches Angebot, Ms Fortier.«

»Hunter!«, rief Gabi.

»Das Haus ist perfekt. Das hast du gerade selbst gesagt. Die Kellertür lasse ich zuschrauben. Wie gefallen dir die Möbel?« Er tat, als wäre das Haus so gut wie gekauft.

Gabi rüttelte an seinem Arm. »Du bist zu impulsiv.«

»Eher praktisch, finde ich. Möbel aussuchen braucht Zeit.«

»Ich spreche nicht von den Möbeln. Ich spreche von diesem Haus. Achtzehn Komma vier Millionen Dollar …«

»Entsprechen meinem Lebensstandard.« Sein Blick war fest. »Darauf haben wir uns vertraglich geeinigt.«

Gabi schaute zwischen Ms Fortier und Hunter hin und her. »Schön.«

»Wunderbar«, sagte Ms Fortier.

Gabi beugte sich zu Hunter. »Ich wollte nicht so viel von deinem Geld ausgeben.«

»Wenn ich mein Geld lieber zusammenhalten würde, hätte ich nicht geheiratet.«

»Die Möbel möchte ich selbst aussuchen!«

Hunter schaute ihr ins Gesicht. Dann lächelte er. »Schön.«

KAPITEL 10

»Ich stehe auf Schritt und Tritt unter Beobachtung«, beklagte Gabi sich beim Tee mit Gwen. »Bis der Hauskauf komplett abgewickelt ist, dauert es noch zwei Wochen, und das auch nur, wenn alles nach Plan läuft.« Gabi schob die Gardine ein wenig beiseite. Sofort wurde ein Objektiv auf sie gerichtet. Etliche Übertragungswagen waren zu ergiebigeren Einsatzorten geschickt worden. Aber ein paar Regionalsender und Klatschzeitschriften hatten ihre Reporter bis auf absehbare Zeit vor dem Haus stationiert.

Gwen hob ihr adeliges Kinn und nippte an ihrer Tasse. »Zieh doch einfach gleich zu ihm.«

Gabi ließ die Gardine los und sperrte damit die Reporter und Kameras aus. »Nein. Ich möchte auf neutralem Boden mit ihm zusammen sein. Wenn ich zu ihm ziehe, hat er einen Heimvorteil.«

»Wäre das schlimm?«

Gabi zuckte die Achseln. »In ein Haus zu ziehen, in dem zuvor keiner von uns beiden gewohnt hat, erscheint mir irgendwie sicherer.« Es war nur so ein Gefühl.

Gwens Lächeln war plötzlich wie weggewischt. »Fürchtest du dich etwa vor ihm?«

»Ich kenne ihn kaum. Das ist das Problem.«

Gwen stellte nachdenklich ihre Tasse ab. »Du hast ihn geheiratet. Dass wir alle nicht glauben, dass du es freiwillig getan hast, ist dir wohl klar.«

»Wir alle?« Gabi wusste, was jetzt kommen würde. Sämtliche Alliance-Mitarbeiterinnen, darunter einige, die durch Alliance Ehemänner gefunden hatten, hatten sie schon angerufen. Also praktisch Sams und Blakes gesamter Freundeskreis.

»Dein Bruder zum Beispiel, und Meg.«

»Ich weiß, was Val von der Sache hält. Er fühlt sich seit jeher verpflichtet, mich zu beschützen.«

»Nicht nur er macht sich Sorgen. Michael hat sich bei Karen erkundigt, was an den Gerüchten dran sei.«

Michael war ein berühmter Hollywoodstar und dank Alliance einige Zeit verheiratet gewesen. Zusammen mit Meg hatte er ausgerechnet zu der Zeit Vals Urlaubsinsel besucht, als Alonzo aufgeflogen war.

Gwen redete weiter. »Und dann Neil und Rick. Seit sie von deinem Vertrag wissen, haben die beiden Schnappatmung.«

Gabi stand auf. Dass sie immer noch so weiche Knie hatte, ärgerte sie. Sie gab sich alle Mühe, nicht zu wanken. »Ich brauche dir nicht zu sagen, dass dein Mann von Natur aus misstrauisch ist. Und Rick verlässt sich vermutlich auf Judys Einschätzung. Sie und Meg haben sicher telefoniert.«

Gwen folgte Gabi in die Küche und lehnte sich an die Arbeitsplatte. »Was du Misstrauen nennst, nenne ich gesunden Menschenverstand. Seit deiner Ankunft in Kalifornien bist du nie ohne weibliche Begleitung in einen Club, ja noch nicht mal irgendwohin zum Essen gegangen.«

Gabi wollte widersprechen, aber Gwen hob die Hand. »Wenn ich recht informiert bin, hast du nur eine einzige Wohltätigkeitsveranstaltung alleine besucht. Und das war die, nach der die Fotos von dir und Hunter aufgetaucht sind. Korrigier mich, falls ich mich täusche.«

»Ich bin keine Einsiedlerin.«

»Aber fast. Eine Heirat, selbst eine vertraglich abgesicherte, passt nicht zu dir. Du hast Freunde, Menschen, die dir helfen können, wenn du uns nur vertraust.«

Gabi hielt Gwens besorgte Miene kaum aus. Sie drehte sich zum Spülbecken und wusch ihre Tasse ab. Ihr Bauchgefühl drängte sie, sich ihrer Freundin anzuvertrauen. Aber die Stimme der Vernunft in ihrem Kopf sagte ihr, dies sei kein guter Zeitpunkt einzugestehen, dass der Milliardär sie erpresst hatte. Schließlich entschied sie sich für eine etwas freiere Version der Wahrheit.

»Er ist sehr gut aussehend.« Das war nicht gelogen. »Sein Antrag und sein finanzielles Angebot kamen überraschend. Aber einen solchen Mann derart in der Hand zu haben, war kein schlechtes Gefühl.«

»Willst du etwa behaupten, Hunter Blackwell sei eine Art Therapie für dich?«

»Vielleicht.« Gabi stellte die Tasse auf ein Geschirrtuch, dann wandte sie sich Gwen zu. »Mir war klar, dass der Weg, den ich seit Alonzo eingeschlagen habe, mir nicht guttut. Hunter bietet mir die Gelegenheit zu einem Neuanfang. Für die nächsten Monate wird er ein sicherer Begleiter sein. Dann werden unsere Wege sich trennen, und vielleicht kann ich bis dahin auch wieder Vertrauen zu einem männlichen Wesen fassen.«

Gwen stellte ihre Tasse in die Spüle. »Ich würde dir wirklich gerne glauben.«

Gabi schaute ihr ins Gesicht. »Dann tu es doch einfach.«

Ein Klopfen an der Tür unterbrach sie.

In der Einfahrt stand der Wagen eines Blumenlieferanten. Die Medienleute brachten ihre Kameras in Stellung.

Gabi öffnete die Tür. Draußen trat ein nervöser Teenager von einem Bein aufs andere. »Mrs Blackwell?«

Noch hatte sie sich nicht an den Namen gewöhnt. »Ja?«

Er überreichte ihr ein Dutzend samtroter Rosen. »Unterschreiben Sie bitte hier?«

Sie tat es. »Moment. Ich hole Ihnen ein Trinkgeld.«

»Das ist schon erledigt. Schönen Tag noch.«

»Die sind wunderschön«, sagte Gwen.

Gabi stellte die Blumen zu denen, die Hunter ihr vor ein paar Tagen geschickt hatte. Jeder Strauß war anders. Von tropischen Arrangements bis hin zu Lilien. Die Rosen waren ein neuer Zug. Auf der Karte stand eine knappe Anweisung. *Abendgarderobe. Heute um sieben. H.B.*

Gwen spähte über Gabis Schulter. »Nett von ihm, dir Blumen zu schicken.«

»Ich denke, die sind vor allem für die Kameras bestimmt.«

Gwen holte ihre Handtasche und küsste Gabi auf die Wange. »Sieht aus, als hättest du ein Date mit deinem Ehemann.«

»Klingt das für dich genauso seltsam wie für mich?«

Gwen legte ihr lachend die Hand auf den Arm. »Pass gut auf dich auf.«

»Das tue ich. Und bitte erinnere die besorgte Truppe daran, dass der Mann, von dem ich geglaubt habe, ich würde ihn lieben, mich beinahe umgebracht hätte. Zum Glück ist ihm das nicht gelungen. Hunter braucht eine Frau an seiner Seite, das ist jetzt meine Rolle. Gefühle sind nicht im Spiel und niemand trachtet mir nach dem Leben.«

»Wenn du das wirklich glaubst, dann tu mir einen Gefallen«, sagte Gwen. »Versuch, die Zeit zu genießen.« Sie tätschelte Gabis Wange. »Wenn man die Sorgenfalten um deine schönen Augen sieht, könnte man nämlich glauben, du lebst in furchtbarer Angst.«

Gabi drückte die Hände an ihr Gesicht und zwang sich, die Muskeln unter ihren Fingerspitzen zu lockern.

»Je früher du deinem Ehemann auf Zeit von deiner Vergangenheit erzählst, desto einfacher wird es für ihn, dir ein gutes Gefühl zu vermitteln. Solange er nicht Bescheid weiß, kann er jederzeit kaum verheilte Wunden aufreißen und dich in Panik versetzen.«

Die schrecklichen Sekunden im Weinkeller hatten Gabi das gezeigt. Aber sich Hunter anzuvertrauen, kam nicht infrage. Sie würde sich auf Zehenspitzen durch das Minenfeld arbeiten müssen, das Alonzo hinterlassen hatte. In den vergangenen anderthalb Jahren war ihr das ganz gut gelungen. Da würde sie die nächsten achtzehn Monate doch auch noch schaffen.

***

Charles musste die Limousine vor dem Haus in Tarzana auf der Fahrbahn parken. Die Plätze am Straßenrand waren belegt.

In die Reporterschar kam Bewegung. »Mrs Blackwell! Einen Augenblick bitte!«

»Stimmt es, dass Sie ein Kind von Hunter Blackwell erwarten?«

Die Fragen prasselten auf sie ein. Ohne auch nur eine einzige zu beantworten, schob sie sich auf den Rücksitz.

Dass Hunter nicht im Wagen saß, überraschte sie.

Charles fuhr los, die Reporter sprangen in ihre Fahrzeuge und folgten ihnen.

»Und das geht jetzt noch eineinhalb Jahre lang so«, murmelte Gabi. Dabei war eine Stretch-Limo nicht die schlechteste Art der Fortbewegung. Besser als mit feuchten Händen und klopfendem Herzen am Steuer von Hunters James-Bond-Auto zu sitzen und zu hoffen, dass nichts passierte. Vermutlich sollte sie ihm sagen, dass sie keine gute Fahrerin war.

Die Gelegenheit dazu ergab sich sicher, wenn er die winzige Beule in der Stoßstange bemerkte. Sie hatte einem Fotografen ausweichen müssen und war dabei gegen die Mülltonne ihrer Nachbarn gefahren. Eigentlich konnte sie nichts dafür. Ohne den Paparazzo wäre die Stoßstange unversehrt geblieben.

Gabi drückte auf einen Knopf und ließ die Scheibe zwischen ihr und dem Fahrer herunter. »Folgen die uns noch?« Durch die getönte Heckscheibe hindurch konnte sie nicht viel erkennen.

»Leider ja, Mrs Blackwell.«

Sie sah die Scheinwerfer der Fahrzeuge, die hinter ihnen fuhren. »Holen wir Hunter ab?«

Charles lenkte den langen Wagen auf den Freeway. »Er hat mich gebeten, Sie zu seiner Wohnung zu bringen.«

Sie schaute an sich hinunter. Sie trug ein eng anliegendes Abendkleid mit Spaghettiträgern, und ihre hohen Schuhe passten besser in eine Konzerthalle als in eine Penthouse-Suite. Aber Hunters Heim hatte sie noch nie gesehen. Das Heim, in das sie nicht hatte einziehen wollen.

Sie lehnte sich zurück und beschloss, die Fahrt zu genießen. Doch plötzlich schoss ihr durch den Kopf, dass sie mit Hunter allein sein würde. Wenn der Hauskauf erst in trockenen Tüchern war, würde das noch viel öfter der Fall sein.

Ihre Nerven begannen zu flattern. Ihr Rückgrat wurde starr, ihre Fingerspitzen trommelten auf den Sitz.

»Möchten Sie Musik hören, Mrs Blackwell?«

»Ja. Nein. Ich …« Das war kein gutes Zeichen. »Sagen Sie, Charles, wie kommt es, dass Sie immer Zeit haben, mich zu fahren?«

Im Spiegel schaute sie dem Mann in die Augen. Sein angenehm unaufdringliches Lächeln beruhigte sie.

»Mr Blackwell hat mich angefordert. Er sagt, er weiß gern, wer seine Frau durch die Gegend kutschiert.«

»Oh.« Sie wusste nicht recht, was sie davon halten sollte.

»Er meinte, Ihrem Fahrer vertrauen zu können, sei für Sie beide sehr wichtig. Ich danke Ihnen für die Empfehlung.«

Sie wollte ihm sagen, dass sie eigentlich gar keine direkte Empfehlung ausgesprochen hatte, entschied sich dann aber dagegen. Wozu den Mann enttäuschen? »Hat er sonst noch etwas gesagt?«

»Nur dass ich auf Sie achtgeben soll.«

»Sind Sie eine Art Spion?«

»Oh nein, ganz und gar nicht. Aber Sie sind eine schöne Frau und mit einem der reichsten Männer hier in den Staaten verheiratet. Man weiß nie, wer es auf Sie abgesehen haben könnte.«

Das war alles andere als beruhigend. Anscheinend war ihr die Besorgnis deutlich anzusehen.

»Ich kann schießen und habe eine Nahkampfausbildung«, sagte Charles hastig. »Bei mir sind Sie in guten Händen, Mrs Blackwell.«

Was ihm an Körpergröße fehlte, glich er durch sein Selbstbewusstsein wieder aus.

Sie musste dringend ihren Verfolgungswahn ablegen. Vielleicht war es Zeit, wieder einmal bei ihrer Therapeutin vorbeizuschauen. Seit der letzten Sitzung vor sechs Monaten hatte sie nicht mehr das Bedürfnis gehabt, mit der Frau zu sprechen. Aber seit ihrem Jawort vor ein paar Tagen dachte sie wieder daran.

Ein paar Straßenecken von dem Komplex entfernt, in dem Hunter wohnte, drückte Charles einen Knopf an der Freisprechanlage und kündigte ihre Ankunft an. »Zwei Minuten«, sagte er.

Gabi sah bald, dass ihre Sorge, die Paparazzi könnten ihr zu sehr auf die Pelle rücken, völlig unbegründet war. Neben Hunter warteten am Straßenrand zwei weitere Männer auf sie.

Sie waren fast doppelt so breit wie er. Obwohl sie nur ganz lässig dastanden, hielten die Medienvertreter Abstand.

Hunter öffnete ihr die Wagentür und streckte die Hand aus.

Er trug einen eleganten schwarzen Smoking und ein strahlend weißes Hemd. Seine Fliege war ein wenig verrutscht. Sein Haar sah aus, als wäre er ein paarmal mit den Händen hindurchgefahren.

Gabi stellte einen Fuß auf den Gehsteig und spürte Hunters Blick auf der nackten Haut, die der Schlitz in ihrem Kleid sichtbar machte. Sie reichte ihrem Gatten die Hand und ließ sich aus dem niedrigen Wagen helfen.

Als sie aufrecht auf ihren zehn Zentimeter hohen Absätzen stand, konnte sie ihm beinahe direkt in die grauen Augen blicken. Noch immer ließ er ihre Hand nicht los, sondern hob sie an die Lippen und küsste ihre Fingerknöchel.

Sofort brach ein Blitzlichtgewitter über sie herein.

Die Reporter waren nicht nahe genug, um sie zu berühren. Aber auf die Auslöser drücken konnten sie.

»Du siehst umwerfend aus«, raunte Hunter.

Mit einem kleinen Ruck befreite sie ihre Hand, griff nach seiner Fliege und rückte sie zurecht. Dann lächelte sie.

»Mr Blackwell, ein Foto, bitte!«

»Wir müssen auch von irgendwas leben«, rief eine andere Stimme.

Aus dem Augenwinkel sah Gabi, dass Charles hinter ihr mit den Händen wedelte, als müsste er die Reporter daran erinnern, ihr nicht zu nahe zu kommen.

»Ich habe Kinder, Mrs Blackwell, und die brauchen was zu essen. Das verstehen Sie doch?«

Hunter wollte sie mitziehen, doch sie rührte sich nicht von der Stelle. Die hungrigen Kinder gab es vermutlich gar nicht. Aber für ein paar Fotos zu lächeln, tat schließlich nicht weh.

Hunter nickte in Richtung seines Gebäudes, doch Gabi hielt seine Hand fest.

Der Anflug eines Lächelns umspielte seine Lippen. Gabi spürte ein Ziehen in der Magengegend. Hunter verstand, was sie wollte, stellte sich zu ihr und legte ihr den Arm um die Taille. Das Ziehen wurde stärker. Trotzdem wandte sie sich lächelnd zu dem Fotografen mit den Kindern und dem riesigen Objektiv.

Hunter drehte sie nun auch zu den Reportern auf der anderen Seite und zog sie noch ein bisschen fester an sich. Die Bodyguards blieben in Stellung. Jetzt spürte sie ihren Ehemann in voller Länge von der Schulter bis zur Hüfte an ihrem Körper. Und zum ersten Mal seit sehr langer Zeit überlief sie bei einer solchen Berührung kein kalter Schauer. Obwohl der Abend kühl war und sie nicht an eine Jacke gedacht hatte, war ihr warm.

Hunters Lippen berührten beinahe ihr Ohr. »Die Geschichte von den hungrigen Kindern höre ich mindestens einmal die Woche«, flüsterte er.

»Kinder müssen jeden Tag essen.«

Bei seinem Lachen fiel ein wenig Spannung von ihr ab. Schließlich führte Hunter sie von den Blitzlichtern weg.

Einer der Bodyguards blieb im Eingangsbereich zurück, der andere fuhr zusammen mit ihnen im Fahrstuhl nach oben.

»Möchtest du mir nicht sagen, was wir heute vorhaben? Uns für einen ruhigen Abend zu Hause so in Schale zu werfen, fände ich ein wenig übertrieben.« Gabi fixierte die Fahrstuhltür und zählte die Stockwerke, an denen sie vorüberfuhren.

»Wir geben einen kleinen Empfang für ein paar Geschäftsfreunde und ein paar ausgewählte Medienvertreter, damit unsere Eheschließung sich herumspricht.«

Sie schaute kurz zu ihm hinüber und ertappte ihn dabei, wie er sie anstarrte. »Das hättest du mir sagen können.«

»Du stehst nicht auf Überraschungen?«

»Nein, eher nicht.«

»Hmmm …« Er schaute nachdenklich zur Nummernanzeige des Fahrstuhls. »Das muss ich mir merken.«

Ein leises *Ping* zeigte an, dass sie oben angekommen waren. »Bereit?«

Als ob sie eine Wahl hätte. Sie setzte ein Lächeln auf und hängte sich bei ihm ein. Die Tür öffnete sich.

Kleiner Empfang? Die wahre Bedeutung des Wortes *klein* schien Hunter nicht zu kennen.

Frauen in prachtvoller Abendgarderobe, Männer in Smokings. Alle waren gekleidet wie bei einer Hochzeitsfeier, nur sie trug kein Weiß. Hätte sie es getan, wenn sie gewusst hätte, was sie erwartete?

Nein. Die goldenen Pailletten waren ausreichend festlich.

Zwei Dinge fielen ihr sofort auf: dass sie niemanden kannte und die Rosen. Das einzige vertraute Gesicht war Hunter, und die Rosen bedeckten jede verfügbare horizontale Fläche. Sie waren keine Farbtupfer, sondern ein wahrer Tsunami aus Duft und samtigem Rot.

Hunter zog eine einzelne langstielige Blüte aus einem Arrangement. »Für dich.«

Er war zu gut aussehend, zu voller Testosteron. Zu viel. Sie ließ den Blick über das Rosenmeer schweifen und spürte, wie ihr Grinsen breiter wurde. »Wer hätte gedacht, dass du im Herzen ein Mädchen bist?«

Sein Lachen zog die Blicke der Umstehenden auf ihn. »So etwas zu sagen, getraust dich nur du.«

Wenn sie allein gewesen wären, hätte sie noch ganz andere Dinge gesagt.

Ein Pianist sorgte für eine dezente musikalische Untermalung. Hunter legte wie selbstverständlich den Arm um sie.

Ein älterer Mann und ein Kellner mit einem Tablett voller Champagnergläser kamen fast gleichzeitig bei ihnen an.

»Mrs Blackwell, darf ich Ihnen Ihre Handtasche abnehmen?«
Hunter nickte ihr zu. »Das ist Andrew, Gabi. Unser Butler
und persönlicher Diener. Du wirst ihn sehr gut kennenlernen.«
Der Mann lächelte zurückhaltend.

»Du kannst ihm vertrauen«, flüsterte Hunter Gabi ins Ohr.

»Sehr angenehm.« Andrew neigte leicht den Kopf. Sie gab
ihm ihre Handtasche und er brachte sie weg.

Hunter nahm zwei Champagnergläser von dem Tablett
und hielt ihr eines hin. Ein Anflug von Panik überkam sie.
Am liebsten hätte sie das Glas weggestoßen. Stattdessen gab sie
ihm ihres und nahm ihm seines aus der Hand. Sein erstaun-
ter Blick beruhigte sie ein wenig. Sicher hatte sie mit der
kleinen Tauschaktion tausend Fragen aufgeworfen. Aber für
Erklärungen hatten sie im Augenblick zum Glück keine Zeit.

»Blackwell? Ist sie das?«

»Frank Adams. Darf ich Ihnen meine wunderbare Ehefrau
vorstellen, Gabriella Blackwell.«

Gabis Hand verschwand in Frank Adams' fleischiger Pranke.
Sein Akzent war durch und durch Texas, sein flirtverdächtiges
Zwinkern stand in krassem Gegensatz zu der ansonsten recht
förmlichen Atmosphäre im Raum. Zum Smoking trug er einen
Stetson. Gabi konnte sich ein Grinsen nicht verkneifen.

»Meine Melissa wird sehr enttäuscht sein.« Frank hob eine
Augenbraue. »Genau wie unzählige andere Frauen, wenn sie
hören, dass Sie vergeben sind, Blackwell.«

Hunter wechselte noch ein paar Worte mit dem Texaner.
Dann gingen sie weiter. »War das jetzt freundlich gemeint oder
nicht?«, raunte Gabi leise.

Seine Lippen waren wieder dicht an ihrem Ohr. »Wie ich
schon sagte, ich habe keine Freunde«, flüsterte er.

Gabis Kopfbewegung schloss den ganzen Raum mit ein.
»Wer sind dann all diese Leute?«

»Kollegen, Feinde und Bekannte.«

Sie sah, dass Andrew sie von Weitem beobachtete. »Und Andrew?«

»Na ja …«

Es gab also jemanden, den Hunter als Freund betrachtete.

Viel Zeit, darüber nachzudenken, hatte sie nicht, denn Hunter stellte sie jetzt einer ganzen Gruppe vor. »Diese Leute arbeiten in meinem New Yorker Büro«, erklärte er ihr hinterher.

Gabi versuchte, sich die Namen einzuprägen, doch schon standen sie bei den nächsten Unbekannten. Es gab Angestellte, Geschäftsverbindungen aller Art … Fast alle Gäste musterten sie mit einer Mischung aus Neugier und Neid. Zumindest, was die weiblichen anging.

»An Tiffany erinnerst du dich bestimmt.«

»Selbstverständlich.« Gabi lächelte in das müde Gesicht von Hunters Privatsekretärin.

»Als Mr Blackwells Ehefrau können Sie ja vielleicht in Zukunft dafür sorgen, dass seine Anzüge gebügelt und die Blumen bestellt sind.«

Hunter warf der Frau einen Blick zu, der Gabi zusammenzucken ließ.

»Ups.« Tiffany verzog sich hastig.

Er nahm Gabi das unberührte Champagnerglas aus der Hand und stellte es auf ein Tablett.

»Senator Fillmore! Ich möchte Ihnen gern meine Frau vorstellen. Gabriella.«

Ein bekanntes Gesicht. »Wir sind uns bereits einmal begegnet.« Sie streckte dem Senator die Hand hin.

»Tatsächlich?«, fragte der ältere Herr.

»Ja, letztes Jahr. Ich war bei Carter und Eliza Billings zu Gast. Bei einer Wohltätigkeitsveranstaltung in Hollywood.« Carter, der frühere Gouverneur von Kalifornien, nahm gerade eine Auszeit von der Politik, um sich seiner jungen Familie widmen zu können. In Wahrheit war Carter zu Höherem bestimmt, darüber herrschte allseits Einigkeit. Seine Frau Eliza und Sam waren beste Freundinnen.

»Und warum erinnere ich mich nicht an Sie?«

»Bei der Veranstaltung waren über tausend Gäste«, antwortete Gabi.

Der silberhaarige Senator schüttelte den Kopf. »Ich werde Sie nicht noch einmal vergessen.«

Länger konnten sie sich nicht unterhalten. Hunter schob Gabi bereits weiter zu den nächsten Gästen. Nach einem Dutzend weiterer neuer Gesichter brauchte sie eine kleine Pause. »Toilette?«, flüsterte sie Hunter ins Ohr.

»Den Flur entlang bis zur Doppeltür. Dahinter findest du mein Schlafzimmer mit meinem privaten Badezimmer.«

Zum ersten Mal seit eineinhalb Stunden löste sie sich von Hunters Seite. Sie ließ die Musik und das Stimmengewirr hinter sich und begab sich in den Teil der Wohnung, der den Gästen nicht zugänglich war. Von innen lehnte sie sich an Hunters Schlafzimmertür und sog die Ruhe in sich auf.

Ein Bewegungsmelder sorgte dafür, dass die Lampen im Zimmer wie von selbst angingen. Die indirekte Beleuchtung tauchte die Wand hinter dem riesigen Bett in ein sanftes Licht. Über der Matratze lag eine dunkle Tagesdecke. Stilisierte Darstellungen der Skylines von New York und Los Angeles in Schwarz-Weiß waren die einzigen dekorativen Elemente. Die Vorhänge waren offen, die Raumluft war fast ein wenig zu kühl. Gabi stellte sich an das bodentiefe Fenster und bewunderte die Aussicht.

Hier also schläft Hunter Blackwell.

Sie wusste, dass er auch in New York eine Wohnung hatte. Der Ausblick von dort musste noch atemberaubender sein als der, der jetzt vor ihr lag. Einen Moment lang fragte sie sich, ob sie ihn wohl je zu sehen bekommen würde.

Für Singles ohne Angehörige und Haustiere hatte das Stadtleben durchaus seinen Reiz. Ihr ging durch den Kopf, dass sie bald ohne Familie und Haustier und ohne nennenswerte Aussicht in einem ruhigen Vorort wohnen würde.

Als Kind hatte sie sich immer einen Hund gewünscht, aber nie einen bekommen. Nach dem Tod ihres Vaters hatte sie es aufgegeben, um einen zu bitten. Damals war sie ein junger Teenager gewesen und Val hatte die Rolle als Herr des Hauses übernommen. Ihre Mutter hatte kein Tier haben wollen und irgendwann hatte Gabi ihren Wunsch vergessen.

Sie stellte sich das Haus vor, in dem sie und Hunter leben würden. Vielleicht konnte sie sich jetzt einen Hund zulegen. Ein Tier, das an ihr hing. Das sich freute, wenn sie nach Hause kam.

Der graue Schieferboden und der marmorne Waschtisch wirkten maskulin, aber nicht kalt. Zwischen den beiden Waschbecken stand eine blühende Orchidee. Ein Rasierer lag eingesteckt daneben. Ohne groß darüber nachzudenken, öffnete Gabi eine Schublade und fand, was zu erwarten war. Zahnbürste, Mundwasser, Utensilien für die Körperpflege. In der nächsten Schublade lag eine angebrochene Schachtel Kondome. Sie war versucht, sie zu zählen, ließ es aber bleiben. Langsam musste sie zu den Gästen zurück. Sie ging durch das Schlafzimmer, warf einen, vielleicht auch zwei Blicke auf das Bett und zuckte zusammen, als sie die Tür öffnete und fast mit Hunters Butler zusammenstieß. »Andrew«, japste sie.

»Tut mir leid, dass ich Sie erschreckt habe. Ich wollte nur dafür sorgen, dass Sie ungestört sind.« Er trat einen Schritt beiseite und gab ihr mehr Platz, als sie brauchte.

Herrje, sie konnte wirklich einen Drink vertragen. »Können Sie mir bitte die Küche zeigen, Andrew?«

»Dort geht es im Augenblick ziemlich hektisch zu.«

Sie dachte an die vielen Bedienungen, die Getränke und Häppchen servierten. »Ich möchte mich nicht fühlen wie irgendein Gast.«

»Selbstverständlich.«

Andrew drehte sich auf dem Absatz um, Gabi folgte ihm.

Die Küche war genauso geradlinig und modern eingerichtet wie der Rest der Wohnung. Sie war für professionelles Kochen und größere Veranstaltungen ausgelegt.

»Ich denke, die sind in Ordnung. Sonst hätte Murray sie nicht geschickt!«

Ein Mann und eine Frau in weißer Arbeitskleidung standen mitten im Raum. Die Küchenchefs. Offenbar war ein Machtkampf im Gang.

Gabis Erfahrung nach war es immer schwierig, wenn sich mehrere Köche eine Küche teilen mussten. Aber anders als auf der Insel ihres Bruders war sie hier nicht für ein langfristiges harmonisches Miteinander verantwortlich. Sie beschloss, sich die Shrimps, um die die Köche sich stritten, ein wenig näher anzusehen. Ihre Absätze klickten energisch auf dem Marmorboden.

Zuerst blickten die Bedienungen auf, dann die beiden Gestalten in Weiß.

»Wo ist das Problem?«, fragte Gabi.

»Es gibt keins. Gäste haben hier keinen …«

Gabi fiel der Frau ins Wort. Deren blond gefärbtes Haar war so straff zurückgebunden, dass sie nie im Leben Botox brauchen würde.

»Ich bin kein Gast.« Gabi beugte sich über das Tablett mit den fragwürdigen Meeresfrüchten, hielt sich einen Shrimp unter die Nase, drückte ihn mit den Fingern ein wenig zusammen und beförderte ihn in den Müll. Die restlichen Shrimps vom selben Tablett warf sie sofort hinterher.

Die blonde Frau schnappte nach Luft, die Bedienungen standen wie erstarrt.

»Ist davon schon was rausgegangen?«

Der zweite Koch schnippte mit den Fingern und wies einen Kellner auf Spanisch an, den Kollegen zurückzuholen, der gerade die Küche verlassen hatte.

»Die waren völlig in Ordnung«, presste die Blonde hervor.

»Ah ja?« Gabi hielt der Frau eines der Tabletts unter die Nase. »Bedienen Sie sich!«

Die Frau wich keinen Zentimeter zurück, griff aber nicht nach den Shrimps.

»Sie können gehen.« Gabi bekräftigte ihre Worte mit einer knappen Handbewegung.

»Wie bitte?«

»Gehen Sie. Steigen Sie in Ihren Wagen und fahren Sie weg.« Gabi wandte sich an den zweiten Koch. »Wie groß ist der Anteil der Shrimps an der Gesamtbestellung?«

»Ein Achtel.«

Gabi schaute sich die restlichen Tabletts an. »Arrangieren Sie die anderen Häppchen so um, dass die Tabletts voll aussehen.« Sie schaute einem Kellner streng ins Gesicht. »Die Bedienungen sollen dafür sorgen, dass die Gäste nie mit leeren Gläsern daste-hen.« Gabi wandte sich wieder dem zweiten Koch zu. »Ich nehme an, wir haben eine ausreichende Getränkereserve?«

»Dafür habe ich gesorgt.« Der Mann schluckte.

»Augenblick mal. Hier bin ich der Boss«, protestierte die Blonde, die noch immer nicht gegangen war.

»Irrtum. Der Boss ist der, der die Rechnung bezahlt. Vielen Dank für Ihre Hilfe. Aber was Sie über Meeresfrüchte wissen, ist erstaunlich. Und das ist nicht als Lob gemeint. Bitte zwingen Sie mich nicht, die Sicherheitsleute zu rufen.«

Die Frau schnaubte, machte auf dem Absatz kehrt und ver-ließ die Küche.

Als wäre sie hier zu Hause, ging Gabi zum Kühlschrank. Sie nahm eine Champagnerflasche heraus, griff nach einem

123

Geschirrtuch und entkorkte die Flasche. Schachteln voller Champagnerflöten standen auf einer Arbeitsplatte bereit. Sie nahm zwei der Gläser und füllte sie. Eines reichte sie dem Koch, der noch da war. »Wie ist Ihr Name?«

»Hector.« Er wischte sich die Hände ab und nahm das Glas mit der perlenden Flüssigkeit entgegen.

»Sie machen Ihre Sache sehr gut, Hector.« Gabi zwinkerte und setzte das Glas an die Lippen.

Der Champagner war vollmundig und spritzig zugleich.

Und so rein.

Sie trank das Glas leer und schenkte sich nach. Dann verließ sie die Küche. Andrew folgte ihr auf ihrem Weg zurück in Hunter Blackwells Welt.

KAPITEL 11

Seine Hand prallte mit voller Wucht auf den Tisch. Der Laptop machte einen kleinen Hüpfer. Genau wie die Glock 40, die danebenlag. »Was soll das heißen, ich komme an mein Geld nicht ran?«

»Tut mir leid, Señor Diaz. Die Passwörter sind geändert worden. Wir sind ausgesperrt. Einer meiner Männer arbeitet bereits daran.«

Diaz tippte mit dem Finger auf den Griff der Waffe. Eine Sekunde lang dachte er ernsthaft daran, den Überbringer der Botschaft umzulegen. Er hasste den dürren Kokser, aber Raul kannte sich mit Computern besser aus als jeder andere, der für ihn arbeitete.

»Wer hat die Passwörter geändert?«

»Das ist ja das Problem. Nur Sie und ich haben Zugang zu den Konten.«

Diaz' Finger umkreiste den Abzug der Waffe. Sein Blick bohrte sich in Raul. Als Diaz die Waffe hob, war Raul klug genug, mit erhobenen Händen zurückzuweichen. »Ich war das nicht. Wäre ich sonst etwa noch hier?«

Wenn Raul etwas von dem Geld abgezweigt hätte, hätte er sich klammheimlich davongemacht. Das war Diaz klar. Aber zuzusehen, wie der Mann beim Versuch, seine Haut zu retten, ein paar Hirnzellen verbrannte, war äußerst unterhaltsam.

»Picano ist tot. Wenn du sein Schicksal nicht teilen willst, hast du das Problem in vierundzwanzig Stunden gelöst.«

»Aber ...«

Diaz spielte mit der Pistole.

»Vierundzwanzig Stunden. Länger warte ich nicht.«

Zum Zeichen, dass sein Gehilfe entlassen war, wedelte Diaz mit der Waffe.

Die stickige kolumbianische Hitze trieb ihm den Schweiß aus den Poren. Er hob sein Glas an die Lippen und trank es leer. Dann zog er den Computer zu sich und versuchte, sich in ein anderes Konto an einem weit entfernten Ort einzuloggen. Sofort blinkte eine rote Warnmeldung auf dem Bildschirm auf. *Zugang verweigert, Passwort ungültig.* Zähneknirschend unternahm er einen weiteren Versuch.

Zugang verweigert!

Wutentbrannt feuerte Diaz mehrere Schüsse auf den Computer ab. Der Angestellte, der mit einem frischen Drink auf dem Weg zu ihm gewesen war, schrie auf und ließ das Tablett fallen. Starr vor Angst blieb der Mann stehen.

Diaz sprang auf. Sein Stuhl krachte zu Boden. »Machen Sie das weg!«, blaffte er mit einem Blick auf die Scherben. Damit verschwand er in den klimatisierten Räumen seines Rückzugsorts im kolumbianischen Dschungel.

***

Hunters Frau kam mit einem kleinen Lächeln auf den Lippen aus der Küche. O'Riley trat zu ihr und begann eine Unterhaltung. Gabi nahm einen Schluck Champagner. Das fiel Hunter auf, denn bisher hatte er sie immer nur Wasser, Tee oder Kaffee trinken sehen. Zu gern hätte er gewusst, warum sie vorher die Gläser getauscht hatte.

Hatte sie ein Alkoholproblem? Wer in ihrem Alter einen Drink ablehnte, tat dies meist aus gutem Grund.

Als Gabi über eine Bemerkung von O'Riley lachte, durchzuckte Hunter ein seltsames Gefühl. War er etwa eifersüchtig?

Er entschuldigte sich und schob sich zwischen den plaudernden Grüppchen hindurch an Gabis Seite.

»Das ist nicht Ihr Ernst«, hörte er Gabi zu O'Riley sagen.

»Was ist nicht sein Ernst?« Hunter legte besitzergreifend seinen Arm um Gabis Taille.

Sie versuchte, ein wenig von ihm abzurücken, aber der Druck seiner Finger ließ das nicht zu.

»Travis hat mir gerade erzählt, dass deine New Yorker Angestellten immer sehr nervös sind, wenn du dort auftauchst.«

»Soso, *Travis*.« Er betonte den Vornamen des anderen Mannes. Dass Gabi ihn benutzte, gefiel ihm nicht. »Du wirkst eigentlich immer recht gelassen auf mich.«

»Das täuscht. Ich kann mich nur besser verstellen als die anderen.«

Travis wusste, dass er gute Gründe hatte, nervös zu sein, wenn er mit Hunters Frau flirtete. Er musste sich vorsehen, sonst würde er sich bald einen neuen Job suchen müssen.

»Ich werde dich in Zukunft besser im Auge behalten, *Mister* O'Riley.«

Travis hob eine Braue. Sein Lächeln fiel in sich zusammen.

Hunter beugte sich zu Gabis Ohr. »Ich würde gern einen Toast aussprechen und mit unseren Gästen anstoßen.«

»Entschuldigen Sie uns bitte, Travis«, sagte Gabi, während Hunter sie bereits mit sich zog. »Das war ein bisschen abrupt«, sagte sie so, dass nur Hunter es hören konnte.

»Mit einem Angestellten zu flirten, ist nicht klug.«

Sie lachte. »Reden bedeutet nicht gleich flirten, Hunter.«

Gabi winkte einen Kellner zu sich. »Mr Blackwell möchte einen Toast aussprechen. Sorgen Sie bitte dafür, dass alle Gäste Champagner haben.«

»Wird erledigt, Mrs Blackwell.«

Gemeinsam stellten sie sich an den Stutzflügel. Gabi gab dem Pianisten ein Zeichen, sein Spiel zu unterbrechen. Hunter registrierte, dass die Kellner und Bedienungen jetzt statt der Tabletts mit Häppchen Tabletts mit Champagnerflöten in den Händen hielten.

Über Gabis Fähigkeiten als Gastgeberin hatte er keine Recherchen angestellt. Aber mit der Logistik von Feierlichkeiten kannte sie sich offenbar aus. Ein Kellner kam mit einem Tablett zu ihnen. Anstatt ein Glas für Gabi zu nehmen, ließ Hunter ihr die Wahl. Sie nahm zwei Champagnerflöten und reichte ihm eine.

Die Gäste stellten ihre Unterhaltungen ein und drehten sich zu ihnen. Bald hatten sie die volle Aufmerksamkeit aller Anwesenden. Gabi wollte einen Schritt zurücktreten und Hunter das Rampenlicht überlassen. Doch er nahm ihre Hand und behielt sie an seiner Seite. Sie lächelte in die Runde.

»Es ist schön, so viele Gäste begrüßen zu können, obwohl die Einladung etwas kurzfristig war«, begann er. »Heute Abend möchte ich ganz offiziell meine schöne Ehefrau vorstellen. Wer sie sieht, wird verstehen, dass ich sie verstecken musste, bis ich sie überzeugen konnte, Ja zu sagen.«

Zurückhaltendes Gelächter und mehr verstohlenes Nicken, als ihm vielleicht lieb war, antwortete seinen Sätzen.

»Bitte nehmen Sie meine Frau in Ihre Kreise auf, wie Sie auch mich aufgenommen haben.«

Er drehte sich zu Gabi und schaute ihr in die Augen. »Auf Gabriella Blackwell, die sich der Herausforderung stellt, mich zu einem besseren Menschen zu machen.«

Ein hintersinniges Lächeln spielte um ihre Lippen. »Ich kann mich nicht erinnern, das bei unserer Trauung versprochen zu haben.«

Die Gäste lachten.

»Auf Gabi.« Er hob sein Glas, stieß mit ihr an und trank. Sie lächelte noch immer, als er ihr das Glas aus der Hand nahm und zusammen mit seinem auf den Stutzflügel stellte. Irgendein Gast stieß freundlicherweise mit jemandem an, und bald erfüllte helles Gläserklingen den Raum, wie es sich für eine Hochzeitsfeier gehörte.

Als Hunter noch näher an Gabi heranrückte, wandte sie den Blick ab, aber ihr Lächeln blieb. Er legte eine Hand an ihre Wange, schaute ihr tief in die dunklen Augen und sah weder Ablehnung noch Angst in ihnen. Ermutigt legte er die Lippen auf ihre.

Anders als ihr erster Kuss für ein Publikum an einer Straßenecke war dieser, obwohl ebenfalls für ein Publikum bestimmt, viel weicher. Gabis Lippen öffneten sich leicht und luden ihn ein. Und bei allen himmlischen Mächten, er wollte der Einladung zu gerne folgen.

Als er den Kuss beendete, seufzte sie auf und tat dann etwas völlig Unerwartetes. Sie packte ihn am Kragen, zog ihn zu sich und holte sich einen zweiten Kuss. Die Gäste lachten. Der Kuss war nur kurz. Hinterher strich sie mit dem Finger über seine Lippen und wischte die Spuren ab.

Er schaute ihr in die Augen. Zwei Atemzüge lang blinzelte keiner von ihnen. In diesem Moment ging eine Veränderung in ihr vor. Er wusste nicht, was es war, doch ihr Lächeln wirkte plötzlich nicht mehr angestrengt, sondern weich und ungekünstelt.

Hunter stockte der Atem. Er wurde blass.

Gabi legte ihre Hand auf seinen Arm.

»Mrs Blackwell«, rief einer der Kellner, während die anderen Gäste ihre Gespräche wieder aufnahmen.

Sie wandte sich dem Mann zu. »Ja?«

»Ein kleines Problem. In der Küche.«

Sie nickte. »Ich bin gleich wieder da.«

»In Ordnung.« Eine Minute allein zu sein, kam Hunter gerade gelegen. Er musste dringend seine Gedanken sortieren.

Hunter schaute seiner Ehefrau auf Zeit hinterher. Als sie weg war, trat Andrew zu ihm.

»Ich weiß nicht, was ich erwartet habe«, raunte der Butler. »Aber ganz bestimmt nicht sie.«

***

Hunter wirkte wie ausgeknipst. Seit ihrem überraschenden Kuss hatte er kein Wort zu ihr gesagt, ihr kein Glas mehr gereicht und sie auch nicht berührt.

Nach und nach verabschiedeten sich die Gäste. Am Ende waren nur Tiffany und ein paar Angestellte aus dem Büro in L. A. übrig.

Gabi ging umher und gab den Bedienungen, die bereits beim Aufräumen waren, ein paar Anweisungen. Die Küche verwandelte sich langsam wieder in den Raum, den man in der Wohnung eines Junggesellen vermutete. Als Gabi ins Wohnzimmer zurückkam, verabschiedete Hunter gerade die letzten Gäste.

»Ich bin am Dienstag im Büro«, sagte er seiner Sekretärin. »Aber ab Mittwoch schon wieder unterwegs.«

Tiffany wedelte lässig mit der Hand. Ihre Augen waren vom großzügig ausgeschenkten Champagner ein wenig glasig. »Alles im Griff.«

Hunter musterte sie. »Fährt Sie jemand nach Hause?«

Sie hob einen Finger. »Das habe ich auch im Griff.« Ihr Kichern schien Hunter zu überraschen. Über die Schulter warf Tiffany Gabi ein Lächeln zu. »Viel Glück.«

Damit wackelte Hunters beschwipste Sekretärin auf ihren fünf Zentimeter hohen Absätzen zur Tür.

Als sich die Tür hinter ihr geschlossen hatte, rief Gabi Andrew zu sich.

»Ja, Mrs Blackwell?«

»Können Sie bitte dafür sorgen, dass Tiffany nach Hause gefahren wird? Dass sie sich nicht selbst ans Steuer setzt?«

»Ich rufe unten am Empfang an.«

»Danke.«

Gabi streifte die hohen Schuhe ab. Es war noch nicht mal elf, aber ihre Füße brannten. Mit den High Heels in der Hand machte sie sich auf den Weg zur ledernen Couch. Den Saum ihres langen Kleides musste sie dabei ein wenig anheben.

Vor der Couch ließ sie die Schuhe zu Boden fallen und ging zu der Bar, die gerade abgebaut wurde. »Marylin, nicht wahr?«

»Ja, Ma'am.«

»Vielen Dank. Sie haben Ihre Sache prima gemacht.« Als Schwester eines erfolgreichen Restaurantbetreibers hatte sie gelernt, für jeden guten Mitarbeiter dankbar zu sein.

»Gern geschehen.«

Gabi schenkte sich ein letztes Glas Champagner ein. Sie hatte den ganzen Abend lang immer nur höflich genippt und freute sich darauf, sich jetzt ein bisschen zu entspannen. Aus dem Augenwinkel sah sie, wie Hunter sein Jackett ablegte und sich die Fliege vom Hals zog.

Hector kam mit seinen verbliebenen Helfern aus der Küche. »Wir sind fertig dadrin«, sagte der Koch.

»Sind Sie verheiratet?« Gabi wusste, dass sie ihm mit der Frage nicht zu nahe trat, denn sie hatte den Ring an seinem Finger gesehen.

»Ja.«

Sie nahm eine der restlichen Champagnerflaschen und eine der zahllosen langstieligen Rosen und drückte ihm beides in die Hand. »Für Ihre Frau. Danke, dass Sie dafür gesorgt haben, dass unseren Gästen nicht übel geworden ist.«

Hector strahlte sie an, warf einen Blick hinter sie und schaute ihr dann wieder ins Gesicht. »Danke, Mrs Blackwell. Bitte melden Sie sich, wenn Sie wieder einen Catering-Service brauchen.«

»Ganz bestimmt.«

Die letzten Helfer verschwanden. Nur Andrew und Hunter waren noch im Wohnzimmer. Gabi ließ sich aufs Sofa sinken.

»Miss Tiffany wurde nach Hause begleitet. Ihr Wagen steht unten in der Garage«, sagte Andrew. »Wenn Sie mich nicht mehr brauchen, ziehe ich mich jetzt zurück.«

Gabi schaute zu ihrem Ehemann, der etwas abseitsstand. »Gute Nacht«, sagte Hunter.

»Danke, Andrew«, sagte Gabi.

Andrew neigte leicht den Kopf, lächelte und verließ den Raum.

Hunter schenkte sich an der Hausbar etwas Stärkeres als Champagner ein. Wortlos stellte er sich an das riesige Fenster mit der Aussicht auf L. A. Eine fühlbare Spannung ging von seinem Körper aus.

»Sagst du mir, was ich falsch gemacht habe, oder willst du die ganze Nacht lang schmollen?«

Er nahm einen Schluck aus seinem Glas und starrte weiter aus dem Fenster.

»Alle lieben dich.«

Sie senkte die Hand mit der Champagnerflöte. »War das nicht genau das, was du wolltest? Mich deinen Kollegen und Geschäftsfreunden vorstellen und ihnen zeigen, dass ich jetzt einen Platz in deinem Leben habe?«

Er trank sein Glas leer.

Kein gutes Zeichen.

Sie stellte den Champagner beiseite und stand auf. »Ich rufe einen Fahrer, der mich nach Hause bringt.«

»Nein!«

Sie zuckte zusammen.

»Wir haben dich gerade als meine Frau vorgestellt. Du kannst heute Nacht unmöglich nach Hause fahren.«

Die kalten Wände des modernen Domizils rückten näher. Hunter wurde offenbar klar, wie sich das angehört hatte. Er schaltete einen Gang zurück.

»Großer Gott, Gabriella. Ich werde nicht über dich herfallen. Setz dich bitte wieder hin.«

Die Couch war besser als ein Aufprall auf dem Boden.

»Du kannst im Gästezimmer schlafen«, sagte er. »Und morgen fahren wir übers Wochenende weg.«

Ihr Herzschlag beschleunigte sich, ihr Atem ging flach. »Weg?« Sie stand wieder auf. Ihr Kopf drehte sich.

»Übers Wochenende, ja. Eine Hochzeitsreise. Wir müssen ...«

Sie hörte Hunter wie von Ferne reden, aber ihre Gedanken waren auf dem Weg in eine andere Zeit. An einen anderen Ort.

»Eine Wochenendreise ... Ich möchte wiedergutmachen, dass ich so lange weg gewesen bin.« Alonzo stand neben ihr. Sein Lächeln wirkte aufrichtig. »Ich will mit meiner Braut zusammen sein.«

Sie küsste ihn. Die Angestellten waren nicht in der Nähe und er würde nichts dagegen haben.

Ihr Magen zog sich zusammen, ein viel zu vertrautes Gefühl überkam sie. Heiß. Drängend. »Weiter ... bitte.«

Gabi spürte den Stich, spürte die Wirkung der Droge ... und schlug auf dem Boden auf.

***

133

Hunter ließ sein Glas fallen, sprang über den Couchtisch und schaffte es, Gabi aufzufangen, bevor sie auf den Boden prallte.

»Gabi?«

Sie war bewusstlos. Ihre Augen waren verdreht, ihr Gesicht ganz blass.

»Andrew?«

Hunter legte sie auf die Couch und bettete ihren Kopf vorsichtig auf ein Kissen. »Andrew!«, schrie er.

Nur halb angezogen rannte Andrew ins Zimmer. »Was ist passiert?«

»Kalter Waschlappen!«

Andrew eilte ins Badezimmer.

Er war ein Trottel. Mit seinen unwirschen Worten hatte er sie in Panik versetzt. Die Frau, die in seinen Armen ohnmächtig geworden war, konnte unmöglich dieselbe sein, die den ganzen Abend lang in diesem Raum angeregt mit den Gästen geplaudert hatte.

Hunter fühlte sich schrecklich.

Andrew kam mit dem kalten Waschlappen zurück.

Hunter strich damit über Gabis Stirn. »Komm. Wach auf.«

Gemeinsam beugten sie sich über sie.

Andrew trat von einem Bein aufs andere. »Soll ich den Notarzt rufen?«

Hunter legte zwei Finger an Gabis Hals, spürte ihren zwar schnellen, aber regelmäßigen Puls und schüttelte den Kopf.

»Gabi? Wach auf.« Er beugte sich noch näher zu ihr, fühlte ihren Atem an der Wange. »Bitte.«

Gerade als er Andrew bitten wollte, doch einen Arzt zu rufen, bewegte sie sich.

Hunter legte die Stirn an ihre. Sein Ärger verpuffte.

Gabis Lider hoben sich flatternd, doch ihr leerer Blick verriet, dass sie noch immer nicht ganz bei sich war.

Als Angst in ihre Augen trat, hob Hunter sofort den Kopf. Ihre Schultern hielt er vorsichtshalber fest, damit sie nicht gleich von der Couch sprang. »Geht's wieder?«

Sie holte mit bebenden Nasenflügeln Luft. Dann schaute sie von ihm zu Andrew. »Was ist passiert?«

»Du warst bewusstlos.«

Ihre Unterlippe zitterte. Unsicher schaute sie zwischen den beiden Männern hin und her. Ihre Stimme klang brüchig. »Kann ich ein Glas Wasser haben?«

Andrew machte sich sofort auf den Weg.

Hunter strich sanft über ihre nackten Schultern und wartete, dass sie wieder etwas Farbe bekam. Als Andrew zurück war, half Hunter ihr, sich aufzusetzen. Sie nahm das Wasser entgegen und trank mit geschlossenen Augen.

»Danke«, presste sie hervor.

»Kann ich sonst noch etwas für Sie tun, Mrs Blackwell?«

»Nein, Andrew. Tut mir leid, dass ich Sie erschreckt habe.«

Hunter bemerkte den besorgten Blick, mit dem der Butler um die Ecke verschwand.

Gabi stellte das Glas weg und versuchte zu lächeln.

»Alles okay?«

Sie schüttelte den Kopf. »Nein. Nein, gar nicht.« Sie rückte ein Stück von ihm ab. Seine Hand fiel von ihrer Schulter. »Allein fahre ich nirgendwo mit dir hin, Hunter. Zumindest jetzt noch nicht.«

All das, weil sie Angst davor hatte, mit ihm allein zu sein? »Ich habe dir mein Wort gegeben, dass du von mir nichts zu befürchten hast.«

»Ich will dir gerne glauben.«

»Dann tu es.«

»So einfach ist das nicht. Mein Verstand sagt mir, dass der Blitz nicht zweimal an derselben Stelle einschlägt. Aber es gibt keine Garantie.« Sie fing wieder an zu zittern. Hunter hätte sie gern in den Arm genommen.

»Von welcher Art Blitz sprichst du? Was hat er dir angetan?«

Wie sehr sie mit sich kämpfte, war ihr deutlich anzusehen. »Das kann ich dir ... Es tut mir leid.«

»Hör auf, dich zu entschuldigen, Gabi. Vor uns liegen eineinhalb gemeinsame Jahre. Wie soll ich wissen, was ich sagen darf und was nicht, solange ich keine Ahnung habe, was passiert ist?«

Die Worte waren da. Sie hingen zwischen ihnen. Ihre dunklen Augen schauten forschend in seine.

»Warum wolltest du unbedingt so schnell heiraten?«

So war das also. Um etwas zu bekommen, musste er erst etwas geben.

Er warf ihr einen Krümel hin. »Mein Bruder ist wiederaufgetaucht.«

Sie legte verwirrt die Stirn in Falten.

»Mein Zwillingsbruder. Wie ich höre, gibt er sich für mich aus.« *Wieder mal ...*

»Dann bin ich so eine Art Daueralibi?«

Hunter schüttelte den Kopf. Mehr würde er ihr erst verraten, wenn er ein paar Antworten hatte. »Was hat er dir angetan, Gabi?«

Sie holte Luft, dann schluckte sie. »Er hat mich benutzt. Meine Würde zerstört.«

Das war ihm zu vage. »Wie?«

»Er hat so getan, als würde er mich lieben, und die Insel meines Bruders für seine Drogengeschäfte missbraucht.« Sie wurde wieder blass.

»Und dir hat er etwas angetan.« Das war keine Frage.

Sie nickte und schaute beiseite. Er wollte mehr hören, bohrte aber nicht weiter.

Kurz entschlossen nahm er ihre Hände in seine. »Ich bin nicht er, Gabi. Ja, es ist wahr, auch ich benutze dich. Aber das war von Anfang an klar, und letztendlich benutzen wir uns gegenseitig. Auch mir fällt es nicht leicht, jemandem zu vertrauen. Mein Bruder ist nur einer der Gründe, weshalb ich eine Frau brauche.«

»Und die anderen?«

Hunter schüttelte den Kopf. »Bist du bereit, mir die ganze Geschichte über deinen verstorbenen Mann zu erzählen?«

Sie presste die Lippen zusammen.

Das hatte er sich gedacht. »Wir haben beide unsere Geheimnisse. Vielleicht werden wir sie einander mit der Zeit anvertrauen. Für den Augenblick ist es nur wichtig, dass du mir glaubst, dass ich dir nichts antun werde. Genauso wenig werde ich zulassen, dass jemand anderes dir Schaden zufügt.«

»Trotzdem kann ich nicht mit dir wegfahren.«

Er überlegte angestrengt. »Und wenn du das Ziel bestimmen kannst? Die Welt muss wissen, dass wir verheiratet sind. Wenn wir nicht wenigstens ein paar Tage wegfahren, wird irgendjemand dahinterkommen, welche Art von Ehe wir führen.«

Ihr Blick wanderte zur Decke, als stünde die Antwort dort geschrieben. »Seit …« Sie suchte nach den passenden Worten. »Seit Alonzos Tod war ich immer nur ganz kurz zu Hause.«

»Auf der Insel deines Bruders?«

»Ja.«

Hunter schnaubte. »Ich soll mich in sein Territorium wagen? Ich soll zu dem Mann fliegen, der mir mit dem Tod droht?«

Gabis zaghaftes Lächeln wärmte Hunters Herz.

»Gefährlich wird es nur, wenn du mir ein Haar krümmst. Und weil du das nicht tun wirst, hast du auch nichts zu befürchten.«

Er hielt ihre Hände noch immer in seinen, sie drückte seine Finger.

»Die Insel liegt in den Florida Keys?«

Sie nickte.

Wie schlimm konnte es werden? »Okay.«

KAPITEL 12

Irgendwo über Texas bei seinem zweiten Drink in Reiseflughöhe – nüchtern auf die Keys zu reisen, kam nicht infrage – legte Hunter die Füße hoch und drehte sich zu Gabi. Sie blätterte gerade in einem Buch.

»Du findest mich nicht mehr komplett unerträglich«, sagte er, als wären sie gerade mitten in einer Unterhaltung.

Ohne den Kopf zu heben, schaute sie ihn an. Dann richtete sie den Blick wieder auf die Buchseiten. »Bilde dir bloß nichts ein.«

»Du hast mich seit mindestens vierundzwanzig Stunden nicht mehr aufgefordert, mich vor einen Bus zu werfen.«

Der Anflug eines Lächelns schimmerte auf und erlosch. »Und dir zu wünschen, dass dein Pilot versagt, während ich hier neben dir sitze, wäre nicht zielführend.«

»Du hast mein Frühstück nicht vergiftet.« Hunter war morgens aus der Dusche gestiegen und dem Essensduft in die Küche gefolgt. Weder er noch Andrew konnten auch nur ein Spiegelei in die Pfanne hauen. Zu seinem grenzenlosen Erstaunen hatte Gabi ihnen deftige Pfannkuchen und Rührei vorgesetzt.

Sie blätterte um. »Das konnte ich Andrew nicht antun. Netter Mann. Ich weiß nicht, womit er es verdient hat, für dich zu arbeiten.«

»Du findest mich nicht mehr komplett unerträglich«, wiederholte er.

Sie schnaubte und las weiter.

»Du hast mich geküsst.«

Sie ließ das Buch sinken und schaute ihn an. »Dein Ego ist monströs.«

Er zuckte die Achseln. »Stimmt. Aber du hast freiwillig deine Lippen auf meine gelegt.«

»Das lag am Champagner.« Sie nahm ihr Buch wieder zur Hand und setzte sich bequemer hin.

»Du hast den ganzen Abend über nur ein einziges Glas getrunken.«

»Ich habe geliefert, was deine Gäste erwartet haben. Bleib auf dem Teppich, Hunter. Auf der Insel meines Bruders erwartet niemand etwas von mir.«

Gabi hatte ihm das Konzept von Sapore di Amore erklärt. Mobiltelefone waren dort nicht erlaubt, aber Hunter hatte nicht die Absicht, seines abzugeben. Die Insel war das Vegas der Florida Keys. Was auf Sapore passierte, blieb auf Sapore. So lautete der Grundsatz. Die Exklusivität der Gästeliste sorgte neben der genauen Überprüfung aller Besucher für den optimalen Schutz der Privatsphäre. Playboys konnten spielen, Ehefrauen einen Seitensprung wagen. Laut Gabi war etwa die Hälfte der Gäste auf der Insel, um sich ganz diskret eine Affäre zu gönnen. Die andere Hälfte suchte schlicht Ruhe und Abgeschiedenheit. Keine Paparazzi, keine Fans, die ununterbrochen auf Selfies aus waren.

»Und ich hatte zwei Gläser.«

Gabis Erklärung holte Hunter zu ihrer Unterhaltung zurück. Er dachte an Gabis seltsame Reaktion, als er ihr den

Champagner gereicht hatte. »Warum hast du unsere Gläser ausgetauscht?«

Die Muskeln ihrer Arme spannten sich. »Ich weiß nicht, wovon du redest.«

»Das weißt du genau.«

Sie antwortete mit einer Gegenfrage. »Warum hasst du deinen Bruder?«

»Ich hasse Noah nicht.«

»Er heißt Noah? Interessant.«

Hunter ging nicht darauf ein. »Warum der Gläsertausch, Gabi?«

Sie steckte den Kopf in ihr Buch und zögerte.

»Er hat mir Drogen in den Wein getan.«

Großer Gott. Wer *er* war, musste sie ihm nicht erklären. »Das ist krank.«

Sie blätterte viel zu schnell weiter. »Das ist eine Beleidigung für jeden, der tatsächlich krank ist. Er wusste genau, was er tat.« Sie murmelte etwas auf Italienisch und schüttelte den Kopf.

Langsam kamen sie ein Stück weiter, fand Hunter. Er hatte eine Frage gestellt und ihr im Austausch dafür eine Antwort geben müssen. Vielleicht würden sie es ja doch eineinhalb Jahre miteinander aushalten.

Sie blätterte weiter. »Erinnere mich daran, dir eine Klippe zu zeigen, von der du ins Wasser springen kannst.«

Er grinste. »Während unten die Haie warten?«

Sie lächelte und hob vage die Schultern. »Mit etwas Glück.«

***

Gabi war nur zu Vals und Megs Hochzeit kurz auf die Insel zurückgekehrt. Weitere Besuche hatte sie vermieden. Ihre

Therapeutin meinte, es sei normal, dass sie die Insel mit dem Mann in Verbindung brachte, der ihr so übel zugesetzt hatte. Den größten Teil ihrer gemeinsamen Zeit hatten sie auf Sapore verbracht.

Während ihres letzten Besuches hatte sie in einem Bungalow gewohnt. Ihre ehemaligen Privaträume, die sie mit *ihm* geteilt hatte, hatte sie nicht betreten können.

Alonzo hatte ihr ihre Heimat genommen. Ein Toter hatte ihr den sicheren Ort geraubt, an den sie sich immer hatte zurückziehen können. Vielleicht, nur vielleicht, würde es diesmal anders sein.

Doch als Hunters Pilot sie über die Sprechanlage bat, sich wieder auf ihre Sitze zu begeben und für die Landung vorzubereiten, merkte Gabi, wie ihre Handflächen feucht wurden.

Hunter stemmte sich von der Couch hoch, auf der er es sich fast während des gesamten Fluges bequem gemacht hatte, und setzte sich neben sie. Er nahm ihre Hand und drückte sie. Sie wollte ihn abschütteln, zögerte aber und spürte, wie eine Welle von Gefühlen auf sie zurollte.

»Wann bist du zum letzten Mal hier gewesen?«, fragte er.

»Im Frühjahr. Zur Hochzeit meines Bruders.«

Er schaute über sie hinweg auf das Meer hinunter.

»Du warst früher mit *ihm* zusammen hier, nicht wahr?«

Sie nickte nur knapp. Die Worte blieben ihr in der Kehle stecken.

Einen Moment lang hing Hunter seinen Gedanken nach. »Glaubst du an Gespenster?«

»Nichts ist unmöglich«, sagte sie.

Das Flugzeug setzte zur Landung an. Sie spürte die Druckveränderung in den Ohren. Würde Alonzos Geist über die Insel spuken? Zusammen mit ihren Erinnerungen?

»Eigentlich bestimme ich lieber selbst über mich. Aber wenn ich hier auf dieser Insel irgendetwas für dich tun soll, musst du es nur sagen.«

Solche Angebote machte er bestimmt nicht oft. Gabi drückte seine Hand.

»Von der Klippe werde ich nicht unbedingt springen. Aber abgesehen davon …«

Damit brachte er sie zum Lachen. »Du hast gesagt, ich muss es nur sagen.«

»Vielleicht sollte ich dich mein Essen vorkosten lassen.«

»Immer her damit. Vals Koch ist ein Genie.«

»Das freut mich. Ich weiß gar nicht, wann ich zuletzt ein paar Tage Urlaub gemacht habe.«

»Warst du zu sehr damit beschäftigt, dein Geld übers Monopoly-Brett zu schieben?«

»Ich spiele lieber Risiko.«

Die Flugbegleiterin kam zu ihnen. »Wir landen gleich, Mr Blackwell.«

Nach einem kleinen Hüpfer rollte das Flugzeug ruhig aus. Hunter hatte mit seinem Geplänkel die Anspannung vertrieben, die Gabi seit dem Start in den Knochen gesteckt hatte.

Sie stand auf und glättete mit den Händen ihre vom Sitzen knittrige Hose. Hunter wartete geduldig. Gabi umklammerte ihre Clutch. Das Gepäck würde man ihnen bringen. Die Flugbegleiterin öffnete die Kabinentür und ließ einen Schwall feuchte karibische Hitze herein.

Der Pilot kam aus dem Cockpit. »Ich hoffe, Sie hatten einen angenehmen Flug«, sagte er.

»Perfekt«, antwortete Gabi.

Hunter hob die Hand. »Sie halten sich bitte wie vereinbart bereit.«

Der Pilot nickte und trat zur Seite, damit sie aussteigen konnten. Meist war der Himmel über den Keys bewölkt, und es gab immer wieder kurze Schauer. Aber heute war es wunderbar klar und weniger schwül, als Gabi erwartet hatte.

Hunter zögerte an der Tür. Demonstrativ warf er einen Blick ins Freie. »Ich sehe niemanden mit einem Gewehr.«

Gabi nahm ihn an der Hand und zog ihn aus seiner Welt in ihre.

Stocksteif und in einem perfekt sitzenden Anzug stand Val zwischen ihrer Mutter und Meg. Meg winkte fröhlich. Der Wind bauschte ihr Sommerkleid und spielte mit ihren kurzen blonden Locken.

Gabis Mutter musterte Hunter kritisch. Ihr Blick wanderte zwischen ihm und Gabi hin und her. Dann füllten sich ihre zusammengekniffenen Augen mit Tränen und ein Lächeln stahl sich auf ihre Züge.

Gabi ließ Hunters Hand los und rannte in die ausgebreiteten Arme ihrer Mutter. »Du hast mir gefehlt«, sagte Gabi auf Italienisch.

»Du bist zu dünn«, sagte ihre Mutter fast ohne jede Boshaftigkeit.

Meg trat hinzu und umarmte Gabi. Vals Blick hing währenddessen forschend an Hunter.

»Hey du!«

»Wow, bist du braun gebrannt. Du siehst toll aus.«

»Gutes Essen, großartiger Se…«

Gabis Mutter schnalzte mit der Zunge, bevor Meg das Wort *Sex* zu Ende sagen konnte. Sie fingen beide an zu lachen. »Enkel, Simona … Enkel.«

»Hör auf, die kleinen rosa Pillen zu nehmen. Dann kannst du von deinem Liebesleben schwärmen.«

Gabi fragte sich, ob Hunter etwas von dem Gespräch mitbekam. Sie drehte sich zu ihm und stellte fest, dass er und ihr Bruder sich ein Blickduell lieferten. Gabi schob sich zwischen die beiden. »Kein Kuss für deine Schwester?«

Val blinzelte sie an, sein Blick wurde weicher. »Ich freue mich, dass du hier bist, obwohl der Mistkerl auch da ist.« Er redete Italienisch.

»So schlimm ist er gar nicht«, verteidigte sie Hunter in ihrer Muttersprache.

Val brummte.

»Willkommen auf Sapore di Amore, Mr Blackwell.« Meg versuchte, die Stimmung etwas aufzulockern.

»Hunter, ich möchte dir gern meine Mutter vorstellen, Simona Masini.«

»Nach unserem Telefongespräch habe ich das Gefühl, Sie bereits zu kennen.«

Telefongespräch? Wie bitte? »Ihr habt miteinander gesprochen?«

Hunter grinste. »Wir sind zu einer Übereinkunft gekommen.«

Gabi versuchte, den Blick ihrer Mutter aufzufangen, doch es wollte ihr nicht gelingen.

»Jetzt weiß ich, von wem Gabi ihre nachdenklichen Augen hat.«

Ein anderer Mann hätte gesagt, ihr gutes Aussehen, ihre Schönheit … aber nein. Hunter konzentrierte sich auf die Augen, den Teil ihres Äußeren, den Gabi tatsächlich zu hundert Prozent von ihrer Mutter geerbt hatte.

Val schaltete sich ungeduldig ein. »Meine Schwester hat Ihnen sicher unsere Inselregeln erklärt.« Er streckte die Hand aus. »Ihr Telefon, Blackwell.«

Gabi war gespannt, wie der Zusammenprall der beiden Alphamännchen wohl ausgehen würde.

»Ich bin Gabi zuliebe hier«, sagte Hunter. »Ich bin kein normaler Urlaubsgast.«

Val hielt ungerührt die Hand auf.

Gabi drehte sich zu ihrem Ehemann auf Zeit. »Vertrauen muss man sich verdienen. Bitte.«

Er sah sie an. Dann zog er das Telefon aus der Innentasche seines Jacketts und gab es Val. »Wenn die Namen Tiffany oder Bridget auf dem Display aufleuchten, muss ich das wissen.«

Meg schnaubte.

»Seine Sekretärinnen.« Gabi verteidigte ihn schon zum zweiten Mal.

Meg schien das gnädiger zu stimmen.

»In Ordnung.« Gabis Bruder steckte das Telefon ein und deutete auf das Flugzeug.

»Ich nehme an, Sie haben für die Unterbringung des Piloten und der Crew in Miami gesorgt.«

»Ja.« Hunter rückte näher. »Aber lieber wäre es mir, wenn sie hierbleiben könnten.«

»Ausgeschlossen.« Vals knappe Antwort hatte einen aggressiven Unterton.

Gabi beobachtete den Machtkampf fasziniert. Sie fragte sich, was Hunter im Schilde führte. Er straffte die Schultern, das amüsierte Lächeln fiel von ihm ab. Seine Körpersprache war eindeutig. Die meisten anderen Männer hätten sich davon einschüchtern lassen.

»Die Gespenster aus Gabis Vergangenheit sind hier, Mr Masini. Wenn sie irgendwann das Gefühl hat, flüchten zu müssen, würde ich ihr diese Möglichkeit gern ohne jeden Aufschub bieten. Sicher sind Sie auch der Meinung, dass es nützlich wäre, meinen Piloten und das Flugzeug zu diesem Zweck hierzubehalten.«

Mit dieser Antwort hatte Val eindeutig nicht gerechnet.

Gabi merkte, dass ihr Wunsch, Hunter von einer Klippe fallen zu sehen, nicht mehr ganz so übermächtig war. Haie gab es dort sowieso nicht.

Val ließ sich nicht erweichen. »Dafür habe ich hier einen Hubschrauber und einen Piloten.«

Hunter nickte. »Dann schicke ich meine Leute nach Miami.«

Irgendjemand atmete tief aus.

»Ich hoffe, Sie mögen Pasta, Mr Blackwell.« Gabis Mutter setzte sich in Bewegung.

»Bitte nennen Sie mich Hunter.«

»Bis dahin ist es noch ein weiter Weg.« Simona Masini wedelte wegwerfend mit der Hand.

KAPITEL 13

Hunter hatte das Gefühl, unentwegt Minuspunkte zu sammeln. Valentino hasste ihn. Der düstere, wachsame Blick des Mannes und sein barscher Ton brauchten keine weiteren Erklärungen. Margaret oder Meg, wie Gabi ihre Schwägerin nannte, war völlig uneinschätzbar. Ihren Worten und ihrem Blick nach zu urteilen, würde sie froh sein, wenn er wieder weg war. Und Gabis Mutter? Aussichtslos. Sie ließ keine Gelegenheit aus, um ihm deutlich zu machen, dass er für ihre Tochter nicht gut genug war. *Sie sprechen kein Wort Italienisch. Was haben Sie sich bloß dabei gedacht? Warum diese Heirat, wo Sie noch nicht mal die Sprache meiner Tochter verstehen? Nennen Sie mich Mrs Masini. Vornamen sind etwas für Freunde und Familie, und im Augenblick sind Sie keines von beidem.*

Hunter schwirrte der Kopf von den Beleidigungen dieser Frau.

Einen Augenblick lang spielte er mit dem Gedanken, Simona Masini an die Nullen auf seinen Konten zu erinnern. Aber er wusste, dass sein Geld sie nicht interessierte. Ihr ging es einzig und allein um Gabi.

Interessant war Gabriellas Verhalten. Immer wieder ließ sie ihre Familie widerspruchslos ein paar verbale Tiefschläge gegen ihn austeilen, dann wechselte sie das Thema.

Gabi verteidigte ihn nicht, spendete ihren Angehörigen aber auch keinen Beifall. Sie hörte zu und lenkte dann ab. Vielleicht konnte er es doch wagen, während seines Aufenthaltes auf der Insel etwas zu essen.

Sie hatten die kleine Gästevilla neben Vals Wohnhaus bezogen. In der Familienresidenz hatte Gabi nicht wohnen wollen. Zunächst hatte er geglaubt, es ginge ihr darum, ihn vor dem Dauerbeschuss ihrer Liebsten zu schützen. Doch dann wurde ihm klar, dass sie nur nicht in dem Zimmer schlafen wollte, in dem sie mit ihrem Ex gewohnt hatte.

Fast ohne die schöne Aussicht aufs Meer zu bemerken, marschierte Hunter in die Villa und verstaute seine Toilettenartikel in dem Badezimmer, das er sich mit seiner Ehefrau teilen würde. Sie hatte sich das größere der beiden Zimmer ausgesucht. Das Bad lag zwischen ihnen.

Nachdenklich steckte er den elektrischen Rasierapparat ein.

Ehefrau.

Wie hatte er es durch sein bisheriges Leben geschafft, ohne sich eine Frau zuzulegen? Seufzend schüttelte er den Kopf und rief sich in Erinnerung, welche Art von Ehe er mit Gabi führte. Das Arrangement erfüllte für einen klar abgegrenzten Zeitraum seine Bedürfnisse.

Schweres, dunkles Haar. Seelenvolle Augen, die mehr über ihre Gefühle verrieten, als sie je ahnen würde. Unglaublich viel Esprit und Courage und ein Körper, der jede Sünde wert war.

Sie war eine Akquisition, sagte er sich.

Auf Zeit.

»Tut mir leid, wenn ich störe.«

Gabi stand an ihrer Badezimmertür. Hohe Schuhe baumelten an ihren Fingern. »Das Abendessen wird um sechs serviert. Möchtest du als Erster duschen?«

Im Klartext hieß das: *Ich will duschen und du bist mir im Weg.*

»Nein, mach du nur.«

Ihr Lächeln wirkte echt. »Fürs Dinner reicht legere Kleidung. So was hast du doch dabei, oder?«

»Wir sind auf einer tropischen Insel. Viele Anzüge habe ich nicht eingepackt.«

Der Blick aus ihren dunklen Augen folgte ihm auf dem Weg aus dem Badezimmer. Er schloss die Tür auf seiner Seite hinter sich. Als er das Wasser laufen hörte, stellte er sich seine nackte Ehefrau vor. Gabi.

Vermutlich war es besser, wenn er an etwas anderes dachte.

Er griff in die Seitentasche seines Jacketts, dann klopfte er die anderen Taschen ab. Ach ja. Sein Handy lag im Hotelsafe. Es sei denn, Gabis Bruder schaute sich gerade seine Kontaktliste an oder las seine Nachrichten.

Er trommelte mit den Fingern auf seinen Oberschenkel. Sein Telefon war passwortgeschützt.

Passwörter sind schwer zu knacken.

Oder nicht?

Das Wasser wurde abgedreht, seine Gedanken sprangen von Telefonpasswörtern zu nackter Haut. Vier Nächte würden sie auf der Insel bleiben. Vier.

Er hatte es schon an schlimmeren Orten ausgehalten. Vier Tage waren nicht allzu lang.

»Die Dusche ist jetzt frei«, rief Gabriella von der anderen Seite der Villa.

Er ging mitten hinein in den Dampf und den blumigen Duft von Gabriellas Seife. Die Tür zu ihrem Zimmer war angelehnt, und er erhaschte einen Blick auf sie. In ein großes Handtuch gewickelt ging sie umher.

Nackte Schultern und nackte Knie schienen tatsächlich zu genügen. Jeder Teil seines Körpers zog sich zusammen.

Plötzlich kam er sich vor wie ein perverser Spanner. Lautlos schloss er die Tür und zog sich aus.

Kalte Duschen und ein warmes Klima.

Vier Tage. Das würde er doch wohl schaffen.

***

Vier Tage konnten die Hölle sein.

In einem schlichten Seidenkleid mit Spaghettiträgern kam sie aus ihrem Zimmer. Es floss über ihre Kurven und machte sie fast unsichtbar. Für Hunter waren sie das jedoch nicht.

Gabi hatte ihr Haar zu einem lockeren Nest aufgetürmt. Hunter wusste, dass viele Frauen für eine solche Frisur bis zu zweihundert Dollar hinblätterten. Mit dem Make-up war sie sparsam umgegangen. Ein wenig Gloss, ein wenig Wimperntusche. Mehr brauchte sie nicht.

»Habe ich etwas im Gesicht?«, fragte sie, als sie ihn dabei ertappte, wie er sie anstarrte.

Er wollte den Blick abwenden, entschied sich dann aber anders.

»Du siehst umwerfend aus.«

Die Hand, mit der sie den nicht vorhandenen Schmutzfleck hatte wegwischen wollen, fiel an ihre Seite. Und Gabriella Masini Blackwell errötete.

Bevor sie etwas sagen konnte, fügte er hinzu. »Die Insel macht dich lockerer. Dabei sind wir erst seit zwei Stunden hier.«

Sie schaute auf ihre Füße, dann durch die großen Glasscheiben. »Bei dieser Aussicht muss sich der Herzschlag einfach entschleunigen.«

Sein Herz schien anders zu funktionieren. Es schlug schneller als sonst. Hunter steckte eine Hand in die Tasche seiner Leinenhose, machte einen Schritt auf sie zu und bot ihr seinen Arm an.

Anstatt sich bei ihm einzuhängen, schaute sie ihn mit ihren dunklen Augen an. »Hier müssen wir nicht so tun, als hätten wir uns gern.«

Touché.

»Solange du an meiner Seite bist, kannst du mir nicht in den Rücken fallen«, erwiderte er. »Vielleicht bist du ja nicht die einzige Person auf der Insel, die mich von einer Klippe schubsen will.«

Ihre Mundwinkel kräuselten sich nach oben. »Du möchtest sichergehen, dass dir hier nichts zustößt?«

Er grinste schief. »Von scharfen Gegenständen werde ich mich jedenfalls fernhalten.«

Noch einmal stupste er sie mit dem Ellbogen an. Diesmal hängte sie sich bei ihm ein.

***

»Ich mag ihn.«

Meg stand neben ihrer Schwiegermutter und schaute zu, wie die Jungvermählten sich auf den Weg zum Speisezimmer machten. Gabi stellte Hunter einem der Köche vor, der sie abgepasst hatte.

»Wie kannst du das sagen? Du kennst ihn doch noch gar nicht«, gab Meg zu bedenken.

»Der erste Eindruck ist wichtig. Gabriella ist mit einem Lächeln im Gesicht aus dem Flugzeug gestiegen. So eines habe ich bei ihr lange nicht gesehen.«

»Das könnte an ihr selbst gelegen haben und nicht an diesem Mann.« Meg und Simona standen an einem Tisch. »Val kann ihn nicht ausstehen.«

Simona schnaubte.

Keine von ihnen sprach aus, was sie beide wussten. Val hatte seinen Schwager Alonzo gemocht. Das konnte er sich nicht verzeihen.

Das Paar beendete den Plausch mit dem Koch und kam zu ihnen. Meg fragte sich, wo Val steckte.

Weiße Tischdecken und tropische Blumenarrangements verliehen dem Hauptspeiseraum des Resorts eine festliche Note. Einige Gäste waren bereits beim Essen, andere kamen gerade an.

Ein paarmal die Woche aßen Meg und Val ebenfalls hier. Aber Simona bestand drauf, Meg das Kochen beizubringen.

Eine geborene Köchin war Meg nicht, aber irgendwann sollte sie ein perfektes italienisches Mahl auf den Tisch stellen können. Simona kannte keine Gnade. Um nicht den tödlichen Zorn ihrer Schwiegermutter auf sich zu ziehen, kochte Meg regelmäßig um ihr Leben.

Das einzig Angenehme an den Lektionen war die Flasche Wein, die immer geleert wurde, wenn wieder einmal handgemachte Pasta auf dem Stundenplan stand.

Bei ihrer Ankunft am Tisch küsste Gabi ihre Mutter. »Es ist, als wäre ich nie weg gewesen.«

»Komm doch einfach wieder nach Hause«, schlug Simona vor.

Gabi warf einen Blick zu Hunter. »Noch nicht, Mama.«

Simona schnaubte. Das Geräusch war so vertraut, dass Meg lachen musste. Gabis Mutter klopfte auf den Stuhl neben ihr. »Sie sitzen hier, Mr Blackwell. Und Gabi auf meiner anderen Seite.«

Mit einem amüsierten Grinsen rückte Hunter die Stühle zurecht.

»Ich sehe mal nach, wo Val steckt.« Meg entschuldigte sich.

Sie fand ihn draußen vor der Tür in ein Gespräch mit einem älteren Paar vertieft. Er plauderte oft mit den Gästen, aber der Zeitpunkt irritierte Meg. Normalerweise war Val pünktlich.

Dieselbe Sorgenfalte, die sich bei der Nachricht von der Hochzeit seiner Schwester zwischen seine Augen gegraben hatte, stand jetzt wieder zwischen seinen Brauen. Meg schob den Arm um seine Taille und lächelte die Gäste an, mit denen er sich unterhielt.

Val legte den Arm um ihre Schultern. »Ich freue mich sehr, dass es Ihnen bei uns gefallen hat.«

»Wir planen bereits unseren nächsten Aufenthalt, Mr Masini.« Damit begab sich das ältere Paar in den Speiseraum.

»Alle sitzen schon am Tisch«, flüsterte Meg.

Val brummte. Es war nicht ganz dasselbe Geräusch, das seine Mutter oft ausstieß, aber doch sehr ähnlich. »Ich mag ihn nicht, *cara*. Wie soll ich etwas essen, wenn er dabeisitzt?«

Meg drückte seine Taille. »Immer schön ein Gäbelchen nach dem andern. Und jetzt komm. Deine Mutter hat die beiden schon voneinander getrennt, und ich setze mich als Puffer neben Hunter.«

Val küsste sie aufs Haar, nahm sie an der Hand und ging mit ihr zu den anderen.

Hunter erhob sich kurz, als Val für Meg einen Stuhl vom Tisch wegzog. Normalerweise war diese Höflichkeitsgeste für über Fünfzigjährige reserviert oder für ganz andere Örtlichkeiten als die Florida Keys. Meg bemerkte Simonas anerkennenden Blick. Selbst Gabi warf ihrem Ehemann auf Zeit ein kleines Lächeln zu.

»Ich bin zwar erst ein paar Stunden hier, aber ich muss sagen, diese Insel ist spektakulär.«

Dieses Kompliment hörte Val von seinen Gästen oft. Es aus Hunters Mund anzunehmen, fiel ihm schwer.

»Sie erfüllt ihren Zweck.«

Meg legte unter dem Tisch ihre Hand auf Vals Knie. Ihr Mann war Anspannung pur. Sein Kiefer zuckte, seine Augen verfolgten Hunters Bewegungen.

Meg schnitt ein anderes Thema an. »Wie läuft es denn in Kalifornien?«, fragte sie Gabi.

»Alles wie immer eigentlich, abgesehen von Jordans Verfassung.«

Meg wusste, dass Sams Schwester im Krankenhaus war.

»Wie geht es Sam?«

»In letzter Zeit sehe ich sie kaum«, sagte Gabi. »Wir haben ein paarmal telefoniert. Eliza ist viel bei ihr.«

Das Gespräch über Sams Schwester schien die Männer ein wenig zu besänftigen, hob aber keineswegs die Stimmung am Tisch.

Der Kellner brachte zwei Flaschen Wein. Val probierte davon und machte eine zustimmende Handbewegung. »Ich höre, Sie steigen ins Ölgeschäft ein, Blackwell.«

Hunter hob das Glas Wein, das ihm gerade eingeschenkt worden war. »Ich interessiere mich vor allem für Pipelines.«

»Im Augenblick redet alle Welt von Solarenergie. Ist es da nicht riskant, Geld ins Ölgeschäft zu stecken?«, fragte Meg.

Val ließ Hunter keine Zeit für eine Antwort. »Eigentlich nicht, Margaret. Öl gibt es hier in Hülle und Fülle. Uns fehlt nur die Infrastruktur, um es in die Raffinerien zu bringen.«

»Denken Sie an ein Investment?«, fragte Hunter.

Val zuckte die Achseln, aber Meg fiel der nachdenkliche Blick ihres Mannes auf.

»Wir essen, Valentino. Das Geschäft kann warten.« Simona schaute Hunter an. »Erzählen Sie mir etwas über Ihre Mutter.«

Hunter leerte sein halbes Glas mit einem Schluck. »Da rede ich lieber übers Öl.«

Zum ersten Mal seit Hunters Ankunft lachte Val leise auf.

Simona musterte Hunter missbilligend, stellte aber keine weiteren Fragen zu seiner Familie. Gabi wechselte schnell das Thema.

Nach dem Essen erklärten Hunter und Gabi, sie seien nach der Reise und einer turbulenten Woche recht müde, und zogen sich zurück.

Meg streckte sich auf der breiten Liege auf der Veranda der Familienresidenz aus und verschränkte die Hände hinter dem Kopf. Die Wellen plätscherten an den Strand, und selbst jetzt, Mitte November, war es warm genug, in Nachthemd und Morgenmantel hier draußen zu liegen.

Meg klopfte auf den Platz neben sich und lud ihren Mann zu sich ein.

Er legte sein Jackett und seine Krawatte ab. Das gestärkte Hemd klaffte so weit auf, dass ein wenig von seiner muskulösen Brust sichtbar wurde.

Seufzend nahm er Meg in seine Arme, und Meg sprach aus, was sie beide dachten.

»Du fängst an, ihn zu mögen.«

Er schnaubte wie seine Mutter, und Meg musste sich beherrschen, um nicht loszuprusten.

»Er wollte nicht über seine Familie sprechen.«

Meg zuckte die Achseln. »Denk mal an meine. Die ist auch nicht weiter erwähnenswert.«

Val küsste sie aufs Haar. »Ich will ihn nicht mögen, *bella*.«

»Er ist Gabi gegenüber sehr aufmerksam. Gleich bei ihrem ersten Gähnen hat er zum Aufbruch gedrängt.«

»Weil er mit ihr allein sein will.«

Meg schüttelte den Kopf und betrachtete den Mond, der langsam über den wolkenlosen Himmel zog. »Wenn er mit ihr allein sein wollte, hätte er sie nicht hergebracht. Außerdem läuft nichts zwischen den beiden.« *Zumindest noch nicht.*

»Woher willst du das wissen?«

155

»Deine Schwester ist nicht so schwer zu durchschauen, wie du denkst. Und für einen Mann, der bekommen hat, was er will, ist Hunter viel zu angespannt.«

Val stöhnte auf, Meg kicherte.

»Über das Liebesleben meiner Schwester will ich eigentlich nicht nachdenken.«

»Sie ist eine erwachsene Frau, Val. Und der letzte Mann, den sie hatte, war vermutlich Alonzo, dieser Dreckskerl. Was für ein Jammer.«

Meg sah, wie Val die Augen zusammenkniff.

Sie legte ihre Hand auf seine Brust und massierte die Muskeln unter ihren Fingerspitzen.

»Ich will den Mann nicht mögen. Er hat meine Schwester unter Druck gesetzt, damit sie ihn heiratet. Da bin ich mir sicher.«

Der Meinung war Meg auch. »Dabei ist er ziemlich ahnungslos.«

»Er hat es aus eigener Kraft zum Milliardär geschafft. Er stammt nicht aus einer wohlhabenden Familie.«

»Ahnungslos ist er trotzdem. Sonst hätte er deine Schwester nicht ausgerechnet hierhergebracht. Dabei ist sie hier sicher, auch wenn sie es noch nicht glauben kann. Hätte Hunter Blackwell ihr etwas antun wollen, dann hätte er die Hochzeitsreise an einen anderen Ort verlegt.«

»Es sei denn, sie hat ihm keine Wahl gelassen.«

Meg legte ihr Knie über Vals ausgestrecktes Bein und schob es langsam nach oben. »Wenn das der Fall sein sollte, dann Hut ab vor deiner Schwester. Der Besuch auf der Insel ist für Blackwell kein Spaß.« Megs Finger stahlen sich unter Vals Hemd. Sie rieb seine Haut. »Aber lass uns jetzt nicht von deiner Schwester und ihrem Ehemann reden.«

Meg fing Vals Schnauben mit den Lippen ein und sorgte dafür, dass er nur noch an sie beide dachte.

***

Remington stand mit dem Ticket in der Hand auf dem Flughafen von Miami. Das Telefon klingelte und klingelte. Endlich hörte er Blackwells Stimme.

Sie kam vom Band.

Mist.

Er wartete auf den Piepton.

»Um diese Jahreszeit ist Kolumbien das Hinterletzte. Dafür erwarte ich eine Erschwerniszulage. Ich kümmere mich um das erste Konto und demnächst auch um das zweite.« Er zögerte, dann lächelte er. »Italien klingt gut. Falls Sie nicht wollen, dass ich dorthin fliege, melden Sie sich. Es ist Ihr Geld.«

Remington legte grinsend auf. Er liebte diesen Job.

KAPITEL 14

Das Wasser war so ruhig, dass Gabi über eine halbe Meile weit hinausschwamm, bevor sie sich auf den Rücken legte und treiben ließ. Der Ozean streichelte ihre Haut. Das Salz brannte in ihren Augen, doch auf ihrer Zunge schmeckte es nach zu Hause.

Das Meer hatte ihr gefehlt.

Die bohrenden Fragen ihrer Familie an Hunter hatten ihr am vergangenen Abend ein Lächeln aufs Gesicht gezaubert, das selbst in ihren Träumen nicht verflogen war.

Kurz nach Sonnenaufgang hatte sie die Villa verlassen. Zum ersten Mal nach ihrer Einwilligung zu heiraten, hatte sie eine ganze Nacht lang tief und fest geschlafen. Ihr Mann schlummerte sicher noch in seinem Zimmer.

Sie ließ sich von den sanften Wellen umspülen. Die Strömung trug sie langsam wieder Richtung Strand. Das Wasser in ihren Ohren dämpfte alle Laute.

Ein Schnaufen und das Geräusch hastiger Schwimmzüge schreckte sie auf. Sie hörte ihren Namen.

Hunter schwamm auf sie zu. Sein besorgter Gesichtsausdruck alarmierte sie.

»Was ist passiert?«

Er packte sie am Arm. »Bist du in Ordnung? Verdammt …
Du hast dich nicht mehr bewegt. Ich habe deinen Namen
gerufen.«

Gabi hielt sich mit ein paar Beinschlägen über Wasser. »Du
hast gedacht …?«

Sein Griff wurde fester. »Du hast nicht geantwortet.«

Sie legte ihre freie Hand auf die Hand, mit der er sie fest-
hielt. »Ich schwimme morgens gern ein Stück weit raus.« Sie
schaute sich um. »Außerdem sind die Haie auf der anderen
Seite der Insel«, frotzelte sie.

»Das ist nicht lustig, Gabi.«

Er hatte tatsächlich Angst um sie gehabt.

»Ich habe Jahre auf dieser Insel verbracht, Hunter. Es ist
alles in Ordnung, wirklich.«

»Ich habe dich im Wasser treiben sehen.«

Sie grinste. »Und da wolltest du mich retten?«

Hunter schaffte es, die Hände über die Augen zu legen,
ohne dabei unterzugehen. »Du machst mich wahnsinnig, junge
Frau.«

»Und du willst immer den starken Mann spielen und alles
unter Kontrolle haben.«

Er schüttelte den Kopf und warf ihr einen finsteren Blick
zu. »Ich dachte, du wärst Haifutter.«

Lachend trat sie Wasser. »Haiverseuchte Gewässer gehören
nicht zu den Attraktionen dieser Insel.«

Einen Moment lang maßen sie einander mit Blicken.

Gabi sah, dass Hunter nur in seinen Boxershorts ins Wasser
gesprungen war. Am Strand entdeckte sie seine hastig zurück-
gelassenen Kleider.

»Bist du ein guter Schwimmer?«, fragte sie ihn.

»Ich kann mich über Wasser halten.«

Sie tauchte ab und ein Stück weiter wieder auf. »Wer als Letzter am Strand ist, muss das Frühstück machen. Mit allem Drum und Dran.«

»Ich kann nicht ko…« Er fing an zu kraulen.

Auf halber Strecke zum Strand holte er sie ein. Seine Arme waren stärker, seine Schwimmzüge kräftiger. Doch ihr Heimvorteil sorgte dafür, dass ihm der Sieg nicht zu leicht gemacht wurde. Knapp vor ihr erreichte er den weißen Strand.

Er setzte sich in den Sand und stützte schwer atmend die Arme auf die Knie.

Gabi war froh, dass sie dank des sanften Wellengangs halbwegs anmutig aus dem Wasser steigen konnte. Ihren Bikini hatte sie seit dem Wegzug von der Insel nicht mehr gebraucht. Dass er nicht mehr so straff auf ihren Kurven saß wie früher, zeigte, wie viel sie abgenommen hatte. Die Pfunde wieder auf die Rippen zu bekommen, hatte nicht zu ihren Prioritäten gezählt.

Ohne weitere Gedanken an ihre Figur zu verschwenden, setzte sie sich neben Hunter. Der weiße Sand puderte ihre Haut. »Nächstes Mal kriege ich zwei Sekunden Vorsprung«, sagte sie.

»Fünf«, gab er zurück. Sein Blick blieb an ihrer Brust hängen.

Sie zwang sich, nicht nervös an ihrem Bikini zu zupfen. Wann hatte sie zuletzt jemand so leicht bekleidet gesehen?

»Was hättest du denn für mich gekocht, wenn du verloren hättest?«

Endlich schaute er ihr anstatt auf die Brust wieder in die Augen. »Crêpes. Oder Waffeln vielleicht.«

Gabi musterte ihn ungläubig. Die lässig hingeworfene Auswahl überraschte sie.

»Crêpes?« Nicht einmal sie wusste genau, wie man die zubereitete.

Ein Lächeln spielte um seine Mundwinkel und wurde langsam breiter. Zum ersten Mal, seit Gabi diesen Mann kannte, lächelten auch seine Augen mit.

»Schade, dass du dein schockiertes Gesicht nicht sehen kannst«, sagte er.

»Crêpes?«

Er lachte lauthals los.

Sie schloss die Augen und versuchte sich zu erinnern, was auf Vals Zimmer-Service-Speisekarte stand, dann zog sie die Hand durch den Sand und schickte eine kleine Staubwolke zu Hunter.

»Hey.« Er revanchierte sich auf dieselbe Weise.

»Kannst du überhaupt irgendwas kochen?«

»Zählt Kaffee?«

Sie verdrehte die Augen. »Wenn du meine Mutter gnädig stimmen willst, lass sie wissen, dass du in der Küche verloren bist. Auf diese Art männliche Hilflosigkeit steht sie.«

»Bekomme ich jetzt Tipps, wie ich deine Familie für mich einnehmen kann?«

Sie lehnte sich zurück und stützte sich auf die Ellbogen. »Vor uns liegen achtzehn gemeinsame Monate. Ein Waffenstillstand könnte hilfreich sein.«

»Hmmm.«

Sie hielt das Gesicht in die Sonne. »Außerdem vermisse ich die Insel.«

Sie ertappte ihn dabei, wie er sie aus dem Augenwinkel musterte. Schnell schaute er wieder hinaus aufs Meer.

»Ich weiß nicht, wann ich zuletzt so im Sand gesessen habe.«

»Im Sand sitzen ist nicht leicht, wenn man Millionär sein muss.«

Er lachte.

»Sorry. Milliardär.« Wenn sie sich all die Nullen auf seinem Konto vorstellte, wurde ihr fast schwindelig. Über Geld hatte sie sich nie viele Gedanken gemacht, aber das hatte sie auch nie müssen. Aus seinem Portfolio wusste sie, dass er den Großteil seines Vermögens selbst erwirtschaftet hatte.

»Das ist eine Null mehr.«

»Es sind zwei. Ich habe die Angaben zu deinem Einkommen selbst überprüft.«

Hunter drehte sich auf die Seite, stützte das Gesicht in seine sandige Hand und schaute sie mit einem amüsierten Lächeln an. »Und was hast du dabei herausgefunden?«

»Zum Beispiel, dass die Carlton-Übernahme dein bis dato einträglichstes Projekt war.« Das Lächeln fiel von ihm ab. »Sam meinte, ich solle mir das ein bisschen genauer ansehen. Anscheinend steckt mehr hinter der Blackwell-Enterprises-Fusion mit Carltons Munitionsfabriken, als man zunächst denkt.«

Sein Blick driftete zum Sand, wo er mit den Fingern Kreise malte.

»Die Fusion mit Carlton bin ich gleich nach dem College angegangen.«

»Erst fusioniert, dann demontiert.«

»So würde ich das nicht ausdrücken.«

Mit gerunzelter Stirn malte er weiter Kreise in den Sand. Einige verwandelten sich in Patronen.

»Verkaufst du an Kunden aus dem Ausland?«

Hunter zuckte die Achseln. »Mit dem Tagesgeschäft von Blackwell-Carlton habe ich nicht viel zu tun.«

Im Klartext: Ja.

»Und das findest du in Ordnung?«

Er hielt die Hand still und sah ihr ins Gesicht. »Heißt dein Bruder ausschließlich amerikanische und italienische Gäste willkommen?«

Eine Sekunde lang blieb ihr der Mund offen stehen. Sie klappte ihn schnell wieder zu.

»Ich mache Geschäfte, Gabi. Japanische Autofirmen verkaufen in die Staaten. Burgerketten verkaufen nach Indien.«

»Wir reden nicht von Autos oder Burgern. Wir reden von Munition.«

»Wenn der Abnehmer ein Verbündeter ist, wo ist dann das Problem?«

Sofort fiel ihr Alonzo ein. So gern sie ihn vergessen wollte, sie schaffte es nicht. »Ein Verbündeter von heute kann morgen dein Feind sein.«

Er wartete, bis sie ihn anschaute. »Die weltpolitische Zukunft kann ich genauso wenig vorhersehen wie du.«

Dem konnte sie nicht widersprechen. »Wie dem auch sei. Für dich war die Fusion ein Volltreffer.«

»Ich habe die Zeitung gelesen, Carlton nicht. Verklag mich.«

»Du schiebst deine Millionen umher wie Einsätze beim Roulette. Aus dem Immobilienmarkt hast du dich ein paar Monate vor dem Crash zurückgezogen, und als die Börse in den Sinkflug ging, hast du weniger als fünf Prozent verloren.«

Er grinste. »Vier Komma …«

»Sechs zwei. Ich weiß.« Sie kannte seine Zahlen bis auf den letzten Cent. »Nach elf Monaten warst du wieder im Aufwärtstrend. Während andere versucht haben, ihre Firmen vor dem Untergang zu retten, hast du längst wieder Geld verdient.« Wenn sie sich nicht gefragt hätte, ob das alles mit rechten Dingen zugegangen war, wäre sie beeindruckt gewesen. Die Umsätze lagen ihr vor. Was ihr fehlte, waren Hintergrundinformationen. In seinem Portfolio gab es eine ganze Liste von Firmen in verschiedenen Ländern mit Sprachen, die sie nicht beherrschte.

»Du hast ein paar Offshore-Konten.« Das war keine Frage.

»Ich habe eine Niederlassung in London.«

»Von London spreche ich nicht.« Sie wedelte mit der Hand. Ihr Gehirn arbeitete auf Hochtouren. »Aber natürlich. Jetzt wird mir manches klarer.« Geld, das mehrfach in andere Währungen transferiert worden war, hatte, wenn es schließlich in den

Staaten ankam, einiges an Gewicht verloren. Die Regierung wollte natürlich ihren Anteil. Aber wie viel konnte Blackwell auf die Seite schaffen, bevor Onkel Sam seine Steuern bekam?

Gabi ärgerte sich, dass sie nicht vor dem ersten Treffen mit Hunter in dieser Richtung weiterrecherchiert hatte. Doch welchen Unterschied hätte das gemacht? Er hatte sie immer noch in der Hand.

Anstatt sich für seine undurchsichtigen Geschäfte zu interessieren, sollte sie sich lieber um ihre eigenen Auslandskonten kümmern. Über die wusste sie noch viel zu wenig.

»Was wird dir klarer?«, wollte er wissen.

Sie schaute ihm in die Augen. »Mit deinen Bilanzen stimmt etwas nicht, Hunter. Du weißt das und ich weiß es auch.«

Seine Hand hörte auf, mit dem Sand zu spielen. Sein Blick hielt ihren fest. »Meine Geschäfte sind legal.«

Gabi zeigte auf ihre Brust. »Wir haben alle unsere Stärken, Hunter. Zu meinen gehört der Umgang mit Zahlen. Und bei deinen gibt es Ungereimtheiten.« Ungereimtheiten, mit denen man ganze Dörfer hätte ernähren können.

»Mein Unternehmen ist sehr verzweigt. Da sollte es dich nicht wundern, wenn irgendwo ein paar Tausend …«

Sie lachte laut auf. »Beleidige bitte nicht meine Intelligenz.«

Er setzte sich auf und stützte die Arme auf die Knie. »Inwiefern sind Zahlen deine Stärke?«

Sie fand die Frage merkwürdig. »Es ist einfach so.« Zahlen und Sprachen. Schön, allzu viele Fremdsprachen beherrschte sie noch nicht. Aber sie arbeitete daran.

»Warum weiß ich davon nichts?«

»Es gibt einiges, was du nicht über mich weißt«, antwortete sie.

Sein Blick wanderte über ihren Körper und erinnerte sie daran, wie wenig sie anhatte. Er hatte sie aus dem Konzept gebracht. Gabi schloss die Augen und kämpfte gegen den Impuls an, ihre nackte Mitte mit den Händen zu bedecken.

»Hat Alliance mich als Kunden abgelehnt, weil mit meinen Bilanzen irgendwas nicht stimmt?«

»Wir von Alliance stellen hohe Ansprüche an unsere Klientel. Finanzielle Geheimnisse hat jeder. Für sich genommen ist das noch kein Hinderungsgrund.«

»Aber es ist einer von mehreren. Du glaubst, meine Zahlen gehen nicht auf.«

»Gelinde gesagt. Aber seien wir ehrlich. Bei wem ist das schon der Fall?«

Hunters Blick ließ sie nicht los. »Was spricht sonst noch gegen mich?«

»Es gibt Treffen im Ausland, auch mit Personen mit fragwürdigem Ruf.«

Er nickte, als hätte das nichts zu bedeuten.

»Und dann gibt es noch den Kotzbrocken-Faktor.«

Sein linker Mundwinkel hob sich in Zeitlupe. »Den Kotzbrocken-Faktor.«

»Arrogant, egoistisch, selbstverliebt. Ein Kotzbrocken eben. Ich denke mal, Meg würde dich als Arschloch klassifizieren.«

»Meg?«

»Sie lebt nicht mehr in Kalifornien, aber für Alliance arbeitet sie trotzdem noch.«

Hunter grinste, als hätte sie ihm gerade ein Kompliment gemacht. »Ich bin ein arrogantes Arschloch mit einem weitverzweigten, milliardenschweren Unternehmen, dessen Zahlen hier und da nicht nachvollziehbar sind.«

Wenn er das so sagte, klang es banal. »Und du hast mich erpresst«, fügte sie hinzu.

Er ließ den Blick über den leeren Strand schweifen, dann senkte er die Stimme. »Ich nehme an, wir haben beide schon Dinge getan, die wir bereuen.«

Sie fragte sich, was er damit wohl meinte. »Und jetzt sitzen wir hier, sind verheiratet und umkreisen einander voller Misstrauen.«

»Meine Sorge, dass du mich im Schlaf erdrosselst, hält sich in Grenzen«, sagte er.

Sie grinste.

»Ein orangefarbener Overall würde dir nicht stehen, vergiss das nicht.« Er grinste zurück.

»Orange ist das neue Schwarz.«

***

Gabi und Meg lauschten gebannt den Geräuschen aus der Küche.

»Doch nicht so. Machen Sie das noch mal.«

»Ich bin kein Koch, Mrs Masini«, sagte Hunter zum x-ten Mal. So ging das seit etwa einer halben Stunde.

Als Gabi einen Blick in das Reich ihrer Mutter geworfen hatte, waren die gesamte Arbeitsplatte und der halbe Fußboden mit Mehl bestäubt gewesen. Hier wurde offenbar Pasta hergestellt. Zumindest wurden Mehl und Eier gemischt. Ob heute dabei etwas Essbares entstehen würde, stand noch nicht fest.

»Eier müssen Sie *sanft* aufschlagen.«

Als Gabis Mutter stöhnte, fing Meg an zu kichern. »Ich wünschte, wir hätten eine Überwachungskamera dadrin.« Meg verrenkte sich den Hals, um einen Blick auf das Chaos in der Küche zu erhaschen.

»Also noch mal.«

Meg stieß Gabi mit dem Ellbogen an. »Wie lange willst du ihn diesen Qualen noch aussetzen?«

Gabi lehnte sich zurück und schlug die Beine übereinander. »Ich habe heute keine Termine.«

»Nein. Nein, nein.« Simona senkte die Stimme. »Stellen Sie sich das Ei als eine zarte, sensible Frau vor. Nicht als Kronkorken auf einer Bierflasche.«

Gabi und Meg warteten mit angehaltenem Atem.

»Besser. Und jetzt noch drei.«

Stille.

Seufzen.

Stille.

»Verdammt!« Hunter war mit seiner Geduld offenbar am Ende.

Gabi stand auf. »Lenk du meine Mutter ab.«

»Du willst ihn retten?«, fragte Meg.

»Ich habe ihn in diese Vorhölle gelockt. Ich glaube, er hat seine Lektion gelernt.«

Zusammen betraten sie Simonas Allerheiligstes. Meg begann zu lachen.

Hunter stand am Spülbecken. Mit rohem Ei vermischtes Mehl klebte an seinen Fingern.

Gabis Mutter wischte Mehl von der Arbeitsplatte.

Der Blick, den Hunter Gabi zuwarf, ließ sie einen Schritt zurückweichen. »Vielleicht sollte ich …«

»Ihm helfen?«, fragte ihre Mutter. »Dein Ehemann ist ein hoffnungsloser Fall.«

Meg tätschelte mitleidig Hunters Arm. Zu Simona sagte sie: »Wie wär's mit einer kleinen Pause?«

Simona zögerte. »Hilf ihm, aber nimm ihm das nicht ab, Gabriella. Er muss es lernen.«

»Ist gut, Mama. Warum ruhst du dich nicht ein bisschen aus?« Gabi schob ihrer Mutter die geöffnete Weinflasche hin, Meg führte Simona aus der Küche.

Gabi und Hunter warteten stumm, bis sich die Tür zur Veranda geöffnet und wieder geschlossen hatte.

Dann ließ Hunter die Schultern fallen. »Deine Mutter ist eine Sklaventreiberin.«

Lachen hatte etwas Befreiendes.

»Du hast mich ins offene Messer laufen lassen.« Hunters Laune befand sich im Sinkflug.

Gabi warf die Hände in die Luft. »Ich gebe es ja zu. Aber es geschieht dir recht. Du hättest nicht so tun sollen, als könntest du Crêpes machen.« Sie holte sich eine saubere Schürze und band sie sich um.

Hunter wollte seine abbinden, aber sie schüttelte den Kopf. »Nicht so schnell, Wall Street. Ich habe meiner Mutter gesagt, ich würde dir helfen, nicht, dass ich das Kochen für dich übernehme.«

»Ich kann das nicht.«

Sie schob ihn zur Seite und wusch sich die Hände. »Hör auf zu jammern.« Woher dieses plötzliche Selbstvertrauen kam, wusste sie nicht. Vielleicht lag es an dem vielen Mehl auf Hunters Schürze und auf seinem Hemd. Oder an dem Mehlfleck auf seiner Wange oder der Haarsträhne, die ihm in die Augen hing. Vielleicht bezog sie ihre Stärke auch aus der Tatsache, dass er völlig überfordert war.

Er zog an den Bändern seiner Schürze.

Sie schnippte mit den Fingern in seine Richtung. »Lass sie an.«

»Oh Gott. Die Tochter der Sklaventreiberin.«

»Ich kann meine Mutter auch wieder reinrufen.«

»Treib es nicht zu weit, Gabi.«

Sie zuckte die Achseln. »Was willst du denn tun? Dich scheiden lassen?«

Er stöhnte auf.

»Genau. Abgesehen davon ...«, sie fand eine saubere Schüssel, »... lässt meine Mutter erst locker, wenn du ein paar Grundlagen beherrschst.«

Er schaute zu, wie Gabi einen kleinen Krater für die Eier in den Mehlhügel drückte.

»Lass mich raten.« Gabi nahm ein Ei in die Hand. »Meine Mutter hat es dir so gezeigt.« Mit einer lockeren Bewegung schlug sie einhändig das Ei auf und ließ es ins Mehl gleiten.

Hunter seufzte. »Bei dir sieht das ganz einfach aus.«

Lächelnd zog sie ihn an ihre Seite und gab ihm ein Ei. »Nimm beide Hände dazu, das ist einfacher. Sonst fällt dir die Schale ins Mehl und das Essen knirscht uns zwischen den Zähnen.«

Er schlug das Ei zu kräftig an den Rand der Schüssel. Der Inhalt landete auf der Arbeitsplatte, die Schale in der Schüssel. »Ich mache mich hier zum Deppen.«

»Du darfst nicht so verbissen sein.«

Sie klaubte die Schalen aus dem Mehl und nahm sich ein Ei. »Leg die Hände auf meine.«

Hunter rückte näher. Seine Wärme strahlte auf sie ab. *Vielleicht ist das doch keine so gute Idee.*

Gabi suchte nach dem Selbstbewusstsein, das sie noch vor wenigen Sekunden empfunden hatte, und gab sich Mühe, Hunters breite Schultern und seinen würzigen Duft zu ignorieren. Als er die Hände auf ihre legte und ihre in seinen fast verschwanden, erschauerte sie.

Schlag das Ei auf.

»Langsam und mit Gefühl«, sagte sie.

Seine Hände lagen federleicht auf ihren, während sie die Schale zerbrach und Eiweiß und Eigelb ins Mehl fallen ließ. Länger als nötig ließ Hunter seine Hände, wo sie waren. Ohne ihm ins Gesicht zu schauen, reichte sie ihm ein Ei.

Jetzt legte sie die Hände über seine.

Ob Hunter vor Konzentration summte oder aus einem anderen Grund, wusste Gabi nicht. Vorsichtshalber sah sie ihn nicht an.

»Langsam«, ermahnte sie ihn, als er das Ei hob. Diesmal gelang der Versuch.

»Das war doch nicht schwer, oder?« Sie nahm die Hände weg.

Anstelle von Ärger und Frustration entdeckte sie jetzt etwas viel Gefährlicheres in seinen Zügen. Ihr Herz fing an zu jagen und erinnerte sie an lang verdrängte Gefühle. Gefährliches Verlangen.

Seine vollen Lippen öffneten sich. Ihr Blick hing wie gebannt an seinem Mund.

Sie ertappte sich dabei, wie sie ihn anstarrte. Die Stille im Raum klang wie eine Einladung zu ganz anderen Dingen als Kochen.

Keiner von ihnen wich zurück. Vielleicht lag es an der Küchenchemie oder es war die nervöse Anspannung. Die gegenseitige Anziehungskraft ließ sich jedenfalls nicht leugnen. Sie kam ungebeten und war völlig fehl am Platz. Aber sie war da.

»Was tun wir hier, Gabi?« Hunters Frage war ein kaum hörbares Flüstern.

Sie blinzelte und riss den Blick von seinen geöffneten Lippen los. »Wir kochen.« Sie rückte von ihm ab und stieß dabei fast die Schüssel um.

Den Teig kneteten sie mit den Händen. Langsam mischten sich Mehl und Eier zu einer geschmeidigen Masse. Die Luft zwischen ihnen knisterte. Hunter spielte mit seinem Teil des Teigs und starrte dabei Gabis Hände an.

»Wenn du dich nicht konzentrierst, gibt es heute nichts zu essen«, sagte sie.

Bevor sie erneut den Handballen in den Teig drücken konnte, hielt er sie fest. »Ich glaube, wir sollten darüber reden, was hier gerade läuft.«

Sie schluckte. »Wir kochen.«

»Schau mich an, Gabi.«

Sie schüttelte den Kopf. Langsam verließ sie die Courage. Wenn sie noch einmal sah, wie ihm die Strähne in die Augen fiel, würde sie sie ihm aus dem Gesicht streichen müssen.

»Gabriella?« Seine Stimme war wie Schokolade. Seine klebrige Hand hob ihr Kinn und zwang sie, ihm in die Augen zu schauen. Er rückte noch näher an sie heran. Sein Körper berührte sie auf voller Länge und drückte sie an die Arbeitsplatte.

Das Atmen fiel ihr schwer.

Hunters Daumen strich an ihrer Unterlippe entlang. »Das ist eine schlechte Idee.« Er murmelte ihre Gedanken.

Sie nickte. »Ganz schlecht.« Gabi hielt sich an der Arbeitsplatte fest, damit sie nicht Gefahr lief, sich an ihm festzuklammern.

Hunter atmete tief ein. »Du duftest nach Blumen.«

»Ich wechsle mein Shampoo.«

Sein Kopf senkte sich langsam zu ihr. Sie redete weiter. »Irgendwas mit einer Moschusnote, damit du mich gar nicht bemerkst.«

»Ich denke, das wird nicht funktionieren.«

Sie fing einen Hauch seines minzigen Atems auf.

»Ich kann dich noch nicht mal leiden.« Eines ihrer Beine rieb sich wie von selbst an seinem.

»Und ich traue dir nicht.« Seine Hand schob sich von ihrer Lippe zur Seite ihres Halses.

»Du hast mich erpresst.«

»Und du hast mich dazu gebracht, mit deiner Mutter zu kochen.«

Sie lächelte. »Das ist nicht miteinander zu vergleichen.«

Anstatt den Mund auf ihren zu legen, schlug er einen Umweg zur Seite ihres Halses ein. Er redete weiter. Sein Atem strich über ihre Haut. »Hast du deine Mutter mal kennengelernt?«

»Das ist al…«

Seine Lippen hatten zu ihrem Hals gefunden.

Mit einem leisen Aufstöhnen schloss sie die Augen. *Eine so betörend schlechte Idee.*

Ihr Kopf fiel zurück. Sie gab ihm den Raum zu tun, was immer er tun wollte.

»Sieh an, sieh an.« Megs Stimme zerriss die Stille in der Küche.

Gabi erstarrte. Hunter nahm seine Hand von ihrem Hals.

»Deine Mom ist gleich wieder hier. Gut, dass ich gekommen bin, um euch vorzuwarnen.«

Gabriella wurde heiß. »Es ist nicht so, wie es aussieht«, presste sie hervor.

Meg verließ lachend den Raum.

KAPITEL 15

Selbstgekochtes und Wein. Jede Menge Wein.

Was zum Teufel war in ihn gefahren? Seine Frau zu verführen, war eine ganz dumme Idee. Hatte er die Vertragsbedingungen vergessen? Wenn er ein Kind mit ihr zeugte, würde ihn das die Hälfte all dessen kosten, was er sich erarbeitet hatte.

Gabi saß ihm gegenüber und stocherte in ihrem Essen. Es war ihnen tatsächlich gelungen, unter den wachsamen Augen der Sklaventreiberin etwas Genießbares zu kochen.

Meg lächelte wissend vor sich hin. Val schien sich über die angespannte Atmosphäre zu wundern. Es war immer noch Mittag, eine ungewöhnliche Zeit für ein großes Mahl, aber Hunter aß trotzdem. Weniger aus Hunger, sondern eher, weil er das Essen selbst gekocht hatte. Hätte jemand ihm prophezeit, dass er eines Tages Pasta herstellen würde, so hätte er einen sechsstelligen Betrag dagegengesetzt.

Er staunte, wozu er in der Lage war.

Meg schob ihren Teller beiseite. »Nicht übel für den ersten Versuch.«

Für meinen einzigen Versuch.

Ein Blick zu seiner Schwiegermutter, und Hunter behielt die Worte für sich. »Ich glaube nicht, dass ich mich in näherer

Zukunft um eine Stelle als Koch bewerben werde«, sagte er stattdessen.

Val lächelte zum ersten Mal.

»Also …« Mrs Masini schob ihren Stuhl zurück. »Ich brauche jetzt ein Nickerchen.«

Hunter half ihr beim Aufstehen. Ihre faltige, fleckige Hand tätschelte seine.

»Danke für den Kochunterricht«, sagte er. »Aber ich denke, so schnell sollten wir das nicht wiederholen.«

Simona lächelte verkniffen. »Ich bin keine junge Frau mehr. Für mehr als eine Lektion pro Monat fehlt mir inzwischen die Geduld.«

Gut, dass ein ganzes Land zwischen ihnen lag.

»Gabriella«, sagte Mrs Masini. »Bring mich zu meinem Zimmer.«

Gabi nahm ihre Mutter am Arm. Über die Schulter warf sie Hunter ein kokettes Lächeln zu.

Weil er keine Lust hatte, sich von Meg und Val auf den Zahn fühlen zu lassen, sagte er: »Ich muss ein paar Anrufe erledigen.«

»Die Telefone auf der Insel funktionieren alle.«

Daran hatte Hunter keinen Zweifel. Und zurückverfolgbar waren die Anrufe ganz sicher auch. »Meine Kontakte sind in meinem Telefon.«

Val stand auf und griff nach seinem Jackett. »Sie können mein Büro benutzen.«

Gemeinsam gingen sie hinaus in die Hitze der Keys. Hunter folgte Val zu einem Golfwagen, dem einzigen Transportmittel auf der Insel.

»Sie haben eine Kochstunde mit meiner Mutter überlebt. Alle Achtung, Blackwell. Ich hätte nicht gedacht, dass Sie das durchstehen.«

174

Sie fuhren zum Hauptgebäude des Resorts. In dem drei-geschossigen Bau befanden sich neben Vals Büro auch die Unterkünfte für die Angestellten, die auf der Insel übernach-ten mussten. Eine Veranda verlief rings um das Haus. Durch raumhohe Glastüren gelangte man in den Speiseraum und in die Küche. Hinter einer Hecke und einem Grünstreifen lagen die Pools und der Wellnessbereich. Ein Nachtclub und einige Lounges und Veranstaltungsräume waren ebenfalls im Erdgeschoss untergebracht. »Ihre Mutter hat mir keine Wahl gelassen.«

Val nickte. »Sie weiß, was sie will.«

»Sie ist mindestens so stur wie Ihre Schwester.«

Val hielt an und drehte sich zu ihm. »Das liegt in der Familie.«

»Dann haben wir etwas gemeinsam. Wenn ich mir etwas in den Kopf setze, lasse ich erst locker, wenn ich habe, was ich will.«

»Wie meine Schwester zum Beispiel.« Vals Feststellung war absolut zutreffend.

»Die Beziehung mit Gabi ist etwas anderes.«

Vals Augenlid begann zu zucken. »Der letzte Mann, den ich in ihre Nähe gelassen habe, hat sie fast umgebracht. Sicher verzeihen Sie mir, dass ich Gabriella schützen will.«

Umgebracht? Moment mal. »Picano?«

»Ich habe ihm vertraut. Wir alle haben ihm vertraut.«

»Sogar Ihre Mutter?«

Val schaute beiseite. »Die hat ihn nie gemocht.« Val mur-melte ein paar Worte auf Italienisch. »Ich glaube, für Sie hat sie auch nicht viel übrig.«

Da war Hunter sich nicht so sicher. Während er ihre Küche verwüstet hatte, hatte er Simona mindestens zweimal dabei ertappt, wie sie beinahe gegrinst hätte. »Hat Picano je mit Ihrer Mutter gekocht?«

»Du meine Güte, nein. Das wollte sie nie.«

Interessant. Bei ihm hatte sie darauf bestanden.

Als Hunter aus dem Golfwagen steigen wollte, hielt Val ihn zurück. »Hat Gabriella Ihnen von Picano erzählt?«

Hunter hatte das Gefühl, nur fragen zu müssen, um alles zu erfahren, was er wissen wollte. Warum zögerte er? »Nicht allzu viel.«

Val wollte etwas sagen, doch Hunter schüttelte den Kopf.

»Sie wird mir mehr verraten, wenn sie so weit ist. Eigentlich bin ich kein geduldiger Mensch, aber ich werde abwarten, bis sie bereit ist, Licht ins Dunkel zu bringen.«

Val musterte ihn stumm. »Sie überraschen mich, Blackwell«, sagte er schließlich.

Hunter stieg aus dem Wagen. »Positiv, hoffe ich.« Er dachte an sein Gespräch mit Blake. Vielleicht gab es doch eine Frage, die er stellen konnte, ohne allzu tief in Gabis Vergangenheit zu wühlen. »Wer hat ihn erschossen?«

Val zögerte.

»Schon gut.« Was, wenn es Gabi gewesen war? Er hätte den Mund halten sollen. »Ich warte, bis Gabi es mir sagt.«

»Vermutlich weiß sie es gar nicht. Sie war nicht dabei.«

Das überraschte Hunter. Er hatte geglaubt …

»Im Gegensatz zu mir.«

»Sie waren das?«

Val schüttelte den Kopf. »Wenn ich nur eine Pistole gehabt hätte. Nein, ich hatte leider nicht das Vergnügen. Die Küstenwache, Neil, Rick und meine Frau – da war für mich nichts mehr übrig.«

Meg? Vals schlagfertige blonde Ehefrau?

»Ich glaube, jede Antwort wirft nur neue Fragen auf.«

Das konnte Hunter nicht abstreiten. »Ich versichere Ihnen noch einmal, Valentino, von mir hat Gabi nichts zu befürchten. Das kann ich Ihnen versprechen.«

Val vergrub die Hände in den Taschen. Sein zuckendes Lid war zur Ruhe gekommen. »Ich nehme Sie beim Wort«, sagte er.

Hunter nickte kurz, dann folgte er Val zum Büro. Als er allein war, hörte er seine Nachrichten ab. Die erste war von Tiffany. Sie sagte, sie fände seine Frau sehr sympathisch und würde sich fragen, ob sie am Montag noch einen Job hätte. Hunter konnte sich an kein anderes Mal erinnern, an dem seine Sekretärin bei einer Veranstaltung zu viel getrunken oder etwas Ungehöriges gesagt hatte. Tiffany war ein Goldstück. Die zweite Nachricht kam von Andrew. »Die Antwort ist da. Die, auf die Sie gewartet haben.«

Verdammt. Nicht gut.

Die dritte Stimme auf dem Band gehörte Remington. Der Mann schwadronierte über Kolumbien und Italien. Hunter stützte den Kopf in die Hand. Er musste seinen Privatdetektiv anweisen, anstelle von persönlichen Informationen über Gabi Informationen über ihre Auslandskonten zu sammeln. Wenn Gabi erfuhr, dass er jemanden dafür bezahlte, in ihrer Vergangenheit zu stöbern, war das Vertrauen, das er sich gerade mühsam erkämpfte, mit einem Schlag dahin. Und aus irgendeinem seltsamen Grund war ihr Vertrauen ihm wichtig.

Zu gerne wollte auch er ihr trauen.

Unter Remingtons Nummer meldete sich die Mailbox. Hunter trat hinaus auf Vals Veranda und schaute sich um. Als er sicher war, dass niemand ihn hörte, sprach er ein paar kurze Sätze aufs Band. »Blackwell hier. Lassen Sie das, was Sie gerade tun. Ich muss wissen, mit wem Picano in Kolumbien zusammengearbeitet hat. Jemand hat sich Zugang zu den Konten verschafft. Dasselbe gilt für Italien. Falls Sie irgendwo auf Gabriellas Namen stoßen, melden Sie sich sofort.«

Tiffany schickte er eine Textnachricht. Er schrieb ihr, sie würden sich am Montag sehen.

Andrew hob beim ersten Klingeln ab. »Wie ist es in Florida?«

»Warm, schwül, schön. Und?«

Andrew seufzte. Schon bevor er weitersprach, wusste Hunter Bescheid.

»Der Vaterschaftstest ist positiv.«

***

»Okay, Süße. Du bist mir eine Erklärung schuldig.« Meg wartete draußen auf Gabi, die gerade von ihrer Mutter verhört worden war.

Gabi machte einen lahmen Versuch, sich vor dem Gespräch zu drücken. »Können wir nicht einfach vergessen, was du gesehen hast?«

Meg schüttelte den Kopf. »Auf gar keinen Fall. Ich will die Details, meine Liebe. Und zwar jedes noch so kleine.«

Gabi warf einen Blick zur Treppe und zeigte dann nach draußen. »Spaziergang?«

»Gute Idee. Deine Mutter versucht, mich zu mästen. Pasta am Mittag. Wo gibt's denn so was?«

»Bei uns. Wir sind Italiener.«

Gemeinsam gingen sie hinunter zum Strand. Ihre Schuhe ließen sie in der Nähe von Megs und Vals Privathaus stehen.

»Ich dachte, eure Ehe besteht nur auf dem Papier«, begann Meg.

»Tut sie auch. Ich mag den Mann noch nicht mal besonders.«

Meg hob die Augenbrauen.

»Meistens jedenfalls.«

»Sein Körper hat förmlich an deinem geklebt, und es sah nicht so aus, als wolltest du ihn wegstoßen.«

»Er ist sehr attraktiv«, verteidigte Gabi sich.

»Mmhm.«

Gabi dachte an Hunters Atem an ihrem Hals und seufzte. »Extrem attraktiv.«

»Attraktive Männer gibt es wie Sand am Meer, Gabi. Weshalb gerade Hunter?«

Gabi nahm ihr Haar mit den Händen zusammen, damit der Wind es ihr nicht ins Gesicht blies. »Er ist verfügbar.«

Meg lachte. »Das sind tausend andere auch. Bisher hast du keinen Mann, der sich für dich interessiert hat, eines Blickes gewürdigt. Jedenfalls nicht seit ...«

Es war nett von Meg, den Namen nicht auszusprechen. »Seit Alonzo.«

»Ja.«

Eine Weile spazierten sie schweigend durch den Sand.

»Kann ich dich was fragen?«, fragte Meg. »Über Alonzo?«

Er war *der Mann, von dem man nicht spricht*. Seit seinem Tod zumindest. In den letzten Wochen hatte Gabi seinen Namen wieder öfter gehört, und es war nicht mehr so schlimm wie zu Anfang. Jetzt gab es Hunter, über den sie sich ärgern konnte und der sie ablenkte.

»Wenn es unbedingt sein muss.«

»Wenn du nicht antworten willst, dann lass es einfach.«

»Ich werde schon nicht gleich in die Knie gehen«, sagte Gabi.

»Wie liefen die Dinge mit euch beiden denn ... na ja, du weißt schon. Wie lief es im Bett?«

Sex war für Gabi lange kein Thema gewesen. Selbst jetzt, wo Hunter ihren Hormonhaushalt auf Touren brachte, dachte sie nie daran, wie es in Alonzos Bett gewesen war.

»Na ja, bevor ...« Sie schüttelte den Kopf.

Meg legte Gabi kurz ihre Hand auf den Arm. Sie spazierten weiter den leeren Strand entlang.

»Es war ganz gut.«

»Ganz gut?«

Gabi fiel es schwer, ihre Zeit mit Alonzo als etwas anderes zu betrachten als eine einzige gigantische Lüge. Sie hatte sich gesagt, im Bett hätte es zwischen ihnen nicht recht gefunkt, weil er sie auf vielerlei Art hintergangen hatte.

»Vergleich es mal mit einem Essen: Sprechen wir von einem Gourmet-Menü oder von einem Salamibrötchen?«

Gabi schaute aufs Meer hinaus und versuchte, sich zu erinnern. »Ich muss zugeben, ich war immer ein bisschen hungrig. Hinterher.«

Meg hängte sich bei Gabi ein. »So sollte das aber nicht sein.«

»Ich weiß.«

Sie verließen den Wellensaum und gingen auf dem trockenen Sand weiter.

»Und wie ist es mit Hunter?«

»Oh, wir haben nicht … Ich meine, was du in der Küche gesehen hast … Wir …« Sie war eine erwachsene Frau. Warum fiel es ihr so schwer, über Sex zu reden?

»Was ich in der Küche gesehen habe, war ziemlich heiß.«

Gabi spürte, wie sie errötete. »Ja, das stimmt«, antwortete sie atemlos.

Meg lachte. »Ich will ja keine Vergleiche ziehen, aber hat das Riesenarschloch dir je so ein Gefühl gegeben wie Hunter heute?«

Die Antwort kam schnell. »Nein. So war es mit ihm nie.«

»Hmmm …«

»Aber das kommt nicht infrage.« Gabi sprach aus, was die Stimme der Vernunft ihr seit dem Vorfall in der Küche einflüsterte.

»Warum denn nicht? Er findet dich offensichtlich ziemlich prickelnd und du hängst die nächsten eineinhalb Jahre in dieser Ehe fest. Unverbindlicher heißer Sex ist immer noch besser als vermeintlich bedeutungsvolles lauwarmes Rumgemache.«

»Sex ist überhaupt nicht Teil der Planung, und für unverbindlichen Sex bin ich sowieso nicht zu haben.«

»Hast du's mal versucht? Ich glaube, Val hat dich immer ein bisschen zu sehr behütet.«

»Schon möglich«, gab Gabi zu. »Aber ich hatte mehr Gelegenheiten, als Val ahnt. Nur genutzt habe ich sie nie.«

Meg schürzte amüsiert die Lippen. »Schade, eigentlich.«

»Was willst du mir sagen, Margaret? Dass ich mit meinem Ehemann schlafen soll, um meinen Notstand zu beheben?«

Meg zuckte die Achseln und nickte. »Du sagst, du findest ihn attraktiv. Und ich nehme an, er wäre willens und in der Lage.«

Gabi gab ihr einen spielerischen Schubs, und Meg tanzte durch den Wellensaum.

»Ich traue ihm nicht.«

Megs Lächeln fiel in sich zusammen. »Du meinst, er könnte dir gefährlich werden?«

»Nicht körperlich. So schätze ich ihn nicht ein.«

»Aber emotional?«

Gabi suchte nach den richtigen Worten. »Wie kann man mit jemandem schlafen, den man eigentlich gar nicht mag?«

»Männer machen das andauernd.«

»Als Mann gehe ich nicht durch. Dafür fehlt mir das passende Equipment.«

Jetzt schubste Meg Gabi in die Wellen. »Du weißt, was ich meine. Hör zu. Ich verlange nicht, dass du deinen Kopf abschaltest. Aber hab keine Angst, dir mal eine prickelnde Abwechslung zu gönnen. Du weißt, dass er dir keine Gefühle vorgaukelt, um dich ins Bett zu kriegen. Verheiratet seid ihr auch schon, und das Ende eurer Beziehung steht bereits fest. Das könnten genau die richtigen Voraussetzungen sein, um dich sexuell ein bisschen auszuprobieren. Mir scheint, Alonzo war dir dabei keine echte Hilfe.«

»Aber dem habe ich vertraut.«

»Ich weiß nicht, ob dich das weiterbringt, aber ich mag Hunter. Okay, er hat Ecken und Kanten, und in die Kundenkartei von Alliance hätte ich ihn nicht aufgenommen. Aber er erträgt uns mit Anstand. Der Mann schwimmt im Geld und müsste uns eigentlich gar nicht aushalten, wenn er es nicht wollte.«

»Gekocht hat er auch.«

Auf dem Weg zurück zur Villa hängte Meg sich wieder bei Gabi ein.

»Hunters Anblick, als er so voller Mehl in der Küche stand, werde ich nie vergessen«, sagte Gabi.

»Ich glaube nicht, dass das Mehl für deine roten Wangen verantwortlich ist. Es ist eher die Tatsache, dass er dir an die Wäsche wollte.«

KAPITEL 16

Remington hoffte, dass die Spuren in Kolumbien schnell im Sand verlaufen würden. Leider taten sie das nicht. Er verbrachte bereits den dritten Tag im schwülheißen Großstadtdschungel und lehnte an der Wand eines bröckelnden Gebäudes, das sich als Bank bezeichnete. Es war zwar nicht die, bei der Picano sein Konto eingerichtet hatte, aber hier gab es einen zwielichtigen Kassierer, dessen Zunge mit jeder Fünfzigdollarnote, die Remington ihm unter die Nase hielt, ein bisschen lockerer wurde. Blackwells dicker Geldbeutel war dabei ungemein nützlich.

Juan trat aus dem heruntergekommenen Gebäude und sah sich auf der belebten Straße um. Bevor sein Blick zu Remington fand, trat ein dürrer Kerl mit hektischen Bewegungen an ihn heran. Remington ließ den Rauch seiner Zigarette in den Himmel steigen. Er hob die Zeitung in seinen Händen und beobachtete die beiden. Juan behauptete, er hätte einen Freund in der Picano-Zweigstelle, der bereit sei, sich mit ihnen zu treffen. Ein paar Hundertdollarscheine hatte Remington bei sich. Weitere waren hinter der Hoteltoilette versteckt. Der Sauberkeitszustand dieses stillen Örtchens ließ ihn vermuten, dass das Geld dort bis ins nächste Jahrtausend sicher war.

Die beiden Kolumbianer schüttelten einander die Hand und begannen ein Gespräch. Nach ein paar Minuten schweiften Juans Blicke erneut die Straße entlang. Die Antwort, wer hinter dem Picano-Konto stecken könnte, war vielleicht nur ein paar Fragen weit entfernt. Leider war es fast unmöglich zu sagen, wem er hier in diesem Land trauen konnte.

Remington traute niemandem.

Er klemmte sich die Zeitung unter den Arm, warf den Zigarettenstummel weg und schob sich durch den Verkehr, dann an Fußgängern und ein paar streunenden Hunden vorbei. Ein kleines Kind drängte sich an sein Bein und streckte die schmutzigen Finger nach allem aus, was Remington vielleicht entbehren konnte. Achtlos ging er weiter. Wenn er dem Kleinen auch nur eine Münze gab, würde er sofort und wie aus dem Nichts von einer Kinderschar umringt sein. Aber Aufmerksamkeit zu erregen, stand nicht auf seiner Wunschliste.

»Da sind Sie ja.« Juans Lippen verzogen sich zu einem Grinsen. »Señor Remington, mein Freund Raul, von dem ich Ihnen erzählt habe.«

Remington hob das Kinn und hielt dem Mann die Hand hin. »Sie sprechen Englisch?«

Raul legte seine verschwitzte Hand in Remingtons und nickte wie ein Wackeldackel auf einem Armaturenbrett. »Ohne Englisch kommt man heute kaum noch durchs Leben.«

Remington zog seine Hand so schnell wie möglich zurück. Rauls fahrigen Bewegungen nach zu urteilen, stand er entweder vor Angst kurz vor einem Herzinfarkt, oder er brauchte dringend sein weißes Pulver.

»Kolumbianische Banker müssen Englisch können.« Juan stieß seinen Freund mit dem Ellbogen an. »Ist doch so, Amigo?«

»*Sí, sí.*«

Remington nickte in Richtung eines Diners mit Sitzen im Freien. Er hatte die Umgebung erkundet und kannte die

Fluchtwege, falls er spontan auf die Gesellschaft seiner neuen Freunde verzichten musste.

Sie traten auf die schattige Terrasse. Remington setzte sich mit dem Rücken zur Wand. Seine Amigos saßen links von ihm. Nach rechts konnte er sich, wenn nötig, zügig verdrücken. Kaum hatten sie Platz genommen, schon stand die Kellnerin da. Remington bestellte Bier und wartete, bis er mit den beiden Männern alleine war.

Raul rieb sich mit dem Handrücken die Nase. »Juan sagt, Sie brauchen einen Namen.«

»Einen oder mehrere. Das wissen Sie besser als ich.«

Juan rieb die Finger aneinander. Raul behielt die Umgebung im Blick.

»Wen interessiert das?«

»Vielleicht mich.«

Raul beugte sich vor und blinzelte hektisch. »Informationen gibt es nicht gratis, Señor.«

Die Kellnerin brachte drei Flaschen Bier und verzog sich.

»Sie haben etwas für mich?«

Raul rieb sich erneut die Oberlippe. Eindeutig. Der Mann hatte eine Schwäche für Kolumbiens feinste Ware. Oder für die billigste. Schwer zu sagen.

»Wenn Sie Geld haben.«

Remington zog zwei Fünfziger aus der Tasche und ließ den Mann dabei die Hunderter sehen, die er ebenfalls eingesteckt hatte. »Und jetzt die Namen.«

»Und wenn ich Ihnen sage, dass Picano auf das Konto zugreift?«

Remington schloss die Faust um das Geld. »Versuchen Sie nicht, mich zu verarschen, Raul. Picano ist tot.«

Raul lehnte sich zurück. »Was ist mit Mrs Picano?«

Remington stand auf. Der Mann wollte nur schnell ein paar Dollar machen. Seine Informationen waren keinen Pfifferling wert.

Juan und Raul schossen von ihren Stühlen hoch. »Moment. Augenblick. Ich kann …«

»Sie können mir aus dem Weg gehen, verdammt. Sie verschwenden meine Zeit, Koksnase.«

»Aber …«

Remington ließ ihn und den anderen Banker stehen.

Er war wieder so weit wie am Anfang. Missmutig stapfte er durch den Kinderschwarm, der ihn bedrängte, grub in seiner Tasche nach Kleingeld und warf es in hohem Bogen von sich weg. Wie Tauben auf der Jagd nach Brotkrümeln fielen die Kinder über die Münzen her. Remington trabte über die Straße und verschwand um die nächste Ecke.

Er eilte die schmuddelige Hoteltreppe hinauf zu seinem Zimmer. Dort stopfte er seine Sachen in eine Tasche und holte das Geld aus dem Versteck hinter dem Klo. Dann tastete er in seiner rechten Gesäßtasche nach dem Telefon.

Er erstarrte, suchte erst links und dann in den vorderen Taschen.

»Verdammte Scheiße.«

***

Hunter fragte sich, wer wem aus dem Weg ging. Anstatt sich in ihre Villa zurückzuziehen, schlugen er und Gabi sich die Zeit im Club um die Ohren.

Er traute sich selbst nicht über den Weg.

Obwohl ihn tausend Dinge beschäftigten, kam er von einem Gedanken nicht los. Er wollte seine Frau.

Gefährlich.

Für sie beide.

Gabi tanzte gerade mit ihrem Bruder. Die beiden lachten und alberten herum. Offenbar mochten sie einander sehr. Hunter konnte dem Mann nicht verübeln, dass er so abweisend war. Seine kleine Schwester hatte sich auf eine Ehe auf Zeit eingelassen, das weckte seinen Beschützerinstinkt.

Meg schob sich an Hunters Seite. »Wie ein Mauerblümchen hätte ich Sie gar nicht eingeschätzt.«

Er riss seinen Blick von Gabi los.

»Ich genieße den Anblick.«

»Sieht gut aus.«

Er nickte.

»Seit Alonzos Tod habe ich Gabi nicht mehr wirklich tanzen sehen. Bei unserer Hochzeit hat sie ein paar Pflichtrunden absolviert, aber nur, weil sie es musste.«

Hunter fragte sich, weshalb Meg plötzlich so gesprächig war.

»Ich habe den Mann nie gemocht.«

»Und warum sagen Sie mir das jetzt?«

Meg nahm einen Schluck von ihrem Drink. »Gute Frage.«

Hunter strich mit dem Finger über sein beschlagenes Glas. »Lassen Sie mich raten. Gleich werden Sie mich warnen. Wenn ich Gabi in irgendeiner Form wehtue, kriege ich es mit Ihnen zu tun.«

Meg hob die Augenbrauen. »Eigentlich hatte ich das vor. Aber ich hätte sowieso keine Chance.«

»Weil schon zu viele Leute vor Ihnen wären?«

»Genau.«

Eine Weile schauten sie ihren Partnern noch beim Tanzen zu, dann machte Hunter eine einladende Geste. »Wollen wir?«

Frauen tanzten gerne. Das wusste er schon seit der Highschool. Die Musik war flott genug, um ohne viel Körperkontakt die Hüften zu schwingen. Trotzdem spürte er Vals Blicke, als er Meg ein paar Drehungen vollführen ließ.

Als ein langsameres Lied begann, tippte Val ihm auf die Schulter, und sie wechselten die Partnerinnen.

Sofort bestürmte der tropische Duft von Gabis Haar seine Sinne.

Sie ließ ihn ihre Hand nehmen und legte die andere auf seine Schulter. Am liebsten hätte er sie fest an sich gezogen, aber er beherrschte sich.

Nach ein paar vorsichtigen Schritten rückte sie etwas näher. »Du bist ein guter Tänzer«, sagte sie.

Er führte sie in vollendeter Manier. »Auf dem College habe ich eine angehende Schauspielerin gedatet. Ich musste es schnell lernen, sonst hätte sie mich abserviert.«

Gabi lächelte. »Und wie lange warst du mit der Oscar-Anwärterin zusammen?«

»Zwei Monate.«

Ihre Hand schob sich auf seinen Rücken. Der Druck ihrer Finger auf seinem Schulterblatt lenkte ihn ab. Eine Sekunde lang geriet er aus dem Takt, fing sich aber schnell wieder.

»Zwei Monate? Das ist ein besserer One-Night-Stand.«

»Es war während des Colleges.«

»Aber deine Dating-Gewohnheiten hast du beibehalten.«

Er kniff die Augen zusammen. »Sagt dir dein Backgroundcheck.«

»Nach dem dreißigsten Namen habe ich aufgehört zu zählen.«

»Dreißig? Die Klatschblätter übertreiben.«

»Es waren also nur achtundzwanzig?«

Er hatte nicht Buch geführt. Und beim Tanzen mit einer anderen Frau – seiner Frau – die Liste seiner Verflossenen durchzugehen, war keine gute Idee.

»Nicht mal annähernd.«

Sie lachte. »Wir können ja mal gemeinsam einen Blick in meine Notizen werfen.«

Er lenkte sie mit ein paar Tanzfiguren ab, wirbelte sie herum und zog sie wieder zu sich. Fred Astaire hätte applaudiert.

Die Tanzpaare in ihrer Umgebung ließen ihnen etwas mehr Raum. Er fing einen Blick von Val und Meg auf. »Jetzt ist es übrigens offiziell. Alle Mitglieder deiner Familie haben mir üble Konsequenzen angedroht, falls ich dir irgendwie schade.«

Gabi holte tief Luft, dann lehnte sie die Stirn an seine Brust. »Eigentlich müsste ich mich entschuldigen.«

»Die wissen nicht, wie stark du bist.«

»Ich wünschte, ich wäre es.« Sie sprach so leise, dass er sie kaum hörte.

Er zog sie ein wenig fester an sich.

Beim nächsten Lied wurde die Musik wieder schneller und Hunter führte sie von der Tanzfläche. Irgendwann merkte er, dass er ihre Hand noch nicht losgelassen hatte. Großer Gott, wann hatte er zuletzt in seinem Leben Händchen gehalten?

Meg gesellte sich zu ihnen. »Wir verdrücken uns jetzt.«

Gabi umarmte ihre Schwägerin.

»Ich kann gar nicht glauben, dass du morgen schon wieder wegmusst. Wir haben so wenig Zeit füreinander gehabt.«

»Ich bin bloß ein paar Flugstunden entfernt«, sagte Gabi.

»Stimmt. Ruf an, wenn du den Schlüssel für das neue Haus bekommst. Dann helfe ich dir beim Möbelkaufen.«

Val lachte. »Ich hoffe, Ihr Geldbeutel ist so dick, wie man behauptet, Hunter.«

Das ist Teil unseres Deals, wollte er sagen, hielt aber den Mund. »Ich glaube, das schaffe ich noch.«

Gabi küsste ihren Bruder auf die Wangen und schaute ihm und Meg hinterher. Jetzt, wo sie mit Hunter allein war, spürte sie, wie ihr Puls sich beschleunigte. War sie etwa nervös? Wirklich? Warum?

»Willst du gehen? Oder noch etwas trinken?«

Gabi drehte sich zur Bar und zog die Nase kraus. »Es ist schon spät.«

Hunter bot ihr seinen Arm an. Diesmal hängte sie sich ohne Zögern ein.

In der warmen Nachtluft mischten sich die blumigen Düfte der Insel und der Salzhauch des Ozeans. Die Musik aus dem Club folgte ihnen noch bis um die Ecke.

»Dein Bruder hat hier etwas wirklich Besonderes geschaffen«, sagte Hunter.

Gabi seufzte. »Nach dem Tod unseres Vaters wollte er uns unbedingt gut versorgen. Mit dem Resort zu scheitern, war keine Option.«

Hunter kannte dieses Gefühl und die Entschlossenheit, den absoluten Willen, jeden neuen Gipfel zu erklimmen.

»Hat er nie daran gedacht, sein Unternehmen breiter aufzustellen? Vielleicht weitere Resorts an anderen Standorten zu eröffnen?«

Ihre Hand lag jetzt nur noch ganz leicht auf seinem Arm. »Gesprochen hat er mal davon, aber dann …«

Die Worte blieben ihr im Hals stecken. Ein eindeutiges Zeichen, dass sie sich dem Thema Alonzo näherten.

Die Veranda ihrer Villa bot einen schönen Blick aufs Meer. Der Mond war noch nicht voll, aber in dieser klaren Nacht funkelte sein Licht auf den sanften Wellen wie vom Himmel gefallene Diamanten. Hunter rückte zwei bequeme Liegen zurecht. Zu gern hätte er Gabi ins Haus gezogen und genau da weitergemacht, wo sie in der Küche aufgehört hatten. Aus Angst vor einem Riesenfehler ließ er es jedoch sein.

Als Gabi sich zurückgelehnt hatte, streckte auch er die Füße aus und streifte die Schuhe ab.

Er konnte sehen, wie es in ihrem Kopf arbeitete. Dachte sie an Alonzo? Oder überlegte sie, was zwischen ihnen gerade geschah? Bei seiner Planung war er nie davon ausgegangen, dass sie ihn als Person auch nur im Mindesten interessieren könnte. Doch Gabi verlangte Aufmerksamkeit und Schutz. Nicht aus

Berechnung oder Kalkül, sondern ganz einfach, weil sie war, wie sie war.

»Wenn du an ihn denkst, wirst du ganz starr«, sagte er. Er hörte sie tief einatmen. »Dein Bruder und ich haben uns vorhin ein bisschen unterhalten.«

»Oh nein.«

»Keine Sorge«, sagte er schnell. »Es hat mich viel Beherrschung gekostet, aber ich habe ihn nicht ausgehorcht.«

Er hörte die Erleichterung, mit der sie ausatmete.

»Allerdings muss ich dir etwas gestehen«, fuhr er fort.

»Will ich das überhaupt hören?«

»Vermutlich nicht. Aber wir beide sollten eine Weile miteinander klarkommen. In guten wie in schlechten Tagen, wie man so sagt. Landminen möchte ich dabei möglichst aus dem Weg gehen.« Einige Geheimnisse wollte er ihr gern offenbaren, andere lieber noch nicht.

»Okay, sprich weiter. Wenn das ein Geständnis werden soll, musst du schon sagen, was du verbrochen hast.«

Er schaute hinaus auf die ruhigen Wellen. »Ich habe einen Privatdetektiv auf dich angesetzt, weil ich alles über dich wissen wollte.«

Ein paar Sekunden lang war sie still. »Ich hatte gehofft, das wäre nur eine Drohung gewesen.«

»Ich bin ein Mann der Tat. Mit leeren Drohungen halte ich mich nicht auf.«

»Dann kennst du meine Geheimnisse also bereits?« Ihre Stimme klang gepresst.

Er schüttelte den Kopf. »Nein. Nicht deine persönlichen. Daran hat der Mann nur bis zu diesem Wochenende gearbeitet.« Genauer gesagt bis zum heutigen Nachmittag. Aber Hunter glaubte nicht, dass dieses kleine Detail unbedingt in sein Geständnis einfließen musste.

»Und woran arbeitet er jetzt?«

Ihr das zu sagen, fiel ihm leicht, weil er deshalb kein schlechtes Gewissen haben musste. »Ich habe dir versprochen, jeden Zusammenhang zwischen deinem Namen und Picanos Machenschaften zu tilgen. Auch von seinen Konten. Mein Mann versucht herauszufinden, wer dort Geld gebunkert hat.«

Als Gabi nichts sagte, riskierte er einen Blick. Sie hatte sich zu ihm gedreht. In ihren Augen lag ein weicher Ausdruck, ihr Lächeln war entspannt und einladend. Es war echt.

Sie machte den Mund auf und sofort wieder zu.

»Was?«

Sie zögerte. »Warum? Warum lässt du den Mann nicht nach den Informationen suchen, die dich interessieren?«

Die Antwort hätte er in einem Wort zusammenfassen können. *Vertrauen.* Das wünschte er sich von ihr. Aber ihr das jetzt zu sagen, gleich zu Anfang der Vertragslaufzeit, gab ihr zu viel Macht. Wenn sie erfuhr, dass er ihr Vertrauen wollte, konnte sie auf Distanz gehen, und er konnte nichts dagegen tun. Nein, auch wenn ihn das fast um den Verstand brachte, er musste sich in Geduld üben. Das Wort *Vertrauen* nahm er deshalb nicht in den Mund. »Ich möchte, dass du mir alles sagst, wenn du irgendwann so weit bist.«

Er hörte, wie sie ihr Gewicht verlagerte.

»Du bist unglaublich schwer einzuschätzen. Das ist dir sicher klar.«

»Ich tue, was ich kann.«

»Ich weiß nicht. Ich denke, diese Undurchsichtigkeit gehört einfach zu deinem Charakter.«

»Ich bin wie jeder andere, nur etwas entschlossener, das zu kriegen, was ich haben will.«

»Notfalls mit Erpressung.«

Touché. »Es klingt hässlich, wenn du das so sagst.«

Sie lachte. »Es *ist* hässlich.«

Er zuckte die Achseln. Er hätte es noch einmal so gemacht. Wenn er an die vergangene Woche dachte, hatte er nicht das Gefühl, einen Fehler begangen zu haben.

Das Gespräch verebbte. Er überlegte, ob sie die Worte für diesen Abend vielleicht gerade aufgebraucht hatten.

»Er war ein berechnender Dreckskerl«, sagte Gabi unvermittelt.

Hunter übte sich in der hohen Kunst des Schweigens. Und er wurde belohnt.

»Ich dachte, wir wären uns durch Zufall begegnet. Später wurde dann klar, dass es gar kein Zufall war. Es war bei einer Fundraising-Veranstaltung auf dem Festland. Er war sehr aufmerksam und Val hat ihn gemocht. Ich mochte ihn auch.«

Hunter hörte ihr an, wie verletzt sie war.

»Wie du ja inzwischen weißt, habe ich sehr beschützt auf dieser Insel gelebt. Eigentlich hat mir das ganz gut gefallen. Aber als Alonzo in meinem Leben aufgeschlagen ist, war ich mehr als bereit für ein bisschen Abwechslung.«

Hunter wusste, dass die Geschichte kein schönes Ende hatte. »Deshalb hast du dich auf ihn eingelassen.«

»Ja. Er kam mit dem Boot auf die Insel, hat kistenweise guten Wein für meinen Bruder mitgebracht, den Val gar nicht brauchte. Aber den Gästen hat er geschmeckt.«

Langsam fügten sich die Teile in Hunters Kopf zu einem Bild.

»Angeblich wollte er unser zukünftiges Heim auf einem Weingut an der kalifornischen Küste einrichten. Sein Weingut in Italien florierte. Zumindest hat er mich das glauben lassen. Als er vorgeschlagen hat, gemeinsam in den Staaten zu leben, war ich überglücklich. Ich war ein paarmal in Italien gewesen, wollte aber nicht so weit von meiner Familie weg sein.«

»Lass mich raten. Darauf hat Alonzo gesetzt.« Er schaute sie aufmerksam an, beobachtete, wie ihre Gefühle sich in ihren

Zügen abzeichneten, wie ihre Stimme sich senkte, wenn sie von sich sprach.

»Ich war eine leichte Beute. Erst als Margaret und Michael auf der Insel ankamen, wurde es brenzlig.«

»Michael?« Den Namen hatte Hunter noch nicht gehört.

»Michael Wolfe, der Filmstar.«

Hunter schüttelte verwundert den Kopf. »Wie kommt Meg denn zu Michael Wolfe?«

»Meg ist Judys beste Freundin und Judy ist Michaels Schwester.«

Hunter gab sich Mühe, die vielen Personen im Kopf auseinanderzuhalten. Er beschloss, sich zunächst einfach die Namen zu merken und das Puzzle später zusammenzusetzen.

»Michael und Meg haben also hier Urlaub gemacht und so hat Meg deinen Bruder kennengelernt?«

Gabi lächelte. Sie wirkte jetzt deutlich entspannter. »Meg war beruflich hier. Sie wollte sehen, wie viel Privatsphäre die Insel für Alliance-Kunden bietet.«

»Okay, verstehe.« So weit konnte er folgen. »Meg und Michael sind also auf die Insel gekommen. Und was ist dann passiert?«

»Michael kennt sich mit Wein sehr gut aus.«

»Er hatte von Alonzos Weinen gehört?«

»Nein, und genau das war das Problem. Als Alonzo gemerkt hat, dass Michael seinem Etikettenschwindel auf der Spur war, wollte er ihm und Meg den Aufenthalt hier vergällen«, erklärte Gabi.

»Was denn für ein Etikettenschwindel?«

»Alonzo hat vielleicht wirklich ein Stück Land in Italien besessen, auf dem womöglich sogar Trauben wachsen. Aber Wein hat er nie hergestellt. Er hat sich nur als Weingutbesitzer ausgegeben und in Wahrheit Drogen geschmuggelt.«

»Oh.« Das Bild wurde klarer. »Mit jeder Ladung Wein, die er auf die Insel gebracht hat, hat er Drogen transportiert.«

Gabi antwortete erst nach ein paar Sekunden. »Fast hätte ich alles zerstört, was mein Bruder sich hier aufgebaut hat, weil ich mich mit einem Kriminellen eingelassen habe.«

»Ich nehme an, von den Drogen hast du nichts geahnt.«

»Trotzdem war es meine Schuld.«

Der Wunsch, sie in die Arme zu nehmen, wurde übermächtig.

Sie zog die Beine an, sandte aber keinerlei Signale aus, dass sie getröstet werden wollte.

»Und was ist dann passiert?« Bis zum Eingemachten waren sie noch nicht vorgedrungen. Noch hatte er nicht gehört, womit Alonzo die Frau neben ihm beinahe gebrochen hatte.

Gabi umschlang ihre angezogenen Knie. Ihr Blick hielt sich an den Wellen fest. »Während Meg und Michael mit Val nach Italien geflogen sind, um nach der Wahrheit zu suchen, war ich noch immer völlig ahnungslos. *Er* wollte mit mir übers Wochenende einen Kurzurlaub auf seiner Jacht machen.« Sie erschauerte und wurde blass. Dann schluckte sie und fuhr fort. »Ich bin zwar nicht hier geboren, aber doch mehr oder weniger auf dem Wasser aufgewachsen. Seekrank war ich jedenfalls nie.«

Hunters Hand umklammerte unwillkürlich die Armlehne der Liege.

»Aber mir ging es schon vom ersten Augenblick an auf seinem Schiff nicht gut. Wir haben gegessen, getrunken …« Bei ihrem nervösen Lachen wurde ihm kalt. »Ich habe geschlafen, dann hat er mir Tabletten gegeben …« Wieder lachte sie auf. Hunters Backenzähne begannen zu mahlen.

»Er sagte, die seien gegen die Kopfschmerzen.« Ihr Blick hing starr an der Wasseroberfläche. »Alles ist mir vor den Augen verschwommen.«

Hunter saß auf der Kante der Liege. Seine Beine zuckten nervös. Er wollte die Hand nach ihr ausstrecken, ließ es aber sein. Mit angehaltenem Atem wartete er auf das schlimme Ende der Geschichte.

»Am Morgen unserer Hochzeit war ich ziemlich klar. Ein bisschen benommen vielleicht, aber ich kann nicht behaupten, dass ich nicht wusste, was ich tat.« Sie blinzelte ihn kurz an, dann schaute sie weg. »Es wäre leichter, wenn ich sagen könnte, er hätte mich zur Unterschrift gezwungen.« Sie legte den Kopf auf die Knie. »Lass uns heiraten, hat er gesagt. Heute. Jetzt. Er hat von Romantik gesprochen und ich habe Ja gesagt.« Sie seufzte. »Ich habe Ja gesagt.«

Hunter fand mühsam die Sprache wieder. »Du hast ihn geliebt.«

Sie schüttelte den Kopf. »Ich habe geglaubt, ich würde ihn lieben.«

Ein paar höhere Wellen rollten an den Strand.

»An alles danach habe ich nur bruchstückhafte Erinnerungen. Ich sehe ein Essen vor mir. Die Kabine. Ich weiß noch, wie schlecht mir war. Später habe ich von den Ärzten erfahren, dass er mir Pillen in den Wein und ins Wasser getan hat.«

Hunter konnte nicht anders. Er umfasste ihren Knöchel und war froh, dass sie nicht zurückzuckte.

»Das tut mir leid.«

Sie schüttelte den Kopf. Eine Träne stahl sich aus ihrem Augenwinkel. »Die Pillen waren noch nicht das Schlimmste.«

Hunters Nasenflügel bebten, seine Haut wurde zu Eis.

»Alonzo hat Heroin geschmuggelt. Ich erinnere mich noch, wie sein Captain mir eine Nadel in die Vene gestochen hat.«

Heilige Scheiße. Hunter musste sich zwingen, die Hand an ihrem Knöchel locker zu lassen, damit er ihr nicht die zarten Knochen brach.

Sie schaute in den Sternenhimmel. »Man hat mich allein in einem Beiboot auf dem offenen Meer gefunden. Wie ich dorthin gekommen bin oder wie lange ich auf dem Wasser trieb, weiß ich nicht. Ich erinnere mich an einen Hubschrauber, und dass ich auf einer Intensivstation in Miami aufgewacht bin. Dort habe ich erfahren, was er mir angetan hat und warum. Er hatte herausgefunden, dass mein Bruder und Meg ihm auf der Spur waren. Deshalb hat er mich benutzt. Als Druckmittel …«

»Großer Gott.« Kein Wunder, dass Gabis Angehörige und ihre Freunde allesamt gedroht hatten, ihn umzubringen, falls er ihr etwas zuleide tat. Verdammt, nach dieser Geschichte hätte auch er nicht gezögert.

Hunter nahm sich ein Herz. Er zog sein Jackett aus und schob sich an Gabis Seite. Dann deckte er sie beide mit seiner Jacke zu. Er wollte ihr alles sagen. Alle Gründe, weshalb er eine Ehefrau brauchte, lagen ihm auf der Zunge.

Doch er sprach sie nicht aus. Das Risiko, dass sie ihn deshalb kalt abservierte und dass er sie gehen lassen musste, war einfach zu groß.

»Gut, dass er schon tot ist«, sagte Hunter nach einer Weile.

Sie schmiegte sich an seine Brust und atmete endlich wieder langsam und ruhig.

»Ach ja?«

»Ja. Mir steht Orange auch nicht besonders gut.«

KAPITEL 17

Sie hatten die Reiseflughöhe erreicht. Das Buch lag ungelesen auf Gabis Schoß. Sie und Hunter waren auf der Veranda eingeschlafen. Später hatte er sie in die Arme genommen und ins Haus getragen. Die Verbindungstür zwischen ihren Zimmern hatte er einen Spaltbreit aufgelassen. Er hatte ihr Raum gegeben, ohne sie von ihm abzuschneiden. Das war vermutlich das Süßeste, was je jemand für sie getan hatte.

Was sie noch mehr überraschte, war, dass sie trotz der schlimmen Erinnerungen gut geschlafen hatte. Wenn sie bislang von ihren schrecklichen Erlebnissen gesprochen hatte, hatten sie anschließend immer Albträume geplagt.

Diesmal träumte sie von einem mehlbedeckten Hunter.

Von Hunters Atem auf ihrem Hals.

Von Hunter auf der Tanzfläche.

Noch bevor sie aufgestanden war, hatte er die Villa verlassen. Er hatte geduscht und war fertig für die Abreise. Höflich, vielleicht sogar ein wenig kühl hatte er sich mit ihr unterhalten. Die Hitzewellen in der Küche ihrer Mutter waren nur noch eine ferne Erinnerung.

Das hätte sie nicht überraschen sollen. Bei der Vorstellung, wie sie mit einer Nadel im Arm dalag, wurde auch ihr noch immer übel.

Gabi legte das Buch mit dem Sprachkurs beiseite und stand auf.

»Kann ich Ihnen irgendetwas bringen, Mrs Blackwell?« Die Flugbegleiterin schaute freundlich lächelnd um die Ecke.

»Nein danke. Ich mache das schon.«

Die Frau verschwand. Hungrig war Gabi nicht, wollte sich aber irgendwie beschäftigen. Sie gab Eis und einen Schuss Wodka in ein Glas. Vielleicht konnte sie danach ja schlafen.

Das Rascheln von Hunters Zeitung ließ sie aufblicken.

Er beobachtete sie. Seine Miene war genauso unlesbar wie am Morgen.

Als sie ihm in der Nacht ihre Geschichte erzählt hatte, hatte sie ein gutes Gefühl gehabt. Inzwischen bereute sie es. Auf der Insel waren sie einander nähergekommen, doch jetzt öffnete sich eine Kluft von den Ausmaßen des Grand Canyon zwischen ihnen.

Hunter schüttelte den Kopf und schaute beiseite. »Ich fliege morgen Abend nach New York und bleibe bis Samstag.«

Sie wusste nicht, was sie darauf antworten sollte. Vor einer Woche hätte sie gejubelt. Jetzt fühlte sie sich zurückgewiesen. »Oh.«

»Am Samstag brauche ich dich für ein Dinner mit den Adams' in Dallas.«

Sie nippte an ihrem Wodka und wünschte sich, sie hätte sich mehr eingeschenkt.

»Der Jet steht am Samstagmorgen für dich bereit. Wir treffen uns im Hyatt.« Er klang, als spräche er mit Andrew.

»Soll ich für uns reservieren?«

»Das erledigt Tiffany.«

Großartig. Gabi trank ihr Glas leer und schenkte sich nach.

»Was tust du da, Gabi?«

Ohne ihn anzusehen, prostete sie ihm zu. »Ich genehmige mir einen Cocktail. Willst du auch einen?« Sie wandte sich ab und öffnete den Schrank mit den Kristallgläsern mit etwas zu viel Schwung.

Erst als er die Hand auf ihre legte, merkte sie, dass er hinter sie getreten war. Sie zog die Finger weg, als hätte sie sich verbrannt.

Er wich zurück. »Irgendetwas bedrückt dich.«

»Nein«, entgegnete sie. »Ich bin sauer. Auf mich.« Die unangenehmste Art von Sauersein.

»Warum?«

Sie ließ das Glas stehen, das sie für ihn aus dem Schrank genommen hatte, hielt sich an ihrem fest und ging ein paar Schritte auf Abstand.

»Ich hätte dir nie von Alonzo erzählen sollen.«

Sie war zu nervös, um sich zu setzen. Sie ließ das Eis in ihrem Glas kreisen und schaute in ihren Drink, als könnte sie darin lesen. »Weil mir Hass und Leidenschaft lieber sind als Mitleid und Kälte.«

»Kälte?« Seine Stimme wurde lauter. »Ich versuche, dir Raum zu geben, dich nicht zu bedrängen.«

»Was mit mir passiert ist, widert dich an. Versuch nicht, es abzustreiten. Diesen Blick habe ich schon viel zu oft gesehen.« Im Spiegel, in den Monaten nach Alonzos Tod.

Er fuhr sich durchs Haar. »Du hast recht. Ich bin tatsächlich angewidert.«

Sie zuckte zusammen. Am liebsten hätte sie geweint.

»Von einem toten Mann. Von mir selbst.«

»Von mir.«

»Nein!«, schrie er. Er fing an, auf und ab zu gehen.

»Warum bist du dann so eisig?« Gabis Blick verfolgte ihn.

»Ich weiß nicht, was ich tun soll.«

»Gestern Nacht hast du es gewusst.«

Er blieb stehen und schaute sie über die Schulter hinweg an. Beim Anblick seiner gequälten Züge verflog ein Teil ihres Zorns.

»Verdammt, Gabi. Sieh mich nicht so an.«

»Wie denn?«

»Als würdest du mir vertrauen.«

Tat sie das? Vielleicht ein wenig mehr als zu Anfang.

»Das kannst du nicht. Ich werde es vermasseln. So wie immer.«

Jetzt war es an ihr, so etwas wie Mitleid zu empfinden. Mitleid mit ihm.

»Hunter …«

Mit einer Handbewegung schnitt er ihr das Wort ab. »Während du heute Nacht geschlafen hast, habe ich wach gelegen und gegrübelt, wie ich dich freigeben könnte.«

Anstelle der zu erwartenden Freude empfand sie vor allem Ungläubigkeit.

»Aber dann hat sich der kalte Dreckskerl in mir zurückgemeldet. Ich kann dich nicht gehen lassen. Noch nicht.«

Sie stellte ihr Glas beiseite und verschränkte die Arme. »Und da hast du beschlossen, mich stattdessen wie ein Gepäckstück zu behandeln.«

Seine grauen Augen suchten ihren Blick. »Mit Gepäckstücken kann ich umgehen. Wie ich mit dir umgehen soll, weiß ich nicht.«

Mit wenigen Schritten stand sie vor ihm und bohrte zwei Finger in seine Brust. »Dann gebe ich dir jetzt einen Tipp, Wall Street. Bring mich nicht dazu, mich dir zu öffnen – ganz besonders nicht nach dem, was in der Küche meiner Mutter war –, und behandle mich dann, als wäre nichts geschehen.«

Sie bohrte ihren Nagel ein wenig tiefer.

Er packte ihre Hand und hielt sie fest. »Wegen dem, was in der Küche war, bin ich jetzt so ein Dreckskerl.«

Sie wollte die Hand wegziehen, doch er hielt sie fest.

»Dein Bild von mir hat sich verändert. Ich habe verstanden. Die Vorstellung von einer Nadel in meiner Vene hat sich in deinem Kopf festgesetzt.«

»Was?«

Beklommenheit lähmte ihre Zunge. Alonzo hatte Fotos von ihr gemacht. Die widerlichen Bilder, die er an Val geschickt hatte, blitzten vor ihr auf. »Das kann ich verstehen.« Sie ruckte an ihrer Hand.

»Wie bitte? Du denkst, das, was dieser Scheißkerl dir angetan hat, hätte mir den Wunsch ausgetrieben, dich anzufassen?«

Sie schaute ihm nicht ins Gesicht.

An der Hand zog er sie zu sich und drückte sie gegen die geschlossene Tür des Schlafabteils.

Sein starker Körper drängte sich an ihren, seine Härte presste sich an ihren Bauch. Hunters Finger lösten sich von ihrer Hand und wanderten in ihren Nacken. Dann waren seine Lippen wieder da, wo sie gewesen waren, als Meg sie unterbrochen hatte. Gabis Unsicherheit verflog, wie vom Luftstrom des Flugzeugs mitgerissen.

Hunters Lippen waren heiß. Seine Zähne streiften ihren Hals.

Gabi sank gegen die Tür.

Sie spürte Hunters freie Hand in ihrer Taille, dann auf ihrer Hüfte.

»Fühlt sich das nach einem Mann an, der dich nicht begehrt? Nach einem Mann, der sich von deiner Vergangenheit abschrecken lässt?«, flüsterte er. Sein warmer Atem streifte ihr Ohr.

Sie drängte das Becken an ihn, seine Leidenschaft ließ ihren Widerstand dahinschmelzen. »Nein.«

Er knabberte an ihrem Kinn, an ihren Mundwinkeln. »Dann rede dir bitte nicht ein, dass ich dich nicht will.«

Sie legte einen Arm um ihn, versuchte, ihn fester an sich zu ziehen.

Er stöhnte auf, sein Atem ging schwer. »Du bist noch nicht bereit für mich.«

Gabi bezweifelte das. Der Duft ihrer Erregung mischte sich mit seinem.

»Letzte Woche hast du mich noch gehasst«, raunte er an ihrer Wange. »Und nächste Woche wirst du es wieder tun.«

Sie schüttelte den Kopf.

»Oh doch. Das wirst du.« Er nahm etwas von seinem Gewicht von ihr, rückte aber nicht von ihr ab. »Deinen Hass auf mich kann ich ertragen. Aber wenn du dich selbst hasst, weil du mich an dich herangelassen hast, das ertrage ich nicht.«

Er meinte es nur gut mit ihr und war um sie besorgt. Trotzdem schmerzte die Zurückweisung.

Anstelle des heißen Kusses, den sie erwartet hatte und nach dem sie sich sehnte wie nach dem nächsten Atemzug, gab er ihr einen Kuss auf die Stirn. Dann wandte er sich ab.

***

Wie angekündigt, blieb er die ganze Woche lang weg. Doch einen Grund, sie anzurufen, fand er jeden Tag. *Ist mit dem Treuhandkonto für das Haus alles in Ordnung? Geben die Paparazzi endlich Ruhe? Weißt du, wo du mein Flugzeug findest, das dich nach Dallas bringt?*

Sie durchschaute ihn mühelos. Am Freitag schrieb sie ihm eine Nachricht. *Der Geldtransfer für das Haus läuft wie geplant, ist vermutlich am Donnerstag abgeschlossen. Heute war mein Foto nur in einem einzigen Klatschblatt, deins in zwei. Der Wagen kommt um acht und bringt mich zum Flugplatz. Und bevor du fragst: Das Wetter ist gut.*

Er las die Nachricht und lächelte.

Bevor er antworten konnte, kam eine weitere an. *Die Blumen sind wunderschön.*

Der Florist im Viertel kannte Hunters Kreditkartennummer inzwischen vermutlich auswendig.

Hunter trommelte mit den Fingern auf seinen Schreibtisch und suchte nach einem Vorwand, Gabis Stimme zu hören.

Sie nahm beim ersten Klingeln ab. »Du kannst es einfach nicht lassen.« Er hörte das Lachen in ihrer Stimme.

»Es ist wichtig.« Er lehnte sich zurück und schaute hinaus auf die Skyline von New York.

»Ich warte.«

»Was hast du an?«

»Wie bitte?«

Er lachte über seinen Versprecher. »In Dallas? Was wirst du anziehen?«

»Ich dachte an eine Yoga-Hose und einen Sport-BH.«

Er schloss die Augen. Der Gedanke an dieses Outfit schoss ihm wie ein Blitz zwischen die Beine. »Klingt gut.«

»Ein Kleid, Hunter. Ich ziehe ein Kleid an.«

»Welche Farbe?«

»Warum interessiert dich das? Willst du in eine Modekette investieren?«

»Ich glaube, die Modewelt würde mich nicht ertragen.«

Ihr Lachen wärmte ihn mehr, als er sich eingestehen wollte. Er spielte ein gefährliches Spiel, konnte es aber nicht lassen.

»Ich weiß noch nicht. Schwarz oder Rot. Rot ist eine Power-Farbe. Und weil du Geschäfte mit Adams machen willst, ist Rot vielleicht ganz gut.«

Verdammt, das war schlau. In seinen Anfangsjahren hatte ein Medienberater ihm einmal etwas Ähnliches gesagt.

»Hast du das bei deinem Bruder gelernt?«

Gabi lachte kurz auf. »Wie man sich anzieht, weiß er von mir. Ich habe Stunden damit zugebracht, ihm zu erklären, dass man sich kleiden muss, als wäre man bereits der Boss.«

»Nimm das schwarze Kleid.«

»Und wenn ich lieber ein rotes anziehen will?«, gab sie zurück.

Wieder einmal wurde er daran erinnert, dass sie nicht seine Angestellte war. »Bitte.«

»Dieses kleine Wort bringt dich fast um, nicht wahr?«

»Es kostet mich Jahre meines Lebens.«

»Okay, wenn das deine wichtige Frage war, dann muss ich jetzt Schluss machen.«

»Heißes Date?«

»Du hast mich ertappt, Hunter«, flachste sie.

Hunter war klar, dass sie scherzte. Trotzdem richteten sich die Härchen in seinem Nacken auf. »Wie heißt er?«

»Dale«, antwortete sie viel zu schnell.

Schweigen.

»Blooming*dale's*. Das Nobelkaufhaus, Hunter. Sieht aus, als bräuchte ich ein schwarzes Kleid.«

»Das zahle ich dir heim.«

»Und ich dir. Ich nehme deine Kreditkarte mit.«

Er hatte nichts anderes erwartet.

»Fahr vorsichtig«, sagte er.

»Spring von einem Hochhaus«, antwortete sie.

Hunter legte lächelnd auf.

Gerade als er sein Handy zum Laden in die Vorrichtung auf seinem Schreibtisch stecken wollte, klingelte es. Er dachte, es sei Gabi, und nahm das Gespräch lachend an. »Du kannst es einfach nicht lassen.«

Einen Moment lang blieb alles still, dann folgte ein Geräusch wie von einer Fax-Maschine. Ein Blick aufs Display verriet ihm, dass der Anruf von Remington kam.

Ein paar Sekunden lang lauschte Hunter noch den Quietsch- und Summ-Tönen, dann kappte er die Verbindung. Als er versuchte, Remington zurückzurufen, hörte er noch einmal dieselben unangenehmen Laute. Ohne sich viel dabei zu denken, legte Hunter wieder auf.

KAPITEL 18

Eine Limousine holte sie vom Flughafen ab und brachte sie ins Hotel. Den Flugplatz von Dallas/Fort Worth hatte sie schon öfter gesehen, wenn sie hier umgestiegen war. Die Stadt selbst hatte sie nie besucht. Sie war grüner und viel flacher, als Gabi erwartet hatte. Der erste Eindruck war recht angenehm. Die Straßen waren breiter als in Florida, wo sie einen Großteil ihres Lebens verbracht hatte, und es gab deutlich mehr Platz als in Los Angeles.

Weil sie sich in Texas befand, hielt sie unwillkürlich Ausschau nach Cowboys auf Pferden und mit Revolvern am Gürtel. Stetsons und Cowboystiefel gab es jede Menge, aber weit und breit kein einziges Pferd. Die letzten hatte sie beim Landeanflug auf den Weiden vor der Stadt gesehen.

Die Penthouse-Suite im Hyatt hatte zwei Schlafzimmer und erstreckte sich über zwei Stockwerke. Eine Maisonette-Wohnung in einem Hotel. Gabi versuchte, nicht beeindruckt zu sein. Sie war es doch.

Hunter war noch nicht anwesend, aber doch präsent.

Auf dem ausladenden Esstisch der Suite stand ein Arrangement aus gelben Rosen. Daneben lag eine Karte mit ihrem Namen. Gabi lehnte sich an den Tisch und sah sich seine

Nachricht an. »Ich dachte, gelbe Rosen seien die Staatsblumen von Texas. Hätte ich in der Schule bloß besser aufgepasst. Wiesenlupinen waren leider nicht zu bekommen. Ich hoffe, Rosen tun es auch.«

Sie beugte sich über die duftenden Blüten.

Hunter warb um sie. Sie merkte, wie er sich mit jedem Strauß ein Stückchen weiter zu ihrem Herzen vorarbeitete.

»Es sind bloß Blumen, Gabi. Vergiss das nicht.«

Aber es war mehr als das.

Sie wusste es.

Er wusste es.

Sie entschied sich für das Schlafzimmer im oberen Stock. Ihr Kleid hatte sie nicht als Gepäck aufgeben müssen, deshalb musste es auch nicht aufgebügelt werden. Sie packte Kleider für mehrere Tage aus – viel mehr, als sie brauchte. Dann ging sie ins Wohnzimmer und öffnete die Jalousien.

Unter ihr lag eine quirlige Stadt. Autos fuhren über die Highways, Menschen hasteten zu ihren Terminen. Eine Weile beobachtete sie das Treiben.

Wie war sie bloß hier gelandet? Sie wartete in einer Penthouse-Suite in Dallas auf einen Milliardär, auf ihren Ehemann, mit dem sie nur auf dem Papier verheiratet war.

Oder doch nicht nur?

Er flirtete am Telefon mit ihr, wenn auch unter dem Vorwand, wichtige Fragen stellen zu müssen. Allzu viel Dating-Erfahrung hatte sie nicht. Aber sie merkte durchaus, wenn ein Mann so tat, als wäre er nicht interessiert.

All die Blumensendungen und die vielen Anrufe hatte sie von Hunter nicht erwartet. Dass er ihr den Hof machte, kam mehr als überraschend. Wozu die ganze Mühe? Sie waren verheiratet und daran ließ sich so schnell nichts ändern.

Ja, klar. Wenn sie einen entspannten Modus fanden, würde die gemeinsame Zeit für sie beide angenehmer werden.

Jeden, der ihr vor zwei Wochen gesagt hätte, dass sie sich auf ein Wiedersehen mit Hunter freuen und sich ausmalen würde, wie seine Begrüßung ausfallen mochte, hätte sie für verrückt erklärt. Doch jetzt fand sie den Gedanken schön, mehr Zeit mit ihm zu verbringen und zu sehen, wie er mit seinen Geschäftspartnern umging. An dem Abend, an dem sie ihre Hochzeit bekannt gegeben hatten, waren zu viele Eindrücke auf sie eingestürmt, und sie hatte auf so etwas nicht achten können.

Würde er arrogant auftreten? Selbstbewusst oder bestimmend?

Von allem etwas, vermutete sie. Schließlich kam sein geschäftlicher Erfolg nicht von ungefähr.

Vielleicht brauchte er eine Frau als weicheren Gegenpol oder um nach außen hin zu signalisieren, dass er eine umgängliche, menschliche Seite hatte. Nein, wenn der Grund für eine Heirat so banal gewesen wäre, würde er kein Geheimnis daraus machen. Hunter brauchte sie für etwas anderes. Nur für was?

Darüber hatte sie im Lauf der Woche immer wieder nachgedacht. Am liebsten hätte sie ebenfalls einen Privatdetektiv engagiert, um es herauszufinden. Aber er vertraute darauf, dass sie ihm ihre Geheimnisse eines Tages offenbaren würde. Also würde sie ihm ebenfalls Zeit geben, ihr seine anzuvertrauen.

Der leise Piepton des Türschlosses riss sie aus ihren Gedanken.

Hunter trat ein. Sein Anzug saß perfekt auf seinen breiten Schultern.

Ihre Blicke trafen sich.

Hinter ihm erschien ein Page. »Möchten Sie oben schlafen, Mr Blackwell?«

Hunters Blick ließ sie nicht los. »Nein, lassen Sie die Sachen einfach hier.« Fast mechanisch zog er seinen Geldbeutel aus der Tasche, nahm einen Schein heraus und gab ihn dem Mann.

»Kann ich noch etwas für Sie tun, Mr Blackwell? Haben Sie noch irgendeinen Wunsch?«

Hunter wedelte mit der Hand. »Nein danke.«

Der Mann schloss die Tür hinter sich und ließ sie allein.

Gabi sah, wie Hunter die Hände ein paarmal öffnete und schloss. Seine Füße schienen am Boden zu kleben.

»Weißt du eigentlich, wie viel du dem Pagen gerade gegeben hast?«

Er schüttelte den Kopf, sie lachte. »Jemanden so anzustarren, gehört sich nicht, Hunter.«

Wie ein Leopard auf Beutefang bewegte er sich auf sie zu.

Gabi stellte sich so, dass das Fenster nicht mehr in ihrem Rücken war. Das war keine Vorbereitung zur Flucht, sagte sie sich.

»Wo ist dein Yoga-Outfit?«, fragte er.

Es gelang ihr, keine Miene zu verziehen. »In meinem Koffer.«

Der Laut, den er ausstieß, erinnerte an ein Knurren. Seine Nasenflügel bebten.

Sie ging um den Tisch mit den sechs Stühlen und hielt die Möbel zwischen ihr und ihm. Er verfolgte sie hartnäckig.

»Die Blumen sind schön.«

Den Blick fest an sie geheftet, schob er sich auf sie zu.

Gabi zwang sich stehen zu bleiben. Die Härchen auf ihren Armen richteten sich auf. Ihr Mund wurde trocken.

»Hunter. Was tust …«

Mit zwei Schritten war er bei ihr und zog sie an sich. Er vergrub die Nase in ihrem Haar.

»Danke.« Er machte keine Anstalten, mehr zu tun, als sie festzuhalten.

»Wofür denn?«

»Dass du deinen Duft nicht gewechselt hast.«

Ihr fehlten die Worte.

Er hielt sie in den Armen und legte den Kopf an ihren.

Was Begrüßungen anging, war diese überaus erträglich.

Nach ein paar Augenblicken brach sie das Schweigen. »Du hast dich nicht von einem Hochhaus gestürzt.«

Sein Lachen ließ seine Schultern zucken. »Das hätte zu viel Dreck gemacht.«

»Schlecht für dein Image?«

»Hmmm.«

Er nahm ihren Kopf zwischen seine Hände und einen Moment lang glaubte sie, er würde sie küssen. Er tat es nicht.

»Ich habe dich mehr vermisst, als ich sollte«, gestand er ihr.

»Du hast jeden Tag angerufen.«

»Das war nicht genug.«

Sein Daumen strich an ihrer Unterlippe entlang. Dann seufzte er und ließ sie los.

Weil ihre Sehnsüchte ins Leere liefen, fühlte sie sich zunehmend frustriert. Das war nicht gut, ermahnte sie sich. Hunter übte sich in Zurückhaltung, und das sollte sie auch tun. Ganz gleich, wie schwer ihr das fiel.

***

Gabi zog eine Strähne aus dem scheinbar nachlässig aufgesteckten Nest auf ihrem Kopf und drehte sie zur Locke.

Sie legte etwas mehr Make-up auf als gewöhnlich und wählte einen blutroten Lippenstift. Sie war dankbar, dass ihr diese kräftigen Farben standen.

Das Strickkleid hatte einen Rollkragen und halblange Ärmel. Es betonte ihre Kurven und endete knapp über dem Knie. Die Strapse und die Netzstrumpfhose hatte sie in letzter Minute eingepackt. Außer ihr würde diese Akzente vermutlich niemand bemerken. Während sie den letzten Clip zudrückte und über die harten Kanten strich, gestand sie sich ein, dass sie hoffte, Hunter würde die sexy Ergänzung ihres Outfits zu sehen bekommen. Dieses Spiel war zu prickelnd. Sie genoss die erotischen Untertöne ihrer Gespräche. Nie zuvor hatte sie so viel Macht über einen Mann gehabt.

Das gefiel ihr gut. Sehr gut sogar.

Nach einem letzten Blick in den Spiegel löschte sie das Licht und verließ ihr Zimmer.

Hunter drehte sich wie in Zeitlupe zu ihr um. Er trug ein eng anliegendes Strickhemd ohne Krawatte, darüber ein rabenschwarzes Jackett. Man hätte denken können, sie hätten ihre Kleidung aufeinander abgestimmt. Seine tiefschwarze Hose und die glänzenden schwarzen Schuhe rundeten das Gesamtbild ab. Dieser Mann wusste, wie man sich anzog. Er strahlte ein lässiges Selbstbewusstsein aus, war vom Scheitel bis zur Sohle ganz Milliardär und erfolgreicher Geschäftsmann.

Ohne Hast stieg sie die Treppe hinunter. Sie spürte, wie sein Blick ihren Bewegungen folgte.

Er war sprachlos. Diese Seite mochte Gabi an ihm viel lieber als den berechnenden Mistkerl, der sie gezwungen hatte, ihre Unterschrift auf die Heiratsurkunde zu setzen.

»Ich habe beinahe erwartet, dass du Rot tragen würdest.«

Sie blieb am Fuß der Treppe stehen und ließ ihn näher kommen.

»Erwogen habe ich es.«

Mit dem Anflug eines Lächelns ging er um die Möbelstücke herum, die zwischen ihnen standen. Er nahm eine kleine Schachtel von einem Tischchen und hielt sie ihr hin.

»Was ist das?«

»Mach es auf.« Das leise Lächeln blieb.

Als sie ihm die Schmuckschachtel aus der Hand nahm, streiften seine Finger ihre.

Die Haut an ihren Armen prickelte, mit zittrigen Fingern hob sie den Deckel. Auf einem schwarzen Samtkissen lag ein

Paar tropfenförmiger Rubinohrringe. Die Steine hatten die Größe ihres kleinen Fingernagels. Gefasst waren sie in mit glitzernden Diamantsplittern besetztem Weißgold. Sie schimmerten im gedämpften Licht der Suite.

»Oh mein … Hunter.«

»Ein Funke Macht.«

Sie schaute ihm in die Augen und spürte, wie ihr Herz einen Sprung machte.

»Das war doch nicht nötig«, hauchte sie. »Aber ich freue mich sehr«, setzte sie schnell hinzu.

»Trägst du sie für mich?«

Sie grinste. »An mir sehen sie sicher noch besser aus als in der Schachtel.«

Vor dem Spiegel im Eingangsbereich nahm sie die schlichten Goldreifen aus ihren Ohrläppchen und legte stattdessen die Edelsteine an.

Ihr Gewicht ließ sie erahnen, wie viel Karat sie an den Ohren trug. Gabi bewegte leicht den Kopf, die Steine blitzten auf.

Hunter stellte sich hinter sie und schaute ihr im Spiegel in die Augen. Sanft strich er mit dem Fingerrücken über einen der Rubine.

Sie schaute atemlos zu, wie einen Moment lang seine Gefühle auf seinen Zügen sichtbar wurden. »Du bist wunderschön, Gabriella.«

Unter dem sanften Druck seiner Hand neigte sie den Kopf. Seine Schulter drückte von hinten gegen ihre. »Ich verdiene dich nicht«, flüsterte er.

Die Bitte, sie doch einfach gehen zu lassen, wollte ihr nicht über die Lippen. In Wahrheit hatte sie sich nicht mehr so lebendig gefühlt, seit … seit sie denken konnte. Wenn er sie jetzt gehen ließ, würde das bedeuten, dass sie die Gefühle zurücklassen musste, die gerade in ihr erwachten. Seit ihrem

Wegzug aus Florida hatte sie sich innerlich leer von einem Tag zum nächsten gekämpft.

Vielleicht war es Zeit, endlich wieder zu leben.

Sie legte eine Hand an seine Wange. »Danke.«

Einen Augenblick lang sahen sie einander im Spiegel an.

»Wir sollten los«, sagte er, ohne sich von der Stelle zu rühren. »Sonst sage ich das Essen mit den Adams' ab und verstoße gegen den Pakt, den ich mit mir geschlossen habe.«

»Du hast einen Pakt geschlossen?« Sie kicherte.

Seine Lippen näherten sich gefährlich ihrem Hals, dann richtete er sich mit einem Knurren auf.

Er nahm sie an der Hand und zog sie zur Tür. »Wir gehen. Jetzt sofort.«

***

Das noble Restaurant im Herzen von Dallas war voller hochkarätiger Gäste. Hier trafen Promis und Reiche auf hoffnungsvolle Jungunternehmer, die Eindruck schinden wollten. Die Einstellung zum Geld war in Dallas dieselbe wie an der Westküste. Ob man seine Millionen selbst verdient oder von Daddy geerbt hatte, war zweitrangig. Vielleicht brachte man den Selfmade-Millionären sogar etwas mehr Respekt entgegen.

Hunter ging mit Gabi zur Bar, um dort auf die Adams' zu warten. Etliche Gäste drehten die Köpfe nach ihnen, viele Männer musterten seine Frau. Während der Fahrt zum Restaurant hatte er mit etwas Abstand zu ihr auf der Rückbank der Limousine gesessen. Jetzt achtete er darauf, dass sie einander stets an irgendeiner Stelle berührten. Die anderen Männer sollten sehen, dass sie zusammengehörten.

Seine Eifersucht verblüffte Hunter. Bislang hatte er nie darauf geachtet, ob andere Männer Augen für seine Begleiterinnen hatten.

Sicher lag das an seinem Ring. Seit Gabi ihn trug, war er zu Eifersucht fähig. Das wurde geradezu von ihm erwartet. Diesen Unsinn redete er sich ein, damit er sich keine tiefergehenden Gedanken machen musste.

Er rückte für Gabi einen Barhocker an einem hohen Tischchen zurecht. »Was möchtest du trinken?«

»Einen trockenen Martini. Zwei Oliven, bitte.«

Er ging an die Bar und gab dem Barkeeper ein Zeichen. Während er auf die Drinks wartete, behielt er seine Frau im Auge. Sie saß kerzengerade auf dem Hocker. Die Ohrringe blitzten und funkelten bei jeder Kopfbewegung und lenkten seine Aufmerksamkeit auf ihren schlanken Hals. Ihr Kleid betonte ihre vollen Brüste und ihre schlanke Taille. Sein Blick glitt an ihr hinab. Sie wippte im Takt der Musik mit der Fußspitze. Diese Frau hatte er wirklich nicht verdient. Was er im Hotelzimmer gesagt hatte, war durchaus ernst gemeint gewesen. Der Gedanke, sie gehen zu lassen, war ein doppelschneidiges Schwert, das drohte, sein Herz zu durchbohren. Eigentlich musste er auf Distanz bleiben. Seine Gefühle im Zaum halten.

Und doch hatte er die ganze Woche lang fast ununterbrochen an sie gedacht. Er hatte geglaubt, die räumliche Entfernung würde das Feuer in ihm ersticken. Stattdessen hatte die Trennung die Flammen weiter angefacht.

Der Barkeeper tippte seinen Arm an. Hunter warf einen Schein auf den Tresen und nahm die Drinks. Als er sich wieder zu Gabi umdrehte, stand ein Fremder bei ihr und beugte sich über den Tisch.

»Ich würde sehr gern …«

Hunter hatte keine Ahnung, was der Texaner im Sinn hatte, aber er stellte die Drinks ab und tat etwas, was er noch nie getan hatte. Er legte seinen Arm um Gabis Schultern und fixierte den anderen Mann eisig.

»Ah ja.« Der Texaner richtete sich auf, so gut es in den Cowboystiefeln ging, und lächelte. »Sieht aus, als hätten Sie den passenden Mann zum Ring.«

»Das sagte ich doch gerade.« Gabi schmiegte sich an Hunters Seite.

Ihr Verehrer streckte Hunter die Hand hin und ließ ihm keine Wahl. Wenn er eine Szene vermeiden wollte, musste er sie ergreifen.

»Sie sind ein beneidenswerter Mann.« Der Fremde ließ Hunters Hand los, zwinkerte Gabi zu und schlenderte davon.

Gabi kicherte leise.

»Was war das denn?«, fragte Hunter.

»Du hast mir gerade die Tour vermasselt.«

Hunter starrte hinter dem Mann her, der seine Frau angebaggert hatte.

Gabi knuffte ihn in die Seite. »Du knurrst.«

Er stellte das Knurren umgehend ein und schaute in ihr lachendes Gesicht. »Bilde ich mir das ein, oder hast du jede Menge Spaß?«

»Mehr, als du ahnst.« Sie nahm ihr Glas und stieß es gegen seines. »Rache ist süß. Du hast es nicht anders gewollt.«

Jetzt knurrte er wieder.

KAPITEL 19

Während des Dinners mit Frank und Minnie Adams ertappte Gabi Hunter immer wieder dabei, wie er sie musterte. Oft hing sein Blick an ihrer Hand am Stiel des Martiniglases. Mit Unschuldsmiene strich sie an dem Stiel auf und ab, bis Hunter sie unter dem Tisch anstieß.

Herrlich, diese Macht. Wer hätte gedacht, dass sie sich so stark fühlen konnte?

Aus Gabis Sicht schien das ältere texanische Paar gerade glücklich in die zweite Phase seines gemeinsamen Erwachsenenlebens einzutauchen. Die beiden hatten eine erwachsene Tochter namens Melissa, die wohl derzeit dabei war, ihren Platz in Daddys Unternehmen zu finden.

Beim Kaffee fing Adams an, vom Geschäft zu sprechen.

»Ich mag Sie, Blackwell.« Mr Adams beugte sich über den Tisch. »Obwohl Sie nicht zimperlich sind und man Ihnen laut meinen Anwälten nicht trauen kann.«

»Frank!« Minnie stieß ihren Gatten an.

»Die meinen, Sie würden meine Firma an sich reißen, die Ölproduktion abwickeln und sich auf die Pipelines konzentrieren.«

Hunter hörte aufmerksam zu. »Den Pipelines gehört die Zukunft.«

»Aber ohne Öl? Was sind leere Pipelines denn wert?«, gab Frank zu bedenken.

Hunter lehnte sich zurück. »Jeder Ölmann in Texas, vielleicht sogar jeder Ölmann in den Staaten, müsste den schwarzen Saft durch die Leitungen von Adams-Blackwell fließen lassen. Wir werden an jedem einzelnen Barrel verdienen, ganz gleich, wo es aus der Erde sprudelt.«

»Monopole werden nicht gern gesehen.«

»Wir werden keine Monopolisten sein, sondern Trendsetter.« Hunter beugte sich nun ebenfalls vor. »Denken Sie mal an das Telefon in Ihrer Tasche. Die ersten Handys waren modifizierte Funkgeräte für Kriegseinsätze oder Hilfsmittel für Trucker. Dann hat Motorola sie weiterentwickelt und innerhalb eines Jahrzehnts sind viele andere auf den Zug aufgesprungen. Aus analog wurde digital. Eine Zeit lang war Bell ein Monopolist, blieb es aber nicht lange. US-Pipelines sind die Zukunft der US-Ölindustrie, Adams. Das ist Ihnen so klar wie mir.«

»Die Sache ist nicht ohne Risiko.«

»Das Leben ist ein Risiko.«

Frank lehnte sich zurück. Gabi beobachtete ihren Ehemann im Arbeitsmodus.

»Ich will zehn Prozent mehr«, sagte Frank.

»Ich bringe das Kapital ein.«

Frank zuckte die Achseln. »Sie brauchen mich, Blackwell. Sonst würden wir nicht hier sitzen. Ich muss an meine Familie denken. Wenn Sie die Mehrheit an meinem Unternehmen halten, können Sie uns jederzeit in den Golf von Mexiko jagen. Ich will eine Fusion, Blackwell. Keine feindliche Übernahme.«

Gabi bemerkte, dass Hunter unter dem Tisch die Hand zur Faust ballte. Seine Pläne sahen offenbar anders aus.

Sie konnte sich nicht zurückhalten. »Was hätten Sie für weitere zehn Prozent denn zu bieten, Frank?«

Gabi ärgerte sich über Hunters entschuldigendes Lächeln, aber sie schaute Frank in die Augen, bis er zur Seite sah.

»Ich habe Verbindungen hier in Texas. Zu anderen Ölmännern, die sich sicher überzeugen lassen, früh einzusteigen und die Infrastruktur anzulegen, die der Hauptleitung vorgeschaltet ist.«

»Darüber hatten wir bereits gesprochen«, wandte Hunter ein.

»Ich kenne Politiker …«

»Die kenne ich auch.« Hunter fixierte den älteren Mann.

Gabi sprach aus, was ihr gerade durch den Kopf ging. »Ich denke, eine Verbindung aus Pipelines und Produktion ist der beste Plan für die Zukunft unseres Landes. Ich nehme an, Carter würde es gerne sehen, wenn wir von ausländischem Öl unabhängig würden. Und soweit ich weiß, hat Carter einen Onkel im Senat.« Die anderen am Tisch sahen sie fragend an.

»Ich fürchte, das müssen Sie mir näher erklären«, sagte Frank.

Gabi wandte sich direkt an Hunter. »Samantha ist eng mit Carter und Eliza Billings befreundet. Carter war bis vor Kurzem der Gouverneur von Kalifornien, und in Republikaner-Kreisen heißt es, er sei auf dem besten Weg ins Weiße Haus.«

»Würde, sei und könnte? Diese Worte gehören nicht zu meinem Wortschatz«, erklärte Frank.

Hunter beugte sich wieder vor. »Meine Frau möchte einfach Folgendes sagen, Frank: Sie kennen Leute und wir kennen Leute. Der Unterschied ist, dass ich über das Kapital verfüge, Land und die nötigen Rechte zu kaufen. Mein Arm ist länger als Ihrer.«

»Ohne mich haben Sie gar nichts.«

Hunter setzte sein Pokerface auf. »Ohne Sie dauert es eben ein bisschen länger.«

Schweigen senkte sich über den Tisch.

»Ich muss an meine Familie denken«, wiederholte Frank schließlich.

Hunter lehnte sich zurück, rückte ein wenig näher an Gabi heran und legte die Hand auf die Lehne ihres Stuhles. »Das ist mir klar. Aber zehn Prozent sind eine Menge Holz. Lassen wir doch unsere Juristen um Zahlen feilschen, bis wir beide glücklich sind.«

War das einer der Gründe, weshalb Hunter eine Frau brauchte? Damit er vorgeben konnte zu verstehen, was es bedeutete, für eine Familie sorgen zu müssen? Falls es so war, wie viel war die Pipeline dann wert?

Diese Frage konnte warten.

Der Kellner schenkte ihnen Kaffee nach. Hunter zog sein Telefon aus der Tasche, warf einen Blick auf das Display und verzog das Gesicht. Für ihn war das Geschäftsessen offenbar beendet. »Meine Leute sollen Ihre am Montag anrufen«, sagte er zu Frank, während er dem Kellner ein Zeichen gab.

»Warum haben Sie es plötzlich so eilig?«, fragte Frank.

Auch Gabi war verwundert. Irgendetwas, was er auf seinem Display gesehen hatte, hatte seine Aufmerksamkeit von Dallas weggelenkt.

Als Hunter nicht gleich antwortete, faltete sie ihre Serviette und legte ihre Hand auf seine. Lächelnd beugte sie sich vor. »Verzeihen Sie bitte. Wir sind frisch verheiratet, und Hunter musste die ganze Woche in New York verbringen, während ich in L. A. beschäftigt war.«

Minnie stieß ihren Mann an und zwinkerte. »Dann nichts wie los, Sie beide. Die Rechnung übernehmen wir.«

Hunter hatte dem Kellner bereits seine Kreditkarte zugesteckt. Während sie warteten, bis der Mann sie zurückbrachte, fragte Minnie: »Wie haben Sie sich eigentlich kennengelernt?«

Hunter schaute Gabi an.

»Wir haben uns in einem Starbucks getroffen«, sagte Gabi.

»Tatsächlich? Wie hoch ist die Wahrscheinlichkeit, dort den oder die Richtige zu finden?«

Hunter hob Gabis Hand an die Lippen und küsste sie. »Ziemlich hoch, wenn man Kaffee mag.«

***

Hunter merkte, wie er Kopfschmerzen bekam. Schweigend ließ er sich mit Gabi zum Hotel zurückfahren. Er hatte so vieles mit ihr zu besprechen. Aber nicht auf dem Rücksitz einer Limousine.

»Wo bist du?«, fragte Gabi.

Gute Frage. »Willst du die Wahrheit hören?«

»Was sonst?«

Er atmete tief ein. »Ich bin irgendwo zwischen Wahrheit, Erlösung, Fegefeuer und Hölle.«

»Das sind verschlungene Pfade.«

Die Limousine hielt vor dem Hotel. Hunters Geständnisse mussten warten.

Auf dem Weg durch die Lobby erregten sie einige Aufmerksamkeit. Anfangs verfolgten ihn immer nur Blicke. Aber spätestens, wenn er zwei Nächte im selben Hotel verbrachte, kamen die Kameras hinzu. Nicht lange, und die Medien würden auch Gabi auf Schritt und Tritt belauern.

In der Suite zog Gabi sich die Schuhe von den Füßen.

Hunter ging direkt zur Bar. »Möchtest du etwas?«

Gabi folgte ihm. Die Schuhe baumelten an ihren Fingerspitzen. »Ich weiß nicht. Sag du es mir.«

Er schenkte ihr einen Wodka ein, legte sein Jackett ab und setzte sich in die Ecke des Sofas. Gabi legte ihre Schuhe neben einen Sessel, ließ sich nieder, zog die Füße unter sich und wartete.

Wo zum Teufel war seine Zunge? Er konnte nicht länger schweigen. Der Kollisionskurs in seinem Leben – der wahre Grund, warum er schnell eine Ehefrau gebraucht hatte – hatte Fahrt aufgenommen. Aber das war nicht alles. Die Frau, die geduldig darauf wartete, dass er den Mund aufmachte, löste völlig unerwartete Gefühle in ihm aus.

Er verdiente weder ihren Respekt noch ihr Vertrauen, doch er war fest entschlossen, das zu ändern.

»Erzähl mir einfach etwas von deiner Wahrheit und deiner Erlösung.«

»Das geht kaum, ohne dabei das Fegefeuer zu schüren und die Hölle anzufachen.«

»Irgendwo musst du anfangen. Wie wär's, wenn du mir erst mal sagst, was dich nach dem Abendessen plötzlich so abgelenkt hat?«

Er zog sein Telefon aus dem Jackett, das er über die Rückenlehne der Couch geworfen hatte, holte ein Foto aufs Display und zeigte es Gabi.

Sie betrachtete das Bild. »Falls es nicht gerade gestern gemacht wurde, sehe ich kein Problem.«

»Das Foto stammt von einer Studio-Party vor drei Monaten. Ihr Name ist Sheila Watson.«

»Ihr wirkt sehr vertraut miteinander.«

Hunter schaute sich die Aufnahme noch einmal an. Ihm fielen Details auf, die Gabi nicht sah. »Der Schein kann manchmal trügen. Ich weiß nicht genau, wie das Foto entstanden ist. Aber eins ist sicher: Es ist mit Absicht gemacht worden, genau wie die anderen.«

»Die anderen?«

Er öffnete den Ordner mit einer bestimmten E-Mail und holte eine Handvoll Fotos aufs Display, die kurz, nachdem er

Sheila kennengelernt hatte, bei ihm eingegangen waren. Mit der Aufforderung, sich durch die Bilder zu scrollen, gab Hunter Gabi das Telefon.

Sie studierte die Schnappschüsse mit unbewegter Miene. Auf einigen wirkten Hunter und Sheila mehr als hingerissen voneinander. »Wie lange ging eure Affäre?«

Die Frage war eher, wie er aus diesem Höllentrip wieder herauskam. »Wir hatten keine. Das bin nicht ich.«

Gabi vergrößerte die Fotos auf dem Display.

»Mein Bruder Noah.«

»Mit dem du dich nicht besonders gut verstehst.«

»Gelinde gesagt. Aber ja.« Hunter ließ das Eis in seinem Glas kreisen und nahm einen Schluck von seinem Drink.

»Wow, ihr seht euch wirklich sehr ähnlich.«

»Mein Bruder nutzt nicht nur das weidlich aus. Die Affäre mit Sheila hatte er.«

Gabi schnappte nach Luft. »Oh nein. Und er hat sich für dich ausgegeben?«

»Nicht, dass ich wüsste. Ich glaube, Sheila war absolut klar, mit wem sie geschlafen hat und weshalb. Der Mann auf dem Foto von der Studio-Party bin ich. An dem Abend ist mir die Frau zum ersten Mal begegnet. Wir wurden von unzähligen Leuten gesehen. Jeder weiß also, dass wir uns kennen. Als Sahnehäubchen ist sie kurz darauf in meinem Büro in New York aufgetaucht und meinte, sie müsste mich dringend sprechen. Für meinen Geschmack ist sie viel zu anhänglich und zu penetrant. Auf eine instabile Persönlichkeit anziehend zu wirken, ist nur im ersten Moment schmeichelhaft.«

»Glaubst du, sie hat dich aus purer Anhänglichkeit zu deinem Arbeitsplatz verfolgt?«, fragte Gabi.

»Nein, aus Berechnung. Sie wollte, dass uns möglichst viele Leute zusammen sehen.«

»Und warum?«

»Um mich erpressen zu können.« Er trank sein Glas leer. »Ziemlich ironisch, wenn man bedenkt, was ich tun musste, um ihr einen Strich durch die Rechnung zu machen.«

Gabi richtete sich auf. »Dafür brauchst du mich also.«

Er stand auf und goss sich noch einen Whiskey ein. »Als ich gesagt habe, ich wollte heiraten, um mir Scharen von Frauen vom Leib zu halten, denen ich angeblich die Ehe versprochen habe, habe ich nicht gelogen.«

»Dass der Ansturm riesengroß ist, kann ich mir vorstellen. Aber sicher gibt es doch andere Möglichkeiten, solche Probleme zu lösen.«

Er lächelte müde. »Einige wollen aus ihren Unterstellungen ordentlich Kapital schlagen. Sheila zum Beispiel hat vor neun Monaten ein Kind bekommen. Von meinem Zwillingsbruder. Ich weiß nicht, was zuerst da war, das Kind oder der Plan. Aber das ist auch nicht so wichtig.«

»Oh nein.«

In Gabis Augen konnte Hunter sehen, wie ihr ein ganzer Kronleuchter aufging.

»Sheila gelingt es, sich auf der Party ein paarmal mit mir fotografieren zu lassen. Hinterher taucht sie unangemeldet in meinem Büro auf und überrascht mich bei einem Arbeitsessen. Kurz darauf kommt die Nachricht von Noah. *Gratuliere, Daddy.* Das sind Worte, die kein Mann jemals hören will, obwohl sie jeder von uns mindestens einmal im Leben verdient hätte. Nur nicht gerade von einer Frau, die wir nie angefasst haben.«

Ein paar Sekunden lang hing das Geständnis zwischen ihnen. Dann fragte Gabi: »Du wolltest unbedingt heiraten, damit diese Sheila dich nicht zu einer Ehe erpressen kann?«

Die Ironie der Situation amüsierte ihn kein bisschen. »Ihr hätte ich auf keinen Fall das Jawort gegeben. Aber bereits verheiratet zu sein, macht die Sache natürlich leichter. Damit habe ich zumindest diesen Teil ihrer Pläne durchkreuzt.«

»Wie kann sie dir ein Kind anhängen, das nicht von dir ist?«

»Die DNA macht's möglich. Noah und ich sind eineiige Zwillinge und genetisch identisch. Letzte Woche habe ich erfahren, dass der Vaterschaftstest positiv war.«

»Das beweist nur, dass einer von euch beiden der Vater ist«, gab Gabi zu bedenken. »Ein so wohlhabender, einflussreicher Mann wie du wird die Behauptungen dieser Frau doch wohl irgendwie entkräften können.«

Ihre Blicke trafen sich.

Gabis angespanntes Lächeln glitt langsam von ihr ab. »Es sei denn, du willst das gar nicht.« Ihr blieb der Mund offen stehen.

»Meine Hölle ist Noahs Fegefeuer. Wie kann er auch nur daran denken, ein Kind zu benutzen, um an mein Geld zu kommen?« Seinem Bruder war seit jeher fast jedes Mittel recht gewesen, um etwas für sich herauszuschlagen. Während der Grundschulzeit hatten sie ihr identisches Aussehen hin und wieder ausgenutzt. Als sie auf der Highschool gewesen waren, war ihre Mutter von der Bildfläche verschwunden, und ihr Vater hatte sich von Noah zu allerlei finanziellen Abenteuern überreden lassen. Blackwell Senior hatte nicht gemerkt, dass Noah dabei vor allem seinen eigenen Vorteil im Blick gehabt hatte. Vielleicht hatte es ihren Vater aber auch nur nicht gekümmert. Sich um die Verantwortung zu drücken, indem er sich als ein anderer ausgab, gehörte zu Noahs Gaben. Und er kam überall gut an. Kein Mensch hätte ihm etwas Schlechtes zugetraut. Nur Hunter kannte sein wahres Gesicht.

Immer wieder hatte Noah seinen Bruder um Geld gebeten, um einen vorübergehenden Engpass zu überbrücken oder weil er Kapital für eine »brillante Idee« brauchte. Wenn man viel Geld hatte, war es leicht, etwas abzugeben. Aber irgendwann war Hunter aufgegangen, dass er einen Fehler machte.

Er hatte keine Lust mehr gehabt, die Bank und der Fußabtreter seines Bruders zu sein, und war auf Distanz gegangen. Nicht ganz drei Monate später hatte Noah unter Hunters Namen Kredite aufgenommen und über hunderttausend Dollar verjubelt, bevor der Schwindel aufgeflogen war. Danach hatte Hunter den Kontakt zu ihm endgültig abgebrochen.

Jetzt wollte es Noah seinem Bruder heimzahlen. Mit einem Kind, das Hunter nicht gezeugt hatte.

Gabi legte eine Hand über ihren Mund und sprach durch ihre Finger hindurch. »Du willst den Kleinen behalten.«

»Damit rechnen die beiden garantiert nicht.«

Gabi ließ die Hand in den Schoß fallen. Ihr Kiefer spannte sich an. »Das ist kein Schachspiel, Hunter. Wir sprechen von einem Kind.«

Die Härchen in seinem Nacken richteten sich auf. »Von einem Kind, das für seine Eltern nur ein Werkzeug ist. Was für ein Leben steht ihm bevor? Meine Mutter hat meinen Vater mit ihrer Schwangerschaft zur Heirat gezwungen. Als wir in der dritten Klasse waren, ist sie zum ersten Mal ausgezogen. Sie kam zurück, aber das Hin und Her ging weiter bis in unsere Highschool-Zeit. Ich weiß also, wie es sich anfühlt, kein Wunschkind zu sein. Meinem Bruder ist inzwischen bewusst, dass er von mir keine Unterstützung mehr zu erwarten hat. Deshalb will er die Alimente für das Kind kassieren. Er glaubt, ich würde ihm das Geld zuschieben, weil ich keine Lust auf die Vaterrolle habe.« Hunter konnte nicht mehr ruhig sitzen. Er ging zum Fenster und schaute hinunter auf die Lichter der Stadt. Von seiner Mutter sprach er eigentlich nie. Die meisten Leute glaubten, sie sei tot. Für ihn war sie das auch. Und nach dem, was Noah sich diesmal ausgedacht hatte, war auch sein Bruder für ihn gestorben.

»Das tut mir sehr leid.«

»Ich erzähle dir das nicht, um Mitleid zu erregen.«

»Das ist mir klar. Aber von einem Elternteil im Stich gelassen zu werden, ist für jedes Kind schwer. Mein Vater ist nicht gegangen, er ist gestorben. Trotzdem habe ich mich betrogen gefühlt. Wie tief es mich verletzt hätte, wenn er absichtlich verschwunden wäre, will ich mir gar nicht ausmalen. Aber warum hast du mir das alles nicht schon früher erzählt?«

»Vor unserer Heirat?«

»Ja.«

»Hättest du mir geglaubt?« Er schaute sie über die Schulter hinweg an.

Sie schüttelte den Kopf. »Nein. Vermutlich nicht.«

»Eben.« Freunde oder enge Vertraute hatte er nicht. Es fiel ihm schwer, sich zu öffnen. Dass ihm jemand half oder ihn unterstützte, war er nicht gewöhnt. Hunter starrte weiter hinaus auf die Skyline.

»Du bist ein furchtbar ungeduldiger Mensch, weißt du das?«

»Ich verschwende nicht gern meine Zeit.«

»Das macht dich sehr impulsiv und führt dazu, dass du ahnungslose Frauen zum Heiraten zwingst.«

Was sollte er darauf antworten? Zum Glück redete sie weiter und erwartete keinen Kommentar.

»Hast du überhaupt eine Vorstellung, wie du das Sorgerecht bekommen kannst? Und was alles dazugehört, ein Kind großzuziehen?«

In den Tagen, bevor Gabriella in seinem Leben gelandet war, hatte er an kaum etwas anderes gedacht. »Nicht mehr und nicht weniger als jeder andere Mann, der überraschend erfährt, dass er Vater wird.«

»Du willst das wirklich tun? Das Kind deines Bruders als dein eigenes annehmen?«

»Hayden verdient kein Leben mit Eltern, die ihn nur bekommen haben, um aus seiner DNA Kapital zu schlagen. Aber ich mache mir nichts vor, ich weiß, es wird nicht leicht.«

Er trug ein Bild des Kindes im Kopf. Hunter drehte sich zu Gabi. Sie hatte sich auf dem Sessel nach vorn gebeugt. Die Füße hatte sie fest auf den Boden gestellt, so als wollte sie jede Sekunde aus dem Zimmer flüchten. »Er ist noch keine zehn Monate alt. Mal ist er bei einem Babysitter, mal bei einer Tagesmutter. Es ist fast wie ein Leben im Heim. Sheila holt ihn hin und wieder zu sich. Aber sie verbringt viel Zeit mit Noah, und der ist nicht unbedingt der geborene Vater. Er kann sich kaum richtig um sich selbst kümmern, von einem anderen menschlichen Wesen ganz zu schweigen.«

»Und was ist meine Rolle bei der ganzen Sache?«

»Ich habe ein Team aus Anwälten und Privatdetektiven an der Sache dran. Mit ihrer Hilfe werde ich zeigen, dass Sheila als Mutter eine Fehlbesetzung ist. Ich hingegen bin jetzt ein verheirateter Mann in geordneten Verhältnissen. Sheila kann mich nicht länger bedrängen, sie zu heiraten, und das Familiengericht wird mir viel eher das Sorgerecht zusprechen als ihr. Ich denke, sie wird sich mit etwas Geld zufriedengeben und verschwinden.«

»Und falls nicht?«

Hunter hätte einen größeren Betrag darauf gewettet, dass er mit seiner Einschätzung richtiglag. »Darum kümmere ich mich, falls es nötig wird.«

»Und Noah?« Gabi ließ nicht locker.

»Der sieht keinen Cent. Was soll ihn sonst davon abhalten, sich immer neue lukrative Pläne auszudenken?«

»Nichts.«

»Genau.«

»Hast du ein Foto? Von Hayden, meine ich.«

Hunter zog seine Geldbörse aus der Tasche. Gabi ging zu ihm.

Ein dunkler Haarschopf, ein pausbäckiges Gesicht. Der Kleine hatte seine Faust in den Mund gesteckt, Speichel lief ihm übers Kinn.

Gabi berührte das Foto mit einer Fingerspitze. »Was für ein süßes Baby.«

Das war auch Hunters erster Gedanke gewesen. »Ahnungslos und unschuldig.« Seufzend steckte er das Foto wieder ein.

»Was soll ich bloß mit dir machen?«, flüsterte Gabi.

Hunter schaute ihr in die Augen und glaubte, in den dunklen Tiefen Tränen schimmern zu sehen.

»Wenn du schlau bist, gehst du auf Distanz.«

Doch sie tat genau das Gegenteil. Sie rückte näher und legte ihre Hand auf seine Brust. »In einer Sekunde spielst du da draußen den ganz großen Abzocker und in der nächsten rettest du Babys vor ihren schlechten Eltern.«

»Ich bin kein Held, Gabi. Nicht mal im Ansatz.«

»Stimmt. Und du bist auch kein Heiliger. Du taktierst rücksichtslos, manchmal taktlos und – oberflächlich betrachtet – sogar gewissenlos. Du bist ungeduldig, gierig und egoistisch.«

Er runzelte die Stirn.

»Du bist zynisch, manchmal regelrecht gemein …«

Hunter drückte eine Hand an seine Brust. »Du bringst mich um.«

»Ich bin noch nicht fertig!« Lächelnd wischte sie seine Hand weg. »Du bist ehrgeizig, das ist kein Fehler. Wie viele Männer gibt es schon, die es mit sechsunddreißig auf die Forbes-Liste der begehrtesten Junggesellen-Milliardäre schaffen? Und das ohne ein dickes Erbe?«

Seine Stirn glättete sich ein wenig.

»Du fürchtest Ehrlichkeit, aber wer tut das nicht? Offen zu sein, ist nicht leicht, wenn man Angst haben muss, dass alles, was man sagt, irgendwie ausgenutzt wird. Es ist schwer, anderen Menschen zu vertrauen, wenn der eigene Zwillingsbruder ein Betrüger ist.«

Er legte seine Hand auf ihre Schulter. »Ich bin nicht …«

»Ich bin noch nicht fertig.«

Er seufzte lächelnd.

»Du bist sexy. Kein Wunder, dass die Frauen dich umgarnen.«

Die letzten Falten auf seiner Stirn verschwanden. Ein Grinsen stahl sich auf sein Gesicht.

»Vermutlich hast du zwischen L. A. und New York und selbst in Europa jede Menge Herzen gebrochen. Der Himmel steh dir bei, falls es weitere Frauen gibt, die plötzlich mit einem Kind vor deiner Tür auftauchen.«

»Ich bin immer auf Nummer sicher gegangen.«

Gabi legte ihren Zeigefinger an seine Lippen.

»Und obwohl du bei deinen Geschäften und beim Heiraten ein irres Tempo vorlegst, beweist du, was deine Frau und deinen Neffen angeht, große Selbstbeherrschung.« Sie hielt inne. Ihr Lächeln fiel von ihr ab. »Und das, Hunter Hayden Blackwell, ist fast ein bisschen heldenhaft.«

Seine Hand legte sich fester um ihre Schulter. Das Vertrauen in ihrem Blick war zu überwältigend für Worte. »Was dich betrifft, ist meine Selbstbeherrschung wie die zu straff gespannte Saite einer Violine. Streich einmal darüber, und sie reißt.«

Ihre Finger wanderten an seiner Brust nach oben und legten sich in seinen Nacken. »Du lieber Himmel, das will ich hoffen.« Sie beugte sich zu ihm und küsste ihn.

Die Stradivari zerbrach.

KAPITEL 20

Er war völlig überrumpelt. Gabi spürte es in seinem Kuss.

Doch nach kurzem Zögern schlang er seine starken Arme um sie und erwiderte den Druck ihrer Lippen. Unzählige Sinneseindrücke überfluteten sie. Er schmeckte nach Whiskey, roch wie die Sünde und küsste wie ein Teufel, der ihr das Herz brechen würde. Doch es gab kein Zurück. Nach ihrem langen Dornröschenschlaf wollte sie einem so faszinierenden Mann wie Hunter Blackwell nicht widerstehen.

Jetzt nicht mehr.

Ihre Lippen öffneten sich seiner Zunge. Sie reckte sich ihm entgegen, um ihn zu schmecken. Es gab kein vorsichtiges, zurückhaltendes Forschen. Sie waren beide zu hungrig. Hunter strich mit der Hand über ihren Rücken, dann griff er in ihr Haar.

An ihren Lippen murmelte er: »Lös dein Haar. Ich will es offen sehen.«

Sie riskierte einen Blick, sah seine halb geschlossenen Lider.

Mit der einen Hand zog sie den Clip, mit der anderen den Kamm aus ihrem Haar. Es floss ihr über die Schultern.

Hunter stieß einen Knurrlaut aus. Bewundernd ließ er die seidigen Strähnen durch seine Finger gleiten. Dann umfasste er Gabis Gesicht und sah ihr endlich in die Augen. »Noch nie habe ich eine Frau so gewollt wie dich.«

Sie wusste nicht, was sie darauf antworten sollte, aber er ließ ihr sowieso keine Zeit. Wie ein Verdurstender presste er die Lippen auf ihre.

Als Gabi eine Hand auf seine Hüfte und die andere auf seinen Hintern legte, drückte er sie gegen das Fenster, nahm ihre Hände, zog sie ihr über den Kopf und lehnte sich in voller Länge, von den Schultern bis zu den Knien, an sie. Es war, als wollte er sich selbst bremsen, indem er sie davon abhielt, ihn anzufassen.

Das war frustrierend und unglaublich erotisch zugleich.

Selbst durch mehrere Lagen Kleidung hindurch spürte sie deutlich, wie erregt er war. Er war ihr so nahe, aber noch nicht nahe genug.

Hunters heiße, drängende Küsse nahmen ihr den Atem.

Weil sie die Hände nicht bewegen konnte, rieb sie ihr Bein an seinem.

Er hob den Kopf. »Vorsicht. Sonst nehme ich dich gleich hier am Fenster und ganz Dallas wird es sehen.«

Sie versuchte, über die Schulter einen Blick auf die Lichter der Stadt zu erhaschen. Ganz so hemmungslos war sie noch nicht. »Dann suchen wir uns wohl besser ein Bett.«

Er ließ eine ihrer Hände los und legte seine frei gewordene Hand an ihre Wange. »Bist du sicher, Gabriella?«

Wie kannst du noch fragen?

Hunter ließ ihr einen Fluchtweg offen, aber den wollte sie jetzt nicht mehr.

»Zu dir oder zu mir?« Sie lächelte.

Er zog sie vom Fenster weg in seine Arme. »Mein Bett ist näher.«

Hunter warf die Bettdecke beiseite und legte Gabi auf die weißen Laken.

Sie hieß ihn in ihren Armen willkommen und holte sich die Küsse, nach denen sie sich die ganze Woche gesehnt hatte.

Sein Gewicht, seine Kraft machten sie benommen. Oder bekam sie einfach nicht genügend Luft? Gabi hob das Kinn. Anstelle ihrer Lippen küsste er jetzt ihren Hals.

Sie zog ihm das Hemd aus der Hose. Um es ihm ganz auszuziehen, fehlte ihr der Platz, denn im Augenblick erforschte er mit der Zungenspitze die Stelle hinter ihrem Ohr.

Als ihre Finger seine Haut fanden, ließ sie ihn ihre Nägel spüren.

Hunter vergaß, was er gerade hatte tun wollen, und stöhnte auf.

»Ich liebe es, wenn du die Kontrolle verlierst«, flüsterte sie an seinem Ohr.

»Grrr.«

Kichernd schob sie die Finger unter seinen Hosenbund.

Er tastete nach dem Saum ihres Kleides. Als seine Hand an ihren Strümpfen entlang nach oben glitt, lächelte sie.

Hunter erstarrte und lehnte sich ein wenig zurück, dann hob er ihr Kleid. Sie konnte geradezu spüren, wie sein Blick an den Strapsen hing. »Großer Gott, Gabi. Was hast du da an?«

»Sag bloß, du hast so was noch nie gesehen ...?« Sie freute sich über seine Reaktion.

Er schob einen Finger unter einen der Clips. »Du bist wie Weihnachten.«

Erhitzt von seinen Berührungen, seinen Worten und Blicken raunte sie: »Dann wird es jetzt Zeit zum Auspacken.«

Sie setzte sich auf und tastete nach dem Reißverschluss auf ihrem Rücken. Er war nicht leicht zu öffnen, aber Hunter half ihr gern.

Gabi hörte das leise Geräusch, mit dem der Verschluss nach unten glitt, spürte die leichte Berührung von Hunters Fingern und die kühle Luft auf ihrer Haut. Sie saß ganz still, während Hunter ihr ohne Hast das Kleid von den Schultern streifte.

Es rutschte ihr auf die Taille. Hunters Blicke hörten nicht auf, sie zu verschlingen. Er küsste sich von ihrer Schulter zur Oberseite ihrer Brüste, die noch von einem schwarzen Spitzen-BH umhüllt waren. Während Hunter sich mit ihrem Kleid beschäftigte, zerrte sie an seinem Hemd. Beide Kleidungsstücke landeten gleichzeitig auf dem Fußboden.

In einem schicken Anzug wirkte Hunter imposant, aber noch besser sah er ohne einen aus. Das wusste Gabi, seit er auf der Insel ihres Bruders neben ihr im Sand gelegen hatte. Das Bild ging ihr nicht mehr aus dem Kopf.

Endlich konnte sie ihn anfassen. Alles an ihm war selbstbewusst und stark.

Einige Sekunden lang verließ er das Bett, um seine Hose auszuziehen. Er warf seine Geldbörse auf den Nachttisch und kam nur mit seinen Boxershorts bekleidet zu ihr zurück.

Seine Hände strichen über ihre Brüste und umfassten sie, bevor er ihren BH öffnete. »Weihnachten und Geburtstag«, murmelte er und warf die feine Spitzenhülle beiseite.

Ihre üppigen Brüste reckten sich ihm entgegen.

Sie musste ihn nicht lange bitten. Sein Mund nahm die Stelle seiner Hände ein. War sie je so ganz und gar bereit gewesen, einen Mann in sich aufzunehmen? Hatte sie sich je so ganz und gar geschätzt gefühlt?

Geschätzt war vermutlich das falsche Wort, aber es ging ihr wie in einer Endlosschleife immer wieder durch den Kopf. Hunter wollte nicht einfach mit ihr schlafen, er wollte sie lieben. Sie schob ihre letzten Zweifel beiseite, lehnte sich an die Kopfkissen und überließ sich ihren Gefühlen.

Er verwöhnte sie mit Zärtlichkeiten, bis sie sich atemlos wand. Noch hatte er die Stellen nicht berührt, die am lautesten nach ihm schrien. Er schob sich an ihr hinunter und küsste ihre Hüfte.

Als sie das Becken anhob, lachte er leise auf.

»Jetzt bringst du mich fast um«, seufzte sie.

Er hob eines ihrer Beine an, winkelte es ab und kniete sich zwischen ihre Schenkel.

Der erste Clip der Strapse sprang unter seinen Fingern auf. Sie zuckte. Beim zweiten erschrak sie schon nicht mehr.

Er rollte den Strumpf an ihrem Bein hinab, dann wandte er sich dem anderen zu. Als er ihr beide Strümpfe ausgezogen hatte, widmete er sich ihren Waden und ihren Schenkeln. Seine Blicke hingen an jeder Stelle, die er berührte. Gerade als sie glaubte, er würde nun endlich zu ihrer Mitte finden, machten seine Hände einen Umweg zu ihrem Strapsgürtel und zogen ihn ihr aus.

Als er sie vom allerletzten Stück Stoff befreite, schnappte sie nach Luft. So offen und schutzlos hatte sie noch nie vor einem Mann gelegen. Doch bei Hunter machte sie das nicht beklommen. Er schien ihren Körper geradezu anzubeten. »*Bitte*«, murmelte sie.

In Hunters Blick lag so viel Leidenschaft, dass ihr Herz eine Sekunde lang aussetzte. »Ich verdiene dich nicht.«

Der Gedanke, er könnte jetzt noch aufhören, war kaum zu ertragen. »Du bist schon so weit gegangen, Hunter. Es wäre grausam, mich jetzt …«

Er senkte den Blick in ihren. Seine Hände lagen auf den Innenseiten ihrer Oberschenkel. »Ich hätte schon nicht mehr aufhören können, bevor wir in diesem Zimmer gelandet sind, Gabriella.«

Er senkte den Kopf. Sie spürte seine Zunge.

Mit einem Aufschrei krallte sie die Finger in das Laken.

Sie musste ihm nicht zeigen, wie er sie berühren sollte. Er war ganz und gar bei ihr und schien sie nach zwei Atemzügen schon bestens zu kennen. »Oh Hunter.«

Es war so lange her. So verdammt lange. Die Saiten ihrer Violine waren viel zu straff gespannt. Ihr Becken hob sich vom Bett und sie zersprang.

Der Orgasmus ließ Sterne vor ihren Augen tanzen.

Hunter verlagerte nur leicht sein Gewicht. Seine Boxershorts segelten zu den anderen Kleidern auf den Boden und Gabi hörte, wie eine Verpackung aufgerissen wurde.

Als er sich das Kondom überstreifte, legte sie lächelnd die Hand über seine. In Kleidern war sein Körper beeindruckend, ohne Kleider noch viel mehr.

Sie schlang die Arme um seinen Hals und öffnete sich ihm. Sie spürte sein Drängen an ihrer Pforte. Gabi lächelte.

»Letzte Chance, Gabi.«

»Ich dachte, wir könnten nicht mehr aufhören.« Sie grinste.

Er knurrte und gab ihr einen kleinen Vorgeschmack. »Das stimmt.« Endlich gab er ihr alles. »Das ist richtig.«

Ja.

Hunter füllte sie aus und nahm sie mit seinen Berührungen und seinem Geruch in Besitz.

Er zog sie fest in seine Arme. Wieder fanden seine Lippen zu ihren, er begann, sich langsam zu bewegen. Diesmal steigerte Gabis Leidenschaft sich in ruhigerem Tempo und Hunter drängte sie nicht. Er flüsterte süße Worte über ihre Schönheit, sagte mehr als einmal, er würde sie nicht verdienen, und versicherte ihr, wie großartig sie sich anfühlte.

Langsam fanden sie in einen schnelleren Rhythmus. Bald konnten sie einander nicht mehr küssen, sondern sich nur noch auf die Stelle konzentrieren, an der sie so innig verbunden waren.

Gabis Nägel zogen ihn fester an sich, ihr Höhepunkt lag nur einen Herzschlag entfernt. Gerade als sie glaubte, der Moment sei jetzt da, flüsterte Hunter: »Komm für mich.«

Und sie tat es. Der Orgasmus war wie eine perfekte Welle, die sich immer höher aufbaute, sie mitriss und nur ganz langsam verebbte. Hunters Höhepunkt folgte einen Atemzug später. Er stieß das Knurren aus, das sie schon so gut kannte.

***

Im Flugzeug hatte Remington kein Auge zugetan und die Sonne in Rom leuchtete viel zu grell.

Froh, nicht mehr in Südamerika zu sein, ging er zum Taxistand vor dem Flugplatz. Ganz Kolumbien war voller Augen. Dort hatte er sich immer beobachtet gefühlt. Dabei war alles halb so schlimm gewesen. Keiner hatte ihm aufgelauert, keiner hatte ihn bedroht. Nur sein Telefon hatte er sich von ein paar Bälgern klauen lassen.

Was die Picano-Konten anging, war er nicht schlauer als zuvor. Auch nach dem enttäuschenden Treffen mit den beiden Bankern hatte er nichts weiter erfahren.

Remington suchte sich ein Zimmer in einer billigen Absteige, dann rief er Blackwell an. In den Staaten war es jetzt mitten in der Nacht, deshalb hinterließ er eine Nachricht auf der Mailbox. »Ahhh, Rom. Die ewige Stadt. Kolumbien war ein Griff ins Klo. Wer die Finger in den Konten hat, hat einen langen Arm. Und der reicht über die Landesgrenzen hinaus, das könnte ich schwören. Meine Informanten waren noch zuge-knöpfter als meine erste Frau. Wie dem auch sei. Telefonisch bin ich jetzt wieder zu erreichen. Dieselbe Nummer. Falls Sie es schon versucht haben … Sorry. Diese verdammten kleinen Kröten«, murmelte er. »Ich gebe mich als persönlicher Agent Ihrer heißen Lady aus. Bürgen Sie für mich. Die Italiener sind nicht sehr redselig. Keine Ahnung, wie weit ich hier komme. Vielleicht brauche ich ein bisschen Hilfe. Jemanden, der die verdammte Sprache spricht.« Remington streifte gähnend seine Schuhe ab. »In den nächsten sechs Stunden brauchen Sie nicht anzurufen. Ich tauche jetzt erst mal ab.«

Er stemmte sich vom Bett hoch und schloss die Jalousien. »Habe ich Ihnen schon gesagt, wie viel Spaß es macht, auf Ihre Kosten zu reisen?«

Er legte auf.

Er würde gegen Abend aufstehen, Kontakt mit der Person aufnehmen, die er noch vor dem Abflug ausfindig gemacht hatte, dann schlafen gehen und morgens bei der Bank sein.

Remington versuchte, den Lärm der erwachenden Stadt auszublenden. Trotz des Lichts, das durch die Jalousien sickerte, übermannte ihn der Schlaf fast sofort. *Ich muss morgen irgendwas liefern, sonst dreht Blackwell mir den Geldhahn zu,* war sein letzter Gedanke.

Eins nach dem andern. Erst Schlaf, dann konnte er weitersehen.

***

Hunter schreckte hoch. Er drehte den Kopf zur Seite.

Gabi war noch da. Ihr Haar floss übers Kopfkissen, ihre Augen waren geschlossen, ihre Lippen leicht geöffnet. Sie schlief.

Sie hatten in dieser Nacht alles noch viel komplizierter gemacht, doch ärgern konnte er sich darüber nicht. Es war noch dunkel. Der Wecker auf dem Nachttisch zeigte drei Uhr morgens. Gabi bewegte sich im Schlaf. Hunter legte den Arm um ihre Taille und rückte näher an sie heran. Erst als sein Kopf auf demselben Kissen lag wie ihrer und ihr blumiger Duft ihm in die Nase stieg, entspannte er sich wieder.

Von atemberaubendem Sex mit Orgasmen, die das Universum erschütterten, hörte man gelegentlich. Und er hatte geglaubt, beides schon hin und wieder erlebt zu haben.

Er hatte sich getäuscht.

Vielleicht war es der Reiz der Eroberung gewesen. Das Wissen, dass die Frau, die jetzt in seinen Armen schlief, ihn unter gar keinen Umständen an sich heranlassen würde.

Vielleicht war es einfach Gabi.

Oder die pure Lust hatte sein Gehirn mariniert.

Als er gerade eindösen wollte, schob Gabi ein Bein zwischen seine Beine. Sein Körper reagierte sofort. Er überlegte, ob er sie gleich jetzt noch einmal nehmen sollte. Aber eine wache Geliebte war besser als eine im Halbschlaf. In ein paar Stunden würde die Sonne aufgehen.

Er konnte warten.

KAPITEL 21

Im Morgenmantel saß Gabi Hunter gegenüber. Sie ließen sich das Frühstück vom Zimmerservice schmecken.

Nach dem Aufwachen war sie ebenso leidenschaftlich gewesen wie in der Nacht. Nichts deutete darauf hin, dass sie Zweifel hatte oder gar Reue empfand.

Und seit wann wollte er nach dem Sex auch noch reden?

Seit heute Morgen offenbar.

»Kommt es mir nur so vor?« Gabi steckte sich eine Gabel Rührei in den Mund. »Oder schmecken die Eier ganz himmlisch?« Sie leckte sich ein Fitzelchen von den Lippen.

»Dir beim Essen zuzusehen, könnte man als himmlisch bezeichnen.«

Sie legte den Kopf schief und lächelte fast schüchtern. »Ich bin am Verhungern. Ich glaube, so lange hat mich im Bett niemand wach gehalten seit …« Sie ließ die Gabel sinken und schaute zur Decke. »So lange hat mich noch nie jemand wach gehalten.«

Gott, sie war gut für sein Ego. Und sie gab ihm Gelegenheit, das Thema anzuschneiden, das ihm seit dem Duschen im Kopf herumging. »Hast du irgendwelche Bedenken … wegen letzter Nacht?«

Sie schaute ihm in die Augen. »Vermutlich. Nur haben sie es noch nicht bis in meinen Kopf geschafft.«

Eine ehrliche Antwort.

»Und du? Was ist mit dir?« Sie aß weiter.

»Ich mache mir mehr Gedanken um dich. Du warst absolut gegen jede Art von Intimität.«

Sie ließ die Gabel sinken und lehnte sich zurück. »Da kannte ich dich noch nicht. Sehr viel weiß ich zwar immer noch nicht über dich, aber immerhin schon ein wenig mehr.«

»Es soll Paare geben, die auch nach zwanzig Ehejahren noch etwas Neues aneinander entdecken.«

Gabi wischte sich mit der Serviette den Mund ab. »Über Hunter Blackwell habe ich im vergangenen Monat mehr erfahren, als ich je für möglich gehalten hätte. Und ich denke, weshalb ich mich vor Intimitäten fürchte, kannst du dir inzwischen vorstellen.«

Er beugte sich über den Tisch und legte seine Hand auf ihre.

»Vor dir habe ich keine Angst«, fuhr sie fort. »Obwohl ich vermutlich allen Grund dazu hätte.«

Was sie sagte, gab ihm einen Stich, aber er musste ihr recht geben. »Vermutlich. Ja.«

Sie grinste. »Danke, dass du nicht einfach zur Tagesordnung übergehst und so tust, als wäre nichts gewesen.«

»Du bist meine Frau«, sagte er. »Ich kann dich nicht wie Luft behandeln.«

Sie zog ihre Hand unter seiner hervor und aß weiter. »Würdest du das tun? Wenn wir uns gerade erst begegnet wären? Wenn wir keinen Ehevertrag hätten und ich nur irgendeine Bekanntschaft wäre? Könntest du mich nach der letzten Nacht wie Luft behandeln?«

»Und nach heute Morgen?«

Ihre Gabel hing in der Luft, ihre Wangen färbten sich rot.

»Nach heute Morgen?«, wiederholte sie.

»Eine andere Frau vielleicht. Meinen Ruf habe ich mir redlich verdient.«

Die Antwort schien in Ordnung zu gehen. Er fuhr fort. »Aber Gabriella Blackwell verlangt mehr von mir. Sie will nicht nur meinen Nachnamen. Sind wir jetzt ein Ehepaar mit einer Affäre?«

»Das klingt seltsam.«

»Wie sollen wir es nennen?«

Sie kaute weiter und zuckte die Achseln. »Eine Affäre hört sich besser an als ein One-Night-Stand. Oder war das vielleicht einer?«

Er hob seine Kaffeetasse an die Lippen und murmelte: »Ein One-Night-Stand? Ich denke nicht. Aber ich will nicht behaupten, ich wüsste, was zum Teufel ich tue.«

Sie schob den Rest ihres Frühstücks beiseite. »Ich auch nicht«, sagte sie. »Vielleicht sollten wir ein paar Regeln festlegen.«

Da war sie wieder, die Frau, die in sein Büro marschiert war und ihm einen Vertrag vorgeknallt hatte, den nur ein Idiot unterzeichnen konnte.

Ein Idiot wie er. »Was denn für Regeln?«

»Wir tun uns beide schwer, jemandem zu vertrauen, oder?«

»Ja, das könnte man sagen.«

»Dann ist die erste Regel Ehrlichkeit. Ich fange an. Die Klausel über die Affären habe ich vor allem in den Vertrag geschrieben, weil ich dich provozieren wollte. Weniger, weil ich verhindern wollte, dass du dich außerehelich vergnügst. Aber solange du und ich ...« Ihr Blick driftete zu der geschlossenen Tür hinter ihm.

»Intim sind?«

»Ja. Solange wir intim sind, bestehe ich auf Monogamie.«

Er schluckte. Auf so etwas hatte er sich seit der Highschool nicht mehr eingelassen. Und damals hatte er etwa zwei Wochen

241

lang durchgehalten. Allerdings musste er zugeben, dass er seit der ersten Begegnung mit der Naturgewalt namens Gabriella an keine andere Frau gedacht hatte.

»Und falls einer von uns gern mit jemand anderem anbandeln würde, werden wir uns das ehrlich sagen«, fügte sie hinzu.

Bei der Vorstellung, sie könnte in den Armen eines anderen liegen, wurde ihm kälter, als er wahrhaben wollte. »Einverstanden.«

Sie schaute ihm in die Augen. »Auch wenn das dem anderen wehtun würde.«

»Ich habe versprochen, dir niemals wehzutun.« Vielleicht würde er dieses Versprechen nicht halten können. Verdammt, er war ein Arschloch.

»Dabei ging es um physische Verletzungen. Mein Herz muss ich selbst schützen, Hunter. Das ist nicht deine Aufgabe. Klar würde es wehtun, wenn du jetzt sagst: *Es war nett gestern Nacht, aber wir sollten das nicht noch mal machen.* Aber immer noch besser, als Interesse heucheln, wenn es keines gibt.«

Hunter lachte. »*Nett* ist ein Ausdruck, den ich nie benutzen würde, und *nicht noch mal machen* kommt in meinem Wortschatz nicht vor.«

»Dann sind wir uns einig. Monogamie und Ehrlichkeit. Auch wenn es wehtut.«

»In Ordnung. Aber eins noch«, fügte er hinzu. »Unser Vertrag bleibt weiterhin in Kraft. Achtzehn Monate.«

»Siebzehn Monate und zwei Tage.«

»Was ist mit den anderen Wochen passiert?«

»Den Vertrag haben wir schon vor dem Jawort unterschrieben. Du solltest ab und zu wirklich das Kleingedruckte lesen, Wall Street.« Ihr Lächeln machte ihn glücklich.

»Alles klar.« Er hielt ihr die Hand hin, als wollte er ein Geschäft besiegeln. »Schlägst du ein?«

Anstatt seine Hand zu ergreifen, stand Gabi auf und öffnete den Gürtel ihres Morgenmantels.

Beim Anblick ihres nackten Körpers mitten in dem Hotelzimmer in Dallas wurde sein Mund ganz trocken.

»Ich habe eine bessere Idee.« Sie ging zur Treppe.

Zwei Sekunden dauerte es, bis sein Gehirn wieder in Gang kam. Dann jagte er ihr mit einem Knurren hinterher.

***

Am folgenden Freitag bekamen sie die Schlüssel für das Haus. Am Samstag hatte Samanthas Schwester Jordan einen Atemstillstand und musste künstlich beatmet werden.

Anstatt in ihr neues Heim einzuziehen, ging Gabi die Alliance-Karteien durch, um auf dem Laufenden zu sein und Samantha den Rücken freihalten zu können.

»Kann ich irgendetwas tun?«, fragte Hunter, als sie ihm am Telefon sagte, dass es am Wochenende keine Umzugswagen geben würde.

»Du musst nicht auch noch mit im Wartezimmer sitzen und rund um die Uhr Kaffee trinken. Es sei denn, du stehst auf den Geruch von Desinfektionsmitteln, gemischt mit etwas Undefinierbarem.«

Den Großteil der Woche waren sie getrennt gewesen.

Gabi hatte geglaubt, es würde nie wieder so sein wie in Dallas. Sie hatten über getrennte Zimmer in ihrem neuen Heim gesprochen …

Doch dann war der Mittwoch gekommen, ein gemeinsames Abendessen und der Rücksitz einer Limousine. Gabi versuchte angestrengt, während des Gesprächs mit Hunter nicht daran zu denken. »Sicher musst du jede Menge Sachen packen.«

»Für so etwas gibt es Personal«, antwortete er. »Außerdem lasse ich fast alles in meiner Wohnung. Nur meine Anzüge müssen mit.«

Dass er die Stadtwohnung behalten würde, hatte bereits vor Dallas festgestanden. VD. Mit dem Besuch in Texas hatte für Gabi eine neue Zeitrechnung begonnen.

»Du willst also aus purer Langeweile zum Krankenhaus kommen?«

»Langeweile? So etwas kenne ich nicht.«

Sie spürte, wie sich ein Lächeln auf ihre Züge stahl. Krankenhausangestellte gingen durch die Tür der Intensivstation aus und ein. Der Wartebereich füllte sich mit bekannten Gesichtern. Gwen saß neben der früheren Alliance-Angestellten Karen Gardner. Karen hatte ursprünglich in dem Heim gearbeitet, in dem Samanthas Schwester eine Zeit lang gepflegt worden war. Ihr ging Jordans Gesundheitszustand sehr zu Herzen. Weil sie gerade erfahren hatte, dass sie schwanger war, befand sie sich mitten in einem Wechselbad extremer Gefühle.

»Wenn dir nicht langweilig ist, womit bist du dann im Moment beschäftigt?«

»Mit Multitasking.«

Die Stimmung im Krankenhaus war alles andere als heiter. Trotzdem musste Gabi kichern. »Und was bedeutet das bei einem Milliardär?«

»Er versucht, ein Kindermädchen einzustellen, ohne dass gleich die ganze Welt davon erfährt, während er zur selben Zeit zwei verschiedene Privatdetektive an zwei weit voneinander entfernten Orten instruiert.«

»Was denkst du? Wann wird Hayden kommen?«

»In ein, zwei Monaten vielleicht. Schwer zu sagen. Ich habe ein ganzes Team von Anwälten an der Sache dran. Wenn mein Privatdetektiv Hinweise auf Vernachlässigung oder

Verwahrlosung findet, geht es schneller. Bei einem Notfall ist der Kleine vielleicht schon in einer Woche bei mir. Wer weiß?«

»Willst du meinen Rat?«, fragte Gabi.

»Bitte.«

»Lass das mit dem Kindermädchen. Wenn Hayden erst da ist, können wir immer noch suchen. In den ersten Tagen kommen wir sicher auch so zurecht.«

Hunter zögerte. »Ich bin wegen meiner Arbeit so wenig zu Hause. Diese Aufgabe kann ich dir nicht aufhalsen.«

»Mit Aufhalsen hat das nichts zu tun. Ich biete dir meine Hilfe an. Die Operation Kindermädchensuche starten wir, wenn er bei uns ist. Außerdem will ich keine hübsche junge Blondine im Haus haben, die meinem Mann den Kopf verdreht.« Das sagte sie nur halb im Scherz. »Bitte, Hunter, konzentrier dich auf deine Detektive. Du hast zwei an der Sache dran?«

»Nein, nur einen. Der andere beschäftigt sich mit dir.«

Ihr Lächeln verrutschte.

»Er versucht herauszufinden, wer deine Konten für seine Machenschaften benutzt«, beeilte Hunter sich zu sagen.

»Erschreck mich doch nicht so«, schimpfte Gabi.

»Mir scheint, unsere Geheimnisse sind inzwischen ans Licht gekommen. Es sei denn, du hast noch was zu verbergen.«

Gabi warf einen Blick über ihre Schulter, um sicherzugehen, dass niemand ihr zuhörte. »Ich habe keine weiteren Leichen im Keller, Hunter.«

»Gut zu wissen.«

»Wegen meiner Konten muss dein Detektiv sich keine Mühe mehr machen. Um die habe ich mich gekümmert.«

»Bitte was?«

»Nachdem du mich mit der Information über die Auslandskonten unter Druck gesetzt hattest, habe ich beide gesucht und gefunden. Alonzos Passwörter hatte ich schnell geknackt. Ein Zahlengenie war er nie. Ich habe mich eingeloggt und beim Ausloggen die Passwörter geändert.«

»Oh Gabi, nein. Sag, dass das nicht wahr ist.« Hunter klang bestürzt.

»Doch, genau das habe ich getan. Ich will nicht, dass jemand meinen Namen für krumme Geschäfte missbraucht. Deshalb habe ich die Konten eingefroren, bis ich jemanden damit beauftragen kann, herauszufinden, wer hinter den Geldtransfers steckt. Ich halte das für eine gute Idee.«

»Nein. Nein, nein, nein …«

Sie drehte sich zur Wand und senkte die Stimme. »Was ist denn?«

»Überleg doch mal. Wenn die rätselhaften Unbekannten nicht mehr an das Geld herankommen, reagieren sie sicher sauer.«

Gabis Selbstzufriedenheit verpuffte. »Daran habe ich nicht gedacht.«

»Ich lege jetzt sofort auf und besorge dir einen Bodyguard. Bis die Sache geklärt ist, brauchst du nämlich einen.«

»Das ist doch lächerlich, Hunter. Ich will keinen Leibwächter.« Diesmal hatte sie lauter gesprochen. Einige Köpfe drehten sich in ihre Richtung.

Gwen unterbrach ihr Gespräch mit Karen und machte sich auf den Weg zu Gabi.

»Lass uns das später besprechen.«

»Es gibt nichts zu besprechen«, gab Hunter zurück.

Gwen blieb vor Gabi stehen und musterte sie. »Einen Leibwächter?«

Gabi nahm das Handy vom Ohr. »Nicht so wichtig, Gwen. Hunter ist ein bisschen übervorsichtig.«

Gwen stemmte die Hände in die Hüften. »Wenn ein so wohlhabender Mann wie Hunter der Meinung ist, dass du einen Bodyguard brauchst, dann brauchst du auch einen. Sag ihm, Neil ruft ihn zurück.«

Gabi legte eine Hand über das Telefon. »Das ist nicht …«

Mit einer schnellen Bewegung nahm Gwen ihr das Gerät aus der Hand und drückte es ans Ohr. »Hi Hunter. Gwen hier. Ja, es ist eine Weile her. Ja, genau. Bei einer der Hochzeiten meines Bruders …« Gwen lachte und redete weiter. »Und falls ein Leibwächter gebraucht wird, mein Mann kümmert sich um Blakes Sicherheitsbelange. Neil, korrekt. Wunderbar. Schön, dass du dich erinnerst. Ganz meinerseits. Gern.«

Gwen hob das Kinn, gab Gabi ihr Telefon zurück und spazierte davon.

»Bist du jetzt glücklich?«, stöhnte Gabi.

»Halbwegs«, antwortete Hunter. »Immerhin muss ich nicht mühsam jemanden suchen. Und jetzt komme ich vorbei und hole dich ab.«

»Es reicht. Ich bin kein kleines Kind.« Dass einfach über sie bestimmt wurde, passte Gabi ganz und gar nicht.

»Vielleicht habe ich ja Sehnsucht nach dir.«

Das war gelogen, aber es klang süß. »Warum hast du dich nicht längst vor einen Bus geworfen?«, fragte sie.

Er lachte. »So gefällst du mir schon besser. Du musst etwas essen. Ich hole dich um fünf.«

»Falls das mit dem Bus nicht vorher klappt.« Sie sagte das ohne jede Gehässigkeit.

»Ich werde mir alle Mühe geben. Aber wenn es schiefgeht, bin ich um fünf bei dir.«

»In Ordnung. Aber such kein allzu schickes Restaurant aus. Dafür bin ich nicht angezogen.«

Nach dem Auflegen ging Gabi zurück zur Couch des Wartezimmers und machte sich auf ein Verhör gefasst.

»Also«, begann Gwen. »Wie war das mit dem Leibwächter?«

KAPITEL 22

Es war zehn Minuten vor fünf, und die Wände des Warteraums schienen immer näher zu rücken. Gabi beschloss, draußen auf Hunter zu warten.

Ein kurzer Schauer hatte die Luft gereinigt. Sie roch feucht und frisch. Gabi lehnte sich an die Wand. Es dämmerte bereits. Stundenlang hatte sie Tee getrunken und ihrer Freundin und Chefin beigestanden. Jetzt brauchte sie eine Pause. Krankenhäuser, Intensivstationen und Patienten, die künstlich beatmet wurden, weckten zu viele düstere Erinnerungen. Wie angespannt sie gewesen war, spürte Gabi erst, als sie Hunter auf sie zukommen sah.

Er war viel legerer gekleidet als sonst. Jeans, eine Jacke und … Laufschuhe? Vielleicht war das seine Multitasking-Kluft.

Sie stieß sich von der Wand ab, um ihn zu begrüßen. »Du hättest nicht extra irgendwo parken müssen.«

Er blieb stehen und musterte sie stumm.

Sie machte einen Schritt auf ihn zu und dachte, er würde sie mit einem Kuss begrüßen. »Was ist passiert? Ist der Bus dir über die Zunge gefahren?«

Gabi sah seine Verwirrung. Ihr Lächeln fiel ab.

»Du musst es sein.«

»Was?«

»Du bist Hunters Frau.«

Gabi wich zurück. Jetzt begriff sie, wer vor ihr stand. Du lieber Himmel, sie ähnelten einander tatsächlich wie ein Ei dem anderen. »Oh.«

»In natura bist du schöner als auf den Zeitungsfotos«, sagte Noah. Selbst seine Stimme klang fast wie die ihres Ehemanns.

Ein ähnlich charmantes Lächeln wie das, das sie seit Dallas öfter bei Hunter sah, machte sie überraschend nervös.

»Ich habe Sie für Hunter gehalten.«

Noah lachte auf. »Das passiert mir andauernd.«

Gabi war auf einen ausreichenden Abstand bedacht. »Ich habe viel von Ihnen gehört.«

Sein Lächeln saß bombenfest. Aber seine Augen veränderten sich. »Sicher nichts Gutes. Mein Bruder hat eine interessante Auffassung von der Realität.«

Weil ihr darauf keine gute Antwort einfiel, sagte Gabi lieber nichts.

Er streckte ihr die Hand hin. »Noah Blackwell.«

Offenbar wollte er bestimmen, wo es langging. Gabi starrte auf seine Hand, machte aber keine Anstalten, näher zu treten und sie zu ergreifen.

»Sie müssen schon entschuldigen, Mr Blackwell. Sie haben gerade meinen Mann beleidigt und damit auch mich. Was suchen Sie hier?«

Er ließ langsam den Arm sinken. Sein Lächeln wirkte plötzlich unheimlich. »Was hat er dir gesagt?«

Sie hatte keine Lust, sein Spiel mitzuspielen, und schaute sich in der Einfahrt des Krankenhauses um. Wurde sie etwa mit versteckter Kamera gefilmt? Falls es so war, war die Filmcrew hervorragend getarnt.

»Ich bin nicht der böse Zwilling, Gabriella.«

»Wie kommen Sie dazu, mich beim Vornamen zu nennen?«, fuhr sie auf.

»Dich hat er also auch bereits vergiftet. Mein Bruder manipuliert sein Umfeld meisterlich, um zu bekommen, was er will.«

»Sie verschwenden Ihre Zeit. Hören Sie auf, mich zu belästigen. Was immer Sie beabsichtigen, es wird Ihnen nicht gelingen.«

Noah Blackwell richtete sich zu seiner vollen Größe auf. Er lächelte noch immer. »Ich denke, wir werden uns bald wiedersehen. Es war mir ein Vergnügen, Mrs Blackwell.«

Sie würdigte ihn keines weiteren Blickes, während er an ihr vorbei ins Krankenhaus ging.

Zwei Minuten später hielt Hunters Wagen neben ihr.

Hunter trug legere Hosen, aber keine Jeans, ein Hemd und ein Jackett. Zur Begrüßung stieg er aus. Seufzend ließ sie sich von ihm umarmen.

»Schön, dich zu sehen«, sagte sie erleichtert.

»Wenn ich gewusst hätte, dass du mich so vermisst, wäre ich früher gekommen.«

Sie fing an zu zittern.

»Gabi?« Hunter nahm sie an den Oberarmen und sah sie an. »Was ist los?«

Sie warf einen Blick über die Schulter. »Ich … ich habe gerade deinen Bruder kennengelernt.«

Hunters Griff wurde fester, seine Züge versteinerten. »Wie bitte?«

»Genau hier. Er ist vor drei Minuten in der Klinik verschwunden.«

Hunters Blick flog zum Eingang und dann zu ihr zurück. »Hat er dir etwas getan?«

»Nein. Er hat nur kurz mit mir geredet. Im ersten Augenblick habe ich ihn für dich gehalten.«

»Warte hier.« Hunter rannte zur Tür.

»Tu bitte nichts Unüberlegtes«, rief sie ihm nach.

Sie ging zur offenen Tür von Hunters Maserati. Den Motor hatte er nicht abgestellt. Hunter hetzte in die Klinik. Gabi versuchte, geduldig und gelassen zu wirken, doch sie war ungeheuer nervös. Auf den Überwachungsbildern der Klinik sah sie vermutlich aus, als würde sie vor einem Fluchtwagen Schmiere stehen.

Ein paar Minuten später kam Hunter wieder aus dem Gebäude. Gabis erster Blick galt seinem Outfit. Leger, aber keine Jeans. Gott sei Dank.

Sie seufzte. »Hast du ihn gesehen?«

Er schüttelte den Kopf. »Meist taucht er überraschend irgendwo auf und ist genauso schnell wieder verschwunden.«

Hinter ihnen warteten inzwischen zwei Fahrzeuge. Ein Fahrer drückte kurz auf die Hupe. Hunter hielt Gabi die Beifahrertür auf.

»Alles in Ordnung?«

»Ich bin ein bisschen zittrig. Das ist albern, er hat mir schließlich nichts getan. Ich glaube, ich habe mich erschreckt, weil ich euch erst einmal verwechselt habe. Ich hätte ihn beinahe geküsst.«

Hunter packte das Steuer mit beiden Händen. »Aber du hast es nicht getan.«

Gabi schlang die Arme um sich. »Nein.« Ihr war ein wenig übel. Als der Wagen über eine Bodenwelle fuhr, wurde ihr auch noch schwindelig.

»Was hat er gesagt?« Hunter hielt an einer roten Ampel und sah sie an.

»Dass er nicht der böse Zwilling sei. Ich habe ihm zu verstehen gegeben, dass er seine Zeit verschwendet und ich nicht mit ihm reden will.«

»Aber er wusste, wer du bist.«

»Ja, er hat behauptet, er würde mich aus der Zeitung kennen. Irgendetwas in der Art.« Die Ampel sprang auf Grün. Hunter fuhr weiter.

»Was glaubst du, was wollte er?«, fragte Gabi.

»Was er schon seit vielen Jahren immer will: manipulieren, verwirren, betrügen.«

»Wäre es nicht leichter, wenn er wie du sein eigenes Geld verdienen würde?«

Hunter lachte auf. »Leichter ist es, jemand anderen die Arbeit machen zu lassen und sich dann ein Stück vom Kuchen zu nehmen.«

Eine halbe Stunde später saßen sie an einem ruhigen Tisch in einem kleinen, rustikalen Steakhaus. »Du siehst aus, als könntest du einen Drink vertragen«, sagte Hunter.

»Ich glaube nicht …«

Der Kellner kam an den Tisch und Hunter bestellte Wein. Er wartete, bis der Wein da war, dann wollte er jede Einzelheit über Gabis Begegnung mit Noah hören. Erst als sie ihm alles erzählt hatte, woran sie sich erinnerte, trank sie den ersten Schluck. Jetzt war sie froh, dass Hunter auf Wein bestanden hatte.

»Er war nicht zufällig da. So wie heute macht er es immer. Er taucht an Orten auf, an denen ich ebenfalls erwartet werde, schmeichelt sich ein und sorgt dafür, dass alle Leute sich fragen, ob ich den Kontakt zu ihm tatsächlich abgebrochen habe. Er ist ein meisterhafter Manipulator. Erst erschleicht er sich das Vertrauen seiner Opfer, später saugt er sie aus. Du wirst ihn bald wiedersehen. Darauf möchte ich wetten.«

»Woher wusste er, wo er mich finden würde? Oder glaubst du, er hat nach dir gesucht?«

»Wenn er zu mir gewollt hätte, hätte er nur ins Büro kommen müssen. Dir könnte er gefolgt sein. Oder die Medien haben ihn auf deine Spur gebracht.« Hunter lehnte sich zurück. »Du brauchst wirklich einen Bodyguard.«

Gabriella machte den Mund auf.

Hunter ließ sie nicht zu Wort kommen. »Es ist schon alles arrangiert, Gabi. Bevor ich dich abgeholt habe, habe ich mit Neil gesprochen. Morgen werden Überwachungsvorrichtungen im neuen Haus installiert, und wenn wir zum Krankenhaus zurückkommen, wartet dort dein persönlicher Leibwächter auf dich.«

»Ach Hunter.«

»Du bist eine kluge Frau. Du weißt, dass ich in dieser Sache richtigliege.«

Bei dem Gedanken, sie könnte Noah noch einmal mit ihrem Mann verwechseln, wenn sie mit ihm alleine war, wurde ihr flau. »Ja, in Ordnung. Du hast recht.«

Hunter hob die Augenbrauen. »War das sehr schlimm?«

»Dir recht geben zu müssen?«

Er lachte leise. »Ja.«

Sie tippte an ihre Brust. »Es hat wehgetan. Hier.«

Hunter beugte sich vor und nahm ihre Hand. »Gott, du bist so schön.«

»Schmeichler.«

»Funktioniert es?« Er küsste ihre Hand.

Ihr Magen hatte sich beruhigt und sie zitterte nicht mehr. »Na ja«, begann sie. »Ich habe dich seit mindestens einer Stunde nicht mehr aufgefordert, dich vor einen Bus zu werfen.«

***

Eine Woche nach Jordans Tod fand die Trauerfeier statt. Der Pastor sprach von glücklicheren Tagen, von den Menschen, denen Jordan viel bedeutet hatte, und von der Liebe der Schwestern zueinander.

Gabi schaute sich in der Kapelle um. Unzählige Freunde der Harrisons waren gekommen. Viele der anwesenden Paare hatten nur zusammengefunden, weil Samanthas Agentur sie zusammengebracht hatte. Alliance hatte Sam gegründet, weil sie Geld für die Pflege ihrer Schwester gebraucht hatte. Indirekt war Jordan deshalb für viele Verbindungen zwischen vielen Menschen im Raum verantwortlich.

Dafür behielt Gabi die junge Frau mit einem Lächeln im Herzen.

Vorn in der gut gefüllten Kapelle saß die Familie mit ihrem engsten Freundeskreis. Politiker, Geschäftsleute und sogar Parlamentsabgeordnete aus London waren eingeflogen, um Jordan die letzte Ehre zu erweisen. Weiter hinten saßen viele Pflegerinnen und Pfleger, die Jordan in den letzten Jahren betreut hatten. Einige hatten sie noch in dem Heim kennengelernt, in dem sie vor Sams Ehe mit Blake gelebt hatte. Andere hatten sie später im Haus der Harrisons rund um die Uhr betreut.

Nachdem der Sarg in die Erde gesenkt worden war, zerstreute sich ein Großteil der Trauergäste. Eine beachtliche Gruppe fand sich später auf dem Anwesen der Harrisons in Malibu ein.

Gabi sah in der Küche nach dem Rechten und hielt die Bedienungen auf Trab. Weil so viele hochkarätige Prominente anwesend waren, gab es auch entsprechend viele Leibwächter und Sicherheitsleute. Die Koordinatoren der verschiedenen Sicherheitsfirmen waren in die Rolle von Kellnern geschlüpft, trugen unauffällige Stöpsel in den Ohren und in den Händen statt Waffen Tabletts.

Gabi sorgte dafür, dass Samantha sich um nichts kümmern musste. Weil sie keine enge Beziehung zu der Verstorbenen gehabt hatte, konnte sie die Gastgeberin entlasten.

Immer mehr Menschen drängten sich im Haus, und gerade, als Gabi glaubte, es müsste aus allen Nähten platzen, kamen noch weitere an.

Cooper, der Mann, der sie an diesem Tag bewachen sollte, war bemüht, sich unauffällig zu verhalten, was ihm allerdings gründlich misslang.

»Was tust du in der Küche?« Die Frage kam von der Tür. Dort stand Gwen und stemmte eine Hand in die Hüfte. »Das musst du doch nicht.«

Gabi warf ihr einen kurzen Blick zu und musterte dann das Tablett auf der Arbeitsplatte. »Das können Sie mitnehmen, Alice. Danke.« Die Bedienung nahm das Tablett und ging damit hinaus ins Getümmel.

»Du behandelst mich wie Luft.«

»Ich bin Italienerin. Ich höre nur, was ich hören will.«

Gwen lachte. »Und ich bin Engländerin und sage, was ich denke. Hunter hat mich gebeten, dich aus der Küche zu zerren.«

Sofort stahl sich ein Lächeln auf Gabis Gesicht. Hunter überraschte sie immer wieder. In der vergangenen Woche hatte er sein Leben in den Stand-by-Modus versetzt und einen Großteil seiner Zeit wie selbstverständlich ihrem Netzwerk aus Freunden und Familie gewidmet.

»Ich stehe nicht gerne untätig herum. Das müsste er inzwischen wissen.« Die Abläufe in der Küche griffen ineinander wie bei einer gut geölten Maschine.

»Er weiß es, und ich frage mich, wie das kommt.« Gwen schnappte sich ein Käsespießchen von einem Tablett und biss von einem Goudawürfel ab. »Ich dachte, ihr beide wärt ein Alliance-Paar.«

»Sind wir auch«, antwortete Gabi gelassen. »Meistens jedenfalls.«

Gwen hob sehr britisch eine Augenbraue. »Meistens?«

In diesem Augenblick kamen Meg und Judy in die Küche.

»Da bist du ja. Hunter sucht nach dir«, sagte Meg.

Gabi verdrehte die Augen.

»Ja, sie ist hier. Gerade hat sie mir erzählt, sie und Hunter seien *meistens* ein Alliance-Paar.«

Meg knuffte Judy mit einem wissenden Lächeln in die Seite. »Habe ich es dir nicht gesagt?«

»*Meistens*? Was soll das heißen?«, fragte Judy, als bräuchte sie dafür noch eine Erklärung.

Mitten in einer Küche voller wildfremder Servicekräfte stemmte Gabi die Hände in die Hüften. »Das heißt, ich bin keine Heilige.« Ihre Wangen wurden rot.

Judy und Meg fingen an zu lachen. Gwen ging nun endlich ein Licht auf.

»Und was heißt das nun wieder?« Judy ließ nicht locker.

Meg knuffte ihre Freundin erneut. »Dass sie Sex haben, was sonst?«

Gabi zischte *Psssst*. Gwen lachte.

Zum Glück taten die Bedienungen, als würden sie nichts hören.

»Ja, verdammt noch mal. Ich schlafe mit meinem Mann. Ist das verboten?«

Die drei Frauen schauten Gabi verdutzt an.

Sie flüchtete kopfschüttelnd aus der Küche und stieß sofort mit dem Mann zusammen, von dem sie gerade gesprochen hatte. »Gott sei Dank.« Sie schaute ihm ins Gesicht und zuckte zurück. »Noah.« Eine Gänsehaut jagte ihr über die Arme.

»Mrs Blackwell.«

»Was soll das? Was tun Sie hier?«

Cooper kam zusammen mit den drei lachenden Frauen aus der Küche. Gabi wich einen großen Schritt zurück.

Noah trug einen ähnlichen Anzug wie ihr Mann. Aber seine Haltung, seine Frisur und vor allem, wie er sie ansah, waren meilenweit von Hunter entfernt.

Gabi erschauerte.

»Wir haben sie gefunden«, sagte Judy zu Noah.

Gwen hörte als Erste auf zu lachen.

Gabi verschwendete keine Zeit mit Erklärungen. »Was haben Sie hier zu suchen?«

Noah schaute über ihren Kopf hinweg. »Gwen. Lange nicht gesehen.«

»Noah?«

Judy und Meg wurden still.

Gabi trat zur Seite, während Noah Gwen begrüßte wie eine gute alte Freundin. Dass Hunter Blake kannte, bedeutete wohl, dass auch sein Zwillingsbruder mit Blake und dessen Schwester bekannt war.

Als Gwen Noah umarmte, begann Gabis Magen zu rumoren. Hunters Worte klangen ihr noch im Ohr. *Er taucht an Orten auf, an denen ich ebenfalls erwartet werde, schmeichelt sich ein und sorgt dafür, dass alle Leute sich fragen, ob ich den Kontakt zu ihm wirklich abgebrochen habe.*

Gabi winkte Cooper zu sich. »Suchen Sie Hunter.«

Cooper schaute sie verwundert an, machte sich aber auf den Weg.

Schweigend hörte sie zu, wie Gwen ihren Freundinnen Meg und Judy Noah als Hunters Zwillingsbruder vorstellte.

Gabi wollte den Mann zur Rede stellen, weil er ungebeten hier aufgetaucht war. Aber Gwen schien seine Anwesenheit in Ordnung zu finden, deshalb sagte sie nichts.

Hunter pflügte sich bereits durch die Menge und verlangsamte seinen Schritt erst, als er sah, dass ihre Freundinnen bei ihr waren. Sein Blick heftete sich an seinen Bruder, die Gespräche im näheren Umkreis versiegten wie Wasser in der Wüste.

»Oh.« Gabi wusste nicht, wer gerade laut ausgeatmet hatte, aber sie verstand diese Reaktion. Die Brüder so nahe beieinander zu sehen, war ein Schock.

Keiner der beiden streckte die Hand aus. Noah lächelte wie eine Katze mit einem dunklen Geheimnis. Hunter gab sich alle Mühe, sich seine Gefühle nicht anmerken zu lassen.

»Warum bist du hier?«

»Ich komme, um meine Anteilnahme auszusprechen, Bruder.«

»Sprich sie aus, und dann verschwinde.« Hunters eiskalter Ton jagte Nadelstiche über Gabis Haut.

Noah lächelte unerschütterlich weiter. Schließlich brach er den Blickkontakt mit seinem Bruder ab und nickte in die Runde. Dann schaute er Gabi direkt ins Gesicht. »Hat mich gefreut, Sie wiederzusehen.«

Gabi packte Hunter am Arm und hielt ihn fest, während Noah sich abwandte und davonging.

»Was zum Teufel war das denn?«, fragte Meg.

Gabi gab ihr keine Antwort. Sie schob sich in Hunters Blickfeld. »Hey.«

Endlich sah er sie an.

Er lächelte nicht.

»Er will dich provozieren. Lass nicht zu, dass ihm das gelingt.« Gabi legte eine Hand auf Hunters Brust und spürte, wie er ausatmete.

Er drückte ihr einen sanften Kuss auf die Wange. »Danke.«

»Wofür?«, flüsterte sie.

»Dass du mich davon abgehalten hast, ihn umzubringen. Ich bin dir was schuldig.«

Gabi lehnte sich lachend an ihn.

»Schön und gut«, sagte Meg so laut, dass alle Umstehenden sie hörten. »Aber ich hätte da noch ein paar Fragen.«

Gabi legte wortlos den Arm um Hunters Taille und ging mit ihm davon.

KAPITEL 23

»Das kommt in die Küche.« Gabi zeigte auf die Tür.

»Da steht aber Schlafzimmer drauf«, gab Meg zu bedenken.

»Ich habe gelogen. Ich habe beim Beschriften die Kartons verwechselt und dann ein paar davon mit einem Herz markiert ...« Sie verdrehte die Augen. »Egal, nicht so wichtig. Das muss jedenfalls in die Küche.«

Meg schnappte sich den Karton. »Ich bin froh, dass die meisten Sachen in Tarzana nicht dir gehören und dort bleiben können.«

Gabi packte grinsend eine Schachtel mit Toilettenartikeln aus.

Nach ein paar Minuten stand Meg wieder bei ihr. »Um dieses Haus richtig wohnlich zu machen, müssen wir noch ernsthaft shoppen.«

Gabi warf einen Blick in das noch bettlose Schlafzimmer. In den hektischen letzten Tagen hatte Möbelkaufen nicht auf ihrer Prioritätenliste gestanden.

»Und?« Meg machte eine ausholende Geste. »Wo soll Hunter übernachten?«

Gabi und Hunter hatten sich seit Tagen kaum gesehen. Sein Terminplan war ebenso vollgepackt wie ihrer, und sie waren schon froh, wenn sie einander Textnachrichten schreiben oder sich kurz anrufen konnten.

»Hier drin mit mir, will ich hoffen«, murmelte Gabi.

Meg knuffte sie in die Seite, Gabi knuffte zurück. »Er sollte mir eigentlich nicht so wichtig sein.«

»Ich sehe das Problem nicht. Tut mir leid.«

Gedankenverloren füllte Gabi die Fächer im Badezimmer mit sinnlosem Zeug, das sie auch hätte wegwerfen können. »Er ist ein guter Mann. Leider kann er manchmal rücksichtslos sein, wenn er sich etwas in den Kopf gesetzt hat.«

Meg erstarrte. »Hat er dir wehgetan?«

Er hatte ihr Angst gemacht, zumindest am Anfang. Doch recht schnell hatte sie hinter seine Fassade gesehen. Und selbst in der Anfangszeit hatte er ihr Blumen geschickt und sie hatten einander aufgezogen. »Die wichtigsten Unterschiede zwischen Hunter und Alonzo sind mir schon am ersten Tag aufgefallen.«

Meg setzte sich auf den Waschtisch. »Und wie muss ich mir die vorstellen? Mal abgesehen vom Brandheiß-Faktor?«

»Hunter sieht wirklich umwerfend aus.«

»Nicht so umwerfend wie dein Bruder, aber das kannst du nicht beurteilen. Und jetzt sag schon, worin sie sich abgesehen vom Aussehen noch unterscheiden.«

Gabi legte den Kopf schief. »Du klingst wie eine Paartherapeutin.«

»Kann schon sein. Ich möchte eben gerne wissen, was du in ihm siehst. Danach verrate ich dir, was ich von ihm halte.«

Gabi setzte sich neben Meg. »Er hat Ehrgeiz. Den hatte Alonzo zwar in gewisser Weise auch, aber seine wahren Absichten habe ich erst viel zu spät erkannt. Gott …« Gabi schüttelte den Kopf. »Eigentlich sollte ich die beiden nicht miteinander vergleichen.«

Meg legte ihre Hand auf Gabis Schenkel. »Schon gut. In Alonzo warst du eben verliebt …«

260

Gabi machte eine abwehrende Handbewegung. »Nein. Ich wollte in Alonzo verliebt sein. Ich habe etwas in ihm gesehen, was er gar nicht war. Und als ich seine Geheimnisse kannte, wollte ich nichts mehr mit ihm zu tun haben. Hunters Geheimnisse kenne ich jetzt auch und weiß schon recht gut, was ihn antreibt.«

»Und wie würdest du deine Gefühle für ihn beschreiben?«

Gabi konnte unmöglich in Worte fassen, was sie empfand. Noch nicht. »Weißt du, warum er unbedingt heiraten wollte?«

Meg schüttelte den Kopf.

Gabi sprang vom Waschtisch und nahm Meg an der Hand. Sie führte sie in das Zimmer gegenüber dem Hauptschlafzimmer. »Ich denke an blau gestrichene Wände. Dunkelblau mit Sternchen an der Decke.«

»Ich kann dir nicht ganz folgen ...«

Gabi drehte sich lächelnd um die eigene Achse. »Sein Name ist Hayden. Er ist noch kein Jahr alt, aber schon in ein Familiendrama verwickelt.«

Meg schnappte nach Luft. »Hunter hat einen Sohn?«

Gabi wusste nicht, wie viel sie schon verraten sollte. Das Haus war bereits verkabelt. Es gab Sicherheitskameras und Mikrofone.

»Drücken wir es mal so aus ...«, begann sie. »Hunters Gründe für eine Heirat waren lange nicht so selbstsüchtig, wie ich anfangs dachte.«

Meg ging nachdenklich durch das leere Zimmer. »Eine Familie ist ein gewaltiger Schritt.«

»Manchmal fällt eine Familie regelrecht vom Himmel. Schau uns beide an. Ich liebe meinen Bruder von Herzen, habe mir aber immer auch eine Schwester gewünscht. Und jetzt habe ich dich.«

»Möchtest du überhaupt Kinder?«

Gabi stellte sich ans Fenster. »Meine biologische Uhr, wie man so schön sagt, tickt bereits seit einiger Zeit. Bevor ich Hunter kennengelernt habe, hatte ich Beziehungen so gut wie abgehakt und nicht mehr an Fläschchen und Schnuller gedacht.«

»Es gibt jede Menge Frauen, die Kinder großziehen, ohne deshalb in einer Beziehung zu leben.«

Gabi schaute Meg in die Augen. »Ich weiß. Aber mein Vater ist gestorben, als ich noch zur Highschool ging. Was ist, wenn man sich entscheidet, ein Kind allein großzuziehen, und dann stößt einem etwas zu?« Sie schüttelte den traurigen Gedanken an ein elternloses Kind energisch ab. »So ein Risiko möchte ich nicht eingehen.«

»Du hast uns.«

»Das stimmt. Aber jetzt, wo Hayden plötzlich in unser Leben platzt, werden Hunter und ich schnell herausfinden, ob wir für die Elternschaft gemacht sind.« Eigentlich sollte der Gedanke ihr Angst machen, aber seltsamerweise war das nicht der Fall.

Meg ging zu ihr und umarmte sie. »Erzähl mir die ganze Geschichte, wenn keiner zuhört«, flüsterte sie.

Gabi nickte.

Als Meg Gabi wieder losließ, hatte sie Tränen in den Augen. »Val und ich … Ich … Wir … Ich glaube, ich bin schwanger.«

Gabi blieb der Mund offen stehen. Die Härchen auf ihrer Haut richteten sich auf und all ihre Körperzellen begannen zu singen. »Bist du sicher?«

Meg zuckte die Achseln. »Ich treffe mich später mit Judy. Wir haben Teststreifen gekauft. Dass Val nicht dabei ist, ist vielleicht nicht ganz richtig, aber …«

Gabi kreischte wie eine Fünfzehnjährige, die ein heiß ersehntes Date mit dem Star der Footballmannschaft ergattert hat, und drückte Meg ein wenig zu fest. »Ich freue mich so.«

»Ich muss erst noch den Test machen.«

Gabi wedelte mit der Hand. »Eine Frau spürt so was.«

Meg lachte. »Du klingst wie deine Mutter.«

»Meine Mutter weiß alles. Und das sicher auch. Oh Margaret. Ich freue mich so für euch.«

»Deine Mom schaut mich in letzter Zeit immer ganz seltsam von der Seite an.«

Gabi zog Meg gleich noch einmal an sich. »Wann kommt Judy denn? Wir müssen feiern.«

»Es könnte ein Fehlalarm sein.«

Schon möglich. Aber daran glaubte Gabi nicht.

***

»Italien war ein Reinfall.« Remington saß Hunter gegenüber. »Die Besitzer der Nachbargüter konnten mir nicht viel über die Leute vom Picano-Weingut sagen, das Ihre Frau geerbt hat. Außer ein paar Unfreundlichkeiten, die ich nicht wortwörtlich verstanden habe, fiel ihnen kaum was ein. Picanos Mutter will nicht daran erinnert werden, dass sie je einen Sohn hatte, und Picanos Großvater hat sich in Grund und Boden geschämt, als ich ihn nach seinem Enkel gefragt habe. Nur eine jüngere Schwester scheint noch wissen zu wollen, dass sie mal einen reichen Bruder gehabt hat. Aber von Geld auf irgendwelchen Konten weiß sie nichts.«

»Wie können Sie sich da so sicher sein?«, fragte Hunter.

»Es gab so gut wie keinen Kontakt. Picano hat die Verbindungen zu seiner Familie früh gekappt. Wirklich interessiert haben meine Fragen nur seine Schwester. Ich nehme an, sie war die Einzige, die noch bis kurz vor seinem Tod hin und wieder von ihm gehört hat. Als er gestorben ist, war sie gerade am College. Sie hat Schulden. Vierzigtausend. Ein Klacks, wenn man bedenkt, welche Beträge auf den Konten ihres Bruders herumliegen.«

Das sah Hunter genauso. »Die Familie hatte wohl nichts mit seinen Machenschaften zu tun.«

»Das denke ich auch.«

»Bleiben die Leute, mit denen er Drogengeschäfte gemacht hat.«

Remington schüttelte den Kopf. »Er hat geschmuggelt, nicht gedealt. Das sind zwei Paar Stiefel. Die Mengen, die der Armleuchter durch die Gegend geschippert hat, deuten darauf hin, dass sein Partner in der Branche eine große Nummer ist.«

»Ich brauche einen Namen«, sagte Hunter.

»Ein Name wäre nett. Aber Steven Leger, der Einzige, den die Bullen lebend erwischt haben, ist lange vor Prozessbeginn im Knast ausgerutscht und in ein Messer gefallen. Die Leute aus Picanos Bootscrew hatten ähnliches Unfallpech und eine entsprechend kurze Lebenserwartung. Picanos Auftraggeber ist alles andere als zimperlich.«

Die Raumluft schien sich um ein paar Grad abzukühlen. *Nicht zimperlich.* Der Arm des Kerls reichte bis in den Knast. Selbst dort waren seine Feinde nicht sicher. Und falls er es auf Gabi abgesehen hatte, würde sie ein leichtes Ziel für ihn sein.

»Ich muss die Sicherheitsmaßnahmen für Gabi erhöhen«, murmelte Hunter.

»Wie bitte?«, fragte Remington.

»Nichts. Hören Sie, wir müssen die Sache anders angehen. Wer im großen Stil Drogen schmuggelt, hat Geld und ist Teil eines Kartells. Wir schauen uns an, wer da mitmischt, und suchen nach Verbindungen zu Picano.«

Remington hob die Hände und schüttelte den Kopf. »Dafür bezahlen Sie mich nicht gut genug, Blackwell. Ich hatte jetzt schon das Gefühl, in diesem gottverlassenen Land auf Schritt und Tritt beobachtet zu werden. Wenn ich irgendwelchen Drogenbaronen auf die Füße trete, kann ich mir gleich eine Zielscheibe auf den Rücken heften. Hören Sie sich doch lieber bei den Politikern um, mit denen Sie so gerne Cocktails schlürfen. Möglicherweise kennt einer von denen ein, zwei Namen.«

»Wäre das nicht Ihre Aufgabe?«

Remington zuckte die Achseln. »Mit mir würden Ihre Freunde nicht reden. Ich kann mir Überwachungsdaten besorgen, aber das wäre nicht legal.« Der Mann hob spöttisch eine Braue. »Oder erwarten Sie, dass ich gegen Gesetze verstoße?«

Zu einer Straftat wollte Hunter seinen Schnüffler nicht anstiften. Zumindest nicht direkt. »Würde ich so etwas je verlangen?«

Remingtons Feixen sagte alles.

Selbst wenn er ihm einen Namen lieferte, würde Hunter seine Beziehungen nutzen müssen, um Gabi vor den Drogenschmugglern zu schützen. Der Gedanke, die Passwörter zurücksetzen zu lassen, die dem Hintermann den Zugang zu den Konten versperrten, drängte sich auf. Aber vermutlich würde der im Augenblick nicht auf die Konten zugreifen, um keine Spuren zu hinterlassen. Oder schlimmer noch: Er würde nach anderen Geldquellen suchen und Schweigegeld verlangen. Denn wer die Konten anfasste, machte sich verdächtig. Erpressbar wollte Hunter aber auf keinen Fall sein.

Hunter hielt es nicht mehr auf seinem Schreibtischstuhl. »Ich brauche ein paar unschöne Fakten über Sheila Watson.« Im Stehen kritzelte er die Adresse der Mutter von Noahs Sohn auf einen Notizblock. »Was sie im Augenblick so treibt, findet gerade ein anderer für mich heraus. Sie kümmern sich um ihre Vergangenheit. Nach den Namen von Picanos Partnern höre ich mich selbst um.«

Remington steckte den Zettel ein und salutierte. »Sie sind der Boss.«

Als Hunter wieder allein war, griff er zum Telefon und rief seinen neuen Sicherheitsbeauftragten an.

»MacBain.« Neil war sofort am Telefon.

»Blackwell hier. Gabi braucht mehr Schutz.«

Die Leitung blieb still.

»Hast du mich verstanden?«

»Weshalb?«

»Weil ich glaube, dass es nötig ist.«

»Pass auf, Blackwell, ich mache diesen Job jetzt schon eine Weile. Ich bin sicher, dass du Feinde hast. Aber falls du an jemand ganz Bestimmtes denkst, sollten wir schon wissen, wer es ist.«

Hunter merkte, wie er Kopfschmerzen bekam. »Ich habe keinen Namen, Neil.«

»Dann sag mir, wovor du Angst hast.«

»Es geht nicht um mich.«

Wieder Schweigen.

»Es hat etwas mit Gabis Ex zu tun.«

»Der ist tot.«

»Ja. Aber der, für den er gearbeitet hat, ist es nicht.«

»Augenblick. Reden wir von einer konkreten Bedrohung? Was verschweigst du mir?«, fragte Neil.

Bei der Besprechung der Sicherheitsvorkehrungen für Gabi hatte Hunter Neil nichts von den Bankkonten und den Drogenschmugglern gesagt. »Es ist nur so ein Gefühl, aber ich nehme es ernst.«

Wieder nur Rauschen in der Leitung. Dann räusperte sich Neil. »Wir haben zwei Möglichkeiten. Entweder du redest jetzt mit mir oder ich schicke meine hartnäckige Frau zu Gabi. Gwen geht erst wieder nach Hause, wenn sie die Fakten hat, die ich brauche.«

Hunter schluckte. Dieser Neil ließ einfach nicht locker. Es ging nicht anders, er musste ihn einweihen. »Ich habe zwei Auslandskonten gefunden …«

Hunter erzählte Neil, was er wusste. Neil schwieg wie ein Fels. Die Stille machte Hunter beklommen.

»Warum hast du mir das nicht gleich gesagt?«, fragte Neil schließlich.

»Ich hatte gehofft, alles selbst regeln zu können. Je mehr ich von mir preisgebe, desto mehr steht anschließend in den Klatschblättern. Diese Erfahrung musste ich leider schon häufig machen. Aber jetzt geht es nicht mehr um mich, jetzt geht es um Gabi. Ich mache mir Sorgen. Ich will nicht, dass ihre Vergangenheit sie einholt.«

»Scheint, als wäre das bereits der Fall. Ich stelle einen weiteren Mann für sie ab und mache dann ein paar Anrufe. Und Gabis Wagen bekommt einen Tracker.«

»Der Wagen ist gerade in der Werkstatt.«

Neils Auflachen machte Hunter stutzig.

»Warum überrascht mich das nicht?«

»Sie ist gegen einen Pfosten gefahren«, erklärte Hunter.

»Das musste wohl passieren. Aber im Moment passt das ganz gut. Ich lasse sie von einem meiner Männer aus der Ferne überwachen und von einem zweiten fahren. Ein Fahrer ist unauffälliger als ein Bodyguard. Und die Klatschpresse stellt weniger Fragen.«

»Gut.«

»Ich hänge mich jetzt ans Telefon. Ein Freund bei der Küstenwache kennt vielleicht einen Namen mit einer Verbindung zu Picano.«

Hunter war überrascht. »Mehr als einen Namen brauche ich nicht.«

Neil schnaubte. »Oh doch. Viel mehr. Und ein bisschen mehr Vertrauen wäre manchmal ganz gut.«

»Vertrauen muss man sich verdienen.«

»Das ist richtig. Aber eines solltest du wissen: Wenn Gabi oder eine andere Frau aus unserem Kreis in Gefahr ist, stehen wir alle zusammen.«

»Ich merke es mir.«

»Gut.« Neil legte auf und Hunter starrte nachdenklich aus dem Bürofenster.

***

Das Haus gehörte ihnen seit über drei Wochen, aber heute würden sie zum ersten Mal gemeinsam dort übernachten. Die

Küche und das Schlafzimmer hatten Priorität. Zumindest sah Gabi das so. Der Rest des Hauses würde nach und nach wohnlicher werden.

Meg war auf dem Rückflug zur Ferieninsel. Gabi war erleichtert, dass sie einen Teil der Verantwortung für Alliance wieder an Samantha zurückgeben konnte. Sicher würde noch viel Zeit vergehen, bis Sam Jordans Tod verarbeitet hatte. Aber langsam kam sie nach den schweren letzten Wochen wieder auf die Beine.

Die Harrison-Familie und ihr Freundeskreis, den Gabi nun auch als ihren Freundeskreis betrachtete, hatten sie in der Zeit des Abschieds und der Trauer sehr beeindruckt. Nie zuvor hatte sie so viele so offene und warmherzige Menschen getroffen, die so fest zusammenhielten. Sie kümmerten sich um Samantha und Blake und deren zwei Kinder und taten viel mehr, als sie tun mussten. Gabi hatte bisher immer nur ihre Mutter und ihren Bruder an ihrer Seite gehabt und war überglücklich, hier in Kalifornien gute Freunde gefunden zu haben.

Sie warf einen Blick in den Backofen, dann öffnete sie eine Flasche Cabernet, um den Wein atmen zu lassen, während sie auf Hunter wartete.

Die Alarmanlage signalisierte, dass das Tor der Einfahrt geöffnet worden war. Gabi zündete die Kerzen auf der Arbeitsplatte an. Der Esstisch war bereits bestellt, die Wohnzimmermöbel gab es erst in Form mehrerer Fotos auf ihrem Telefon. Die endgültige Entscheidung stand noch aus. Was in dem etwas kleineren Wohnzimmer für gemütliche Männerabende stehen sollte, konnte Hunter sich überlegen. Sie hatte in ihrem Leben noch keinen einzigen Raum eingerichtet, geschweige denn ein ganzes Haus. Ausgerüstet mit Hunters Kreditkarte und einem Geschmack, der von schnörkellosem Inselcharme bis zum eleganten italienischen Herrenhausstil reichte, fiel es ihr schwer, sich festzulegen.

Gabi hörte Hunters Schritte auf den Holzdielen.

»Was ist das für ein herrlicher Duft?«

Sie blies gerade das Streichholz aus, als er mit Blumen in einer und seinem Jackett in der anderen Hand in die Küche kam. Gabi lehnte sich an die Arbeitsplatte, Hunter blieb stehen.

»Hallo Liebling! Wie war dein Tag?«

Sie prusteten beide los.

»Ich musste das einfach sagen«, erklärte er.

Gabi kicherte weiter. »Die Busse haben dich wieder nicht erwischt.«

Hunter ließ Blumen und Jackett lachend auf die Arbeitsplatte fallen und schlang die Arme um ihre Taille. Mehr als einen Kuss hier und da hatten sie in den letzten Wochen nicht zustande gebracht. Aber jeder Kuss war ein Versprechen und jeder hatte sie die halbe Nacht wach gehalten.

Mit einem zufriedenen Grummeln löste Hunter schließlich die Lippen von ihren. »Hi.«

»Hi.« Sie schob ihm das Haar aus der Stirn.

»Das ist mein erstes Mal.«

»Was denn?«

»Ich bin noch nie zuvor in *mein* Haus gekommen und habe dort eine schöne Frau beim Kochen angetroffen.«

»In *unser* Haus«, verbesserte sie ihn. »Und das freut mich.« Sie machte sich von ihm los. »Vielleicht wünsche ich mir morgen zur Abwechslung mal nicht, dass mein erpresserischer Ehemann von einem Bus überfahren wird.«

Hunter legte mit ernster Miene eine Hand auf seine Brust. »Ich bin gerührt.«

Gabi hob eine Braue. »Nicht schlecht für den Anfang, aber ich hoffe noch auf ganz andere Gefühle.«

Hunters Lächeln wirkte plötzlich unglaublich sinnlich.

Gabi wandte sich ab und schaute demonstrativ noch einmal nach den Ziti im Ofen.

Hunter schnappte sie von hinten, drehte sie blitzschnell zu sich um und drückte sie gegen die Arbeitsplatte. Seine drängenden Lippen und seine freche Zunge ließen sie die Pasta in der Backröhre vergessen. Hunter war eine Naturgewalt, der sie nur zu gerne zum Ausbruch verhalf.

Etwas fiel zu Boden und Hunters Arme pressten ihren Körper an seinen. Das Summen des Ofenweckers hörten sie kaum. Sie waren viel zu lange nicht zusammen gewesen, sie waren beide unglaublich hungrig.

Gabi schaltete nur hektisch den Ofen aus und öffnete ihn einen Spaltbreit, dann zog Hunter sie weg.

Auf halbem Weg die Treppe hinauf hörte er auf, sie zu küssen, und warf sie sich über die Schulter.

Gabi konnte nicht aufhören zu lachen. Hunter legte sie schwungvoll aufs Bett und stürzte sich auf sie. Sie hieß ihn in ihren Armen willkommen, schlang die Beine um ihn und rollte sich mit ihm herum, bis sie über ihm saß.

Seine Hände fanden den Weg unter ihre Bluse und spielten mit dem Rand ihres BHs. Während sie noch an seiner Krawatte nestelte, streifte Hunter ihr die Bluse ab.

Sie zog ihm die Krawatte über den Kopf und hängte sie sich um.

Er knurrte. »Diese Krawatte wird mich für immer an diesen Moment erinnern.« Er zog sie daran zu sich und küsste sie um den Verstand.

Er war hart.

Sie war ausgehungert.

Ihr BH segelte zu Boden, dann sein Hemd. Am Ende trug sie nur noch die Krawatte. »Ich muss in dir sein, Gabi. Sofort.«

»Bitte.« Sie zog die Schachtel Kondome, die sie gekauft hatte, unter seinem Kopfkissen hervor. »Für den Anfang dürften die reichen.«

Hunters graue Augen blitzten. Sein Lachen hallte durch den fast leeren Raum. Dann war er da, füllte sie aus und machte sie zu einem Ganzen.

Jedes Mal, wenn sie sich seit Dallas in die Arme gesunken waren, war Gabis Vorsatz, auf Distanz zu bleiben, in weite Ferne gerückt. In Hunters Armen fühlte sie sich lebendig. Die Einsamkeit ließ sie aus ihren Fängen, Leidenschaft trat an ihren Platz.

Er warf ihr Universum aus der Bahn. Zweimal hintereinander. Danach war Gabi satt und zufrieden.

***

Später flackerten Kerzen und das Feuer, das Hunter im offenen Kamin des Schlafzimmers entfacht hatte. Gabi trug sein Hemd und seine Krawatte. Er hatte sich seine Boxershorts übergezogen und sie ließen sich die etwas zu trockenen Ziti und den Wein schmecken.

»Eine Küche und ein Schlafzimmer. Mehr brauchen wir nicht.« Hunter steckte eine Gabel Pasta in den Mund.

»Da ist vielleicht was dran.«

Er beugte sich vor, fuhr mit dem Zeigefinger über ihre Lippen und leckte dann die Soße ab.

»Ohne störende Möbel könnten wir Hauspartys feiern«, sagte er.

»Stimmt. Aber wo würden die Leute sitzen?«

»Sie könnten Klappstühle mitbringen.«

Gabi stellte sich das riesige Wohnzimmer voller Plastiksessel vor. »Ich glaube nicht, dass das sehr gemütlich wäre.«

Er nahm einen weiteren Bissen. »Das schmeckt wunderbar.«

»Es ist trocken.«

»Es ist perfekt.«

»Perfekt wäre es vor einer Stunde gewesen.«

Hunter ließ die Augenbrauen zucken.

Gabi schüttelte den Kopf und versuchte, nicht rot zu werden.

»Wir müssen uns ein paar Gedanken über die Einrichtung machen«, beharrte sie.

Er brach ein Stück Brot ab und steckte es in den Mund. »Warum die Eile?«

»Vielleicht kommt das Jugendamt bald zu Besuch.«

Er hörte auf zu kauen und schaute sie fragend an.

»Ich habe mich informiert. Die Behörden werden Haydens Mutter sehr genau unter die Lupe nehmen, dich aber sicher noch mehr. Ein ordentlich möbliertes, aufgeräumtes Heim würde einen guten Eindruck machen.«

Hunter lehnte sich lässig zurück. »Zu einem guten Zuhause gehören mehr als ein paar Teppiche und Schränke.«

»Und mehr als Geld. Rein statistisch wird Müttern öfter das Sorgerecht zugesprochen als Vätern, selbst wenn einiges für den Vater sprechen würde. Wir müssen also dafür sorgen, dass sehr vieles für dich spricht.«

»Ich kann mir die besseren Anwälte leisten.«

»Mag sein. Aber Sheila ist Haydens leibliche Mutter.«

»Auch ein leiblicher Vater hat Rechte.«

Gabi stocherte in ihrem Essen. »Deine Chancen für das alleinige Sorgerecht stehen besser, wenn sie ihre Mutterpflichten vernachlässigt und du dagegen wie ein Heiliger dastehst. Deshalb wolltest du doch heiraten, oder?«

»Ich bin kein Heiliger.«

Gabi hörte auf zu kauen. »Gut, dass du es noch mal sagst.« Sie grinste. »Aber fest steht auch: Du bist zu reich, um dir selbst unheilige Stolpersteine in den Weg zu legen, und sie ist zu einfältig, um auf den Gedanken zu kommen, dass du das Sorgerecht willst. Es gibt nur einen Faktor, den wir bislang vernachlässigt haben.«

Hunter schob seinen leeren Teller beiseite. »Und der wäre?«

»Noah. Wenn er merkt, dass die Sache nicht nach seinen Vorstellungen läuft, könnte er uns einen Strich durch die Rechnung machen und sich zu Hayden bekennen.«

»Der Gedanke ist mir nie gekommen.«

»Noah taucht überall auf, wo wir beide sind. Irgendetwas führt er im Schilde.«

»Er will mich provozieren, damit ich wie ein Hitzkopf dastehe und er als der Verlässliche. Seit unserer Kindheit hat sich nicht viel verändert.«

»Haben eure Eltern sein Spiel nie durchschaut?«

»Wir wurden häufig verwechselt, und als Noah irgendwann sein wahres Gesicht gezeigt hat, hatte er unseren Vater schon bestens im Griff und unsere Mutter war verschwunden. Ich war fest entschlossen, alles anders zu machen als er. Ich wollte ich selbst sein, nicht einer von zweien.«

»Es gibt viele Menschen, die gern einen Bruder hätten.«

»Nicht, wenn man so unterschiedlich ist. Man könnte meinen, eineiige Zwillinge hätten denselben Charakter. Aber das ist nicht so. Ich hatte den Ehrgeiz, auf eigenen Beinen zu stehen, und wollte immer Erfolg haben. Er dagegen hat sich darauf beschränkt, andere für ihn die Kastanien aus dem Feuer holen zu lassen. Zudem glaubt er tatsächlich, ich sei ihm etwas schuldig, nur weil wir zufällig die gleiche DNA besitzen. Diese Einstellung habe ich nie verstanden.«

»Was glaubst du, wann kannst du deinen Antrag auf Sorgerecht für Hayden stellen?«

»Ich brauche noch ein paar Fakten, dann gehen wir es an. Bis in etwa zwei Wochen könnte es so weit sein.«

»Noch vor Weihnachten?«

»Weihnachten?« Seine Augen weiteten sich.

»Ja, du weißt schon. Das große Fest im Dezember.«

»Ich weiß, was Weihnachten ist, ich habe nur noch nicht daran gedacht.«

Auch sie dachte erst an Weihnachten, seit in der ganzen Stadt Lichter hingen. »Was machst du denn normalerweise am Fest der Liebe?«

Er zuckte die Achseln. »Es gibt immer eine Firmenfeier und ein paar andere Pflichtveranstaltungen.«

»Ich meine an den Feiertagen selbst. So ohne Familie …?«

Als er nicht gleich antwortete, bedauerte sie, gefragt zu haben. »Entschuldige bitte.«

Hunter schüttelte den Kopf. »Weihnachten ist ein Fest für die Familie und Menschen, die einem nahestehen. Beides habe ich nicht. Einladungen von meinen Geschäftsfreunden nehme ich nicht an und zu meinen Angestellten bleibe ich auf Distanz.«

»Was ist mit deinem Vater? Ist er so schrecklich?«

Hunter rollte sich aus dem Bett und nahm die Teller. »Er ist ein Einsiedler. Nur noch der Schatten des Mannes, der er früher mal war. Länger als zehn Minuten halte ich es mit ihm nicht im selben Zimmer aus.« Er stellte die Teller auf einen Umzugskarton und schürte das Feuer.

»Dein Vater war früher ein erfolgreicher Geschäftsmann, oder?«

»Ja. Reich ist er nicht geworden, aber es lief ganz ordentlich. Meine Mutter hat immer geglaubt, er hätte mehr Geld, als tatsächlich da war. Sie hat uns auf teure Privatschulen geschickt. So habe ich Blake kennengelernt.«

»Und Gwen.«

»Blake hat keinen von uns in die Nähe seiner Schwester gelassen. Er war berüchtigt dafür, ihren Dates die Nase zu brechen. Noah hat mal sein Glück bei ihr versucht, und von da an habe ich mich rargemacht. Von Blake wollte ich nicht mit ihm verwechselt werden.«

»Wie kommt es, dass ich davon nichts weiß?«

»Noah hat ziemlich schnell aufgegeben. Meine Mutter ist verschwunden und zusammen mit ihr ein Großteil des Geldes unseres Vaters. Mein Vater war ein gebrochener Mann und Noah hat seine Depression dafür genutzt zu bekommen, was er wollte.«

»Und du hast versucht zu retten, was zu retten war.«

»Das würde ich nicht behaupten. Ich bin meinen eigenen Weg gegangen. Ich habe einen Studienplatz an meinem Wunschcollege bekommen. Ich bin weggezogen und habe nach drei Semestern gemerkt, dass ich keinen College-Abschluss brauche, um Erfolg zu haben.«

»Moment mal. In deinem Portfolio ist ein Abschluss vermerkt.«

»Das ist ein Ehrendiplom. An Leute, die entsprechende Schecks schreiben, werden sie verteilt wie Süßigkeiten.«

»Das ist verrückt. Du hast das College abgebrochen, die Welt aus den Angeln gehoben und unterwegs deine Brücken verbrannt.«

»Ich wollte Geld machen, nicht Freundschaften schließen.«

»Mission erfüllt.«

Er kam zurück zum Bett und setzte sich. »Dafür habe ich Weihnachten geopfert.«

Sie bemühte sich, kein allzu betroffenes Gesicht zu machen. Seine Worte gaben ihr einen Stich. Er hatte so viel verpasst. »Dann müssen wir dafür sorgen, dass es dieses Jahr umso schöner wird.«

Hunter spielte mit einer Strähne ihres Haars. »Wenn du das Fest mit deiner Familie verbringen willst …«

Sie hielt seine Hand fest. »Wo ich Weihnachten feiern werde, weiß ich noch nicht. Aber ich wüsste nicht, weshalb wir die Festtage getrennt verbringen sollten.«

»Es sei denn, ich vermassle es bis dahin.«

»Dann vermassle es einfach nicht.«

»Ich bin nicht sicher, ob ich das schaffe.«

»Versuch es.«

KAPITEL 24

Zusammen mit Travis saß Hunter Frank Adams gegenüber. Sie hatten beide ihre Anwälte-Teams mitgebracht. Im Grunde war das Meeting eine Formalie. Die Verträge hätte jeder von ihnen für sich an seinem Schreibtisch unterzeichnen können. Aber sie hatten sich lieber persönlich treffen wollen. Hunter war Frank ein Stück weit entgegengekommen. Er gestand ihm einen größeren Prozentsatz der Anteile und mehr Mitspracherecht auf dem Ölsektor zu. Eine feindliche Übernahme, wie Hunter sie langfristig angestrebt hatte, war so kaum noch möglich. Aber solange Frank Hunters Pipelinepläne nicht torpedierte, würden sie irgendwie klarkommen.

Insgeheim fragte sich Hunter, ob er durch seine Heirat zum Weichei mutiert war. Vor einem Jahr wäre er Adams niemals in dieser Art entgegengekommen.

»Sind wir bereit, die Sache zum Abschluss zu bringen?« Frank unterbrach Hunters Gedankengänge.

»Von meiner Seite aus ist alles klar.« Hunter streckte die Hand aus, Travis reichte ihm einen Füllhalter.

Ein Anwalt blätterte langsam die Seiten des Vertrages um und zeigte ihm, wo er unterschreiben oder seine Initialen setzen musste. Dann wechselte das Dokument zur anderen Seite des Tisches und Frank unterschrieb. Nach dreißig Minuten war alles erledigt. Frank und Hunter erhoben sich und schüttelten einander die Hände.

»Ich hoffe, Sie haben Zeit für einen Drink mitgebracht«, sagte Frank.

Hunter nickte. »Für einen Martini müsste es reichen. Ich habe Gabi versprochen, zum Abendessen zu Hause zu sein.«

»Ihre Frau hat Sie gut im Griff.«

»Sie haben Gabi ja kennengelernt. Zu ihr nach Hause zu kommen, fällt mir nicht schwer.«

Frank klopfte ihm auf den Rücken. Gemeinsam verließen sie das Konferenzzimmer.

»Ich bin überrascht«, sagte Frank über seinem Martini. »Minnie war hundertprozentig sicher, dass Sie uns entgegenkommen würden; ich war überzeugt, Sie würden auf Ihrem ursprünglichen Angebot beharren.«

»Das wollte ich auch«, gab Hunter zu. »Ich habe sogar erwogen, den ganzen Deal platzen zu lassen.«

»Was hat Sie davon abgehalten?«

Diese Frage hatte er sich mehr als einmal gestellt. Die Antwort war simpel. »Mein Eheleben.« Und die Familie – obwohl Hayden erst noch Teil seines Lebens werden musste. »Ich stelle gerade fest, dass es nicht nur alles oder nichts gibt, Frank. Wenn wir klug vorgehen, wird uns diese Fusion viel Geld einbringen.«

»Sie sind jetzt schon reich.«

Hunter lächelte schief. »Wann ist man je reich genug?«

Frank leerte sein Glas und gab dem Barkeeper ein Zeichen, dass er Nachschub wollte. »Keine Ahnung. Wenn es bei mir so weit ist, gebe ich Ihnen Bescheid.«

»Wir müssen jetzt keine Details besprechen, aber ich würde hier in Dallas gern ein Büro eröffnen. Eine Niederlassung speziell für unser gemeinsames Projekt.«

»Sie wollen Ihren Firmensitz verlegen?«, fragte Frank.

»Nein. Ich behalte die Sache von L. A. aus im Auge. Aber hier hätte ich gern jemanden sitzen, dem ich voll und ganz vertrauen kann. In den nächsten fünf bis zehn Jahren gibt es viel zu tun. Die ganze Zeit hin und her fliegen …«

»Sie müssen mir nichts erklären. Ich bin schließlich auch verheiratet. Und wenn erst mal Kinder da sind, wird alles noch komplizierter.«

»Das glaube ich gern.«

»Die Idee gefällt mir, Hunter. Lassen Sie mich wissen, wie ich helfen kann.«

»Geht klar.«

***

Tannenduft durchströmte das Wohnzimmer. Zwei Männer warteten auf Gabis Anweisungen, wo sie den Baum haben wollte. Gabi blieb nur ein halber Tag, um ihr Vorhaben in die Tat umzusetzen. Bis zum Fest waren es noch zweieinhalb Wochen, aber Frau Weihnachtsmann und ihre Elfen hatten alle Hände voll zu tun.

Draußen luden Möbelpacker eine vollständige Hauseinrichtung ab. Überall wurde emsig gearbeitet, denn Gabi wollte es frühzeitig Weihnachten werden lassen. Sie hatte sich Hilfe von einer professionellen Dekorateurin geholt, die oft auch Samantha unter die Arme griff. Ein Dutzend College-Studentinnen werkelte unter Felicias Anleitung.

»Mrs Blackwell?«, fragte Felicia. »Steht der Baum so richtig?«

Die sechs Meter hohe Douglastanne reichte längst nicht bis zur Zimmerdecke. »Ein Stück weiter weg vom offenen Kamin, bitte. Ich will das Haus nicht gleich in Schutt und Asche legen.«

Felicia dirigierte die Männer mit dem Baum näher ans Fenster.

Gabi wandte sich zur nächsten Stimme um, die ihren Namen rief. »Ja, Andrew?«

»Sie müssen einen Lieferschein unterschreiben.«

Sie folgte Andrew in den Flur. Ein Mann mit einer Stehlampe in der Hand schob sich an ihr vorbei. Das erste Gästezimmer war bereits eingerichtet, nur ein paar Kleinigkeiten fehlten noch. Das Bettzeug wartete in dicken, durchsichtigen Säcken in einer Ecke. Das Bett und die Nachttische standen an ihrem Platz, der Flachbildfernseher war bereits an die Wand montiert. Ein Elektriker sorgte gerade dafür, dass er auch funktionierte.

Gabi strich mit der Hand über das schmiedeeiserne Bettgestell. »Perfekt.« Sie unterschrieb die Papiere, die jemand ihr hinhielt, und die Möbelpacker nahmen sich das nächste Zimmer vor.

»Ich bin hier fast fertig, Mrs Blackwell«, sagte der junge Elektriker. »Wo soll der nächste Fernseher hin?«

Gabi zeigte hinter den Möbelpackern her. »Da, wo die Jungs die Möbel hinbringen.«

Der Mann zwinkerte und wandte sich wieder den Kabeln zu.

Im Esszimmer stieß Cooper zu Gabi. Drei kleinere Tannen in unterschiedlichen Größen standen in einer Ecke. Zwei Studentinnen schmückten sie kichernd mit Lichtern. »Neil ist am Telefon. Er will Sie sprechen.«

Gabi verdrehte die Augen und nahm das Telefon entgegen. »Ja, Neil?«

»Bei meiner letzten Zählung bin ich auf sechsundzwanzig Sicherheitsrisiken im und um das Haus gekommen.«

»Gleich werden noch fünf weitere Leute hier sein und mit Leitern die Außenbeleuchtung befestigen.«

»Das ist nicht lustig, Gabi.«

»Es ist nur für heute, Neil. Wenn so viele Leute um mich herumrennen, kann mir doch gar nichts passieren. Außerdem steht Cooper direkt neben mir, und Solomon hat draußen jeden im Blick, der kommt oder geht.«

»Das sind zwei gegen sechsundzwanzig.«

Die Lichter des kleinsten Bäumchens leuchteten auf. »Ach, wie hübsch. Danke, Mädels.«

»Gabi?«

»Hier arbeiten größtenteils Studentinnen, Neil. Aushilfskräfte, die sich ein paar Dollar verdienen. Alles bestens, kein Grund zur Sorge.«

»Mrs Blackwell?«

Gabi drehte sich um. »Ich muss Schluss machen.« Gabi gab Cooper das Telefon zurück und kümmerte sich wieder um ihre Arbeit. »Können Sie bitte dafür sorgen, dass unsere Helfer genug zu trinken haben? Und vielleicht sollten wir ein paar Sandwiches bestellen.«

Andrew wandte sich mit dem Telefon in der Hand ab.

Endlich stand der große Baum an der richtigen Stelle. Gabi ließ die Wohnzimmermöbel um die Tanne gruppieren. »Vielleicht noch ein bisschen weiter nach rechts.«

Die Männer, die die Möbel hin und her rückten, erfüllten geduldig jeden Wunsch.

»Mrs Blackwell?« Der Lieferant sprach mit einem starken Akzent.

»Ja?« Sie schaute ihn an.

»Wir haben eine Girlande im Wagen. Soll die an die Haustür?«

Gabi sah Felicia eifrig nicken. »Ja bitte.«

»In einer Dreiviertelstunde gibt es hier etwas zu essen.«

»Sie sind ein Schatz, Andrew«, sagte Gabi.

Der ältere Mann verschränkte die Arme. »Es wird ihm gefallen.«

Über dem Kamin wurden gerade weitere Lichter befestigt. »Jeder verdient ein schönes Weihnachtsfest«, antwortete Gabi.

Zwei Stunden später fand Andrew sie beim Bettenmachen in einem der Gästezimmer. »Sein Flugzeug ist gerade in Dallas gestartet.«

»Dann bleiben uns noch vier Stunden.«

»Wir sollten zusehen, dass wir in drei Stunden alle hier raushaben, damit wir noch ein bisschen aufräumen können.«

Gabi verließ das Zimmer und klatschte in die Hände. »Noch drei Stunden, Leute. Haut noch mal richtig rein.«

Sie ging in den Garten, um nachzusehen, wie weit die Arbeiter mit der Außenbeleuchtung waren.

Die Lieferanten hatten die Girlande aus Tannenreisig befestigt. Begeistert war Gabi nicht, aber Felicia stand schon bereit, um sie mit Schleifen und Lichtern zu schmücken.

»Ist hübsch so, oder?«

»Ja.« Für Diskussionen hatte Gabi keine Zeit. Es gab noch viel zu tun. »Falls es Fragen gibt, hier draußen ist Solomon zuständig.«

»Der Sicherheitsmann, Señora?«

Sie zeigte auf Solomon. Er redete gerade mit einem der Männer, die an der Außenbeleuchtung werkelten. »Er.« Gabi zeigte auf ihn.

»Okay. Security.«

»Danke schon mal.« Gabi wandte sich der nächsten Aufgabe zu.

Zweieinhalb Stunden später waren Felicia und ihr Team bereits am Aufräumen. Das Haus erstrahlte in seinem festlichen, in Silber und Weiß gehaltenen Weihnachtsschmuck. Im Wohnzimmer gab es zusätzlich weinrote Akzente. Um das Geländer der Treppe zum Obergeschoss wand sich eine mit Lichtern geschmückte Girlande. Am Baum schimmerten Glaskugeln, Kristallschmuck und rote und transparente Lichter.

An der Haustür hießen die schleifengeschmückte Girlande und ein hüfthoher Weihnachtsmann Besucher willkommen.

Gabi verabschiedete die Crew, die die Außenlichter angebracht hatte. Die Männer hatten ganze Arbeit geleistet. »Ich kann kaum erwarten, dass es dunkel wird.«

»Wir melden uns in den nächsten Tagen wegen des Termins für den Abbau nach Weihnachten.«

»Wunderbar.«

Solomon folgte den Männern vom Grundstück. Er würde Hunter vom Flugplatz abholen.

Andrew holte den Caterer vom Tor ab. Der Mann brachte das Essen, das Gabi für ihre kleine private Feier mit Hunter bestellt hatte.

Felicia und ihr Team verließen das Haus genau drei Stunden nach Gabis Ansage.

Gabi küsste die Dekorateurin auf die Wange. »Ohne Sie hätte ich das nicht geschafft.«

»Eine Zeit lang ging es dadrin ganz schön drunter und drüber. Aber das Ergebnis kann sich sehen lassen.«

»Das Haus sieht jetzt aus wie aus einer Zeitschrift.«

»Schöne Feiertage, Mrs Blackwell.«

Nacheinander verließen die Lieferwagen das Grundstück. Bei Sonnenuntergang schaltete sich automatisch die Außenbeleuchtung ein.

Gabi stand mit Andrew und Cooper draußen. In den Sträuchern funkelten kleine Lichter. Am Dach waren größere, transparente Glühbirnen montiert. Zusätzliche rote Lämpchen ließen die Säulen wirken wie Zuckerstangen. Es gab gerade genug Farbakzente, um die Eleganz des Dekors ein wenig aufzulockern.

»Pizza und Bier im Gästehaus?« Andrews Frage war an Cooper gerichtet.

»Pizza für mich, sobald Hunter da ist.«

»Danke für Ihre Hilfe. Ich weiß, das war verrückt. Aber es hat sich gelohnt.«

Cooper zwinkerte. »Sieht gut aus, Mrs B.«

***

Diaz hasste die Staaten. Zu viele Augen und Ohren, nicht genug Waffen.

Raul marschierte in das spärlich möblierte Haus eine Straßenecke von den Blackwells entfernt.

»Und?«

Der Mann hob beide Zeigefinger und ging zum Computer. »Wir haben alles im Griff.«

Diaz war diese Großspurigkeit zuwider. Aber wenn Raul nicht gerade völlig zugedröhnt war, machte er seine Sache recht gut. In den letzten Wochen hatte er anscheinend die Finger von dem weißen Pulver gelassen oder sich zumindest stark eingeschränkt.

Der Computer erwachte zum Leben. Tonaufnahmen drangen aus den Lautsprechern.

Unter normalen Umständen wäre Diaz nicht selbst nach Kalifornien gereist, um sich sein Geld zu holen. Wofür hatte man seine Leute? Aber als er erfahren hatte, wie dick Mrs Picanos Brieftasche inzwischen geworden war, hatte er seine Pläne überdacht.

»Eine Videokamera mitten im Wohnzimmer, Tonaufnahmen überall sonst im Haus.«

Rauls Finger flogen über die Tastatur. Er klickte und tippte. Dann erschien ein Videomitschnitt auf dem Bildschirm. Live und in Farbe.

Eine große schlanke Frau ging durchs Bild. »Ist sie das?«

»Jap. Mrs Blackwell.«

Diaz hob eine Augenbraue. Der tote Schmuggler hatte Geschmack gehabt, das musste er ihm lassen. Alonzo hatte vor seinem Ableben tatsächlich einen Volltreffer gelandet.

Raul klinkte sich in eine Tonaufnahme von einer anderen Stelle im Haus ein. Sie hörten Wasser laufen.

»Die haben ein aufwendiges Überwachungssystem. Zwei Leibwächter. Und der Butler wohnt im Gästehaus.«

Dass es nicht leicht werden würde, war Diaz klar gewesen.

»Hast du deine Spuren verwischt?«

Raul richtete seine verdammten Zeigefinger auf ihn und zwinkerte. »Wir müssen nur noch warten.«

Na prima. Diaz war kein geduldiger Mann.

***

Hunter war gerade in eine E-Mail auf seinem Laptop vertieft, als Solomon den Wagen am Tor zum Grundstück abbremste. Hunter blickte kurz auf und schaute wieder auf den Bildschirm, nur um dann ruckartig den Kopf zu heben.

Die Härchen auf seinen Armen richteten sich auf, eine Gänsehaut jagte ihm über den Rücken. »Wow.«

Solomon beobachtete ihn im Rückspiegel.

Hunter klappte den Laptop zu und legte ihn beiseite. Der Sicherheitsmann stellte den Motor ab.

Wie in Trance schob Hunter sich aus dem Wagen und starrte mit offenem Mund auf sein Haus. Er erkannte es kaum wieder. Überall funkelten Lichter. Die Dekoration war geschmackvoll und elegant. »Gabi«, flüsterte er.

Aufgeregt wie ein Kind hastete er zur Haustür.

Er lächelte über den Weihnachtsmann, der ihn im Eingangsbereich begrüßte. Ein hoher Tisch, der heute Morgen noch nicht dagestanden hatte, ließ die Diele einladend wirken.

Im Wohnzimmer begrüßten Hunter ein knisterndes Feuer und Tannenduft. Es war Weihnachten geworden.

Er strich über die Lehne des Sofas, das Gabi ausgesucht hatte. Je näher er dem Baum kam, desto himmlischer wurde der Duft. Sogar eingepackte Geschenke lagen darunter. Wie hatte sie das alles bloß in so kurzer Zeit geschafft? Wie hatte sie die leeren Räume im Handumdrehen in ein gemütliches Heim verwandeln können?

»Gefällt es dir?« Gabis melodiöse Stimme unterbrach seine Gedankengänge.

Abwartend stand sie in einer Ecke. Sie trug einen weißen Jumpsuit aus weich fließender Seide.

»Wie hast du das bloß hingekriegt?«

Sie legte den Kopf schief. »Mit einer kleinen Armee von Helfern. Ich wollte dich überraschen.«

»Das ist dir gelungen.« Er drehte sich wieder zum Baum. »Der ist echt.«

»Selbstverständlich.«

Hunter schaute ihr in die Augen und lockte mit dem Finger. »Komm her.«

Als sie vor ihm stand, legte er seine Hand an ihre Wange. »Das ist das Wunderbarste, was je ein Mensch für mich getan hat.«

»Es ist nur ein Baum.«

»Es ist viel mehr, und das wissen wir beide.«

Sie schmiegte sich an seine Handfläche. Er küsste sie. Gabi öffnete die Lippen und ließ zu, dass er sie an sich zog.

Nach dem Kuss lehnte er die Stirn an ihre. »Ich verdiene dich nicht.«

Gabi nahm seine Hand. »Komm. Ich muss dir noch mehr zeigen.«

Das Schlafzimmer war jetzt komplett eingerichtet. Es gab Nachttische und vor dem offenen Kamin stand ein gemütliches

Sofa. Topfpflanzen verschönten den Raum. Gabi führte ihn weiter durch die Zimmer, die nun alle komplett eingerichtet waren. Sie sagte etwas von Bildern für die Wände und schlug eine Reise nach Italien vor, um passende Stücke auszusuchen. Das Beste hob sie sich für den Schluss auf. Der Geruch frischer Farbe verriet Hunter, dass dieser Raum mit noch größerem Aufwand hergerichtet worden war als die anderen.

Die weiße Wandvertäfelung war frisch gestrichen, die Wände selbst waren in Hellblau gehalten. Über die Zimmerdecke wanderten bauschige Wolken. In der Mitte des Raumes stand ein Kinderbettchen. Darüber wartete ein Mobile aus Mond und Sternen auf staunende kleine Augen. Es gab einen Wickeltisch und eine Kommode. An einem Lauflernstuhl lehnte ein großer Plüschteddy.

Gabi hatte sich nicht nur auf den Gedanken eingelassen, Hayden in ihrem Leben mit Hunter zu begrüßen, sie hatte auch ganz reale Voraussetzungen dafür geschaffen.

»Sag etwas«, forderte sie ihn auf.

»Mir fehlen die Worte.«

Sie schlang von hinten die Arme um ihn. »Jedes Kind sollte sich nach dem Himmel strecken können.«

Er spürte, wie sich Tränen in seine Augen stehlen wollten. »Heute Morgen …«, er räusperte sich, »… war dieses Haus eine Immobilie. Jetzt ist es ein Heim.«

Kapitel 25

Meg saß vor ihrem Computer und wartete auf das Videobild.

Sams Gesicht erschien. Ihr Lächeln wirkte etwas angestrengt. »Hallo Meg.«

Erleichtert stellte Meg fest, dass ihre Freundin keine Ringe mehr unter den Augen hatte. »Du siehst gut aus.«

»Es wird langsam wieder.«

Sie unterhielten sich kurz über die Kinder und über ein paar Dinge, die wegen Jordans Tod noch zu ordnen waren. Dann ging es um Megs Neuigkeiten. Die Nachricht von ihrer Schwangerschaft hatte sich schnell herumgesprochen. »Ich freue mich so für euch beide.«

»Du solltest mal meine Schwiegermutter erleben. Sie ist jetzt schon ganz aus dem Häuschen.«

Sam strich sich das widerspenstige rote Haar aus der Stirn. »Erzähl mir von der potenziellen neuen Kundin.«

Es tat gut, sich wieder aufs Geschäftliche zu konzentrieren. Das lenkte von der Trauer ab und brachte alle auf andere Gedanken. »Sie ist vierunddreißig, besitzt eine ansehnliche Ecke von Manhattan und möchte ihrem Ex mit einem knackigen jungen Kerl eins auswischen.«

Sam lachte auf. Sie und Meg tauschten Informationen aus, machten sich Notizen und schmiedeten einen Plan, um der begüterten New Yorkerin einen Mann zu beschaffen.

»Genau das brauche ich jetzt«, sagte Sam. »Eine Herausforderung.«

»Das dachte ich mir.« Meg lehnte sich zurück. »Hast du noch eine Minute?«

»Klar, worum geht es?«

»Um Hunter.«

Sam stöhnte. »Ich glaube, der war nicht gerade ein Glücksgriff.«

»Ich habe deine Notizen in seiner Kartei gelesen. Für mich klang das nicht, als wolltest du ihn als Kunden.«

»Das ist richtig. Aber als er zu uns kam, hatte ich andere Dinge im Kopf. Ich habe Gabi gebeten, sich um ihn zu kümmern, und ihr die Entscheidung überlassen. Dass sie ihn als Kunden annehmen würde, habe ich nicht erwartet. Und dass sie ihn heiraten würde, schon gar nicht.«

Meg fand ihre Vermutungen bestätigt. »Falls es dich tröstet: Ich habe Gabi noch nie so glücklich gesehen.«

Sam kniff die Augen zusammen. »Wirklich?«

Meg nickte. »Der Mann ist schwer einzuschätzen, aber ich mag ihn. Selbst Val findet ihn langsam ganz erträglich.«

»Blake meint, er sei unberechenbar, manchmal geradezu skrupellos.«

»Bis hin zu kriminellen Handlungen?«

»Ich habe nichts gefunden, wofür er hinter Gitter gehört.«

»Er hat zu viel Geld, um Spuren zu hinterlassen«, mutmaßte Meg.

»Das denke ich auch. Aber Gabis Sicherheit scheint ihm am Herzen zu liegen. Neil hat in Hunters und Gabis neuem Haus ein ausgeklügeltes Überwachungssystem installiert und stellt Gabi zwei Bodyguards zur Verfügung.«

»Wie bitte? Bodyguards?«

Sam nickte. »Ich dachte, das wüsstest du.«

»Was soll ich wissen? Weshalb braucht Gabi zwei Leibwächter?«

Sam warf die Hände in die Luft. »Ich hasse Tratsch.«

»So kannst du mich unmöglich hängen lassen.« Meg beugte sich vor.

»Anscheinend hat ihr verstorbener Mann zwei Auslandskonten auf den Namen Gabriella Picano eingerichtet. Eines wurde sehr viel genutzt, das andere eher weniger. Ich weiß nicht, wie sie von den Konten erfahren hat, aber sie hat die Passwörter geändert und damit alle anderen Nutzer ausgesperrt. Neil sagt, Hunter fürchtet, sie hätte sich damit zur Zielscheibe gemacht. Und bevor du fragst: Nein, eine konkrete Drohung hat es bis jetzt nicht gegeben.«

»Warum hat Alonzo das getan?«

»Wer weiß? Vielleicht dachte er, wenn unter ihrem Namen große Summen verschoben würden, wäre sie automatisch in seine schmutzigen Machenschaften verstrickt und müsste den Mund halten.«

»Und wer steckt hinter den Ein- und Auszahlungen?«

»Keine Ahnung. Neil sagt, Hunters Detektive würden sich darum kümmern.«

Meg bekam Angst um ihre Schwägerin. »Wenn auf den Konten Drogengeld liegt, könnte man ihr etwas anhängen, und sie landet im Knast.«

»Dazu müsste erst jemand davon wissen.«

»Aber wer etwas weiß, könnte Gabi erpressen.«

Einen Augenblick lang lauschten sie Megs Worten nach. Dann schauten sie einander im Monitor in die Augen.

»Und sie zum Beispiel zu einer Ehe zwingen?«

»Du glaubst doch nicht …« Sam führte ihren Satz nicht zu Ende. »Oh nein.«

Meg behagte die Richtung, in die ihre Gedanken liefen, ganz und gar nicht. »So könnte es tatsächlich gewesen sein. Verdammt, ich würde den Kerl wirklich gerne mögen.«

Sam raufte sich buchstäblich das Haar. »Aber warum? Warum zum Teufel musste Hunter von einem Tag auf den anderen heiraten? Wozu eine Wildfremde zu einer Heirat erpressen?«

»Wegen des Babys. Einen selbstloseren Grund kann ich mir gar nicht vorstellen.«

Sam schaute fragend in die Kamera. »Baby? Was denn für ein Baby?«

Verdammt, jetzt war die Katze aus dem Sack.

***

Shoppen. Es ging doch nichts über eine kleine Einkaufstherapie. Gabi schlenderte durch mehrere Geschäfte. Solomons Blicke spürte sie dabei im Rücken. Er folgte ihr mit etwas Abstand. Bei einem Bummel mit einer Freundin hätte sie ihn vermutlich gar nicht bemerkt. Aber Gwen hatte ein krankes Kind zu Hause und Judy musste arbeiten. Sam zu behelligen, kam sowieso nicht infrage.

Bislang hatte Gabi nie gute Geschenkideen für ihren Bruder gehabt. Aber jetzt, wo das Baby unterwegs war, fiel ihr alles Mögliche ein.

Die Babyabteilung zog sie magisch an. Sie kaufte ein niedliches Paar Söckchen und eine Rassel für ihre ungeborene Nichte oder ihren ungeborenen Neffen. Ihr Blick fiel auf einen süßen Jeansoverall. Sie wandte sich ab. Für Hayden Kleider zu kaufen, war noch verfrüht. Aber ein Teddy war nie verkehrt.

Mit ihren Schätzen bepackt verließ sie den Laden und machte sich auf die Suche nach einer mit Nuckelfläschchen oder ähnlichen Albernheiten bedruckten Krawatte. Zwischendurch warf sie einen Blick über die Schulter. Solomon war ganz in der Nähe. Aber dann bemerkte sie die Frau und erstarrte.

Dunkle Augen fixierten sie, die Frau kam langsam näher. In natura war Sheila Watson viel attraktiver als auf den Fotos. Sie war etwas kleiner als Gabi und hatte üppigere Kurven, ohne dabei auch nur im Ansatz übergewichtig zu sein.

Sheila musterte Gabi ungeniert. Gabi beschloss, sich nicht verunsichern zu lassen und erst einmal abzuwarten. Unwillkürlich fiel ihr Blick auf den Kinderwagen und die runden Wangen des schlafenden Jungen. Gabi stockte der Atem. Zu gerne hätte sie die Hände nach Hunters kleinem Neffen ausgestreckt.

»Sie wissen, wer ich bin?« Sheilas Stimme war schrill.

Gabi wartete stumm ab.

»Er hat mir versprochen, mich zu heiraten.«

»Ach ja?«

Sheila hob das Kinn. »Er wird Sie benutzen, genau wie mich. Und dann wirft er Sie weg.«

So war es eigentlich geplant gewesen.

»Ich frage mich jetzt bloß, ob Sie auch so kalt sind wie er.«

Gabi bemühte sich, möglichst unbeeindruckt zu wirken. Den kleinen Jungen nicht anzustarren, fiel ihr schwer.

Sheilas Kiefermuskeln spannten sich. »Er ist mir was schuldig. Mir und unserem Sohn.« Die Wut in ihren Augen erlosch urplötzlich. »Wenn Sie nur einen Funken Anstand haben, dann bringen Sie ihn dazu, sich um seinen Sohn zu kümmern.«

Gabi lagen tausend Antworten auf der Zunge. Sie biss sich auf die Lippen. Mit einer unbedachten Bemerkung konnte sie dieser Frau Hunters Absichten verraten.

Gabi sah, wie Sheilas Hand sich um den Schulterriemen ihrer Handtasche schloss. Den Kleinen im Kinderwagen schien sie vergessen zu haben. Sheila machte einen Schritt auf Gabi zu.

Sie standen im Weg. Ungeduldig schoben andere Kunden sich um sie herum.

Sheilas Blick wurde wieder hart. Sie trat noch näher an Gabi heran. Zu nahe.

»Sie sehen aus wie die perfekte eiskalte Schlampe für diesen eiskalten Schuft.«

Der labile Charakter, von dem Hunter gesprochen hatte, trat deutlich zutage. Gabi wandte sich ab, vermied es aber, der anderen Frau den Rücken zuzukehren. »Sie entschuldigen mich jetzt besser.«

Endlich erlöste sie Solomons Stimme. »Mrs Blackwell?«

Sheila setzte ein Lächeln auf. »Sie haben schon ein Spielzeug?«

Gabi stellte sich neben Solomon. »Ich bin hier fertig, wir können gehen.«

Er schob sich zwischen die beiden Frauen und schirmte Gabi auf dem Weg zum Ausgang ab.

»Wir sind noch nicht fertig!«, rief Sheila hinter ihr her.

Gabi spürte den Zorn der Frau im Rücken, während sie wortlos das Einkaufszentrum verließ.

»Wer war das?«, fragte Solomon auf dem Weg über den Parkplatz.

»Eine Person, der nicht zu trauen ist. Wenn sie sich noch mal an mich heranmacht, greifen Sie bitte sofort ein.«

Er fuhr sich mit der Hand durchs Haar, schaute sich um und ging etwas schneller.

Als sie im Wagen saßen, sagte Gabi: »Fahren Sie mich bitte zu Hunters Büro.«

»Geht in Ordnung, Mrs B.« An der nächsten Straßenecke fügte er hinzu: »Ich hätte schneller bei Ihnen sein müssen. Ich habe Sie im Stich gelassen.«

»Sie hätte auch eine Freundin sein können. Ein Angreifer würde sicher kein Baby in einem Kinderwagen herumschieben. Dass die Frau mich belästigt, konnten Sie nicht wissen.«

»So was wird nicht noch mal vorkommen.«

»Machen Sie sich keine Gedanken«, beschwichtigte Gabi ihn.

Tiffany brachte sie direkt in Hunters Büro. Solomon blieb draußen am Empfangstisch zurück.

Hunter strahlte, als er sie sah. Er behielt das Telefon am Ohr, winkte sie aber zu sich. »Ja, genau. Wie Sie das machen, ist mir egal. Aber kümmern Sie sich darum.«

Hunter stand auf. Sie schob sich zwischen seinen Stuhl und den Schreibtisch. Er legte den Arm um ihre Taille.

»Dafür habe ich jetzt keine Zeit«, sagte Hunter zu seinem Gesprächspartner. »Hier hat sich gerade etwas Wichtiges ergeben.«

Gabi spürte, wie die Anspannung verflog, die sich seit der Begegnung mit Sheila über sie gelegt hatte.

»Ja, genau. Machen Sie das.« Hunter griff um sie herum und legte das Telefon in die Halterung. Dann vergrub er die Nase an ihrem Hals. »Die Weihnachtsfrau! Was für eine Überraschung! War ich wirklich so brav, dass du mich hier besuchen kommst?«

Gabi legte den Kopf zurück und genoss einen Moment lang das Gefühl seiner Lippen an ihrem Hals. »Ich bin nicht zum Spaß hier, tut mir leid«, seufzte sie.

Er hob den Kopf und schaute ihr in die Augen. »Was ist passiert?«

Sah man ihr an, wie durcheinander sie war?

»Ich habe Sheila getroffen.«

Sein Griff an ihrer Taille wurde fester, seine Miene düster. »Wann? Wo?«

»Vor einer halben Stunde. Beim Einkaufen.«

Hunter setzte sie auf den Schreibtisch und legte die Hände auf ihre Knie. »Wo zum Teufel war Solomon?«

»Ganz in der Nähe. Ich habe ihn nicht gerufen. Er konnte nicht wissen, dass die Frau eine Bedrohung sein könnte.«

»Das ist keine Entschuldigung.«

»Ach Hunter, der Mann muss doch nicht an mir kleben wie mein Schatten. Das wäre unnötig und lästig. Sie war zickig, nicht angriffslustig.«

»Wenn Hayden erst bei uns ist, könnte sich das ändern.«

Beim Gedanken an Haydens niedliches Gesicht und seine im Schlaf leicht geöffneten Lippen musste Gabi lächeln. »Den Kleinen habe ich auch gesehen.«

Hunter blickte auf. »Hayden?«

Sie nickte. »Er ist ein ganz süßer Kerl. Er hat im Kinderwagen geschlafen. Ich konnte nur einen kurzen Blick auf ihn werfen, dann wurde Sheila immer aufdringlicher und unverschämter.«

»Genau diese Unverschämtheit macht mir Sorgen«, sagte Hunter.

Gabi nickte. »Deshalb dürfen wir nichts überstürzen. Alles muss gut geplant sein. Die Frau hat ein mentales Problem. Hayden mit geteiltem Sorgerecht zu uns zu holen, wäre keine gute Lösung für den Kleinen.«

»Sie geht sicher nicht davon aus, dass ich mich um das Kind kümmern will. Sie ist nur auf mein Geld aus.«

»Ich habe Angst, dass sie etwas Verrücktes tun könnte, wenn Hayden ihr nicht mehr als Druckmittel zur Verfügung steht.«

»Genau deswegen brauchst du einen Bodyguard. Oder zwei. Oder drei.« Hunter sah besorgt aus.

Das Telefon auf seinem Schreibtisch summte. Er drückte einen Knopf an der Sprechanlage. »Ja, Tiffany?«

»Entschuldigen Sie die Störung. Aber ich habe einen Officer Delgado am Telefon.«

»Hat er gesagt, was er will?«

»Es geht um eine Vermisstenanzeige.«

Gabi rückte beiseite, während Hunter sich den Anruf auf sein Telefon holte. »Hunter Blackwell.«

»Mr Blackwell, danke, dass Sie sich Zeit nehmen.«

Hunter zuckte die Achseln und schaute Gabi an. »Die Polizei kann ich schlecht abwimmeln lassen.«

Delgado lachte kurz auf. »Stimmt. Ich bin Ermittler beim LAPD. Heute Nachmittag wurde bei uns ein Mann vermisst gemeldet, der gestern als Elektriker auf Ihrem Grundstück gearbeitet hat. Ich möchte Ihnen gern ein paar Fragen stellen.«

Gabi setzte sich aufrechter hin. »Wie bitte?«

»Entschuldigung?«

»Die Arbeiten gestern hat meine Frau beaufsichtigt. Sie ist gerade hier bei mir im Büro und ich habe das Telefon laut gestellt.«

»Okay, gut. Mrs Blackwell?«

»Ja? Wer wird denn vermisst?«

»Ein gewisser Mark Collins.«

Der Name kam ihr bekannt vor. »Ich hatte gestern über dreißig Leute im Haus, Officer. Wissen Sie, was er bei uns gemacht haben soll?«

»Er hat die Fernseher angeschlossen.«

»Ach ja! Richtig. Netter Junge. Und der ist verschwunden?«

»Er hat seinen Boss angerufen und gesagt, er hätte den Auftrag bei Ihnen erledigt und würde in die Werkstatt zurückfahren. Dort ist er aber nie angekommen.«

»Ich weiß nicht, wie ich Ihnen helfen kann. Er ist zusammen mit den anderen gegangen. Ich kann Ihnen nicht einmal die genaue Uhrzeit nennen.«

»Alles, was Ihnen einfällt, könnte uns weiterhelfen. Ich hätte gern die Namen der Personen, die gestern bei Ihnen gearbeitet haben.«

Gabi zuckte ratlos die Achseln.

Hunter legte eine Hand auf ihren Schenkel. »Wir machen eine Liste und rufen Sie dann zurück.«

»Wir dürfen keine Zeit verschwenden, Mr Blackwell.«

»Meine Dekorateurin kennt sicher die Namen ihrer Hilfskräfte und der Männer, die den Baum aufgestellt und die Außenbeleuchtung angebracht haben. Aber die nötigen Telefonnummern habe ich zu Hause, Officer.«

»Je schneller Sie da rankommen, desto besser.«

»Ich kümmere mich gleich darum.«

Hunter ließ sich Delgados Nummer geben und legte auf.

»Was denkst du, was könnte dahinterstecken?«, fragte Gabi.

»Keine Ahnung. Erinnerst du dich an ihn?«

»Ein junger Kerl, Anfang zwanzig schätze ich. Die Studentinnen haben mit ihm geflirtet. Felicia hat ein paarmal mit den Fingern geschnippt, sie zum Arbeiten ermahnt und gesagt, sie sollten sich später ein Date besorgen.« Gabi lächelte. »Glaubst du, so könnte es gewesen sein? Vielleicht hatte er ein Date mit einem der Mädchen und hat deshalb die Arbeit geschwänzt?«

»Schon möglich. Kann ich etwas für dich tun?«

Sie wedelte mit der Hand, sprang vom Schreibtisch und schnappte sich ihre Tasche. »Im Moment nicht. Ich fahre nach Hause, suche die Nummern heraus und rufe Officer Delgado zurück.«

»Falls du mich brauchst, bin ich innerhalb von zwanzig Minuten daheim.«

Sie lächelte ihn an und verließ sein Büro.

Andrew wartete im Haus auf sie. Die Telefonnummern hatte er schon in der Hand. Hunter war effizient, das musste man ihm lassen. Nach dem Anruf bei Delgado warf Gabi einen Blick auf die anderen Nachrichten, die Andrew im Laufe des Tages für sie entgegengenommen hatte.

Meg hat angerufen. Bittet um Rückruf.

Meg nahm beim zweiten Klingeln ab. »Hey Mama«, frotzelte Gabi.

Es gab keine Begrüßung, keine Höflichkeitsfloskeln. Meg kam sofort zur Sache. »Hunter hat dich erpresst, nicht wahr?«

KAPITEL 26

Erleichtert loggte Hunter sich aus der Videokonferenz aus. Travis hatte herausgefunden, wer die Spendengelder abzweigte, und arbeitete mit einem Team von verdeckten Ermittlern daran, den Mann auf frischer Tat zu ertappen. Hunter hatte bereits erwogen, sein Zahlengenie von einer Ehefrau um Hilfe zu bitten. Vielleicht hätte sie schneller herausgefunden, wohin das Geld abfloss. Aber jetzt sah es aus, als könnte er ihr einfach die gute Nachricht überbringen.

Er schaltete den Computer aus. Tiffany kam ins Büro. Eigentlich hatte sie bald Feierabend, aber die Sache schien wichtig zu sein. »Tut mir leid, dass ich …«

»Was gibt's?«

Tiffany öffnete die in der Wandverkleidung verborgene Klappe, hinter der sich ein Flachbildfernseher befand. »Die Presseabteilung hat angerufen. Die fragen, wie wir mit dem hier umgehen wollen.«

Hunter trat vor den Bildschirm und wartete, bis Tiffany den Mitschnitt abspielte, den die Presseleute geschickt hatten.

In der rechten oberen Ecke erschien ein Foto, auf dem Gabi und Sheila einander in kämpferischer Pose gegenüberstanden.

Eine Reporterstimme sagte: »Geliebte und Ehefrau – ein Treffen mit Zündstoff.«

Die Medien waren schon seit Jahren ein Dorn in Hunters Fleisch. Jetzt machten sie auch Jagd auf Gabi.

»Schalten Sie um sieben wieder ein«, fuhr der Reporter fort. »Für ein exklusives Interview mit der Kinderpflegerin, die angeblich Hunter Blackwells Sohn betreut. Vor wenigen Wochen hat der Milliardär völlig überraschend eine Frau aus der High Society von Florida geheiratet …« Weitere Sätze, die Neugier auf die abendliche Sendung wecken sollten, folgten.

Tiffany schaltete den Fernseher aus und wartete.

»Holen Sie mir Ben Lipton ans Telefon. Und sagen Sie der Presseabteilung *Kein Kommentar*, bis sie wieder von mir hören.«

Tiffany wandte sich zögernd ab.

Nach dem Gespräch mit seinem privaten Anwalt fand Hunter eine Nachricht von Remington auf seinem Handy. Auch seine New Yorker Sekretärin bat um Anweisungen.

Auf dem Heimweg hielt er bei einem Blumengeschäft an.

Gabi öffnete ihm grinsend die Tür. »Blumen? Ein müder Versuch.«

»Du hast die Klatschnachrichten gesehen?«

Sie nahm ihm die roten und weißen Rosen aus der Hand und trug sie in die Küche. »Jeder hat sie gesehen. Seit ich zu Hause bin, klingelt ununterbrochen das Telefon.«

Hunter schaute zu, wie sie eine Vase mit Wasser füllte. Er suchte nach einem Ausdruck der Unsicherheit, fand aber keinen.

»Nach einer Affäre sind Blumen vom Ehemann ein Schuldeingeständnis«, sagte sie.

»Und falls irgendwer fragt: An dem Tag, an dem die Öffentlichkeit von Haydens Existenz erfahren hat, habe ich meiner Frau Rosen gekauft und bin früher nach Hause gefahren.«

»Es ist schon nach sechs.«

»Früh für mich.« Er streifte sein Jackett ab und legte es über eine Stuhllehne.

Sie pflückte die kleine Karte aus dem Blumenstrauß. »Gut, dass du mich heute zum Essen ausführst.«

»Tue ich das?«

»Jap. Die Frau deines Sohnes zu treffen, war sehr anstrengend«, sagte sie grinsend. Ihr Grinsen erstarb, als sie den Scheck zwischen den Fingern hielt. »Was ist das?«

Er lehnte sich an die Arbeitsplatte. »Eine Million für jede Affäre, die an die Öffentlichkeit dringt. Ganz gleich, ob bewiesen oder erfunden.«

Sie fixierte ihn mit zusammengekniffenen Augen. »Ich sollte ihn schon aus purem Trotz einlösen.«

»Ein Deal ist ein Deal.«

***

»Wie viele Leute behalten ihn im Blick?« Gabi lag neben Hunter. Ihr Knie ruhte auf seinem Schenkel, ihre Hand malte Kreise auf seine Brust.

»Du willst über einen anderen reden? Nach dem, was gerade war?«

Sie gab ihm einen Klaps auf die Brust. »Hayden. Wie viele Leute beobachten ihn?«

»Meine Leute beobachten vor allem Sheila und Noah.«

Gabi stützte sich auf ihren Ellbogen. Ihr Blick wurde hart. Bevor Hunter etwas sagen konnte, angelte sie das Telefon vom Nachttisch und hielt es ihm unter die Nase. »Volle Konzentration auf Hayden.«

»Wa...?«

»Die Medien haben gerade in die Welt hinausposaunt, du hättest einen Sohn. Du willst, dass alle glauben, das Kind sei von dir. Soll dein Sohn etwa weniger Schutz haben als deine Frau?«

Er setzte sich gleichzeitig mit ihr im Bett auf. Das Laken fiel ihr auf die Hüfte. Diesen wunderschönen Anblick musste er im Augenblick ignorieren. »Auf Sheila und Noah habe ich Privatdetektive angesetzt. Bodyguards hast nur du.«

Gabi stemmte eine Hand in ihre nackte Hüfte und straffte die Schultern. »Warum brauche ich zwei Leibwächter?«

»Weil man dich …« Hunter sprach den Satz nicht zu Ende. Er hatte verstanden, was sie ihm sagen wollte. »Verdammt.«

Er warf das Laken zurück, stand auf und wählte. Er hatte sich so auf sein Ziel konzentriert, dass er etwas Wichtiges übersehen hatte. Nicht nur Gabi war in Gefahr.

»MacBain.«

»Ich weiß, es ist spät.« Hunter war bereits auf dem Weg in sein Arbeitszimmer. »Du musst jemanden für mich bewachen.« Jetzt half nur noch die Flucht nach vorn.

»Wen?« Neils Stimme klang trotz der Uhrzeit alles andere als schläfrig.

Hunter schaltete den Computer ein. »Meinen Sohn.«

Schweigen.

»Dann liegen die Medien diesmal richtig?«

Hunter wusste, dass Neil, genau wie Gabis restlicher Freundeskreis, die Wahrheit bald erfahren würde. Er beschloss, erst einmal nur das Notwendigste zu sagen. »Hayden ist unschuldig und schutzlos. Ich möchte, dass er bewacht wird, Neil. Ich bin jetzt bei Gabi. Einer von ihren Bodyguards kann also hier weg.«

Hunter gab Neil die Adresse, die er hatte, den Namen der Tagesmutter und Informationen über die beiden Privatdetektive, die sich mit Sheila und Noah beschäftigten, damit Neils Männer wussten, wen sie da draußen noch antreffen könnten.

Als er auflegte, stand Gabi in der Tür. Sie hatte sich in einen weich fließenden schwarzen Morgenmantel gehüllt und verschränkte die Arme. »Du brauchst mich«, erklärte sie.

Das klang schnodderig und ein bisschen provozierend.

Aber sie hatte recht.

***

In Gabis Leben hatte es eine Phase gegeben, in der sie das Gefühl gehabt hatte, kaum mehr als eine Spielfigur zu sein. Jetzt endlich konnte sie die Spielzüge wieder mitbestimmen.

Am frühen Morgen traf Hunter sich mit seinen Anwälten, und Gabi fuhr zu Lori. Ihre Anwältin begrüßte sie lächelnd und bot ihr Tee an. »Sieht aus, als hätten wir bei Ihrem Vertrag mit Hunter eine Kleinigkeit vergessen«, sagte sie, bevor Gabi zu einer Erklärung ansetzen konnte.

»Hayden war eine Überraschung.«

Lori lehnte sich zurück. »Irgendetwas sagt mir, dass Blackwell schon vor dem Vertragsabschluss mit Ihnen von dem kleinen Racker wusste.«

»Ohne Zweifel. Aber deshalb bin ich nicht hier.«

»Oh?«

Gabi schlug den mitgebrachten Ordner auf. »Alles, was ich hier sage, bleibt unter uns. Nicht wahr?«

Lori runzelte die Stirn. Mit dieser Frage hatte sie offenbar nicht gerechnet. »Selbstverständlich.«

Gabi reichte ihr die Unterlagen. Während Lori den Stapel durchsah, sagte Gabi: »Mein verstorbener Mann hat Drogen geschmuggelt.«

Die Frau wirkte nicht überrascht. Sie war schon länger Samanthas Anwältin und kannte das eine oder andere Geheimnis.

»Das wussten Sie schon.«

Lori zuckte mit einer Schulter.

»Was Sie nicht wissen ... Was kaum jemand weiß, ist, dass ich ihn umgebracht habe.«

Die Anwältin hob den Kopf. »Er ist im Krankenhaus gestorben.«

»Ich habe die Maschinen abstellen lassen.«

Lori seufzte. »Den Ärzten zu sagen, sie sollen die lebenserhaltenden Maßnahmen einstellen, ist nicht dasselbe, wie jemanden zu töten.«

»Die Versicherungsgesellschaft, die mir nach Alonzos Tod eine hübsche Summe überwiesen hat, sieht das anders.«

Lori blätterte weiter, bis sie die Seite mit der Versicherungssumme fand.

»Das ist sehr viel Geld.«

»Ich habe es an verschiedene Suchthilfeinrichtungen gespendet. Leider gibt es im Kleingedruckten der Police eine Klausel. Wenn ich irgendetwas mit dem Ableben meines Ehemannes zu tun habe, und sei es, dass ich ohne richterliche Verfügung lebenserhaltende Maßnahmen einstellen lasse, erlöschen alle meine Ansprüche.«

»Aber Sie haben den Scheck eingelöst.«

»Sie verstehen mein Problem.«

Lori machte sich ein paar Notizen. »Heutzutage wird Versicherungsbetrug strenger bestraft als ein bewaffneter Überfall auf ein Spirituosengeschäft. Selbst wenn Sie dabei den Kassierer umlegen. Die großen Gesellschaften setzen auf Abschreckung durch drakonische Strafen. Wir müssen das sehr umsichtig angehen.«

Gabi hasste das dumpfe Gefühl der Angst in ihren Eingeweiden. »Wenn ich von der Klausel gewusst hätte, hätte ich den Scheck niemals eingelöst.«

»Haben Sie genug Geld für eine Rückzahlung?«

Gabi zog Hunters Scheck vom Vorabend aus der Tasche und legte ihn auf den Tisch.

Die Anwältin lachte. »Das sind richtig viele Nullen.«

»Ich gehe davon aus, dass er gedeckt ist.«

Lori heftete den Scheck an den Versicherungsvertrag und schloss den Ordner.

»Das ist leider noch nicht alles.«

Die Anwältin streckte die Hand aus. »Gibt es noch weitere Unterlagen?«

Gabi schüttelte den Kopf und zog den Notizblock zu sich. Sie schrieb die Namen von zwei Banken und zwei Kontonummern darauf. »Die erste Bank ist in Kolumbien, die zweite in Italien. Beide Konten laufen auf meinen Namen. Na ja, auf Gabriella Picano.« Gabi erzählte der Frau, was sie wusste. Viel war es nicht.

»Und Sie haben keine Ahnung, wer Zugang zu den Konten hat?«

»Nein. Auf das italienische wurde vor allem Geld eingezahlt. Abgehoben wurde fast nichts. Auf dem kolumbianischen gab es regelmäßig Ein- und Ausgänge.«

»Geldwäsche.«

»Vermutlich. Sobald ich die Konten entdeckt hatte, habe ich die Passwörter geändert. Seither ist Ruhe.«

Lori verzog das Gesicht. »Will ich überhaupt wissen, wie viel Geld darauf liegt?«

»Deutlich mehr, als mir der Scheck von Hunter einbringt.«

»Das macht alles noch viel komplizierter. Wenn die Versicherungsgesellschaft von den Auslandskonten erfährt …«

»Das Geld darauf gehört mir nicht.«

»Das weiß die Versicherung aber nicht.« Lori drehte sich zu dem Computer auf ihrem Schreibtisch und fing an zu tippen. »Moment bitte.«

Gabi hatte gehofft, nach dem Gespräch mit der Anwältin Erleichterung zu empfinden. Sie hatte sich getäuscht. »Ich gehe nicht in den Knast.«

»Ich denke nicht, dass es so weit kommt.«

Das beruhigte Gabi ein wenig. »Wir müssen das alles so unauffällig wie möglich in Ordnung bringen.«

Lori machte sich weitere Notizen. »Das kann ich Ihnen nicht versprechen. Wenn eine so bekannte Person wie Sie des Versicherungsbetrugs bezichtigt wird, ist das immer ein Fall für die Abendnachrichten.«

»Ich bin kein Promi.«

Lori lachte auf. »Sie sind mit einem der reichsten und einflussreichsten Männer der Welt verheiratet. Die Hälfte unserer Mitbürger würde Sie schon aus purem Neid gern im Knast sehen, und die andere Hälfte nimmt an, dass Sie noch weitere Leichen im Keller haben, wegen denen Sie sowieso früher oder später hinter Gittern landen werden.« Lori richtete den Blick wieder auf den Computer und klickte sich durch ein paar Seiten. Der Drucker hinter ihrem Schreibtisch sprang an. »Sie rauszuhauen wäre leichter, wenn Sie nicht mit Hunter Blackwell verheiratet wären. Eine Society-Lady, die von ihrem verstorbenen Mann in finstere Machenschaften verwickelt wurde, kann eher auf Mitgefühl zählen als die Ehefrau eines Milliardärs.«

Gabi wurde eiskalt. »Glauben Sie, Hunter wusste das?«

Die Anwältin hob eine Braue. »Wusste er von der Klausel in der Police? Von den beiden Konten?«

Gabi sagte nichts und Lori schüttelte den Kopf. »Hunter hat es nicht durch Zufall so weit gebracht.«

Selbst wenn er es gewusst hatte, die Dinge hatten sich geändert. Oder etwa nicht?

»Er ist viel selbstloser, als alle glauben.«

Lori schnaubte.

»Nein, im Ernst«, verteidigte Gabi ihn. »Im Augenblick erarbeitet er mit seinen Anwälten eine Strategie, wie er Hayden von seiner Mutter wegholen kann.«

»Einer Mutter ihr Kind wegnehmen? Klingt sehr edel.« Loris Stimme triefte vor Sarkasmus.

»Die Frau hat ein mentales Problem.«

Lori legte den Kopf schief und seufzte. »Lassen Sie uns einen kühlen Blick auf die Fakten werfen. Blackwell hat eine Ehefrau gebraucht, um dem Familiengericht zu demonstrieren, dass er in geordneten Verhältnissen lebt. Und er sucht intensiv nach einer Möglichkeit, der leiblichen Mutter das Sorgerecht entziehen zu lassen.«

»Sie will sein Geld. Das Baby interessiert sie nicht.«

»Wer sagt das? Die Mutter oder er?«

Gabi machte den Mund auf und gleich darauf wieder zu. Dann murmelte sie: »Ich vertraue ihm.«

Lori zeigte mit dem Finger auf sie. »Und das ist ein Fehler.«

»Sie kennen ihn nicht.« Gabis Ton klang defensiv.

»Das ist richtig, ich kenne ihn nicht. Aber ich weiß, wie solche Typen ticken. Er ist reich, arrogant und gewöhnt, sich zu nehmen, was er haben will. Männer wie er beugen das Gesetz, sie bestechen und manipulieren, um ihre Ziele zu erreichen. Den Vertrag mit ihm ist eine kühle, distanzierte Gabi eingegangen. Ich schlage vor, Sie erwecken diese Frau wieder zum Leben, wenn Sie unbeschadet aus dieser Sache hervorgehen wollen. Lassen Sie nicht zu, dass Blackwell Ihnen dasselbe antut wie Picano.«

»Das wäre nicht möglich.«

»Sind Sie da ganz sicher?«

Gabi starrte ihre Anwältin an. Die Ratschläge der Frau waren vernünftig. Hören wollte sie sie trotzdem nicht.

***

Als Gabi wieder im Wagen saß, nahm Solomon eine kleine Schachtel aus dem Handschuhfach. »Das hat Neil Ihnen machen lassen«, sagte er. »Er will, dass Sie es immer tragen.«

Sie öffnete den Deckel und fand eine silberne Kette mit einem Anhänger. »Weshalb kauft Neil mir Schmuck?«

Solomon fuhr lachend los. »Der Anhänger übermittelt Ihre GPS-Daten. Ich werde zwar meistens bei Ihnen sein, aber manchmal sind Sie wie gerade eben außer Sichtweite. Eigentlich hätte ich Ihnen das schon früher geben sollen. Während des Wartens ist mir das Ding wieder eingefallen.«

Sie legte sich die Kette um und betrachtete das schlichte Design. Ihr Versuch, den Anhänger zu öffnen, misslang.

»Der geht nicht auf.«

»Oh.« Overkill. Von den Bodyguards bis hin zu der GPS-Halskette.

»Das ist nur ein Peilsender, oder? Das Ding nimmt nicht auf, was ich sage?«

Solomon schüttelte den Kopf. »Nein. Nur ein GPS. Wasserdicht ist er auch. Sie können damit duschen.«

Achselzuckend ließ Gabi den Anhänger in ihre Bluse gleiten. Sie schaute aus dem Wagenfenster. Draußen waren jede Menge Leute unterwegs, die weder Peilsender trugen noch von einem bewaffneten Leibwächter begleitet wurden.

***

Im Büro hatte Hunter eine amtliche Benachrichtigung vorgefunden. Sheila verlangte Unterhalt für Hayden. Die Frau schien es plötzlich sehr eilig zu haben. Inzwischen saß Hunter Ben Lipton und seinem Team von Familienanwälten gegenüber.

»Sie muss einem DNA-Test zustimmen«, sagte Ben.

Hunter hatte bereits einen machen lassen. Ein unterbezahlter Mitarbeiter der Kinderarztpraxis, in die Sheila Hayden manchmal brachte, hatte kein Problem damit gehabt, ihm gegen ein paar Dollar eine Speichelprobe zu besorgen.

»Der Test wird beweisen, dass ich der Vater bin«, erklärte Hunter. »Ihre Aufgabe ist es, dafür zu sorgen, dass ich das alleinige Sorgerecht bekomme.«

»Dazu müssen wir nachweisen, dass die Mutter nicht in der Lage ist, ihr Kind großzuziehen. Dass Sie in geordneten Verhältnissen leben und laut Test Haydens Vater sind, reicht nur für ein geteiltes Sorgerecht. Unterhaltszahlungen sind nicht zu vermeiden.«

»Die Frau will kein Kind, sie will Geld.«

Die Anwälte tauschten lange Blicke aus. »Sie wird ein Labor für den Vaterschaftstest aussuchen und wir werden unsererseits eines vorschlagen. Damit gewinnen wir achtundvierzig Stunden, in denen wir nach Fakten suchen können, die Haydens Mutter schlecht aussehen lassen.«

»Die Berichte meiner privaten Ermittler liegen Ihnen vor.«

»Ein Antidepressivum ist kein rauchender Colt. Sie war in den letzten fünf Jahren bei keinem Psychologen. Okay, sie hat Probleme, aber wenn sie nicht selbst auf Hayden aufpasst, gibt sie ihn in die Obhut von Erwachsenen.«

»Von inkompetenten Erwachsenen.«

»Das kann man *denen* vielleicht vorwerfen, nicht ihr«, gab Ben zu bedenken.

Einer der Anwälte beugte sich vor. »Wenn sie erfährt, dass Sie den Jungen wollen, wird sie vielleicht um ihn kämpfen.«

»Sie will nur das Geld. Halten Sie ihr einen Scheck unter die Nase und sie nimmt ihn und verschwindet.«

Ben verschränkte die Arme. »Was macht Sie da so sicher?«

Hunter setzte auf die Verschwiegenheit seiner Anwälte. »Weil Hayden nicht mein Sohn ist. Ich habe nie mit Sheila Watson geschlafen. Das war mein Bruder.«

Die Antwort war ein vielstimmiges Aufseufzen.

»Und wenn Ihr Bruder das Sorgerecht beantragt?«

»Das kann er versuchen. Wenn Sheila erst einmal hat nachweisen lassen, dass ich der Vater bin, und ich das bestätige, hat er nichts mehr in der Hand. Und falls doch, können Sie sicher dafür sorgen, dass er damit nicht durchkommt.«

Hier und da sah Hunter ein bedächtiges Nicken.

Hunter erhob sich. »Rufen Sie mich an, wenn klar ist, welches Labor wir beauftragen. Gabriella und ich sind am Freitag für die Anhörung in L. A.«

»Falls ich das Gericht dazu bewegen kann, die Sache so schnell zu bearbeiten«, sagte Ben.

Hunter warf ihm einen langen, kühlen Blick zu.

Ben hob die Hände. »Ich sorge dafür.«

»Das wollte ich hören. Einen schönen Tag noch.«

Bevor Hunter den Raum verließ, hörte er jemanden flüstern: »Und ich dachte, Weihnachten mit meiner Familie wäre das Schlimmste, was mir in den nächsten Wochen passieren kann.«

KAPITEL 27

Gabi saß auf dem Sofa. Die Beine hatte sie unter sich gezogen. Die Weihnachtsbeleuchtung tauchte das Wohnzimmer in ein warmes Licht.

Loris Worte verfolgten sie schon den ganzen Tag.

Machte sie wieder denselben Fehler? Vertraute sie dem falschen Mann? Was bedeutete es für sie, wenn Hunter vor Bestechung und Manipulation nicht zurückschreckte? All seine Beteuerungen, er habe sie nicht verdient, gaben ihr ein Gefühl von Macht und Kontrolle. War das vielleicht nur schöner Schein? War sie vielleicht wirklich nur Mittel zum Zweck?

Er wollte Hayden.

Oder auch nur seinem Bruder eins auswischen.

Die Worte, die Lori ungesagt gelassen hatte, machten Gabi auch nicht glücklicher. Was, wenn Hunter doch Haydens Vater war? Vielleicht kämpfte die Frau aus dem Einkaufszentrum nur für die Rechte ihres Sohnes.

Gabi hasste die Zweifel, die sich in ihrem Kopf einnisten wollten.

Ein Signalton meldete, dass jemand das Eingangstor passierte. Hunter kam nach Hause. Sie sah die Scheinwerfer seines

Wagens, hörte, wie die Haustür sich öffnete und wieder schloss. Mit zögernden Schritten betrat er das Zimmer.

»Gabi?«

Sie antwortete nicht. Stattdessen zupfte sie an der Naht des Kissens in ihrem Schoß.

Er kam langsam auf sie zu. Bald stand er so nahe vor ihr, dass sie den Duft seiner Haut riechen konnte. Dieser Geruch hatte sie schon bei der ersten Begegnung mit ihm magisch angezogen.

Er ging vor ihr in die Hocke und schaute ihr ins Gesicht. »Was ist los?«

»Ich war heute bei meiner Anwältin. Lori Cumberland. Du erinnerst dich an sie?«

»Wie könnte ich Ms Cumberland je vergessen?« Er grinste schief.

Gabi grinste nicht zurück. »Ich habe ihr von der Versicherungspolice erzählt. Und von den Auslandskonten.«

Hunter wurde ernst. Er setzte sich neben sie in einen Sessel. »Ich habe dir doch gesagt, ich würde mich darum kümmern.«

Gabi hob das Kinn. »Ich sehe keinen Grund, noch länger zu warten.«

»Jetzt ist kein guter Zeitpunkt.«

»So etwas in der Art hat Lori auch gesagt.« Gabi schaute Hunter fest in die Augen. »Wusstest du, wie schwer es werden würde, meinen Namen reinzuwaschen, wenn ich mit dir verheiratet bin?«

Seine Miene war undurchdringlich.

Sie spürte, wie etwas in ihr starb. »Herr im Himmel.« Gabi warf das Kissen beiseite und sprang auf.

Hunter war sofort auf den Füßen. Er hielt sie am Arm fest, damit sie nicht aus dem Zimmer fliehen konnte. »Ich habe dich nicht gekannt, Gabi.«

»Aber du warst bereit, mich mit deinen Informationen zu erpressen. Obwohl du ganz genau wusstest, dass eine Heirat mit dir mich nicht davor bewahren würde, unschuldig im Knast zu enden.«

Er trat näher. Sie wand sich aus seinem Griff. »Man wird dich nicht einsperren. Dafür sorge ich.«

»Wie willst du das machen, Hunter?«

»Ich werde der Versicherung ihr Geld zurückzahlen.«

»So einfach ist das nicht. Und das war dir schon klar, bevor du mich auf dem Rücksitz einer Limousine in die Enge getrieben hast.«

Sein Kiefer spannte sich. »Das ist richtig.«

»Wann wolltest du damit anfangen, meine Unschuld zu beweisen?«

Er schaute an ihr vorbei. »Sobald ich das Sorgerecht für Hayden habe.«

Sie wollte sich ohrfeigen für ihre Naivität. »Sobald du das hast, wofür du mich brauchst?«

»Ich habe nichts vor dir verborgen«, gab er zurück.

»Und es hat sich gar nichts geändert? Nach allem, was zwischen uns war, ist doch alles beim Alten geblieben? Du bekommst Hayden und ich eine Gefängnisstrafe?«

Er schaute sie an. Sie spürte seinen Zorn. »Glaubst du das wirklich?«

»Ich weiß nicht, was ich glauben soll, Hunter.«

Er machte zwei schnelle Schritte auf sie zu und legte eine Hand an ihren Hinterkopf. Sein Kuss war hart und fordernd. So wie der ganze Mann. Sie hasste sich dafür, dass sie den Kuss trotz allem erwiderte. Sie wollte so gern an ihn glauben, aber sie schaffte es nicht.

Nicht blind.

Nie wieder.

Sie machte sich los, legte die Fingerspitzen an ihre Lippen und flüchtete aus dem Zimmer.

***

Seine Krawatte hing locker um seinen Hals. Eis kühlte den Bourbon in seinem Glas. Die Lichter des Weihnachtsbaums, des ersten Weihnachtsbaums seit seiner Kindheit, verbreiteten Behaglichkeit.

Gabi hatte irgendwann aufgehört zu weinen.

Jede Träne, jedes Schluchzen war ein Messer in seinem Fleisch. Er konnte ihr keinen Trost bieten. Er wagte nicht, zu ihr zu gehen und ihr zu sagen, dass sie sich in ihm täuschte. Denn eigentlich hatte sie ja recht.

Als er von dem Versicherungsbetrug und den Auslandskonten erfahren hatte, war er davon ausgegangen, dass sie nicht nur einfach dem falschen Mann vertraut hatte. Er hatte sie für eine schöne, raffinierte Frau gehalten, die mit den Wimpern klimperte, um zu bekommen, was sie wollte. Er hatte sie erst erpresst, dann kennengelernt.

Aber auch als er mehr über sie erfahren hatte, war er innerlich auf Distanz geblieben.

Er wollte Hayden.

Sein Bruder sollte nichts bekommen.

Und dann hatte Gabi völlig unerwartet eingeschlagen wie der Blitz.

Der Weihnachtsbaum schien ihn zu verhöhnen.

»Da sind Sie ja.« Andrew kam ins Zimmer, warf einen Blick auf die halb leere Whiskeykaraffe und runzelte die Stirn. »Beschäftigt?«

»Nicht jetzt, Andrew.«

Der Butler setzte sich.

»Das war ernst gemeint.«

»Feuern Sie mich.«

»Sie sind gefeuert.«

Andrew lachte. »Wann werden Sie Ihr Privatleben entschleunigen und nachdenken, bevor Sie handeln?«

Hunter betrachtete schweigend das schmelzende Eis in seinem Glas.

»Sie sind ein brillanter Geschäftsmann. Unter Ihren Händen wird sogar Dreck zu Geld. Ihren Konkurrenten sind Sie immer eine Nasenlänge voraus. Aber irgendwie habe ich das Gefühl, dass in Ihrem Schulzeugnis immer stand: *Fügt sich nur schwer in die Klassengemeinschaft ein.*«

»Warum sitzen Sie immer noch hier?«

»Weil ich der Einzige bin, der das auf sich nimmt. Wenn Sie nicht ein bisschen geduldiger werden, enden Sie als reicher, aber einsamer, bitterer alter Mann. Ich denke, so einen kennen Sie auch.«

»Ich bin nicht mein Vater.«

»Darf ich Sie an das Sprichwort vom Apfel und vom Stamm erinnern? Seltsamerweise treffen die meisten dieser alten Weisheiten zu.«

Hunter leerte sein Glas und stellte es beiseite.

»Sie haben das unverschämte Glück, an eine Frau mit einem Herzen in der Größe von Texas geraten zu sein. Sie wollen ein Kind in Ihr Haus holen, aber für eine glückliche Kindheit braucht es mehr als einen bitteren alten Mann. So viel Gutes liegt zum Greifen nah vor Ihnen, und Sie sind dabei, es zu vermasseln.«

Hunter fixierte den einzigen Menschen, der sich nicht scheute, so mit ihm zu sprechen. »Ich hatte es schon vermasselt, bevor es überhaupt angefangen hat.«

»Dann tun Sie, was jeder halbwegs normale Mann dort draußen auch tun würde. Besorgen Sie sich ein paar Meter

Klebeband und reparieren Sie den Schaden.« Andrew stand auf und wollte gehen.

Hunter hielt ihn zurück.

»Warum ist es Ihnen so wichtig, dass ich mein Privatleben auf die Reihe kriege?«

Andrew ließ den Blick durch den Raum schweifen. »Weil ich den Titel *Bitterer alter Mann* für mich allein haben will.«

Hunter lächelte.

»Und weil wir endlich mal einen Weihnachtsbaum haben.«

Damit ging Andrew aus dem Raum und überließ Hunter sich selbst.

***

»Blackwell will also den Daddy spielen? Perfekt!« Nachdenklich trommelte Diaz mit den Fingern auf den Tisch. Bislang hatte er dank der Abhörvorrichtungen jede Menge nutzlose Informationen erhalten. Aber mit dieser Neuigkeit konnte er etwas anfangen.

»Vielleicht wird es einfacher, als ich dachte. Was, Raul?« Diaz schnippte mit den Fingern. »Ich brauche die Fotos.«

»Was denn für Fotos?«

»Die, die Picano dir als verschlüsselte Datei geschickt hat, bevor er uns verlassen musste. Die Fotos können sehr nützlich sein. Ich glaube, ein paar waren von seiner Frau.«

Raul drehte sich achselzuckend wieder zum Computer.

Eins musste Diaz dem Verstorbenen lassen: Was Gabriella betraf, hatte er ganze Arbeit geleistet. Er hatte sie geheiratet, die Konten auf ihren Namen eröffnet und es so aussehen lassen, als steckte sie bis zum Hals mit in seinen Machenschaften. Er hatte alles so eingefädelt, dass sie als die Schuldige dastand. Dann noch ein paar kompromittierende Bilder ... Wenn der

Mann nicht das Zeitliche gesegnet hätte, hätte er es vielleicht geschafft, dem Arm des Gesetzes zu entkommen.

Jammerschade, dass er mit einer Brust voller Blei hatte enden müssen.

So was konnte einem den Tag verderben.

Nach einer Stunde hatte Raul die Bilder gefunden und sich in die Datei gehackt.

Diaz schaute sich die Fotos an. Er deutete auf eines, auf dem Gabriella den Arm ausstreckte, um sich einen Schuss setzen zu lassen. Genau, was er brauchte. »Perfecto.« Es gab noch ein paar andere nette Schnappschüsse, aber das Foto von der gestrauchelten Society-Lady vor dem nächsten Rausch war unschlagbar. Sicher würde Blackwell ein paar Millionen springen lassen, damit es nicht bei dem Familiengericht landete, wo über das Sorgerecht für den Kleinen entschieden wurde. Diaz nickte zu Raul hinüber. »Jetzt musst du nur noch rausfinden, bei welcher Versicherung Picanos Frau abkassiert hat. Ich brauche die Nummer der Police, den Namen des Agenten … irgendwas.«

Raul schniefte, stach mit den Zeigefingern in die Luft und begann zu tippen.

Einige Zeit später nahm Diaz die Zigarre aus dem Mund und stieß bedächtig den Rauch aus. Er hatte alles, was er brauchte, um Hunter Blackwell an den Eiern zu packen. Der Mann musste sich bald entscheiden, was ihm wichtiger war: sein Sohn und seine Frau – oder sein Geld.

***

Wo Hunter geschlafen hatte, wusste Gabi nicht. Bei ihr hatte er jedenfalls nicht übernachtet. Am Morgen wachte sie mit verquollenen Augen und furchtbaren Kopfschmerzen auf.

Diese Misere hatte sie sich selbst eingebrockt. Sie war Alonzo und seinen Lügen auf den Leim gegangen. Sie hatte

Hunter geheiratet, anstatt sich mit ihren Nöten an ihre Familie zu wenden. Und sie war offenen Auges und aus freien Stücken mit ihrem Ehemann auf Zeit ins Bett gegangen. Dass sie Gefühle für ihn entwickeln würde, war nicht Teil des Plans gewesen. Aber irgendwann zwischen Herbst und Winter waren die Mauern um ihr Herz brüchig geworden und Hunter war durch die Risse geschlüpft.

Er sagte, er sei kein vertrauenswürdiger Mensch und würde sie nicht verdienen. Er gab sogar offen zu, dass er sie benutzte, und doch hatte sie gehofft, dass sich genau wie bei ihr auch in seinem Inneren etwas verändert hatte.

Wie hatte Lori sich ausgedrückt? Um diese Ehe unbeschadet zu überstehen, musste sie die kühle, distanzierte Person wiederbeleben, als die sie sich auf die ganze Sache eingelassen hatte.

Doch als Gabi nach dem Duschen versuchte, die dunklen Ringe unter ihren Augen wegzuschminken, schaute aus dem Spiegel keine kühle Frau zurück, sondern eine gebrochene.

Sie straffte die Schultern. Feuchtigkeitscreme, Camouflage für die dunklen Stellen unter den Augen, dann ein Schutzschild in Form von Foundation. Etwas Rouge musste ihr fehlendes Selbstbewusstsein ersetzen, bis sie es irgendwie wiederfand. Ihre ausdrucksvollen Augen würden heute wahre Scheinwerfer werden müssen. Mit Eyeliner und Mascara setzte sie sie in Szene und kam sich dabei vor wie ein Clown, der sich ein Lächeln ins Gesicht malte. Ein dunkler Lippenstift vervollständigte ihr kosmetisches Arsenal. Dann steckte sie ihr Haar zu einem Knoten auf und ließ kunstvoll zwei Strähnen an ihrem Hals hinabfallen.

Hunter mochte es, wenn sie ihr Haar offen trug.

Also steckte sie es hoch.

In ihrem begehbaren Kleiderschrank ließ sie den Bademantel von ihren Schultern gleiten. Sie wählte ihre Kleidung mit Bedacht. Lächelnd stieg sie in hauchzarte Unterwäsche. Die würde Hunter gut gefallen, aber zu sehen bekommen würde er sie nicht. Ihr Lächeln wurde grimmig.

Dieser Teil ihrer Beziehung war abgehakt.

Das Stricktop umschmeichelte ihre Brüste und betonte ihre schlanke Taille. Die Seidenhose war wie eine schimmernde zweite Haut und die acht Zentimeter hohen Absätze rundeten das Outfit auf raffinierte Weise ab.

Eine ganze Stunde dauerte heute das Morgenritual, mit dem sie sich versicherte, wie stark sie war.

Keine Tränen mehr.

Kein Vertrauen mehr.

Keine Fehler mehr.

Andrew saß in die Morgenzeitung vertieft in der Küche. Als Gabi eintrat, sprang er auf. »Guten Morgen, Mrs Blackwell.«

Die Aufforderung, er solle sie beim Vornamen nennen, blieb ihr im Hals stecken. *Kühl und distanziert.*

»Guten Morgen, Andrew.«

»Ich habe Kaffee gemacht. Möchten Sie lieber Tee?«

»Kaffee ist in Ordnung.«

Bevor sie es selbst tun konnte, war er schon am Schrank und holte ihr einen Becher.

Sie nahm den Kaffee entgegen, trank einen kleinen Schluck und murmelte einen Dank.

»Hunter lässt ausrichten, er sei im Büro.«

Laut der Uhr an der Wand war es bereits nach neun. »Ist gut.«

Sie hörte Schritte. »Morgen, Mrs B«, sagte eine vertraute Stimme.

»Guten Morgen, Solomon.«

Ihr Leibwächter ging schnurstracks zur Kaffeekanne und stieß nach dem ersten Schluck ein zufriedenes Summen aus.

»Ich habe meine Pfannkuchen-Kenntnisse erweitert. Darf ich Ihnen welche anbieten?«, sagte Andrew.

»Kaffee genügt, danke«, antwortete sie.

Sein Lächeln fiel in sich zusammen.

Stille breitete sich aus. Doch bald wurde sie durch die Klingel am Eingangstor unterbrochen. Andrew ging an die Sprechanlage und ließ jemanden ein.

Gabi ließ sich Zeit mit ihrem Kaffee. Sie dachte über ihren Tag und ihr Leben nach. Andrew kam von der Haustür zurück und riss sie aus ihren Überlegungen.

Sie stellte den Kaffeebecher beiseite. Hinter Andrew wartete ein Lieferant mit einem Armvoll Blumen. »Expresslieferung.« Damit drückte er ihr den Strauß in die Hand.

Ihre Nasenflügel bebten. Tränen brannten in ihren Augen. »Von wem sind die?« Als wüsste sie das nicht.

»Von einem Mr Blackwell.«

»Andrew?«, presste sie hervor. »Könnten Sie …?«

»Selbstverständlich, Mrs Blackwell.«

Andrew kramte ein Trinkgeld aus seiner Tasche und brachte den Mann zur Tür.

Die Blumen waren wunderschön. Der Strauß ähnelte dem, den Hunter ihr nach ihrer ersten Begegnung geschickt hatte.

Ich stehe das nicht noch mal durch.

Gabi pflückte die Karte zwischen den Blüten hervor und genoss auf dem Weg durch die Küche deren betörenden Duft. Dann öffnete sie den Mülleimer und ließ die Blumen hineinfallen. Sie wusste, dass Hunter über jede ihrer Bewegungen genauestens informiert werden würde.

Den herrlichen Strauß wegzuwerfen, tat weh, aber noch viel schmerzhafter war es, anschließend am offenen Kamin ein Streichholz anzuzünden. Sie hielt es an den kleinen Umschlag mit Hunters Nachricht. Sofort fraß die Flamme sich in das gewachste Papier. Um sich nicht die Finger zu verbrennen, warf sie die Karte in den Kamin. »Noch mal gehe ich dir nicht auf den Leim«, flüsterte sie.

Zusammen mit dem Papier zerfielen Gabis Überlegungen zu Asche, was andere wohl von ihr denken mochten. »Solomon?«

»Ähm, ja, Mrs B?«

»Ich bin keine gute Fahrerin«, sagte Gabi mit monotoner Stimme. Noch immer hing ihr Blick an dem kleinen Gluthäufchen.

»Ja, ähm, Neil hat so etwas gesagt.«

Sie drehte sich zu Solomon und versuchte zu lächeln. Beide Männer starrten sie an, als trüge sie plötzlich ein Horn auf der Stirn.

»Sie sind ein guter Fahrer.«

Solomon hob das Kinn und grinste breit. »Wenn ich nicht zum Militär gegangen wäre, hätte ich NASCAR-Rennen gefahren.«

Gabis vage Idee verfestigte sich zu einem Entschluss.

»Der Aston ist aus der Werkstatt zurück, nicht wahr, Andrew?«

»Ja ...«

Bestens.

»Hätten Sie Lust, mir eine Fahrstunde zu geben, Solomon?«

Solomon hob eine Braue und blinzelte.

»Wir nehmen meinen Wagen.«

Wieder ein Blinzeln. Und noch eines.

»Den Aston Martin?«

Gabi zuckte die Achseln. »Was kann schlimmstenfalls passieren?«

KAPITEL 28

Er konnte sich nicht konzentrieren. Andrews Nachricht hatte Hunter gründlich den Tag verdorben. Sein Butler hatte ihm ein Foto der Blumen im Müll geschickt und einen Text angefügt. *Die Karte verglüht gerade ungelesen im Kamin.*

Die nächste Nachricht hatte aus einem einzigen Wort bestanden. *Klebeband!!!*

Er musste das wieder in Ordnung bringen. Leider wusste er nicht, wie. Sein ganzes Erwachsenenleben lang hatte er Probleme mit Geld und Macht gelöst. Mit wachsendem Reichtum war auch seine Macht größer geworden und Problemlösungen wurden damit noch einfacher. Andrews Worte hallten durch seinen Kopf. *Entschleunigen.* Wenn er sein Privatleben nicht mit mehr Bedacht anging, steuerte er direkt in eine Katastrophe. Ein Blumenstrauß im Müll war der Vorbote eines drohenden Tornados.

Hunter drehte sich auf seinem Schreibtischstuhl zum Fenster und schaute hinunter auf die Stadt. Der Himmel war grau. Im südlichen Kalifornien kam das eher selten vor, aber die Farbe passte zu seiner Gemütslage.

Vermutlich auch zu Gabis, nahm er an.

Bis vor ein paar Monaten hatte er seine Ziele immer ganz klar vor Augen gehabt. Jetzt hinderten ihn seine Gefühle und die Angst vor den Konsequenzen daran, diese Ziele weiterhin so rücksichtslos zu verfolgen wie früher. Jetzt hatte er Gabi in seinem Leben. Sie unterstützte ihn und hatte ein riesiges Herz. Sogar das Kinderzimmer hatte sie hergerichtet. Nach allem, was hinter ihr lag, hätte sie auch abgestumpft und innerlich tot sein können.

Ihre Familie und ihre Freunde liebten sie und würden ihn, ohne mit der Wimper zu zucken, in Stücke reißen, wenn er ihr wehtat. Selbst Andrew war völlig von ihr eingenommen.

Ein paar Worte und ein paar Blumen, damit würde er diese Beziehung nicht retten.

Aber genau das wollte er.

Er schaute sich in seinem farblosen Büro um und dachte an das Apartment, in dem er ein ähnlich leeres, kaltes Leben geführt hatte. Er wollte mehr.

Und er wollte es mit Gabi.

In seinem Kopf entstand ein Plan.

Er musste seine Ziele zurückstellen und erst einmal ihre ins Auge fassen.

Das Handy in seinem Jackett summte. Er überlegte, ob er den Anruf ignorieren sollte, dann zog er das Telefon doch aus der Tasche und warf einen Blick auf das Display.

Offenbar war noch nicht alles verloren. Auf dem Display erschien Gabis Name.

»Gabi«, flüsterte er ins Telefon.

Das Lachen eines Mannes antwortete ihm.

Hunter erstarrte. Erneut warf er einen Blick auf das Display. Dort stand immer noch Gabis Name.

»Wer sind Sie?«

»Mr Blackwell. Ich bin Ihr neuer bester Freund.« Die Stimme war tief, der Akzent deutete auf einen Ursprung weit südlich der Grenze hin.

»Wer sind Sie? Wo ist meine Frau?«

»Ihre reizende Gattin ist genau da, wo sie hingehört. Zumindest jetzt noch. Aber das kann sich ändern, mein Freund. Ich mag es nicht, wenn Leute mir mein Geld wegnehmen. Dann jucken mir die Finger und ich hole mir zurück, was mir gehört. Sie verstehen, was ich meine?«

»Wovon reden Sie? Wer sind Sie?« Hunter griff nach seinem Schreibtischtelefon.

»Zehn Millionen, Mr Blackwell.«

»Wie bitte?«

Die Stimme lachte. »Checken Sie Ihre E-Mails. Gabriella … eine schöne Frau, Ihre Angetraute. Sie hat Ihnen ein Foto geschickt.«

Hunter klickte sich zu seinen Mails. In seinem privaten Account fand er eine Nachricht und öffnete sie.

Sein Magen zog sich zusammen. Er sah ein Bild von Gabi in der vermutlich dunkelsten Zeit ihres Lebens. Sie war nur der Schatten der Frau, die er kannte. Dunkle Ringe lagen unter ihren Augen, ein weißes Kleid hing lose an ihren dünnen Schultern und aus der Vene ihres ausgestreckten Armes ragte eine Nadel.

»Wer sind Sie, zum Teufel?«

»Ein Mann, der bald um zehn Millionen Dollar reicher sein wird. Und damit Sie verstehen, wie ernst ich es meine, gebe ich Ihnen jetzt zehn Minuten, um Ihre Frau am Leben zu halten.«

Hunter hielt es nicht mehr in seinem Sessel.

»Habe ich Ihre volle Aufmerksamkeit, Mr Blackwell?«

»Ja«, zischte er zwischen zusammengebissenen Zähnen hindurch.

»In den Bondfilmen fliegt öfter mal ein Aston Martin in die Luft. Vielleicht fordern Sie Ihren Fahrer auf, die Fahrstunde abzubrechen und sich das Feuerwerk lieber von außerhalb des Wagens anzusehen.«

»Was zum …«

»Ich melde mich wieder.«

Die Leitung war tot.

Mit jagendem Herzen wählte Hunter die Festnetznummer seines Hauses, während ein Licht in ihm zu erlöschen drohte.

»Tiffany?«, schrie er zur geschlossenen Tür seines Büros hin.

Andrew nahm beim ersten Klingeln ab. »Klebeband gefunden?«

»Geben Sie mir Solomon.«

»Er ist nicht da.«

Tiffany hastete ins Zimmer.

»Wo ist er? Wo ist Gabi?« Hunters Tonfall signalisierte deutlich, dass Gefahr im Verzug war.

Er fixierte Tiffany. »Holen Sie mir Neil MacBain ans Telefon. Sofort!«

Tiffany verschwand so schnell, wie sie gekommen war.

»Solomon gibt Gabi gerade eine Fahrstunde«, erklärte Andrew.

»Im Aston?«

»Ja. Was ist los, Hunter?«

Oh Gott. »Keine Zeit.«

In der Sekunde, in der er auflegte, war Tiffany zurück. »Leitung zwei.«

»Neil?«

»Was gibt's?«

»Ich habe gerade eine Todesdrohung für Gabi bekommen. Mir bleiben neun Minuten, um sie und Solomon aus dem Aston zu kriegen.«

Hunter konnte unmöglich die Hände stillhalten. Sein Handy lag vor ihm auf dem Tisch. Auf gut Glück wählte er Gabis Nummer. Sofort wurde er mit der Mailbox verbunden. Er schlug mit der Faust auf die Tischplatte. Gleichzeitig hörte er Neil Befehle bellen.

»Hast du ihn?«

»Noch nicht.«

»Acht Minuten, Neil.«

***

Hier auf dem Verkehrsübungsplatz konnte eigentlich nichts passieren. Nur warum krallte Solomon die Hand so krampfhaft in die Türverkleidung? Gabi nahm den Fuß vom Gas und konzentrierte sich darauf, den Pylonen auszuweichen. Bei niedrigem Tempo gelang ihr das ganz gut.

Sobald sie ein bisschen Gas gab, wurde es schwieriger.

»Nicht so stark einschlagen«, sagte Solomon. »Halten Sie das Lenkrad etwas lockerer und bleiben Sie einfach in der Spur.«

Der Aston machte einen kleinen Hüpfer in die Gegenrichtung.

»Lockerer halten, nicht loslassen.«

»Oh.« Gabi nahm die nächste Kurve ein wenig flotter und gab sich Mühe, entspannt zu bleiben. Das Telefon in ihrer Handtasche klingelte. Sie warf einen Blick über ihre Schulter.

»Denken Sie nicht mal dran, jetzt ranzugehen.«

Stirnrunzelnd sah sie Solomon an. »Das wäre mir niemals eingefallen.«

Er schaute aus dem Fenster und klammerte sich an die Tür. »Vorsicht!«

Ein paar Pylonen stürzten um, als Gabi sich in der nächsten Kurve verschätzte. Sie brachte den Aston wieder auf Kurs. Im selben Moment klingelte Solomons Telefon. »Okay. Wir versuchen es noch mal. Von Telefonen und Menschen dürfen Sie sich nicht ablenken lassen, Mrs B. Sonst passiert irgendwann ein Unglück.«

Gabi straffte die Schultern. Zum x-ten Mal schlingerten sie über die s-förmige Strecke. Als Solomons Telefon erneut klingelte, war Gabi stolz, dass sie kaum darauf achtete.

Sie schaute nicht mal hin, als Solomon das Gespräch annahm. »Ich bin im Moment ziemlich beschäftigt«, sagte er dem Anrufer.

»Was?«

Langsam in die Kurve fahren, nicht übersteuern. Perfekt. Voll in der Spur.

»Oh, Scheiße.«

Gabi hätte sich gern zum Beifahrersitz gedreht, vermutete aber, dass Solomon nur testen wollte, ob sie sich nicht doch ablenken ließ.

Lächelnd fuhr sie weiter.

»Halten Sie an!«

Gabi fuhr unbeirrt in die S-Kurve.

»Anhalten!« Diesmal griff Solomon ins Lenkrad.

Gabi trat kräftig auf die Bremse.

Sobald der Wagen stand, drückte Solomon auf den Knopf ihres Sicherheitsgurts. »Aussteigen!«

»Was? Was ist …?«

»Raus!« Er griff über sie hinweg, öffnete die Tür und stieß sie auf.

Bevor sie wusste, wie ihr geschah, war Solomon aus dem Aston gesprungen und zur Fahrerseite gesprintet. Er zerrte sie vom Sitz, hielt ihre Hand fest und rannte los. Sie musste mitlaufen, sie hatte keine Wahl.

»Was ist denn?« Die Worte waren kaum heraus, als Lärm, Hitze und eine unvorstellbare Kraft sie von den Füßen rissen.

Solomon hielt sie eisern fest. Der Boden schien ihnen entgegenzurasen. Gabis linker Arm schlug als Erstes auf. Ein heftiger Schmerz durchzuckte sie.

Sie konnte nichts hören. Die Flammen, die sie aus den Augenwinkeln sah, ließen erahnen, was passiert war.

Bei der zweiten Explosion bedeckte Gabi schützend ihre Augen. Dann schob Solomon ihre Hand weg. Sein Gesicht erschien vor ihrem. Gabi sah, wie seine Lippen sich bewegten, aber sie hörte nur ein Klingeln in ihren Ohren.

Der Aston brannte lichterloh.

Solomons Lippen formten Worte. Sie nahm an, er fragte sie, ob sie verletzt sei.

Gabi schüttelte den Kopf, begann aber gleichzeitig zu zittern. *Was ist mit meinen Ohren?* Sie spürte die Vibration in ihrer Kehle, doch was sie sagte, hörte sie nicht.

Solomon zeigte auf seine Ohren und zuckte die Achseln. Er hob die Hand, in der er noch immer das Telefon hielt, und sagte etwas zu dem Anrufer.

Einer der Hinterreifen explodierte. Gabi zitterte noch heftiger.

Vor ein paar Sekunden hätte ihr Leben enden können.

Solomon legte die Arme um sie und hielt sie fest.

Sie ließ es geschehen.

Weil der Verkehrsübungsplatz zu einer Polizeiwache gehörte, waren in kürzester Zeit Einsatzkräfte zur Stelle. Die hohen Töne von Feuerwehrsirenen drangen zu Gabi durch. Sie war ein wenig erleichtert. Offenbar war sie doch nicht völlig taub.

Benommen schaute sie zu, wie Polizisten auf dem Platz umherhasteten. Die orangefarbenen Pylonen in der Nähe des Aston schmolzen einen surreal langsamen Tod. Jemand hob ihren Arm und umwickelte ihn mit einer Bandage. Sie schaute an sich hinab. Jetzt bemerkte sie das Blut. Sie stand offenbar unter Schock, denn seit dem Aufprall auf dem Boden hatte sie keinen Schmerz mehr gespürt.

Um sie wurde gesprochen. Die lauteren Töne hörte sie, die leiseren nicht.

Erst als ein Sanitäter versuchte, ihr vom Boden aufzuhelfen, verebbte der Adrenalinfluss in ihren Adern.

Schmerzen durchzuckten ihren Arm und ihr Knie. Ihr Schädel drohte zu zerreißen. Zwei Sanitäter hoben sie auf eine Trage. Solomon schüttelte die Männer ab, die sich um ihn bemühten, und heftete sich an ihre Seite. Gabi fühlte sich wie in einem Stummfilm gefangen. Gleichzeitig spürte sie die Schmerzexplosionen in ihrem Körper.

Aus dem Augenwinkel bemerkte sie eine Bewegung und drehte den Kopf.

Hunter. Sein eleganter Anzug wirkte zerknittert. Wie seltsam es war, sich gerade jetzt Gedanken wegen des Zustands seiner Kleidung zu machen, ging ihr erst ein paar Stunden später auf. Den Mann in den Kleidern erkannte sie kaum wieder.

Er drängte sich zwischen den Polizisten hindurch, zeigte auf sie und eilte zu ihr. Noch immer drangen alle Laute nur gedämpft bis zu ihr. Das hohe Heulen von Sirenen und einige tiefere Töne hörte sie. Hunters Worte konnte sie nicht verstehen.

Er griff nach ihrer Hand und schaute einen der Sanitäter an. Dann nickte er ein paarmal und sah ihr ins Gesicht.

Gabi entdeckte etwas ganz Neues in seinen Zügen.

Emotionen. Echt, spontan und ungeplant.

Tränen brannten in seinen Augen, tiefe Sorge zerfurchte seine Miene.

Er stieg zu ihr in den Krankenwagen und sprach mit jemandem hinter ihm. Als die Türen sich geschlossen hatten und sie auch jetzt nur die lautesten Fahrgeräusche hören konnte, schloss sie die Augen.

Hunter drückte ihre Hand und Gabi erwiderte den Druck.

***

Geduld war eine Tugend, die Hunter in kürzester Zeit erlernen musste. Er war rechtzeitig gekommen, um mit Gabi ins Krankenhaus zu fahren. Mit ihr reden konnte er nicht. In der

Klinik wurde sie sofort in die Notaufnahme gebracht. Ihn zerrte man weg, um ihm Fragen zu stellen. Die meisten konnte er nicht beantworten. Allergien gegen Arzneimittel? Vorerkrankungen?

Er wusste so wenig über seine Frau.

Bald kamen Neil und Gwen. Kurz danach traf auch Samantha ein. Judy erschien und telefonierte mit Gabis Familie.

Neil erzählte ihnen, was er wusste, ohne dabei ins Detail zu gehen.

Als eine der Krankenschwestern Hunters Namen rief, zuckte nicht nur er zusammen. Die Schwester brachte sie in einen kleinen Raum. Die Frauen setzten sich, die Männer blieben stehen. »Ihre Frau ruht sich jetzt aus, Mr Blackwell. Der Arzt hat ihr etwas gegeben und ihren Arm geschient.«

»Geschient?«, fragte Samantha.

»Ein Knochenbruch. In sechs Wochen wird sie nicht mehr daran denken.«

Um Gabis Arm machte Hunter sich kaum Sorgen. »Hört sie noch immer nichts?«

Die Schwester blieb vage. »Wie die Sanitäter Ihnen sicher gesagt haben, wird sie die Folgen der Explosionen noch ein paar Stunden lang spüren. Auf laute Geräusche reagiert sie bereits. Aber bis sie Gesprächen wieder folgen kann, vergehen sicher noch ein paar Stunden. Meistens sind die Beeinträchtigungen vorübergehend. Der Mann, der bei ihr war …«

»Solomon?«, fragte Neil.

»Ja. Sein Gehör hat sich schon recht gut erholt.«

Gott sei Dank. Wenigstens konnten sie mit ihm reden, und er konnte ihnen sagen, was passiert war. Wobei Hunter sich einiges bereits denken konnte.

»Wann kann ich zu ihr?«, fragte er.

»Jetzt sofort, wenn Sie möchten. Aber bitte immer nur zwei Personen gleichzeitig. Hier ist heute unheimlich viel los. Wir dürfen die Gänge nicht zusätzlich verstopfen.«

Judy stellte sich neben Hunter. »Wenn ich Meg nicht bald auf den neuesten Stand bringe, dreht sie durch.«

Die Krankenschwester ging ihnen voraus durch die belebten Flure der Notaufnahme bis zu dem Zimmer, in dem Gabi lag.

Sie war allein. Ihre Augen waren geschlossen, ihr Arm hing in einer Schlinge. Monitore summten und piepten. Was sie aufzeichneten, interessierte Hunter im Augenblick nicht. Er war zu erleichtert, dass die Frau auf der Pritsche atmete.

Gabi öffnete die Augen. Ihr Blick war glasig, doch sie versuchte zu lächeln.

»Oh Gabi.« Judy war zuerst bei ihr. »Kannst du mich hören?«

Gabi fixierte sie angestrengt. Dann murmelte sie: »Ich kann dich nicht hören.« Sie deutete auf die weiße Tafel, die jemand neben sie gelegt hatte.

Judy schrieb ihre Frage darauf. *Wie fühlst du dich?* Sie hielt Gabi die Tafel hin.

»Wie ausgespuckt«, hörte Hunter Gabi antworten.

Bevor Judy eine weitere Frage aufschreiben konnte, hielt Gabi ihre Hand fest. »Sag Val, mir geht's gut.« Diesmal waren die Worte kaum lauter als ein Flüstern. Ein Beweis, dass Gabi sich selbst nicht hören konnte.

Judy schaute Hunter an. »Findest du, sie sieht aus, als würde es ihr gut gehen?«

Nein. Sie sah müde aus, mitgenommen und benebelt. »Im Augenblick kann Val nichts für sie tun. Das könnte er nicht mal, wenn er hier wäre. Wozu ihm unnötig Sorgen bereiten? Sag ihm, was die Krankenschwester uns gesagt hat. Ein gebrochener Arm und ein vorübergehender Gehörverlust.«

»Und falls der Schaden bleibend ist?«

Hunters Nasenflügel bebten. »Dann kann Val trotzdem nichts machen. Wir müssen das Beste hoffen.«

Judy nickte und schrieb auf die Tafel: *Rufe jetzt deinen Bruder an. Hab dich lieb.*

Gabi versuchte zu lächeln, dann machte sie die Augen wieder zu.

Judy verließ das Zimmer. Hunter setzte sich auf den Stuhl neben der Pritsche und schaute zu, wie Gabi schlief.

Er zwang sich, ganz ruhig zu werden und im Takt ihrer Herzschläge auf dem Monitor zu atmen. Hunter versetzte sein Leben in den Stand-by-Modus.

Hin und wieder gab es draußen vor der Tür ein lautes Geräusch, und er spürte, wie Gabi zuckte. Anscheinend hörte sie etwas, obwohl sie jetzt schlief.

Das Vibrieren des Telefons in seiner Tasche riss ihn aus seinen Gedanken. Auf dem Display erschien Remingtons Nummer. »Ich habe jetzt keine Zeit.«

Stille.

Hunter wartete. Er biss sich auf die Unterlippe.

»Ist meine Botschaft angekommen?« Wieder der spanische Akzent.

Sie sind ein toter Mann. Die Worte lagen Hunter auf der Zunge. Aber er übte sich gerade in Geduld. »Ja«, sagte er.

»Keine Polizei, Mr Blackwell.«

»Es wird Fragen geben.«

»Dann weichen Sie aus. Zehn Millionen. In bar.«

»Unmöglich.«

»Ich kann auch eine Kindertagesstätte sprengen, Mr Blackwell.«

Jetzt wusste Hunter, wie es sich anfühlte, wenn jemand einen bei den Eiern hatte. »Wann?«

»Ich melde mich wieder.«

KAPITEL 29

Tempo drosseln. Ruhig bleiben.

Leichter gesagt als getan.

Autos, die aus heiterem Himmel explodierten, erregten unweigerlich die Aufmerksamkeit der Polizei. War es gut oder schlecht, dass Gabi im Augenblick nicht kommunizieren konnte? Im Krankenhaus hatte sich ein Riesentrupp Freunde eingefunden. Und draußen vor der Tür campierten die Medien und lauerten auf eine Story.

Hunter ließ den Blick durch die Lobby voller bekannter Gesichter schweifen und fand nur eine einzige stoische Miene. Er winkte Neil zu sich und zog ihn in eine Ecke.

»Die Polizei stellt Fragen«, raunte Neil, als sie allein waren.

»*Keine Polizei*, hat der Anrufer gefordert.« Hunter rieb sich den Nacken.

»Wiederhol noch mal genau, was er gesagt hat.«

Hunter beschrieb Neil das erste kurze Gespräch, dann das zweite. »Beide Anrufe kamen von Nummern, die ich kenne. Erst von Gabis Handy, dann von dem eines Kollegen von dir.«

»Unser Mann kennt ein paar Hackertricks.«

»Wie macht er das?«

»Genau wie die Leute, die dir unter Omas E-Mail-Adresse Werbung für Potenzmittel schicken. Dazu braucht man kaum mehr als eine Kontaktliste.«

Hatte Remington nicht gesagt, ihm sei in Kolumbien das Telefon geklaut worden? »Verdammt.«

»Der Kerl hatte einen ziemlich starken spanischen Akzent.«

Neil verzog das Gesicht. »Du meinst, wie ein kolumbianischer Drogenbaron?«

Das konnte Hunter sich gut vorstellen. »Hast du von deinen Leuten aus Florida gehört?«

»Sie haben mir den Namen Diaz geliefert. Keine Beschreibung. Nach allem, was ich höre, hat er Leute, die die Drecksarbeit für ihn erledigen. Seine Drogengeschäfte laufen wie eine gut geölte Maschine, und falls irgendwer sich erwischen lässt, wirkt sich das auf seine Lebenserwartung aus. Es scheint, als hätte der Typ nicht nur in Kolumbien Verbindungen bis in die Gefängnisse, sondern auch in Florida und Texas. Seit Picanos letzte Fracht auf dem Meeresgrund gelandet ist, ist es allerdings ziemlich ruhig um ihn geworden.«

Hunter schüttelte den Kopf. »Ich habe es nur hin und wieder mit windigen Geschäftsleuten zu tun, Neil. Dieser Diaz spielt in einer ganz anderen Liga.«

»Gut, dass ich diese Liga kenne. Mein Cyber-Team arbeitet schon an den Telefonanrufen. Du musst Gabi überreden, brav zu Hause zu bleiben, bis wir die Sache aufgeklärt haben. Nur so können wir sie schützen.«

»Der Wagen stand heute Morgen in unserer Garage.«

»Hast du nicht gesagt, er sei kürzlich in der Werkstatt gewesen?«

Daran hatte Hunter nicht mehr gedacht.

»Ich werde das überprüfen. Vermutlich hat unser Mann diese Gelegenheit genutzt«, erklärte Neil.

»Woher wusste er, dass es diese Gelegenheit gibt?«

»Er beobachtet dich. Und Gabi.«

Hunter ließ unwillkürlich den Blick durch den Raum schweifen.

»Was ist mit Hayden?«

»Ihn bei dir zu Hause zu schützen, wäre leichter.«

»Bis jetzt habe ich noch kein Sorgerecht. Wenn ich der Mutter von der Gefahr erzähle, rennt sie zu den falschen Leuten und macht sich und den Kleinen zur Zielscheibe.«

»Gibt es jemanden, der die beiden verschwinden lassen kann?«

Großer Gott.

Er saß bis zum Hals in der Patsche.

***

Am nächsten Tag wurde Gabi aus dem Krankenhaus entlassen. Ihr Gehör hatte sich erholt, und einzig der gebrochene Arm und ein Kratzer am Schienbein erinnerten daran, dass sie dem Tod nur knapp entronnen war. Val hatte sie am Morgen angerufen, sie gefragt, wie es ihr ginge, und sie gedrängt, auf die Insel zu kommen. Zum Glück hatten Neil und Gwen Gabis Familie überreden können, nicht umgehend anzureisen. Damit die Unterhaltung möglichst privat blieb, sprach sie Italienisch mit ihrem Bruder.

»Komm nach Hause, Gabi.«

»Um dich in den Schlamassel mit reinzuziehen? Nein, Val. Das habe ich mir selbst eingebrockt.«

Sie hörte ihren Bruder schnauben. »Wenn du nicht mit diesem Typen verheiratet wärest, wäre das alles nicht passiert.«

»Oder ich wäre tot. Bitte, Val. Mach es nicht schlimmer, als es schon ist. Ich rufe dich von jetzt an täglich an. Versprochen.«

»Und jeden Abend schickst du mir eine Nachricht.«

»In Ordnung. Bitte mach dir keine Sorgen.«

Ein paar Minuten lang musste sie noch beruhigend auf Val einreden, dann legten sie auf.

Gabi wurde in einem neuen Wagen nach Hause gefahren. Ein zweites Fahrzeug mit weiteren Sicherheitskräften folgte. Sie fühlte sich wie die bestbewachte Frau der Welt.

Andrew begrüßte sie mit einem besorgten Lächeln. »Freut mich, dass Sie wieder zu Hause sind, Mrs Blackwell.«

»Danke, Andrew.« Sie schaute sich im Wohnzimmer um. Hier war alles unverändert. Hunter war nicht da.

Er war während ihres Gesprächs mit Val verschwunden. Wann er wiederkommen würde, hatte er ihr nicht gesagt. Gwen hatte ihr zugeflüstert, Hunter und Neil würden eng zusammenarbeiten und sie stünde zu ihrem eigenen Schutz sozusagen unter Hausarrest.

Nach all den Ohrfeigen, die ihr das Leben schon verpasst hatte, beschloss Gabi, auf Widerspruch zu verzichten.

Obwohl sie nur Schmerzmittel für ihren Arm nahm, fühlte sie sich benommen. Sie hätte sich einfach ins Bett legen können. Stattdessen schaltete sie ihren Computer ein und überprüfte alle Sicherheitseinstellungen. In den sozialen Medien war sie kaum aktiv. Sie glaubte nicht, dass sie von dort her beobachtet wurde. In ihre anderen Online-Accounts loggte sie sich ein und änderte die Passwörter.

Sie kündigte ihren Handyvertrag, schloss bei einer anderen Gesellschaft einen neuen ab und änderte ihre Rufnummer. Auch die Auslandskonten schaute sie sich an. Offenbar hatte es in letzter Zeit keinerlei Zugriffe gegeben. Schließlich machte sie sich daran, den Inhalt ihrer Handtasche zu ersetzen, der durch die Explosion zerstört worden war. Ihre Kreditkarten zum Beispiel und ihren Führerschein.

Als alles erledigt war, was sie im Augenblick tun konnte, ging Gabi in die Küche.

Andrew und Solomon hörten auf zu reden und schauten sie an.

»Wenn Sie jedes Mal verstummen, sobald ich reinkomme, wird das auf die Dauer für uns alle ziemlich anstrengend. Meinen Sie, Sie können sich das abgewöhnen?«, sagte sie zu den Männern.

»Sorry, Mrs B.«

Sie warf einen Blick in die Speisekammer. »Ich muss einkaufen.«

»Ähm. Mr B meint, wir sollten lieber hierbleiben.«

Sie nickte. »Lassen Sie es mich anders formulieren. Ich brauche ein paar Sachen. Wir können sie bestellen und liefern lassen. Aber das bedeutet, ein Fremder kommt zum Haus. Oder jemand kann für mich zum Supermarkt fahren.«

Sie kamen überein, die Lebensmittel vorzubestellen. Später fuhr Andrew mit einem Sicherheitsmann los und holte sie ab.

Einhändiges Backen erwies sich als schwierig. Aber es war besser, als darüber nachzugrübeln, wo zum Teufel Hunter den ganzen Tag steckte.

Gabi hatte Fragen, die nur er beantworten konnte.

Als sie die letzten Plätzchen aus dem Ofen holte, meldete ein Wachmann, die Polizei sei da und wolle mit ihr reden.

Solomon hängte sich sofort ans Telefon.

Connor brachte die Polizisten ins Haus. Die beiden Uniformierten trugen mit schwerer Ausrüstung behängte Gürtel. Ein Mann blieb bei Connor stehen, der andere ließ den Blick durch den Raum schweifen. Gabi ging zu ihm und stellte sich vor.

»Danke, dass Sie bereit sind, mit uns zu reden, Mrs Blackwell. Ich bin Officer Delgado. Wir haben letzte Woche telefoniert.«

»Ja. Wegen des vermissten jungen Mannes.«

»Genau.«

»Ich hoffe, Sie haben ihn gefunden.«

Die Polizisten tauschten einen Blick aus. »Haben wir. Aber leider nicht lebend.«

Gabi spürte, wie ihre Gesichtszüge gefroren. »Oh nein. Was ist passiert?«

»Wir gehen von einem Verbrechen aus. Der Mann wurde in der Wüste hinter Lancaster gefunden. In einem ausgebrannten Firmenvan.«

»Das ist ja grauenhaft.«

»Seine Familie ist absolut fassungslos.«

»Das sind schreckliche Nachrichten. Was kann ich für Sie tun? Was ich weiß, habe ich Ihnen bereits gesagt.«

Officer Delgado schaute erst Solomon an, der gerade das Zimmer betrat, dann Connor und Andrew. Schließlich wandte er sich wieder an Gabi. »Ist nicht gestern Ihr Wagen explodiert?«

Gabi kniff die Lippen zusammen.

Solomon stellte sich neben sie. »Der Wagen war letzte Woche in der Werkstatt.«

Delgado schaute ihn an. »Sie sind Mrs Blackwells Leibwächter?«

Solomon nickte.

»Und Sie sind?« Der zweite Polizist nickte Connor zu.

»Security«, antwortete Connor.

»Und der Mann am Tor?«

»Mein Mann ist sehr wohlhabend«, erklärte Gabi hastig. »Man kann nicht vorsichtig genug sein.«

»Dass Sie sich mit so vielen Sicherheitsleuten umgeben, ist doch recht interessant. Genau wie die Tatsache, dass ein Anschlag auf Sie verübt worden und in der Nähe jemand ums Leben gekommen ist. Ich sehe da eine Verbindung.«

»Was mit dem jungen Mann geschehen ist, weiß ich nicht, Officer.«

»Aber irgendetwas wissen Sie schon.«

Solomon schob sich zwischen den Polizisten und Gabi. »Dieses Gespräch müssen wir ein andermal fortsetzen. Connor bringt Sie zur Tür.«

»Wir wollen nur mit Ihnen reden, Mrs Blackwell. Gegen Sie liegt absolut nichts vor.«

Trotz dieser Beteuerung hatte Gabi ein ungutes Gefühl.

»Dann sollten Sie nach den Schuldigen suchen«, sagte Solomon.

Delgado wandte sich ab. »Wir melden uns.«

Gabi wartete, bis die Polizisten weg waren. »Was zum Teufel sollte das denn?«

»Keine Ahnung.« Solomon zuckte die Achseln.

Sie schüttelte den Kopf. »Der Officer hat recht. Mein Auto ist in die Luft geflogen. Der junge Mann hat hier bei uns gearbeitet, und jetzt ist er tot. Das kann doch kein Zufall sein. Es muss eine Verbindung geben.«

»Von dem getöteten Mann höre ich gerade zum ersten Mal, Mrs B.«

Sie dachte an den freundlichen Elektriker, der die Fernseher angeschlossen und mit den Studentinnen geflirtet hatte. »An dem Tag waren so viele Leute hier im Haus. Sie könnten alle in Gefahr sein.«

»Das ist schwer zu beurteilen.«

»Aber auch nicht auszuschließen. Wenn wir Informationen zurückhalten, könnten wir damit jemanden in Gefahr bringen.« Sie drehte sich zu Andrew. »Wo ist Hunter?« Die Frage kostete sie Überwindung.

»Ich weiß es nicht.«

Wie praktisch. Sie griff zum Telefon und rief in Hunters Büro an.

Tiffany sagte, es täte ihr leid, aber er sei nicht da. Sie erkundigte sich nach Gabis Befinden. Wo Hunter war, wusste auch sie nicht. Er hatte sie gebeten, all seine Termine abzusagen. Für den Rest der Woche.

Gabi legte auf und wählte seine Handynummer. Sie erreichte nur die Mailbox.

»Ich habe keine Ahnung, wo du bist, und wenn die Polizei nicht gerade hier gewesen wäre, wäre mir das auch egal. Ich brauche Antworten, Hunter. Wenn ich nicht bald welche kriege, gehe ich zur Polizei und sage denen alles, was ich weiß.«

Sie hatte kaum aufgelegt, da klingelte das Telefon.

»Neil hier.«

Gabi schaute zu der versteckten Kamera, die Neil und seinem Team Überwachungsbilder lieferte. »Wo ist Hunter?«

»Das kann ich dir nicht sagen, Gabi. Aber zur Polizei zu gehen, wäre Selbstmord.«

»Ein junger Mann ist gestorben.«

Sie hörte Neil seufzen. »Sag mir, was du über ihn weißt. Was genau hat er im Haus gemacht?«

»Er hat die Fernseher angeschlossen, mit Kabeln hantiert. So was eben. Und ich glaube, er hat den Mädchen geholfen, die Lichter ganz oben am Baum anzubringen.«

»Ist dir irgendwas an ihm aufgefallen?«

»Nein. Im Haus haben so viele Leute gearbeitet. Es war ein ziemliches Durcheinander.« Gabi hielt inne. »Aber Moment mal. Die Männer, die den Baum gebracht haben. Die waren mir fast zu hilfsbereit.«

»Den Baum gebracht?« Neil stieß einen leisen Fluch aus. »Ich schicke ein Team zu dir.«

»Hier ist schon eins«, protestierte Gabi.

»Ein anderes. Und kein Wort mehr davon, dass du zur Polizei gehen willst. Vertrau mir bitte einfach.«

»Aber wenn noch jemand umkommt …«

»Wir kriegen die Kerle. Gib mir Solomon.«

Frustriert drückte sie Solomon das Telefon in die Hand und verließ den Raum.

***

Hunter bog mit dem Jeep, den er gegen Mittag bei einem Händler abgeholt hatte, in die Einfahrt seines Vaters ein. Um etwaige Verfolger auf die falsche Spur zu locken, saß in dem Wagen, in dem er sonst unterwegs war, an seiner Stelle ein Sicherheitsmann. Die Inszenierung hatte etwas von einer Räuberpistole, aber man konnte nicht vorsichtig genug sein.

Heute trug er Jeans. Das kam so selten vor, dass er in einer der ungeöffneten Umzugskisten aus seiner Stadtwohnung hatte stöbern müssen. Hunter ließ den Blick über das Grundstück seines Vaters schweifen.

Es lag in einem Außenbezirk im Santa Clarita Valley und war weder eingezäunt noch sonst irgendwie gesichert.

Bislang war das nie ein Problem gewesen.

In der Einfahrt stand der Pick-up, den er seinem Vater vor Jahren gekauft hatte. Daneben war ein älterer kleiner Sportwagen geparkt.

Hunter zog den Zündschlüssel ab und schlug den Jackenkragen hoch. Mit einer Baseballmütze und einer Sonnenbrille getarnt, joggte er die Stufen zum Haus seines Vaters hinauf und trat ohne anzuklopfen ein.

Er wusste, dass einmal die Woche eine Haushaltshilfe kam und ein Gärtner sich um den Außenbereich kümmerte. Wenn die Haushaltshilfe leere Regale vorfand, bestellte sie Lebensmittel und ließ sie liefern.

Besuche bei seinem Vater hatten Seltenheitswert. Aber Hunter sorgte dafür, dass sein alter Herr mit allem versorgt war, was er zum Leben brauchte.

Er zog die Tür hinter sich zu. Dann nahm er die Mütze und die Sonnenbrille ab, ging durch die Diele und ein paar Stufen hinauf.

An der Glasschiebetür oben stand Noah. Er drehte Hunter den Rücken zu.

»Ich habe mich schon gefragt, ob du wirklich kommst.«

Hunter schaute sich um. »Wo ist Dad?«

Noah drehte sich nicht zu ihm. Er deutete nur mit dem Kinn in eine Richtung. »Im Wohnzimmer, denke ich. Und vermutlich nicht ansprechbar.«

Hunter warf seine Schlüssel, die Mütze und die Brille auf den Tisch, legte die Aktentasche daneben und wollte sich auf die Suche nach seinem Vater machen.

Er hielt inne. Sein Tempo etwas zurückzufahren, fiel ihm noch immer unglaublich schwer.

Wie waren sein Bruder und er an diesen Punkt geraten? Wie konnten sie so unterschiedlich sein? Als Kinder waren sie unzertrennlich gewesen. Wer auch nur ein falsches Wort über einen von ihnen gesagt hatte, hatte vom anderen ein Veilchen riskiert. Während der Highschool-Zeit hatten die Dinge sich grundlegend geändert und es gab kein Zurück.

Hunter warf einen Blick aus dem Vorderfenster des Hauses. Offenbar war ihm kein Wagen gefolgt.

»Ich habe nicht viel Zeit«, sagte er.

Noahs Lachen begann leise und wurde langsam lauter. »Du hast nie Zeit, Bruder.«

»Heute geht es nicht um mich.«

Jetzt drehte Noah sich zu ihm um. Früher war der Anblick seines Zwillings völlig normal gewesen. Jetzt fand Hunter es fast unheimlich, seinem Doppelgänger gegenüberzustehen.

»Das ist mal was anderes.«

Langsam ... Geduld.

»Warum tust du das?« Falls es überhaupt eine Chance gab, Antworten zu bekommen, dann vielleicht jetzt.

Noah musterte Hunter von oben bis unten. »Bist du verkabelt?«

Hunter streifte seine Jacke ab und zog sich mit einer schnellen Bewegung das Shirt über den Kopf. »Muss ich die Hosen auch runterlassen?«

Noah hob eine Braue. »Weil ich es kann«, sagte er. »Weil du meine Anrufe nicht annimmst.«

»Ich habe den Kontakt zu dir abgebrochen, und er hätte das auch tun sollen. Schon vor Jahren.« Hunter deutete in die Richtung, in der er seinen Vater vermutete.

»Du hältst dich für etwas Besseres. Aber damit hast du nicht gerechnet. Stimmt's?«

Hunter atmete tief durch. »Ja, stimmt.« Er zeigte auf die Aktentasche. »Wie viel?«

Noah rieb sich das Gesicht. »Was hat dich umgestimmt?«

»Ist das wichtig? Du bekommst, was du willst. Nenn deinen Preis, Noah.«

Noah legte eine Hand auf die Tasche. Hunter umfasste das Handgelenk seines Bruders. Sie schauten einander in die Augen. »Ich habe Bedingungen«, sagte Hunter.

Noah nahm die Hand weg.

»Du gehst jetzt, holst Hayden und triffst dann meinen Piloten.«

Noah stützte sich auf eine Stuhllehne. »Und wo fliegen wir hin?«

»An einen sicheren Ort.«

Ein Funke Menschlichkeit flackerte in Noahs Augen auf. Hätte Hunter ihn nicht genau beobachtet, hätte er den Moment verpasst.

»Sicher?«

Hunters nächste Worte kamen langsamer, als eine Schildkröte sich über den Wüstensand bewegte. »Das Leben deines Sohnes ist in Gefahr, weil man ihn für mein Kind hält und jemand mir eins auswischen will. Nimm das Geld und den Kleinen und verschwinde mit ihm. Wenn die Gefahr vorbei ist, melde ich mich, und du lebst dein Leben weiter.«

»Und wenn ich mich nicht darauf einlasse?«

» Dann nimm das Geld, gib es Sheila, teil es mit ihr oder verbrenn es. Hauptsache, du lässt dich nie wieder blicken. Aber in dem Fall kommt Hayden mit mir. Heute.«

Zu sagen, dass Noah überrascht war, wäre eine Untertreibung gewesen. Ihm blieb der Mund offen stehen. Er sah Hunter ungläubig an.

»Du willst *meinen* Sohn zu dir nehmen?«

Hunter betonte jede einzelne Silbe. »Hayden ist jetzt schon *mein* Kind. In spätestens einer Woche wird mir das Sorgerecht zugesprochen, und du siehst keinen Cent. Sheila im Übrigen auch nicht.« Das war ein Bluff, aber Hunter musste es versuchen.

Ein Lächeln spielte um Noahs Lippen. »Immer diese Ungeduld. Wie hast du es als Geschäftsmann bloß so weit gebracht, wenn du immer gleich die Karten auf den Tisch legst?«

Hunter schlug heftig auf den Tisch.

»Gestern ist der Wagen meiner Frau in die Luft geflogen, Noah. Sie ist gerade noch rechtzeitig rausgekommen. Da draußen rennt ein Kerl herum, der dickere Eier in der Hose hat als du. Und er trachtet deinem Sohn nach dem Leben, weil du in die Welt hinausposaunt hast, der Kleine sei von mir. Entweder du nimmst ihn jetzt und gehst, oder ich nehme ihn und schütze ihn. Entscheide dich, aber tu es gleich! Ich habe keine Zeit mehr für Mätzchen. Nur damit du Bescheid weißt, Noah: Wenn ich Hayden mitnehme, ist er mein Kind. Und du siehst ihn nie wieder.«

Noah wurde blass.

Hunter schaute auf die Uhr. »In fünf Minuten werde ich abgeholt.« Er ließ die Schlüssel des Jeeps über den Tisch schlittern.

Wenn sie nicht zu Boden fallen sollten, musste Noah sie auffangen. Er griff zu.

»Ein Bodyguard und ein Privatdetektiv haben deinen Sohn im Auge. Ein Anruf und sie schnappen ihn sich. Also, was ist jetzt, Daddy?«

Hunter hörte ein Geräusch und wandte sich um.

»Also, was ist jetzt, Noah?« Sherman Blackwell stand hinter ihnen. Er war unrasiert und wirkte verwahrlost. Wie viel von dem Gespräch er mitbekommen hatte, war schwer zu sagen. Aber sein Blick verriet, dass er den Ernst der Lage erahnte.

Noah zog die Aktentasche zu sich und öffnete sie. Bündel von Hunderten kamen zum Vorschein. Es war praktisch, Geschäftsfreunde mit Casinos zu haben. Solche Leute kamen leicht an Bargeld und akzeptierten Schuldscheine.

Noah nahm zwei Geldbündel und steckte sie ein. Dann schloss er die Tasche und klopfte darauf. »Für Sheila. Ich behalte sie bei mir, bis ich von dir höre. Hierlassen kann ich die Frau nicht. Bei ihr weiß man nie, was ihr alles einfällt.«

Mit der Aktentasche in der einen und den Wagenschlüsseln in der anderen Hand machte Noah sich auf den Weg zur Tür.

»Fahr mit dem Kleinen zum John-Wayne-Flugplatz.«

Als Noah an seinem Vater vorbeiging, zögerte er einen Moment lang. Dann verschwand er durch die Tür.

Sherman ging zum Kühlschrank und nahm sich ein Bier heraus. »Was höre ich da von einer Ehefrau?«

Kapitel 30

Erst bei Sonnenuntergang fuhr Hunter durchs Tor.

Gabi war außer sich.

Er stieg aus dem Wagen, machte eine ausholende Geste und schüttelte den Kopf. »Was ist denn hier los?«

Gabi stemmte ihre unverletzte Hand in die Hüfte und sagte aufgebracht: »Hier ist das Chaos ausgebrochen, und ich muss allein damit klarkommen, weil du zu beschäftigt bist.«

»Ich hatte etwas Wichtiges zu tun.«

Gabi verdrehte die Augen und wandte sich ab.

Neil und seine Leute waren in das Haus eingefallen wie ein Heuschreckenschwarm. Die Girlande an der Tür war abgehängt worden, der große Weihnachtsbaum im Wohnzimmer hatte Federn gelassen, während die Männer fieberhaft nach irgendetwas suchten.

Neil. Wie Gwen mit diesem großen Schweiger klarkam, war Gabi schleierhaft. Aus dem Mann war nichts herauszukriegen.

Während ein Team jede einzelne Lichterkette untersuchte und jede Girlande Zentimeter für Zentimeter unter die Lupe nahm, durchsuchte Neil mit ein paar Männern alle Zimmer. Sie ließen keine Ecke und keine Nische aus.

Bevor Gabi ins Haus zurückgehen konnte, kam Neil zu ihnen heraus. »Wir haben Abhörvorrichtungen gefunden, die nicht uns gehören.«

Gabi starrte ihn fassungslos an.

»Wo?«, fragte Hunter.

»In einigen Fernsehern. Im Gästezimmer und im Schlafzimmer waren Mikrofone versteckt, im Wohnzimmer gibt es zusätzlich eine Kamera.«

Die Härchen an Gabis Armen richteten sich auf. »Jemand hat uns belauscht? Uns beobachtet?«

»Wie konnte das passieren?« Hunter war mehr als gereizt.

»Die Abhörtechnik in den Fernsehern ist ziemlich raffiniert. So etwas habe ich noch nie gesehen. Meine Ausrüstung hat nicht darauf reagiert, und normalerweise registriert sie jede Ameise, die von ihrer Bahn abweicht.«

Gabi grub die Finger in Neils muskulösen Arm. »Glaubst du, der junge Mann hat die Wanzen eingebaut?«

»Das ist ziemlich wahrscheinlich. Allerdings nicht zu seinem Nutzen. Sonst würde er noch leben.«

»Kannst du herausfinden, wer hinter den Vorrichtungen steckt?«, fragte Hunter.

»Sieht so aus, als würde das Zeug übers Internet gesteuert.«

»Heißt das, wenn wir das Netz abschalten, wird auch nichts mehr übertragen?«

»Das müssten wir unter Laborbedingungen prüfen. Vielleicht haben die Geräte ihren eigenen Hotspot.«

»Dann könnte derjenige, der uns beobachtet und belauscht, überall auf der Welt sitzen?«, fragte Gabi.

»Er ist nahe genug, um deinen Wagen mit Sprengstoff vollzupacken und zu wissen, wann du kommst oder gehst. Nein, mein Gefühl sagt mir, dass der Beobachter nicht allzu weit weg sein kann.«

Gabi massierte ihre Nasenwurzel. »Was für ein Albtraum.«

»Wir haben die Wanzen entfernt, suchen aber gerade nach weiteren.«

»Wird die Polizei sich nicht für die Dinger interessieren?«

»Ich informiere sie.« Neil wandte sich ab. »Irgendwann.« Damit ging er zurück ins Haus. Gabi und Hunter blieben in der Einfahrt zurück.

»Du solltest dich ausruhen«, sagte er.

»Und du solltest hier sein. Mir ist klar, dass unsere Heirat eine Farce ist. Aber du könntest wenigstens so tun, als wärest du um mich besorgt.« Ohne auf eine Antwort zu warten, wandte sie sich ab. Anstatt in das verwanzte Schlafzimmer voller Männer, die in jedem Winkel stöberten, ging sie in das nun fernseherlose Gästezimmer und knallte die Tür zu.

Sie ließ sich aufs Bett fallen, bereute die schwungvolle Bewegung sofort und bettete ihren gebrochenen Arm auf ein Kissen.

Als ihr Tränen in die Augen traten, redete sie sich ein, dass die Schmerzen in ihrem Arm daran schuld wären.

***

Hunter betrat das Haus. Beim Anblick der Verwüstungen, die Neil und sein Durchsuchungskommando angerichtet hatten, blieb er stehen.

Kein Wunder, dass Gabi so entnervt und so sauer war. Sie hatte sich solche Mühe gegeben, alles weihnachtlich zu schmücken. Und jetzt sah es hier aus, als hätte ein Mob gewütet.

Andrew kam ihm im Wohnzimmer entgegen. »Die Kerle benehmen sich wie Elefanten in einem Porzellanladen.«

»Das sieht man.«

Hunter stieg ein köstlicher Duft in die Nase. Suchend drehte er sich um die eigene Achse. In der Küche entdeckte er

Bleche und Platten voller Plätzchen und süßem Gebäck. Ihm lief das Wasser im Mund zusammen.

Einer von Neils Männern schnappte sich ein Plätzchen. »Ich bin schon total süchtig.«

»Was ist das alles?«

Andrew ging in die Küche und rückte einen Nussknacker zurecht. »Sieht aus, als würde Gabi backen, wenn es ihr nicht gut geht.«

»Mit einer Hand?«, fragte Hunter.

»Irgendwie hat sie's geschafft.«

Er war den ganzen Tag über nicht zum Essen gekommen. Beim Anblick der vielen Leckereien knurrte ihm der Magen. Er wählte ein längliches kleines Gebäckstück mit Zuckerguss und Sesamkörnern aus und biss ab. »Oh mein Gott«, stöhnte er genüsslich mit vollem Mund.

»Vorsicht!«, rief jemand hinter ihm.

Andrew hastete an Hunter vorbei in den Essbereich, um zu verhindern, dass einer der kleinen Bäume dort umfiel.

Hunters Telefon summte. Eine Nachricht von Remington erschien auf dem Display.

Luftfracht ist unterwegs.

Hunter stützte die Hände auf die Arbeitsplatte, ließ den Kopf hängen und atmete tief durch. Sein Bruder hatte ausnahmsweise mal das Richtige getan. Okay, er hatte das Geld genommen. Aber damit hatte Hunter gerechnet.

Und Hayden war in Sicherheit.

Eine große Leere breitete sich in ihm aus. Er hatte sich an die Vorstellung gewöhnt, den Jungen zu sich zu holen. Hayden war nicht sein Sohn, er hatte ihn nie im Arm gehalten und ihn bislang nur auf Fotos gesehen. Trotzdem fehlte ihm der Kleine.

Neils Männer verließen das Haus und nahmen sich den Garten vor.

Andrew machte sich daran, Ordnung in das Chaos zu bringen, das sie hinterlassen hatten. Hunter streifte sein Jackett ab und packte mit an. Sie arbeiteten schweigend.

Nachdem das Wohnzimmer und das Esszimmer aufgeräumt und Gabis Gebäck sich deutlich dezimiert hatte, packten Neils Leute ihre Ausrüstung zusammen und fuhren davon. Nur Neil blieb noch da.

Andrew rief einen Lieferservice an und bestellte etwas zum Abendessen.

»Noch mal was von dem Typen gehört?«, fragte Neil.

Hunter schüttelte den Kopf.

»Der meldet sich bald. Dass wir seine Augen und Ohren demontiert haben, wird ihm nicht gefallen.«

»Bist du sicher, dass ihr alles gefunden habt?«

Neil nickte.

»Und jetzt?«

»Jetzt warten wir.«

Die Last des Tages lag Hunter bleischwer auf den Schultern. »Wie Bauern auf einem Schachbrett.«

»Der Typ ist es gewohnt, dass alles nach seinem Kopf geht. Sicher dauert es nicht lange.«

Hunter wollte Neil gerade fragen, wie er das meinte, da steckte Rick den Kopf ins Zimmer. »Wir sind unten fertig.«

»Unten?«

Neil wandte sich ab. »Komm mit.«

Sie stiegen in den Weinkeller hinab, in dem bisher anstelle edler Tropfen nur Staub in den Regalen lag.

Ein Unbekannter saß mit dem Rücken zu ihnen an einem Schreibtisch mit vier Monitoren. Der Mann hatte Kopfhörer auf und bemerkte erst nach ein paar Mausklicks, dass jemand hinter ihm stand.

Er nahm die Kopfhörer ab und rückte zur Seite. »Hier ist alles so weit«, sagte er zu Neil.

Hunter warf einen Blick auf die Monitore. Sie zeigten Überwachungsbilder aus allen Teilen des Hauses, von den Fluren, der Küche und vom Wohnzimmer. Er sah den großen Weihnachtsbaum in all seiner Pracht. Die Mitschnitte aus dem Garten waren offenbar mit einer Art Nachtsichtgerät aufgenommen. Draußen ging ein Wachmann durchs Bild. Die Kamera folgte seinen Bewegungen.

»Kennt ihr euch schon?« Neil deutete auf seinen Mitarbeiter.

Der Mann streckte die Hand aus. »Dennis. Ich habe bisher an den Überwachungsmonitoren für Ihr Haus gesessen.«

»Und jetzt tut er das von hier aus.«

Hunter erhob keinen Widerspruch.

Mit ein paar Mausklicks holte Dennis eine Aufnahme von Hunters Büro im Zentrum von L. A. auf den Schirm.

»Wie zum …«

»Blumenlieferung mit Minikamera. Von uns.«

Hunter schaute zu Rick. Der Mann lächelte breit und zwinkerte ihm zu. »Praktische Sache, glaub mir.«

»Ist das alles denn notwendig?«

»Ich würde mal sagen, höchste Alarmstufe. Einen Toten hat es schon gegeben. Gestern hätte es beinahe Gabi und Solomon erwischt, und wir wissen noch nicht, wie die Bombe unter den Aston gekommen ist. Irgendwer ist bereit zu töten, um an einen schönen Batzen Geld zu kommen«, erklärte Rick.

»Ich nehme nicht an, dass er hier im Haus auftaucht und es sich holt.«

»Nach allem, was er hier hat installieren lassen, nehmen wir an, dass der Mann nicht dumm ist. Er wird versuchen, sich ein Druckmittel zu besorgen, um an das Geld zu kommen.«

»Ein Druckmittel?«

»Menschen, die dir nahestehen«, sagte Rick.

Hunter fröstelte. »Du sprichst von Gabi.«

»Oder von Hayden.«

»Hayden ist in Sicherheit.«

Neil und Rick sahen Hunter fragend an.

»Er sitzt mit seinen leiblichen Eltern in einem Flugzeug. Bis ich Entwarnung gebe, bleibt mein Bruder mit ihm an einem weit entfernten Ort.«

»Eine potenzielle Geisel weniger«, sagte Dennis vom Schreibtisch her.

Hunter wusste um die Gefahr. Aber das Wort *Geisel* wollte er nicht hören.

Er zeigte in eine dunkle Ecke auf einem der Monitore. »Was ist das hier?«

»Für Ihre Wagen reserviert.« Dennis machte mit einer Tastenkombination den Fahrersitz des Pkw sichtbar, mit einem zweiten den des Maserati.

Scheinwerferlicht schob sich in den Mitschnitt vom Eingangstor. Dennis erhöhte die Lautstärke. Den Wachmann, der am Tor mit dem Fahrer des fremden Wagens sprach, kannte Hunter noch nicht.

Anscheinend war das Abendessen gekommen.

Der Wachmann ließ das Tor geschlossen, bezahlte den Lieferanten durch die Gitterstäbe hindurch und nahm das Essen entgegen.

Solomon holte die Tüten bei ihm ab. Andrew nahm Teller aus dem Schrank.

»Soll ich Mrs B wecken?«, fragte Solomon. Er sprach direkt in eine der Kameras und war auf dem Monitor erschienen.

Dennis stellte den Ton ab. »Ich gebe mir alle Mühe, keine Privatgespräche mitzuhören. Aber garantieren kann ich nichts.«

»Im Moment hat unser Privatleben wohl Pause«, antwortete Hunter.

»Telefonanrufe schneide ich grundsätzlich mit. Um auffangen zu können, was am anderen Ende der Leitung gesprochen wird, brauche ich ein paar Sekunden. Wenn der Typ anruft, geben Sie mir ein Signal und stellen möglichst alle anderen Geräuschquellen ab.«

»Winken und den Fernseher ausschalten. Verstanden.«

Neil erklärte, in den Badezimmern und begehbaren Kleiderschränken würden keine Aufzeichnungen gemacht.

»Sieht aus, als hättet ihr alles im Griff.« Hunter fand es beruhigend, dass alle Männer im Haus bewaffnet waren. Alle außer ihm und Andrew. Aber falls sich die Sache in die Länge zog, würde er auch das noch ändern.

Rick nahm sein Jackett von der Stuhllehne. »Ich bin morgen früh wieder hier.« Er knuffte Dennis in die Seite und zeigte auf einen Monitor. »Das chinesische Essen sieht gut aus. Ich hoffe, Judy hat Lust darauf.«

Beim Verlassen des Kellers nahm er immer zwei Stufen auf einmal. Hunter brachte Neil in einem gemächlicheren Tempo nach draußen. Bevor er in seinen Wagen stieg, sagte Neil: »Meine Frau wird wissen wollen, wie es Gabi geht.«

Hunter atmete tief aus. »Du hast heute sicher mehr Zeit mit ihr verbracht als ich.«

»Das ist mir auch aufgefallen.«

Hunter bohrte die Hände in die Hosentaschen und betrachtete seine Schuhe. »Hast du dich schon mal in eine ausweglose Hölle manövriert?«

Neil grinste schief. »Ich war im Kriegseinsatz.«

»Wenn ich könnte, würde ich alles anders machen, Neil.« *Ganz anders.*

Neil schwieg, bis Hunter ihm ins Gesicht schaute.

»Würdest du dein Leben für sie opfern?«

»Ja.« Die Antwort kam ohne Zögern.

Neil drückte Hunter die Hand. »Wenn nichts Unvorhergesehenes passiert, bin ich morgen früh wieder hier.«

***

Hunter schlüpfte so leise wie möglich ins Zimmer.

Er hatte sich fernhalten wollen, sich gesagt, sie käme ohne ihn besser zurecht. Dass Gabi schlecht über ihn dachte, quälte ihn sehr.

Sie hatte vor dem Einschlafen geweint. Die Haut um ihre Augen wirkte verquollen und Hunter sah die dunklen Ringe.

Der Anblick ihres eingegipsten Arms gab ihm einen Stich.

Er zog die Schuhe aus und ging zum Bett. Vorsichtig setzte er sich neben Gabi, lehnte sich ans Kopfende und legte die Füße hoch. Behutsam zog er das Kissen mit ihrem Arm auf seinen Schoß.

Er wollte, dass alles gut wurde. Für sie beide.

Im Augenblick musste er befürchten, dass Gabi ebenso schnell aus seinem Leben verschwinden würde, wie sie darin aufgetaucht war. Dann würde ihm etwas fehlen, was wertvoller war als Geld.

Als sie im Schlaf näher an ihn heranrückte, fühlte er sich wie ein Dieb. Trotzdem gab er der Versuchung nach und schmiegte sich an seine schlafende Frau. Diese gestohlene Zeit würde ihm durch den kommenden Sturm helfen müssen.

»Du bist mir wichtig, Gabi«, flüsterte er. »Bitte geh nicht aus meinem Leben.«

Sie seufzte im Schlaf und Hunter schloss die Augen.

KAPITEL 31

Der schrille Klingelton riss Hunter aus dem Schlaf. Gabi zuckte zusammen und stöhnte.

»Pssst«, machte er beruhigend.

Es gelang ihm, vor dem zweiten Klingeln abzunehmen.

»Was machst du hier?« Gabi schob sich von ihm weg.

Er hob die Hand, setzte sich auf und drückte das Telefon ans Ohr. »Hallo?«

Die Stimme klang gedämpft und war kaum zu verstehen.

»Hunter!« Gabi war auf den Füßen und funkelte ihn an.

»Heeeeey Kumpel.«

»Wer ist da?« Hunter knipste die Nachttischlampe an.

»Das Zeug ist echt der Knaller.« Es war, als hätte der Sprecher einen Wattebausch im Mund.

»Remington?«

»Blackwell? Hören Sie?«

Gabi stand kopfschüttelnd neben dem Bett.

Hunter wedelte erst mit der Hand, dann legte er einen Finger an seine Lippen.

»Sind Sie betrunken?«

Remington lachte auf, dann stöhnte er. »Das sind Schmerzen, Mann. Die Typen haben mich fertiggemacht.«

»Was zum Teufel ist los? Wovon sprechen Sie?«

»Zwei Mexikaner. Riesenpranken.«

Hunters Gehirn arbeitete auf Hochtouren. Er überlegte, was Remington den Angreifern verraten haben könnte. »Haben Sie denen etwas von Hayden gesagt?«

»Die wussten … Autsch. Verdammt, die haben mir die Nase gebrochen.«

Die Tür ging auf und Solomon kam herein.

»Konzentrieren Sie sich, Remington. Was wussten die?«

»Hayden. Dass er weg ist. Dass sie an *ihn* nicht rankommen.«

Hunter schaute sich um, um ganz sicher sein zu können, dass Gabi noch da war.

»Nehmen Sie bloß nie Drogen, Blackwell. Das Zeug ist der Hammer.«

»Drogen? Wo sind Sie, Remington?«

Der Privatdetektiv nuschelte etwas Unverständliches.

Hunter legte die Hand übers Telefon. »Kriegen wir raus, wo das herkommt?«

»Wir arbeiten dran«, sagte Solomon.

»… gottverdammtes Wahrheitsserum. Normalerweise kann ich Geheimnisse für mich behalten. Das wissen Sie, Kumpel.«

Remington war völlig zugedröhnt. Das verriet schon die Tatsache, dass er Hunter ständig Kumpel nannte.

»Sind Sie zu Hause, Remington?«

»Nein … mir ist schlecht.«

Hunter schlüpfte in seine Schuhe. »Wo sind Sie?«

Hunter hörte nur eine weitere genuschelte Aufforderung, niemals Drogen zu nehmen.

Dennis rannte mit einem Zettel herein und drückte ihn Solomon in die Hand. »Neil ist schon unterwegs.«

Hunter las die Adresse auf dem Zettel und erstarrte.

Gabi schob sich neben ihn und legte ihre gesunde Hand auf seinen Arm. »Wer wohnt da?«

»Mein Dad.« Hunter legte auf.

Sie biss sich auf die Unterlippe und stieß ihn an. »Mach schnell.«

Er beugte sich zu ihr, küsste sie fest auf den Mund und sagte: »Bleib im Haus.«

Sie gab ihm noch einen Schubs. »Los doch.«

»Ich fahre«, rief Solomon auf dem Weg aus dem Zimmer.

***

Gabi hörte, wie das Tor sich öffnete und wieder schloss. Dann wandte sie sich dem Fremden in ihrer Küche zu.

»Ich bin Dennis.«

»Einer von Neils Leuten?«

»Ja.« Er nickte Richtung Treppe. »Ich muss zurück auf meinen Posten.«

Sie hatte schon am Vortag Männer in den Keller steigen und wieder heraufkommen sehen, aber keine Fragen gestellt.

»Ich mache Kaffee.«

»Prima Idee.«

Gabi lächelte, obwohl ihr nicht danach war, und griff nach der Kaffeekanne.

Sie konnte nur raten, was gerade passierte. Hunters besorgter Miene nach zu urteilen, war sein Vater in Gefahr, verletzt oder gar Schlimmeres.

Gabi füllte die Kanne mit Wasser, goss es in die Maschine und fing an, die Bohnen zu mahlen. Gerade als das Geräusch des Mahlwerks verstummte, klingelte das Telefon.

Gabi zuckte zusammen.

Sie schaute sich um. Sie war allein. Auf dem Display erkannte sie Hunters Nummer. »Hunter?« Sie klemmte sich das Telefon zwischen Schulter und Ohr und griff nach dem Kaffeepulver.

Die Leitung rauschte.

»Spreche ich mit Mrs Blackwell?« Die Stimme war weiblich.

Gabis Herz begann zu hämmern. »Ja.«

»Ich, ähm. Es hat einen Unfall gegeben. An der Bellagio-Sunset-Kreuzung. Ihr Mann, er … er hat mir sein Telefon in die Hand gedrückt.«

Gabi ließ das frisch gemahlene Kaffeepulver fallen. »Ist ihm was passiert?«

»Er hat ganz schön was abbekommen.«

Sie fing an zu zittern. »Hat schon jemand einen Krankenwagen gerufen?«

»Ich höre Sirenen. Ich muss meinen Wagen wegfahren.«

Die Frau legte auf und Gabi warf das Telefon beiseite.

Die Wagenschlüssel lagen in einer Schale auf dem Tisch in der Diele. Gabi schnappte sie sich und eilte zur Tür.

Dennis rannte die Kellertreppe herauf. »Augenblick!«

»Keine Zeit. Hunter hatte einen Unfall. Ich muss los.« Sie war bereits aus der Tür.

Dennis hastete zu ihr und rief nach Connor, der am Tor stand.

Gabi öffnete die Garagentür. Mit dem Maserati würde sie schneller sein. Connor drängte sich zwischen sie und die Fahrertür. »Ich fahre.«

Gabi stieg widerspruchslos auf den Beifahrersitz. Mit ihrem eingegipsten Arm wäre sie vermutlich noch schlechter gefahren als sonst.

Connor jagte die Einfahrt hinunter und die Straße entlang. Rasant überholte er ein paar andere Wagen.

»Wir müssen zum Sunset Boulevard«, sagte Gabi.

Connor schaute hektisch in den Rückspiegel.

Er hielt an einem Stoppschild und gab sofort wieder Gas. Gabi war froh, dass sie nicht selbst am Steuer saß. Sie zitterte viel zu sehr. Bei dem Tempo, mit dem Hunter und Solomon aus der Einfahrt geschossen waren, wunderte es sie kaum, dass etwas passiert war. Sie ballte ihre gesunde Hand zur Faust und schickte ein Stoßgebet für Hunter gen Himmel.

Sein Leben war im Augenblick auch ohne zusätzliche Probleme chaotisch genug.

Je näher sie dem Boulevard kamen, desto dichter wurde der Verkehr. Ein entrüstetes Hupkonzert begleitete ihre halsbrecherische Fahrt.

Gabi hielt sich fest und reckte den Kopf, um nach vorn sehen zu können.

Connors Handy klingelte. Schockiert sah sie mit an, wie er es aus der Tasche zog und den Anruf annahm. »Ja?«

Sie rasten auf die Kreuzung zu.

Von rechts und links kamen Wagen.

»Oh Shit.«

Connor trat auf die Bremse und legte eine rasante Kehrtwendung hin.

Gabi wurde nach vorn geworfen. Sie spürte eine Vibration unter dem Gips an ihrem Arm.

»Was soll das?«

»Das war eine Falle.«

Der Wagen vor ihnen fuhr langsamer. Connor überholte.

»Eine Falle? Es hat gar keinen Unfall gegeben?«

»Nein.«

Gabi wusste nicht, ob sie erleichtert oder schockiert sein sollte.

Connor schaute immer wieder in den Rückspiegel. Gabi drehte sich um. Sie wollte sehen, was ihn so nervös machte.

»Festhalten.«

Connor gab Gas. Ein Wagen setzte sich vor sie. Der Wagen hinter ihnen rammte sie mit voller Wucht. Der Maserati drehte sich um die eigene Achse.

Als er zum Stehen kam, schaute Gabi an den explodierten Airbags vorbei in die Scheinwerfer eines Wagens auf der Fahrerseite.

Connor klemmte benommen zwischen Sitz und Airbag.

Jemand riss die Beifahrertür auf. »Alles in Ordnung?«

Sie legte ihre Hand auf Connors Arm. »Connor?«

Er murmelte etwas.

»Wir brauchen einen Krankenwagen«, sagte Gabi.

Sie schaute den Mann an der Tür an. Er trug einen Anzug, als wäre er auf dem Weg zur Arbeit. Seine dunklen Finger legten sich um ihren Arm. »Ich helfe Ihnen, Gabriella.«

Sie schaute ihm ins Gesicht. »Kennen wir uns?«

In diesem Moment spürte sie den Stich und die Hitze, die von der Vene direkt in ihr Herz schoss. Das Gefühl war ihr auf unheimliche Weise vertraut.

Nicht noch mal, war ihr letzter Gedanke, als der Fremde sie aus dem Wagen zog.

***

Sie rasten Richtung Highway 101, als der Anruf bei Solomon einging. Seine ruckartige Lenkbewegung ließ Hunter von der Kontaktliste auf seinem Telefon aufblicken. Solomon hatte die Ausfahrt genommen und war dabei, den Freeway zu verlassen.

»Was zum …«

»Gabi und Connor sind gerade zusammen los.«

Hunter ließ sein Telefon fallen. »Was?«

»Jemand hat Gabi angerufen und ihr gesagt, wir beide hätten einen Unfall gehabt.«

»Nein.« Nein, nein, nein. Gabi fuhr mit Connor durch die Gegend. Allein. »Zurück. Schnell!«

»Ich bin dabei.« Solomon driftete über die Kreuzung, als die Ampel gerade auf Rot umsprang, und nahm die Einfahrt auf den Freeway zu rasant. Der Wagen schlingerte, dann hatte er ihn wieder unter Kontrolle und gab Gas.

Die nächsten zehn Minuten fühlten sich an wie eine Ewigkeit. Endlich erreichten sie die Wohngegend, in der Hunters neues Heim lag.

Ein Einsatzfahrzeug der Feuerwehr blockierte die Fahrbahn. Überall standen Streifenwagen.

Noch bevor der Wagen richtig stand, sprang Hunter vom Sitz und spurtete los. Je näher er der Unfallstelle kam, desto beklommener wurde ihm zumute.

Der Maserati war kaum wiederzuerkennen. Einige Feuerwehrleute trennten gerade das Dach ab. Neugierige standen herum wie bei einer Sportveranstaltung. Hunter drängte sich zwischen den Gaffern hindurch. Er suchte nach einer ganz bestimmten Person.

»Hey!«, rief jemand.

Hunter ließ sich nicht aufhalten. Die Beifahrertür des Sportwagens stand offen, der Sitz war leer.

Jemand packte ihn und wollte ihn wegziehen. »Das ist mein Auto!«, schrie er den Uniformierten an. »Gabi!«

Er beugte sich vor und spähte in den Wagen. Connor lag quer über der Mittelkonsole.

»Wir brauchen Platz!«

Hunter ging vor der Tür in die Hocke. »Connor?«

Der Mann fixierte ihn mühsam. »Falle.«

»Wo ist Gabi?«

»W-L-H-sechs-vier-neun.«

»Was?« Hunter kämpfte die aufkommende Panik nieder.

»W-L-H-sechs-vier-neun.« Connor wiederholte die Buchstaben und Zahlen immer wieder. Schließlich schlang jemand die Arme um Hunters Mitte und zerrte ihn weg.

Er wand sich aus der Umklammerung des Polizisten. »Meine Frau war im Wagen. Wo ist sie?«

Der Cop wich ein paar Schritte zurück und schaute sich um. »Eine Frau haben wir nicht gesehen.«

Hunter drehte sich um die eigene Achse. »Irgendwer muss doch etwas beobachtet haben.«

Solomon rannte zu ihm.

Hunter packte ihn am Arm. »Sie ist weg. Verdammt noch mal, Solomon. Er hat sie.«

»Das ist noch nicht sicher.«

Hunter ließ Solomon los und schrie die Gaffer an. »Wer hat gesehen, was passiert ist? Wer hat irgendwas gesehen?«

Die Schaulustigen wichen zurück. Mit einem Irren, der wildfremde Passanten anschrie, wollte niemand etwas zu tun haben.

Schließlich gelang es einem der Polizisten, ihn lange genug festzuhalten, um ihm zu sagen, was bisher bekannt war.

Gabi – oder eine dunkelhaarige Frau mit einem gebrochenen Arm – war an der Hand eines gut gekleideten Mannes mit südamerikanischem Aussehen aus dem Wagen gestolpert. Der Unbekannte mit dem Kinnbart war als dunkelhaarig und groß beschrieben worden. Gabi hatte sehr mitgenommen gewirkt, aber gehen können. Mehr oder weniger. Sie war mit dem Mann in einen viertürigen grauen oder silberfarbenen Wagen gestiegen. In einen Honda, einen Acura oder einen älteren Lexus. Schwer zu sagen.

Sie waren Richtung Sunset Boulevard gefahren. Niemand war ihnen gefolgt.

Connor wurde mit einer schweren Gehirnerschütterung aus dem Maserati geholt. Welche weiteren Verletzungen er erlitten hatte, war noch nicht abzusehen. Als die Sanitäter ihn in den Krankenwagen schoben, winkte Hunter Solomon zu sich. »Sie sollten mitfahren.«

»Ihre Sicherheit hat Priorität.«

Hunter kniff die Augen zusammen. »Ich wünschte, der Kerl würde sich an mich ranmachen und nicht an die Menschen, die mir am meisten bedeuten.«

Solomon rührte sich nicht von der Stelle.

Officer Delgado und sein Partner erschienen am Unfallort. »Wollen Sie jetzt vielleicht mit uns reden, Blackwell?«

Solomon und Hunter tauschten einen Blick aus.

»Vielleicht hat Connor mit der Kamera am Armaturenbrett irgendwas aufgenommen.«

Hunter atmete tief durch. Jetzt blieb nur die Flucht nach vorn. »Folgen Sie uns.«

***

Ihr Arm tat nicht mehr weh. Ihr Kopf war wie mit Watte ausgestopft, gleichzeitig aber voller Farben und gedämpfter Geräusche. Schemenhaft nahm Gabi wahr, wie sie von zwei Männern in ein Haus gebracht wurde. Selbst wenn die beiden sie in einen Straßengraben geworfen hätten, im Augenblick hätte sie das nicht gekümmert.

Dieser Zustand kam ihr bekannt vor. Wie hatte sie so schnell vergessen können, wie sich das anfühlte? Die Hitze, die durch ihre Venen jagte. Dann das große Nichts. An wie viel würde sie sich später noch erinnern? Sie gab sich Mühe, die Augen offen zu halten und zu verstehen, was vor sich ging. Eine mahnende Stimme in ihrem Hinterkopf sagte ihr, sie müsse wach bleiben und auf der Hut sein.

Ein anderer Teil von ihr flüsterte, sie solle sich treiben lassen und vergessen. Der Schmerz würde noch früh genug wieder einsetzen.

Dabei ahnte sie, dass der Absturz diesmal noch schlimmer werden würde als der, den sie Alonzo zu verdanken hatte.

Wie sie auf dem Fußboden eines fast leeren Wohnzimmers gelandet war, wusste Gabi nicht. Aber die Männer, die sie hergebracht hatten, knieten neben ihr und redeten. »Wie viel hast du ihr gegeben?«

»Wir haben mindestens eine Stunde.«

Der Gutaussehende legte eine Hand an ihre Wange. Dann gab er ihr eine Ohrfeige. *Wo ist der Schmerz?*

»Sie haben mir so viel Ärger gemacht, Mrs Picano. Wenn Sie mein Geld nicht angerührt hätten, hätte das alles nicht passieren müssen.«

Sie schloss die Augen. Als seine Handfläche erneut an ihre Wange klatschte, öffnete sie sie noch einmal. »Nicht mein Geld«, murmelte sie.

»Nein. Es gehört mir.«

Noch immer lag seine Hand an ihrem Gesicht. Er starrte sie an.

»Sie können es haben. Ich … ich will es nicht.« *So müde.* Sie machte die Augen zu und hörte den Mann in einer anderen Sprache sprechen.

Die Worte drangen an ihre Ohren, aber nicht bis zu ihrem Gehirn.

Schlaf war die bessere Option.

KAPITEL 32

Schon auf dem Weg durch die Tür drückte Andrew Hunter das Telefon in die Hand. »Neil ist dran.«

»Gabi ist weg«, sagte Hunter seinem Butler.

»Ich weiß.«

Hunter hielt das Telefon ans Ohr. »Lebt mein Vater?« Mit einer Begrüßung hielt er sich nicht auf.

»Er ist nicht hier. Und dein ›Kumpel‹ Remington ist ziemlich im Eimer. Aber wenn er sich ausgeschlafen hat, sieht die Welt sicher anders aus. Anscheinend haben ihm ein paar Typen aufgelauert. Er wurde verprügelt und dann haben sie ihm etwas gegeben, was seine Zunge gelockert hat. Nachdem er die Angreifer hierhergelotst hatte, haben sie ihm noch eine Dosis verpasst und sind verschwunden. Er weiß noch, dass es hell war, als sie ihn überfallen haben.«

»Gestern Abend?«

»Vermutlich.«

»Diejenigen, die meinen Vater haben, haben vielleicht auch Gabi.«

Neil schwieg einen Moment lang. »Ja. Und wir haben Gabis GPS-Koordinaten, Blackwell.«

»Was?« Hoffnung keimte in ihm auf. »Wir haben was?«

364

»Ihre GPS-Koordinaten. Im Anhänger ihrer Halskette ist ein Sender. Allerdings muss er was abbekommen haben, denn das Signal setzt immer wieder aus. Aber Dennis wertet aus, was wir kriegen.«

Hunter hörte, wie die Polizei ins Haus kam und Solomon mit den Beamten redete.

»Die Polizei ist hier.«

Neil dachte kurz nach. »Sag denen, was sie unbedingt wissen müssen. Ich rufe ein paar Bekannte im Präsidium an. Wir dürfen keine Zeit verlieren.«

Mit Kriminellen zu kooperieren, war Hunter zuwider. Aber Gabis Entführer hatte sich eindeutig ausgedrückt. »Keine Polizei, hat er gesagt.«

»Das war, bevor er sich Gabi auf einer öffentlichen Straße geschnappt hat. Er hat die Regeln geändert, Blackwell.«

Hunters Stimme zitterte. »Er hat meine Frau, Neil.«

»Er will an dein Geld und er braucht sie als Geisel für seinen sicheren Abzug. Er wird sie nicht töten.«

Hunter schloss die Augen. Seine größte Angst laut ausgesprochen zu hören, zerriss ihm das Herz.

Dennis kam ins Wohnzimmer und winkte Hunter zu sich. »Ich glaube, ich habe sie.«

»Was?« Hunter ließ das Telefon sinken und folgte Dennis in den Keller. Die Polizisten schlossen sich an.

Beim Anblick des Überwachungsraums, in den der Weinkeller sich verwandelt hatte, stieß einer der Beamten einen leisen Pfiff aus. Drei der Monitore zeigten Standbilder. Dennis setzte sich an den Schreibtisch und begann mit der Maus und der Tastatur zu hantieren.

Hunter stellte das Telefon auf Mithören. »Verstehst du uns, Neil?«

»Ja.«

Dennis deutete auf den ersten Monitor. Hunter konnte sehen, wie Gabi auf den Beifahrersitz des Maserati sprang und Connor den Wagen aus der Garage lenkte.

Wir müssen zum Sunset Boulevard, hatte Gabi gesagt.

»Sehen Sie, wie Connor ständig in den Rückspiegel schaut?«, fragte Dennis.

»Als hätte er einen Verfolger bemerkt«, stellte Officer Delgado fest.

»Schon möglich.«

Während der halsbrecherischen Fahrt verstieß Connor gegen etwa ein Dutzend Verkehrsregeln.

Hunter hörte im Video das Telefon klingeln.

»Da rufe ich ihn an und sage ihm, dass es Ihnen und Solomon gut geht und der Anruf bei Gabi eine Falle war«, erklärte Dennis.

Als Connor das Lenkrad herumriss, wurde Gabi auf dem Sitz nach vorn geworfen. *Festhalten,* sagte er, dann war es, als würde der Wagen von hinten gerammt. Was folgte, war eine Explosion in Weiß.

»Die Airbags«, sagte Dennis.

Hunter war froh, Gabis zittrige Stimme Connors Namen rufen zu hören.

Connor murmelte etwas Unverständliches. Die Kamera war verrutscht. Gabis Gesicht war nicht im Bild. Aber Hunter sah, wie sie den gebrochenen Arm nach Connor ausstreckte. Er hörte sie schwer atmen und noch einmal Connors Namen rufen.

Die Beifahrertür wurde geöffnet, das Gesicht eines Mannes erschien auf dem Bildschirm.

Dennis hielt die Aufnahme an. Er drehte sich zu den Polizisten um. »Das ist der Kerl.«

»Weiter«, sagte Hunter.

Der Mann auf dem Video sagte Gabis Namen. Er sprach langsam und schmeichlerisch, aber mit einem starken Akzent.

Kennen wir uns?

Der Typ lächelte nur.

Sie hörten Gabi nach Luft schnappen und dann seufzen.

Als der Mann sie aus dem Wagen zog, hing sie schlaff an seinem Arm.

»Was hat er mit ihr gemacht?«

»Chloroform. Drogen. Schwer zu sagen«, antwortete Dennis sachlich.

Hunter ballte die Hände zu Fäusten.

Dennis zeigte auf einen anderen Monitor. »Hier ist das GPS-Signal. Ich lasse das zusammen mit dem Video ablaufen. Es setzt immer wieder aus, aber vielleicht verrät es uns trotzdem Gabis Aufenthaltsort.«

Sein Blick flog zwischen den Aufnahmen aus dem Maserati und dem blinkenden Signal auf der Straßenkarte hin und her. In dem Augenblick, in dem der Wagen zum Stillstand kam, erlosch auch das Blinken. Als Gabi aus dem Wagen gezogen wurde, flackerte es noch einmal kurz auf. Beim nächsten Mal befand es sich bereits eine Viertelmeile entfernt auf dem Sunset Boulevard. Dann erlosch es wieder. Die Kamera im Maserati hatte aufgenommen, wie Leute den Kopf ins Fahrzeug steckten und Connor versicherten, ein Krankenwagen sei unterwegs.

»Ich spule jetzt vor.« Dennis ließ beide Aufnahmen schneller laufen.

Hunter hörte seine eigene Stimme verzweifelt nach Gabi rufen.

»Augenblick. Gehen Sie noch mal zurück«, bat Delgado.

Dennis drückte auf einen Knopf. Wieder war Hunters flehentliche Stimme zu hören.

»Der Fahrer sagt etwas.«

Dennis spulte noch ein Stück zurück und drehte den Ton lauter.

W-L-H-sechs-vier-neun.

»Ein Nummernschild«, sagten Delgado, Solomon und Dennis gleichzeitig.

Delgado drehte sich zu seinem Partner. »Halterabfrage.«

Der andere Polizist wandte sich ab und zückte sein Funkgerät.

»Das war vor etwa einer halben Stunde.« Dennis zeigte auf das blinkende GPS-Signal. Ein paar Sekunden lang leuchtete es noch, dann setzte es aus.

»Und das vor zehn Minuten.«

»Das war an derselben Stelle.«

Dennis nickte.

Hunter zeigte auf den Bildschirm. »Zoomen Sie sich ran.«

»Heilige Scheiße.«

»Das ist ganz in der Nähe«, sagte Delgado.

Hunter war bereits auf dem Weg zur Treppe.

Delgado hielt ihn am Arm fest. »Wo wollen Sie hin, Blackwell?«

»Ich muss zu meiner Frau.«

»Immer mit der Ruhe.«

Hunter wand sich aus dem Griff des Polizisten und funkelte ihn an.

»Er hat recht, Mr B. Wir wissen nicht, was uns dort erwartet.«

»Neil?«, schrie Hunter Richtung Telefon.

Keine Antwort.

Dennis drückte das Telefon ans Ohr. »Er ist weg.«

Delgado wedelte mit den Händen. »Wir fordern ein Sondereinsatzkommando an und einen Unterhändler. Wenn wir jetzt alles richtig machen, kommt niemand zu Schaden.«

»Vergessen Sie Ihren Vater nicht«, gab Solomon zu bedenken. »Vielleicht ist er auch dort.«

Delgado schaute Hunter fragend an. »Ihr Vater?«

Dennis zuckte die Achseln. »Geisel Nummer zwei.«

»Verdammt.« Delgado hob mahnend den Zeigefinger. »Keiner geht irgendwohin. Zwingen Sie mich nicht, Sie zu verhaften, Blackwell.« Der Officer stapfte die Treppe hinauf.

Hunters Kiefer begann zu schmerzen, weil er so heftig mit den Zähnen mahlte. »Und was jetzt?«

Dennis erweckte mit einem schiefen Grinsen den dritten Bildschirm zum Leben. Weitere GPS-Signale bewegten sich über den Monitor.

»Gabi?«, fragte Hunter.

»Nein.« Dennis zeigte auf den roten Punkt. »Neil.« Dann auf den grünen. »Rick, würde ich sagen.« Sie näherten sich in hohem Tempo einem Haus in der Nachbarschaft.

***

Wenn ich die Augen zulasse, ist vielleicht alles nur ein Traum.

Sie versuchte es. Aber der Drang nachzusehen, was wirklich los war, wurde zu groß. Mit dem Licht kam der Schmerz. Mit einem wattigen Gefühl im Mund und einem kalten Schweißfilm auf der Haut blinzelte Gabi gegen die Nebel vor ihren Augen an.

Sie war in einem Haus. Ja, daran erinnerte sie sich.

Ihre Entführer hatten sie mit dem Rücken in eine Ecke zwischen einem Bücherregal und der Wand gelehnt.

Gefesselt war sie nicht. Die Arme und Beine konnte sie trotzdem kaum bewegen. Dicke Vorhänge an den Fenstern ließen nur wenig Licht herein.

»Sie sind wach.«

Gabi fuhr herum und bereute die heftige Bewegung sofort. Man hatte dem Mann die Arme auf den Rücken und die Beine mit Klebeband aneinandergefesselt. Eines seiner Augen war zugeschwollen und seine Lippe aufgeplatzt. Offenbar hatte er sich gewehrt. Er war nicht jung und seinem äußeren Zustand nach zu urteilen alles andere als fit.

»Wer sind Sie?«, fragte Gabi.

Er versuchte zu lächeln. Die Art, wie er dabei das unverletzte Auge zusammenkniff, kam Gabi bekannt vor. »Sherman Blackwell.«

»Oh.« Hunters Vater.

»Und wer sind Sie?«

»Gabriella Blackwell.«

»Ach. Die Frau, die meinen Sohn so verändert hat.«

Darauf ging Gabi nicht ein. Vorsichtig zog sie erst ein Bein, dann das andere an ihre Brust und spähte zur Tür. »Sind sie noch da?«

Sherman nickte. »Nebenan. Schauen alle zehn Minuten nach, ob Sie wach sind.«

»Wie spät ist es?«

Sherman verdrehte die Augen. »Hab meine Rolex zu Hause vergessen.«

»Und was glauben Sie? Wie lange bin ich schon hier?«

»Eine Stunde … ungefähr.«

Gabi rieb sich mit der gesunden Hand die schmerzende Brust. Sie nahm an, dass die Schwellung, die sie entdeckte, vom Sicherheitsgurt des Maserati stammte. Ihre Fingerspitzen berührten den Anhänger an ihrer Halskette.

Sie küsste den kleinen GPS-Sender.

Schwere Schritte näherten sich der Tür. Gabi ließ den Anhänger in ihre Bluse gleiten und lehnte sich wieder an die Wand.

»Endlich wach, Señora?«

Sie blinzelte. »Wer sind Sie?« Das Gesicht kam ihr auf beunruhigende Weise bekannt vor.

Er zog seine Hosenbeine ein wenig hoch und ging neben ihr in die Hocke. »Ihre Frage verletzt mich ein wenig.«

»Sind wir uns schon mal begegnet?«

»Nicht offiziell. Aber ich war überrascht, dass Ihr Gatte uns einander nie vorgestellt hat.«

»Sie sind ein Geschäftsfreund von Hunter?«

»Nicht dieser Gatte. Ich spreche von dem bedauernswerten Verblichenen. Er und ich waren sehr eng miteinander.«

Gabis Mund wurde trocken. »Diaz«, flüsterte sie.

»Ich bin geschmeichelt. Zu schade, dass ich Sie jetzt, wo Sie mein Gesicht gesehen haben und meinen Namen kennen, nicht am Leben lassen kann. Nehmen Sie es bitte nicht persönlich, Gabriella.«

Ihr Magen zog sich zusammen.

Diaz strich ihr übers Kinn. »Was für eine Verschwendung. Sie sind so schön. Aber sicher verstehen Sie, dass ich nicht anders kann.«

Sie wich vor seinen Fingern zurück und er lachte.

»Warum lebe ich überhaupt noch?«

Er lachte weiter. »Schön, aber nicht sehr schlau, nicht wahr, alter Freund?«

»Lassen Sie sie in Ruhe«, hörte Gabi Sherman sagen.

»Ein Kavalier. Wie rührend. Aber im Augenblick ziemlich unnütz.« Diaz zog eine Pistole aus dem Hosenbund.

Gabi hielt den Atem an, während der Kerl mit der Mündung der Waffe an ihrem Kiefer entlangstrich. »Gespielt wird nach meinen Regeln, Gabriella. Hören Sie mir auch aufmerksam zu?«

»Ja«, murmelte sie.

»Sie schreien und ich erschieße ihn. Er schreit, und ich erschieße Sie. Gleichberechtigung ist heutzutage doch allen immer sehr wichtig, oder?«

Was für ein kranker Typ.

»Haben Sie die Regeln so weit verstanden?«

Sie nickte kurz.

»Gut. Wenn ich Ihnen das Telefon ans Ohr halte, sagen Sie nur, was Sie sagen dürfen. Sonst erschieße ich ihn.« Diaz zeigte mit der Pistole auf Sherman Blackwell.

»Sie bringen uns doch sowieso um«, entgegnete Hunters Vater.

Diaz tippte mit der Waffe an Gabis Brust. Sein Finger lag am Abzug.

»Ja. Aber soll es schnell oder langsam gehen?« Diaz strich mit der Pistolenmündung über Gabis Arm und richtete sie auf ihren Ellbogen. »Vielleicht bin ich auch gnädig und lasse Sie auf einer Wolke aus diesem Leben schweben.« Er rückte näher. Gabi spürte seine Lippen an ihrem Ohr. »Das würde Ihnen doch gefallen, oder?«

Sie wimmerte.

»Wenn sie mal auf den Geschmack gekommen sind, wollen sie immer mehr.« Damit rappelte Diaz sich hoch. Er packte Gabis gesunden Arm und zog sie auf die Füße. »Zeit für ein Telefonat.«

***

Die Medien erreichten das Haus vor der Kavallerie, und das Telefon klingelte lange, bevor irgendein Unterhändler eingetroffen war. Hunter nahm das Festnetztelefon beim ersten Klingeln ab. »Hallo?«

»Ich habe doch gesagt, keine Polizei, Blackwell.«

Solomon machte eine rollende Handbewegung. »Reden«, flüsterte er.

Die Polizisten im Raum verstummten.

»Sie haben meine Frau am helllichten Tag entführt. Ich habe die Polizei nicht gerufen.«

»Wie dem auch sei. Sie schicken jetzt alle nach Hause. Ihren Diener, Ihren Fahrer, alle. Sie haben fünf Minuten. Dann werde ich Ihre schöne Gattin zerlegen. In handliche kleine Stücke.«

»Woher weiß ich, dass Gabi noch lebt?«

»Sagen Sie Hallo.«

Das Telefon wurde bewegt, dann hörte Hunter das süßeste Wort, das je an seine Ohren gedrungen war. »Hallo.«

»Sagen Sie ihm, dass es Ihnen gut geht«, befahl Diaz.

»Es geht mir gut, Hunter.«

»Mein Gott, Gabi. Wir holen dich da raus.« Er hielt das Telefon so fest, dass er glaubte, es müsste in seiner Hand zerbrechen.

Diaz lachte. »Und jetzt sagen Sie ihm, dass Sie ihn lieben.«

Er hörte das Weinen in ihrer Stimme. »Ich liebe dich, Hunter.«

Sein Herz wollte zerspringen. »Ich liebe dich auch.«

Doch die Worte landeten in Diaz' Ohr. »Fünf Minuten, Blackwell.«

Die Leitung war tot.

Hunter drehte sich um. »Raus hier. Alle!«

Kapitel 33

Während das Fünf-Minuten-Ultimatum für die Räumung des Hauses verrann, lichteten sich die Nebel in Gabis Kopf. Die Angst, die sie in Hunters Stimme gehört hatte, übertrug sich auf sie. Gab es etwa Probleme mit dem GPS-Signal? Wusste er, wo sie war? Wusste das Sicherheitsteam Bescheid?

In dem fremden Haus befand sie sich seit über einer Stunde. Wie viel Zeit bis zu ihrer Ankunft vergangen war, wusste sie nicht. Aber dem Sicherheitsteam musste es doch gelungen sein, sie zu orten. Warum griffen Neil und seine Leute nicht ein?

Das Handy auf dem Tisch klingelte und Diaz meldete sich auf Spanisch. Gabi ließ den Blick in die entgegengesetzte Richtung schweifen. Auf keinen Fall sollte der Kerl ihr ansehen, wie viel Spanisch sie verstand. Sie konnte der Unterhaltung mühelos folgen.

Die Polizei verließ gerade das Blackwell-Haus, die Medienvertreter wurden aus der Straße verbannt.

Hunter war allein.

Diaz sagte dem Anrufer, er solle sich einen Moment gedulden, griff nach einem anderen Telefon und wählte.

»Gut so, Mr Blackwell. Dann geht es jetzt weiter. Auf mein Signal hin nehmen Sie das Geld, steigen über den Zaun hinter

Ihrem Haus, gehen durch den Garten Ihrer Nachbarn bis zur Straße und dann Richtung Norden. Ich melde mich wieder und sage Ihnen, wo Sie das Geld ablegen sollen.«

Bei Diaz' nächsten Worten wurde Gabi flau.

»Das Signal werden Sie ganz sicher erkennen. Die Abendnachrichten werden darüber berichten.«

Sie fing an zu zittern, sagte sich aber, das müsse die Angst sein. Ihr Arm juckte unter dem Gips.

Diaz legte auf und wandte sich wieder dem anderen Telefon zu. Auf Spanisch sagte er seinem Gesprächspartner, sobald er den Knopf gedrückt hätte, könne er zum Haus zurückkommen und sich sein Geld abholen. Und seinen Stoff.

Gabi rieb sich den Nacken.

Hämisch grinsend forderte Diaz sie auf, sich die Ohren zuzuhalten.

»Was?«

Das Haus bebte.

Gabi kauerte sich zusammen. Einen Moment lang fürchtete sie, die Wände würden einstürzen.

Diaz legte auf und murmelte. »Idiot. Vertrauen Sie bloß nie dem Falschen, Gabriella.« Er lachte. »Ach, ich vergaß. Das ist Ihnen ja schon mehrfach passiert.«

Ein weiterer Mann, er war dünn und nervös, erschien in der Tür. »Ich bin so weit, ich kann los.«

Diaz wedelte mit der Hand, als wollte er ein Insekt verscheuchen.

Der Dünne rannte zu Sherman. Gabi hörte Hunters Vater protestieren.

Sie wollte sich zu Sherman drehen, aber Diaz richtete die Waffe auf sie. »Wir müssen Ihrem Mann für sein Geld etwas bieten.«

Gabi biss sich auf die Unterlippe und kratzte ihre juckende Haut.

Aus dem Augenwinkel sah sie, dass die Fesseln an Shermans Füßen durchtrennt wurden. Seine Hände blieben auf den Rücken gebunden. Mit vorgehaltener Waffe trieb der Dünne ihn aus ihrem Blickfeld.

***

Hunter stand im Weinkeller und wartete.

Als die Explosion das Haus erbeben ließ, duckten er und Dennis sich. Hinterher checkte Dennis sofort die Monitore. Die Kameras um das Haus waren unbeschädigt, ein Glühen aus südlicher Richtung verriet, dass die Explosion zwar ganz in der Nähe, aber nicht direkt auf dem Grundstück stattgefunden hatte.

»Ich nehme an, das war mein Signal.«

Dennis zog den Reißverschluss von Hunters Jacke zu. Sie verdeckte eine kugelsichere Weste. »Der Adler verlässt den Horst«, sagte er ins Telefon.

»Verstanden.«

»Halten Sie sich am Straßenrand, damit Sie notfalls hinter einer Hecke in Deckung gehen können. Der Kerl ist schlau. Er wird sich denken, dass Sie bewaffnet sind. Falls er fragt, nehmen Sie die hintere Pistole aus dem Hosenbund und werfen Sie sie weg.«

Hunter schaute noch einmal auf den Monitor. Er sah vier GPS-Signalpunkte. Zwei glühten dort, wo Gabi festgehalten wurde, zwei weitere waren näher an seinem Grundstück.

Durch das Polizeifunkgerät an Dennis' Seite kam ein Kommando.

»Los!«

Hunter nahm immer drei Stufen gleichzeitig. Er schnappte sich die schwere Sporttasche und hastete aus der Hintertür. Die Tasche warf er über die Mauer des Nachbargrundstücks und kletterte ihr nach. Die Nachbarn waren nicht zu Hause. Hunde besaßen sie offenbar auch nicht.

Was für ein Segen.

Er sprang über den Zaun an der Vorderseite des Grundstücks und wandte sich nach Norden. Nach einer Viertelmeile fragte er sich, ob er nur vom Haus weggelockt oder in irgendeine Art von Falle gelotst werden sollte.

Dann klingelte sein Telefon. Ohne stehen zu bleiben, nahm er das Gespräch an.

»Links von Ihnen steht ein Müllcontainer.«

»Den sehe ich.«

»Werfen Sie das Paket hinein.«

Hunter drehte sich um die eigene Achse. »Wo ist Gabi?«

»Ihr geht es gut. Das versichere ich Ihnen.«

»Auf Ihre Versicherungen scheiße ich.«

»Schauen Sie nach vorn. Sehen Sie den Lieferwagen?«

Am Ende der Straße stand ein weißer Van. Das Logo an der Seite erinnerte an einen Pizzaservice. Die Seitentür öffnete sich, Hunter kniff die Augen zusammen. »Dad?«, flüsterte er.

»Man muss immer mindestens zwei Asse im Ärmel haben. Sie als guter Geschäftsmann wissen, wovon ich spreche, Blackwell. Werfen Sie das Geld in den Container, dann lassen wir Ihren Vater frei.«

»Was ist mit Gabi?«

»Alles zu seiner Zeit. Gabi wird dafür sorgen, dass ich unbehelligt abziehen kann. Vertrauen Sie mir. Ich stehe zu meinem Wort.«

Hunter hätte gerne laut losgelacht.

Ein Mann hielt seinen Vater fest und stieß ihn in die Rippen. »Glaub denen kein Wort, Hunter«, schrie Sherman Blackwell.

Hunter rannte über die Straße, warf die Sporttasche in den Container und trat ein paar Schritte zurück.

»Gut so.«

Sein Vater wurde aus dem Van gestoßen, das Fahrzeug raste davon. Hunter rannte zu Sherman.

Ein Müllwagen bog um die Ecke.

Im selben Moment, in dem Hunter sich auf seinen Vater warf, explodierte der Van. Hunter zog den Kopf ein und bedeckte den Kopf seines Vaters mit den Händen.

Als er wieder aufblickte, stand der Van in Flammen, sein Vater lag reglos unter ihm und der Müllwagen verschwand mit zehn Millionen Dollar.

***

Gabi fixierte die Spritze, die knapp außerhalb ihrer Reichweite auf dem Tisch lag. Sie hatte Diaz das Heroin aufziehen sehen und wusste, dass die Menge ausreichte, um einen Menschen ins Jenseits zu befördern.

Der goldene Schuss. Würde sie auf diese Art aus dem Leben scheiden? Die Pistole in Diaz' Hand machte ihr weniger Angst als die Spritze. Diaz bellte Befehle, wartete, dass sie ausgeführt wurden, und bellte dann neue. Hin und wieder wechselte er von Spanisch zu Englisch. Dass Gabi jedes einzelne Wort verstand, ahnte er nicht.

Als das Haus zum zweiten Mal erbebte, zuckte sie zusammen.

Die zweite Explosion erfolgte, während Diaz mit seinem Komplizen telefonierte. Diaz schüttelte den Kopf und ließ das Telefon in seine Tasche gleiten. »Diese jungen Kerle gehen beim kleinsten Anlass in die Luft«, sagte er spöttisch.

»Sie haben sie umgebracht?«

»Das sind harte Worte. Ich habe sie befreit, damit sie das nächste Level erreichen. Der Tod ist nur eine Durchgangsstation zu einem anderen Leben.« Er wedelte mit der Waffe in ihre

Richtung. »Die Angst vor dem Tod hält Menschen in Schach. Wenn man den Tod nicht fürchtet, bringt man es weit auf dieser Welt und hat am meisten von diesem Leben.«

Gabi wurde das Atmen schwer.

Er war verrückt, berechnend und klug.

Doch im Augenblick hatte sie das Gefühl, mindestens genauso verrückt und berechnend, aber noch klüger zu sein.

»Zeit zu gehen, Mrs Picano.«

»Nennen Sie mich nicht so.«

Diaz blickte auf. »Sie glauben, Sie können mir etwas befehlen?«

»Ich bin Mrs Blackwell.«

Er zog eine Braue hoch und grinste.

Sie bemerkte einen Schatten vor der geschlossenen Jalousie des Küchenfensters.

Als Diaz sich abwandte, schnappte Gabi sich die Spritze vom Tisch. Noch bevor er sich wieder zu ihr drehen konnte, gab es eine dritte Explosion.

Diaz' Grinsen verschwand. Diese Explosion hatte ihn offenbar überrascht. Er stieß eine ganze Salve obszöner Flüche aus und packte Gabi am Arm.

Als Diaz seine Waffe auf sie richtete, fiel alle Angst von ihr ab. Sie schwang den eingegipsten Arm herum, traf die Pistole und sah sie durch das Zimmer fliegen, das sich bereits mit Rauch füllte.

Diaz schlang ihr den Arm um den Hals und hielt sie als Schutzschild vor seinen Körper.

Gabi rang nach Luft.

Während Diaz sie rückwärts zu einer Tür zerrte, die vermutlich zur Garage führte, zog Gabi unbemerkt die Schutzhülle von der Injektionsnadel. Nur mit Mühe konnte sie sich auf den Füßen halten. Sie kämpfte um jeden Atemzug.

Aus tiefster Seele hoffte sie, dass sie treffen und nicht abrutschen würde, zielte auf seinen Hals und stieß zu. Als sie Diaz fluchen hörte, drückte sie mit dem Daumen den Kolben nieder.

Diaz stolperte zwei Schritte rückwärts. Er stieß eine Verwünschung aus, dann fiel seine Hand von ihr ab. Gemeinsam stürzten sie zu Boden.

Zwei dunkel gekleidete Gestalten mit Gasmasken und gigantischen Gewehren stürzten ins Haus. Gabi fühlte sich wie in eine Szene in einem Actionfilm versetzt.

Als die Männer sie entdeckten, zögerten sie. Sie drehte sich zu Diaz. Die Spritze steckte noch in seinem Hals. Sie sah das Blut im Zylinder. Diaz' Augen waren weit aufgerissen und das widerliche Grinsen würde er für immer auf seinen Zügen tragen.

Gabi fielen die Augen zu.

Eine Maske wurde ihr über Nase und Mund gezogen, ein Band über den Hinterkopf gestreift. Draußen heulten Sirenen.

»Wir müssen los, Babe.« Jemand tätschelte ihren Kopf und die beiden Gestalten verschwanden.

***

Ganz in der Nähe von Gabis GPS-Koordinaten hörte Hunter eine dritte Explosion. Er sah Rauch aufsteigen und spürte, dass sein Vater sich bewegte.

»Du lebst?« Hunter schlug das Herz bis zum Hals.

»Ich muss aufhören zu trinken«, nuschelte Sherman.

Hunter atmete erleichtert durch. »Und ich muss Gabi finden.«

»Mach schnell.«

Dieser Aufforderung hätte es nicht bedurft. Mit einem Gebet auf den Lippen rannte Hunter auf die dritte Explosionsstelle zu.

Während er erneut über eine Mauer kletterte, schwor er sich, einen Trainer anzuheuern, damit ihm die Plackerei in Zukunft leichter fiel.

Beim Überqueren der Straße fielen ihm zwei dunkel gekleidete Männer auf, die zu einem dunklen Van rannten. Einer drehte sich zu ihm und salutierte. Dann schlug er die Tür zu und der Wagen raste davon.

Hunter spurtete weiter.

Er rannte durch die Tür des raucherfüllten Hauses. Das Geheul der näher kommenden Sirenen schmerzte in seinen Ohren. Lange musste er nicht suchen. Er fand Gabi auf dem Fußboden. Neben ihr lag ein Mann.

Jemand schob sich neben ihn und half ihm, Gabi ins Freie zu ziehen.

Hunters Lunge füllte sich mit Rauch. Er musste husten.

Der gute Samariter eilte ins Haus zurück. Hunter blieb draußen und bettete Gabis Kopf in seinen Schoß.

Der unbekannte Helfer stolperte hustend wieder zu ihm. »Tot. Er ist ...«

Streifenwagen hielten vor dem Haus. Ihre Signallichter blitzten.

Plötzlich spürte Hunter Gabis Hand an seinem Arm und sah sie unter der Maske lächeln.

Hunter weinte Tränen, von deren Existenz er nichts geahnt hatte, und lehnte seine Stirn an ihre.

***

In eine Klinik wollte Gabi nicht. Deshalb bat Hunter seinen Arzt um einen Hausbesuch.

Nach ein paar Fragen zu dem toten Mann im Haus und nachdem Gabis und Shermans Personalien aufgenommen worden waren, durfte Hunter Gabi mit nach Hause nehmen. Sie war noch immer ziemlich benommen. Hunter ließ ihr ein Bad ein.

Ihren Gipsarm bettete er auf den Wannenrand, dann wusch er ihr die Strapazen des Tages aus dem Haar und von der Haut. Er tat es fast andächtig, so als wäre jeder Augenblick ein wertvolles Geschenk. Gabi ließ ihn schweigen und stellte keine Fragen. Mit einem großen Badetuch trocknete er sie ab, dann kämmte er ihr das Haar aus. Erst als der Arzt kam, verließ er das Zimmer.

Gabi zeigte auf die schmerzenden Stellen und sagte dem Arzt, dass sie unter Drogen gesetzt worden war. Gerne hätte sie das für sich behalten, aber weil ihr Blut sowieso untersucht werden würde, konnte sie das auch gleich zugeben. Beim Blutabzapfen erklärte der Arzt ihr klipp und klar, dass er sie bei irgendwelchen Auffälligkeiten in der Klinik sehen wollte.

An der Tür passte Hunter ihn ab. Gabi hörte, wie er dem Arzt ein paar Fragen stellte. Größere Probleme schien der Mediziner zu ihrer Erleichterung nicht zu erwarten. Falls die Schmerzen schlimmer wurden, sollte sie morgen für weitere Untersuchungen und ein paar Röntgenaufnahmen ins Krankenhaus kommen.

Gabi war gerade eingedöst, als Hunters Stimme lauter wurde.

»Wir haben noch ein paar Fragen, dann sind wir weg und kommen morgen wieder.«

»Hat sie heute nicht schon genug mitgemacht?«

»Es war hart, und das will niemand bestreiten, Mr Blackwell.«

»Schon gut, Hunter«, sagte Gabi schläfrig. »Bringen wir's hinter uns.«

Officer Delgado kam mit Hunter ans Bett. Hunter half ihr, sich aufzusetzen, und rückte behutsam die Decke zurecht.

»Tut mir leid, dass wir Sie jetzt noch belästigen müssen, Mrs Blackwell.«

Sie schloss die Augen. »Machen Sie's kurz, bitte.«

»Sagen Sie mir, woran Sie sich erinnern.«

Sie begann mit dem Augenblick, in dem der Wagen gerammt worden war, und erkundigte sich nach Connor. Hunter sagte, der Leibwächter hätte eine Gehirnerschütterung und ein paar gebrochene Rippen. In ein paar Wochen wäre er wieder auf dem Damm.

Als Nächstes beschrieb Gabi den Moment, in dem ihr klar geworden war, dass man sie unter Drogen gesetzt hatte. Hunter setzte sich zu ihr aufs Bett und hielt ihre Hand. »Und dann habe ich deinen Vater kennengelernt.«

»Er hat nicht allzu viel abbekommen. Er ist nur zur Kontrolle noch im Krankenhaus.«

Gabi nickte und fuhr fort. Sie sprach von der Pistole, den Drohungen und davon, dass Diaz nicht beabsichtigt hatte, sie gehen zu lassen. Sie erzählte, dass jemand draußen vor dem Fenster gestanden und das Haus sich kurz danach mit Rauch gefüllt hatte.

»Dass in der Spritze eine tödliche Dosis war, habe ich gewusst. Er hat es mir selbst gesagt. Anders konnte ich mich nicht wehren. Eine Waffe hatte ich nicht.«

Officer Delgado machte sich eine Notiz. »Ich kann mir nicht vorstellen, dass man Anklage gegen Sie erheben wird. Sie haben einen kühlen Kopf bewahrt, das war sicher nicht leicht.«

Gabi lehnte sich an Hunters Schulter.

»Und was ist dann passiert?«

»Es gab ziemlich viel Rauch. Ich konnte kaum atmen. Aber jemand hat mir eine Maske aufgesetzt, damit ging es besser.«

»Wer war das?«

Sie schüttelte den Kopf. »Ich habe kein Gesicht gesehen. Nur eine dunkle Maske. Und dann war ich draußen und Hunter war bei mir.«

»Sie haben keine Ahnung, wer Ihnen geholfen hat?«

»Ich war gerade knapp dem Tod entronnen, Officer. Ich wusste, dass der Entführer mir nichts mehr anhaben konnte, und war einfach froh, dass ich Luft bekam. Auf die Idee, dem Mann irgendwelche Fragen zu stellen, bin ich in dem Moment nicht gekommen.«

»Es war ein Mann?«

»Oder eine sehr kräftige Frau. Schwer zu sagen.«

Delgado stieß die Luft aus. Dann stand er auf und legte seine Visitenkarte auf den Nachttisch. »Falls Ihnen noch was einfällt.«

Als Delgado ging, kam Andrew ins Zimmer. »Ich habe Suppe gemacht.«

***

Drei Tage später saßen Gabi und Hunter mit Lori und einem Team von Anwälten beim Staatsanwalt.

Einzelheiten über Diaz und die Gründe, weshalb er sich an Gabi herangemacht hatte, kamen genauso auf den Tisch wie Details über die Auslandskonten und das Problem mit der Versicherung. Gabi beteuerte, dass sie die Versicherungssumme unverzüglich zurückerstatten würde, sobald man ihr die Möglichkeit dazu gab.

Dass die Medien sie als eine vom Schicksal gebeutelte Society-Lady portraitierten, die nach der Heirat mit einem Milliardär von geldgierigen Kriminellen entführt worden war, war überaus hilfreich. Dass es Tote und Verletzte gegeben hatte, elektrisierte die Medienleute. Gabis fotogenes Gesicht tat ein Übriges.

Für den Fall, dass das Gespräch mit dem Staatsanwalt nicht nach Wunsch verlief, hatten Hunter und sein PR-Team eine Pressekonferenz angekündigt.

Es stellte sich heraus, dass Diaz im Drogengeschäft eine ganz große Nummer gewesen war. Alonzo Picano hatte eine seiner Lieferungen verloren. Gerade als Diaz sich von diesem herben Schlag erholt hatte, hatte Gabi die Auslandskonten entdeckt und die Passwörter geändert. Der Staatsanwalt kündigte eingehende Ermittlungen an, ging aber nicht davon aus, dass gegen Gabi Anklage erhoben werden würde.

Versicherungsbetrug fiel nicht in seinen Zuständigkeitsbereich, er war jedoch zu einer Zeugenaussage bereit. Wenn Gabi das Geld zurückzahlte und die Staatsanwaltschaft ihr nichts vorwarf, standen die Erfolgsaussichten für eine Klage der Versicherungsgesellschaft nicht sehr gut.

Umgeben von zufriedenen Anwälten in Feiertagslaune verließ Gabi an Hunters Arm das Büro des Staatsanwalts.

Die Pressekonferenz konnte ausfallen. Stattdessen versammelten sich Freunde und Angehörige in Hunters und Gabis Haus. Dort wartete Andrew mit einem Weihnachtsessen auf sie. Es war zwar nicht selbst gekocht, sondern stammte von einem Catering-Service, aber der Gedanke zählte, und Gabi freute sich.

»Was feiern wir heute eigentlich?«, fragte Hunter Blake. Samantha dirigierte einen kleinen Kinderschwarm samt Kindermädchen in den noch unmöblierten Hobbyraum.

»Sam meint, ein Fest sei wichtig für die Außenwirkung«, sagte Blake. »So ganz verstehe ich das nicht, aber Sam macht das schon richtig.«

Hunter ging lächelnd zu Gabi. Sie bedankten sich bei Judy und Rick für ihre Unterstützung. Dann umarmte Gabi Judys Bruder Michael und amüsierte sich über den angriffslustigen Blick, mit dem Hunter den Schauspieler maß. »Danke, dass du gekommen bist.«

»Wenn die Medienhaie sich an dich herangemacht hätten, hätten sie es mit mir zu tun bekommen«, scherzte Michael.

Gabi drehte sich zu Hunter. »Kennt ihr beide euch schon?«

»Ich glaube, Michael Wolfe kennt inzwischen wirklich jeder«, sagte Hunter.

Gabi lachte. »Schon schwer, wenn man ein Filmstar ist.«

Michael zwinkerte ihr zu und drehte sich dann zu dem Mann, der sich mit einem Glas in der Hand zu ihnen gesellte. Gabi stellte Hunter Ryder ohne nähere Erklärungen vor. Hunter stellte keine Fragen.

Carter Billings begrüßte Neil und schüttelte dann Hunter die Hand. Gabi ließ sich gern von ihm umarmen. Neil begnügte sich damit, ihr den Arm zu tätscheln.

»Ich glaube, ich muss mich bei dir bedanken«, sagte sie zu ihm.

Neil zuckte die Achseln. »Ich wüsste nicht, wofür.«

Gabi dachte an eine dunkel gekleidete, bis an die Zähne bewaffnete Gestalt mit einer Atemschutzmaske, beugte sich vor und küsste Neil auf die Wange. »Danke.«

Neil nahm einen Schluck Bier, nickte und ging davon.

»Ein echter Charmeur.« Carter lachte.

Gabi nippte an ihrem Wein. Sie war unendlich dankbar, am Leben zu sein, und betrachtete jeden Genuss als Geschenk. Als Nächstes plauderten sie und Hunter mit Zach und Karen.

Doch bald kam Meg und zog Karen beiseite.

»Du hast wunderbare Freunde«, flüsterte Hunter Gabi ins Ohr.

Sie dachte kurz nach. »Vor zwei Jahren hatte ich noch niemanden.«

Hunter schaute sie zweifelnd an.

Eine raue Stimme sagte ihren Namen.

»Sherman!« Gabi drehte sich um und breitete den gesunden Arm aus. »Schön, dass du kommen konntest.«

»Die wollten mich noch ein paar Tage in der Klinik behalten. Aber ich habe denen gesagt, ich hätte was Besseres vor.«

Gabi trat zur Seite, während Hunter und sein Vater einander musterten.

»Schön, dich in der Senkrechten zu sehen, Dad.«

»Das ist mein neuer Look.«

Hunter lachte.

»Heute ist mein vierter Tag ohne einen Tropfen. Der erste Tag zählt eigentlich nicht, weil das Zeug, das die Typen mir verpasst hatten, mich komplett aus den Stiefeln gehauen hat. Aber vier hört sich besser an als drei.«

Als Hunter und sein Vater einander umarmten, wurde Gabi warm ums Herz.

Dann ließ jemand ein Glas klingen und alle wurden still.

Val lächelte in die Runde. »Ich würde gern einen Toast aussprechen.«

Meg hob ihre Apfelschorle und lehnte sich an ihren Mann.

Gabis Mutter hatte schon das eine oder andere Glas Wein genossen und würde sich sicher bald zu einem Nickerchen zurückziehen.

»Ich weiß, ihr seid wegen Gabi hier und wollt eure Verbundenheit mit ihr zeigen«, sagte Val. »Aber weil Gabi im Grunde ihres Herzens sehr schüchtern ist, will ich diesen Toast nicht auf sie aussprechen, sondern auf euch alle. Auf die Freundschaft. Auf Freunde, die zusammenhalten und da sind, wenn man sie braucht.«

Die Gäste stießen miteinander an. Gabi ließ den Blick umherschweifen. Gwen trank Milch. Karen hatte sich genau wie Meg eine Apfelschorle geholt. »Hey!«

»Was ist denn?«, fragte Hunter.

Gabi fixierte Gwen mit zusammengekniffenen Augen. »Du trinkst Milch?«

Gwen betrachtete ihr Glas und presste die Lippen zusammen.

Eliza nahm einen Schluck Champagner, dann erklärte sie trocken, »Gwen hat 'nen Braten in der Röhre.«

Meg kreischte auf.

Sam nippte kichernd an ihrem Wein. »Ihr braucht mich nicht so anzuschauen. Wir haben keine weiteren Pläne. Nicht wahr, Blake?«

»Windelwechsel und Fläschchen mitten in der Nacht? Ich habe keine weiteren Pläne«, bestätigte Blake.

Gwen prostete mit dem Glas Milch in die Runde. »Vierter Monat.«

Rick schaute Judy an. »Ich glaube, langsam wären wir auch an der Reihe.«

Judy knuffte ihren Mann in die Seite und Meg verschluckte sich.

Judy wurde knallrot. »Zwei blaue Streifen. Heute Morgen. Ich wollte es dir eigentlich sagen, wenn wir alleine sind.«

Rick vergaß, so wie sonst zu lächeln. Ihm blieb der Mund offen stehen. »Moment mal … wie bitte?«

Blake klopfte ihm auf den Rücken. »Ich glaube, wir treiben gerade auf einen riesigen Hormonstrudel zu. Vielleicht sollten wir uns jetzt verdrücken, Männer, und in neun Monaten wieder vorbeischauen.«

Erneut wurde angestoßen.

Nur ganz wenige Frauen und einige Männer hatten am Ende des Abends einen kleinen Schwips.

Kapitel 34

Seit der Entführung wich Hunter nicht mehr von Gabis Seite. Er brachte sie ins Bett und deckte sie zu. Dann blieb er bei ihr, bis sie schlief. Aber wenn sie aufwachte, war der Platz neben ihr kalt und leer.

In der Küche saßen die üblichen Verdächtigen. Solomon trank Kaffee, Andrew hatte einen Stapel Pfannkuchen gemacht.

»Morgen, Mrs B.«

Andrew sprang auf und stellte Gabi einen Teller hin. Seit der Entführung fragte er nicht mehr, sondern bediente sie einfach.

Ihm zuliebe probierte Gabi einen Bissen. »Da ist Zimt drin.«

»Ein Rezept aus dem Internet.«

Gabi nahm lächelnd eine zweite Gabel. »Wo ist Hunter?«

Wieder einmal tauschten die Männer einen langen Blick. Sie gewöhnte sich langsam daran. Diese Blicke sagten mehr als tausend Worte.

»Andrew?«

»Er ist ... ähm ...«

Sein Gestotter verwandelte den Pfannkuchen in Gabis Magen zu Stein.

»Raus damit.«

»In seiner Wohnung. Er hat heute Nacht im Penthouse geschlafen.«

Die Männer schauten sie an, als warteten sie auf eine Reaktion. Gabi nahm an, dass Hunter nicht nur zu seiner Wohnung gefahren war, um ein paar persönliche Dinge zu holen.

»Oh.« Sie schob ihren Teller weg und stand auf.

Mit dem Kaffee und einer Decke ging sie hinaus auf die überdachte Terrasse. Dort ließ sie sich auf einer Doppelliege nieder und schaute hinaus in den Garten. Der graue Himmel und der Sprühregen passten zu ihrer Stimmung. Sie wollte die Ruhe hier draußen für ein paar Überlegungen über ihr Leben nutzen.

Wenigstens wusste sie jetzt, wo Hunter die Nächte verbrachte. Sie hatte vermutet, dass er im Gästezimmer schlief. Aber das war offenbar nicht der Fall. Er brauchte sie jetzt nicht mehr. Noah hatte sich die Mutter seines Kindes mit Geld vom Hals geschafft und hielt sich mit Hayden in einem Vorort von Boston auf. Laut Hunter suchte sein Bruder gerade einen Job. Um welche Art Arbeit es sich handelte, wusste er nicht, aber immerhin hatte Noah ihn nicht noch einmal um Geld gebeten. Vor ein paar Tagen war ein Einschreiben mit Haydens Geburtsurkunde gekommen. In dem Feld unter »Vater« stand Noahs Name.

Von Hunter wusste Gabi, dass er Noah gedrängt hatte, mit dem Jungen zu verschwinden. Das machte sie ungeheuer stolz auf den Mann, den sie geheiratet hatte. Hunter war bereit gewesen, das Kind zu sich zu holen und wie sein eigenes großzuziehen. Aber jetzt bekannte Haydens echter Vater sich zu dem Kleinen, und das war gut so.

Wenn Gabi an das unbenutzte Kinderzimmer dachte, spürte sie dennoch einen Stich im Herzen. Sie fürchtete, dass sie sich an die Rolle der kinderlosen Tante würde gewöhnen müssen. Sie war die Frau, die immer an den Falschen geriet. Schade, dass sie sich nichts aus Katzen machte. Ein Haus voller Stubentiger hätte das klischeehafte Bild vollends abgerundet.

Der Kaffee war kalt geworden. Gabi kuschelte sich unter die Decke, schaute zu, wie der Regen vom Himmel fiel, und ließ die Zeit vergehen.

»Hey.«

Sie blickte auf. Hunter stand an der Terrassentür. Er trug einen Rollkragenpullover und eine dunkle Hose, seinen lässigen *Heute-gehe-ich-nicht-ins-Büro*-Look. Ihn anzuschauen, tat ihr körperlich weh.

»Hey.«

Er setzte sich auf die Kante der Liege. Nervös klopfte er mit einem dicken Umschlag auf seinen Schenkel.

»Gut geschlafen?«

War es schon so weit, dass sie sich in Small Talk flüchten mussten? »Können wir die Floskeln nicht lassen?«

Weil er schwieg, blickte sie schließlich auf. Er starrte auf den Umschlag in seiner Hand.

»Was ist das?«

Schweigend reichte er ihn ihr.

Gabi gab sich einen Ruck, griff beherzt zu, zog einen ganzen Stapel offiziell aussehender Dokumente heraus und faltete sie auseinander. Sie las nur ein Wort und wusste Bescheid.

»Du hast die Scheidung eingereicht.«

Sie ließ die Papiere sinken.

Er legte die Hand auf ihr Bein.

Sie zuckte zurück.

Schnell nahm er seine Hand wieder weg. »Ich möchte das nicht.«

»Wer eine Scheidung einreicht, wird sie normalerweise auch wollen.«

»Von Wollen kann keine Rede sein. Eher schon von Müssen.«

Sie biss sich auf die Lippe, damit sie nicht zitterte. »Möchtest du mir das näher erklären? Ich hatte eine stressige Woche und bin mit Wortspielen im Moment ein bisschen überfordert.«

Er holte Luft. »Ich habe eine schöne, kluge, warmherzige Frau kennengelernt, die mich einfach hat abblitzen lassen. Mein gigantisches Ego war tödlich verletzt, und was habe ich getan? Ich habe sie erpresst. Ich habe in ihrer Vergangenheit gewühlt und nach dunklen Flecken gesucht, um zu bekommen, was ich wollte. Was ich ihr damit antun würde, habe ich nicht bedacht.« Hunter so zerknirscht zu sehen, war ungewöhnlich. Obwohl er die Wahrheit sagte, genoss Gabi diesen Anblick nicht.

»Dann hat mein selbstsüchtiger innerer Mistkerl die Situation ausgenutzt und dich in mein Bett geholt. In den Wochen danach hätte mein Egoismus dich beinahe das Leben gekostet. Nicht ein Mal, nicht zwei Mal, sondern gleich drei Mal. Und was war mein Antrieb? Mein Stolz? Meine Gier?« Er ließ den Kopf sinken.

Sie nickte. »Leider muss ich dir recht geben. Aber nicht in allem.«

»Ich verdiene dich nicht.«

»Vielleicht. Aber das mit dem Bett stimmt so nicht. Mir war völlig klar, was ich da tue. Hast du mich verführt? Ja, kann sein. Allerdings möchte ich gerne glauben, dass ich durchaus meinen Teil dazu beigetragen habe.«

»Ich hätte auf Distanz bleiben sollen.«

»Ich möchte gerne glauben, dass ich dir das unmöglich gemacht habe.«

Ein kleines Lächeln huschte über seine Lippen. »Es tut mir leid, Gabi. Es tut mir leid, dass ich dich zur Heirat gezwungen und dein Leben in Gefahr gebracht habe.« Sein Blick lag auf dem Gips an ihrem Arm. »Und dass du Schmerzen hast. Jetzt kann ich dir nur noch geben, was du von Anfang an wolltest.«

Sie nahm die Papiere in die Hand. »Du sagst, du willst das hier nicht?«

»Das ist richtig.«

Sie schaute ihm in die Augen. »Was willst du dann?«

»Ich will das Unmögliche. Ich will die Zeit zurückdrehen und noch mal von vorn anfangen. Ich will die schöne, kluge, warmherzige Frau noch einmal kennenlernen und sie langsam in meine Welt holen, bis sie sich ihre Welt eines Tages nicht mehr ohne mich vorstellen kann. Ich will sie achten und ehren. Für immer. Sie soll wissen, dass ich wegen ihr ein besserer Mann werden will. Ein Mann, der eine Frau wie sie verdient. Und der Mann, mit dem sie für immer zusammen sein möchte.«

Tränen sammelten sich in seinen Augen, während ihre bereits überflossen.

Als er diesmal die Hand auf ihr Bein legte, zuckte sie nicht zurück. »Ich will, dass diese Frau mir sagt, dass sie mich liebt. Nicht weil jemand sie dazu zwingt, sondern weil es so ist. Ich will sie bitten, mich zu heiraten und mit ihr vor einem Pastor stehen, oder auch vor einem Rabbi, wenn sie das so möchte. Ich will, dass sie ihre Hand in meine legt und aus freien Stücken ihr Leben mit mir verbringt.«

»Hunter …«

Er nahm die Papiere und ließ sie wieder sinken. »Vielleicht zäume ich damit das Pferd von hinten auf. Aber mich von dir scheiden zu lassen und noch einmal neu anzufangen, ist die einzige Möglichkeit, diesmal alles besser zu machen. Andernfalls würde ich mich immer fragen, warum wir wirklich zusammen sind.« Er rückte näher und legte seine Hand an ihre Wange. »Ich liebe dich, Gabi. Ich weiß, im Augenblick verdiene ich dich noch nicht. Aber eines Tages wird es so sein. So Gott will und du mich beim Wort nimmst, damit ich meine Versprechen für die Zukunft einlösen kann.«

Mit klopfendem Herzen rückte sie näher zu ihm und drückte die Lippen auf seine. Er legte die Arme um sie und zog sie an sich. Sie öffnete sich der Einladung seiner Zunge und küsste ihn aus tiefster Seele. Hunter liebte sie. Er wollte sie für immer. Und das zu wissen, fachte ihre Leidenschaft an.

»Lass uns reingehen, Hunter, und Liebe machen.«

Er legte die Wange an ihr Haar. »Noch ein letztes Mal, bevor ich ausziehe?«

Sie schüttelte den Kopf. »In die Scheidung willige ich ein, weil mir deine verdrehten Vorstellungen irgendwie einleuchten. Aber ausziehen wirst du nicht.«

»Aber …«

»Eine Ehe ist keine Einbahnstraße, Hunter. Ein paar Dinge können nach deinem Kopf gehen, ein paar andere gehen nach meinem.«

»Aber …«

Sie legte ihren Zeigefinger an seine Lippen. »Du willst, dass ich die Papiere unterzeichne?«

Er nickte.

»Dann werde ich jetzt *dich* erpressen. Ich unterschreibe, wenn du bleibst. Alles andere können wir so machen, wie du es willst. Aber dass du mich hier allein lässt, kommt nicht infrage.«

Er strich ihr eine Haarsträhne aus dem Gesicht. »Okay, Gabi. Wenn du es so haben möchtest.«

»Und eins noch …«

»Ja?«

»Ich liebe dich auch.«

EPILOG

Sechseinhalb Monate später.

Sich eine Trauzeugin auszusuchen, fiel Gabriella nicht schwer. Samantha schloss den letzten Perlenknopf an ihrem Hochzeitskleid und tätschelte ihr den Rücken. »Perfekt.«

Gabi drehte sich vor dem Spiegel. Perlen und Spitze, glitzernde Kristalle und Seide. Das Kleid hätte auch einer Prinzessin gut gestanden.

Gabi fühlte sich heute königlich.

»Hunter wird die allergrößte Mühe haben, dich aus dieser Robe zu schälen.«

»Das hat er verdient. Der Schuft ist die letzten beiden Wochen doch noch ausgezogen. Trotz all dem Stress mit der Scheidung und den Hochzeitsvorbereitungen hat er mich kein einziges Mal rangelassen.«

Sam lachte und hörte erst wieder auf, als ihre Augen feucht wurden.

Auf ein Klopfen an der Tür folgte die reinste Umstandsmodenschau. Bei Gwen und Karen konnten jeden Augenblick die Wehen einsetzen, vielleicht sogar noch während der Trauung. Deshalb waren sie mit einem Arzt und einer Hebamme angereist. Megs Babybauch war ähnlich rund, aber sie hatte noch eine Woche bis zum berechneten Geburtstermin. Den letzten Platz belegte Judy. Ihr blieben noch eineinhalb Monate Zeit.

Gabis Mutter rauschte ins Zimmer und tätschelte reihum die Babybäuche. Als sie Gabi vor dem Spiegel sah, blieb sie stehen. »Du bist die allerschönste Braut der Welt«, sagte sie auf Italienisch. »Dein Vater wäre stolz auf dich.«

Gabi küsste ihre Mutter auf die Wangen. »Danke, Mama.«

»Und jetzt beeil dich. Dein Mann ...« Simona hielt inne und schüttelte den Kopf. »Dein Verlobter geht schon auf und ab wie ein Tiger.«

Simona verließ das Zimmer. Gabi hörte sie dabei etwas über verrückte Töchter, Scheidungen und Hochzeiten murmeln.

»Okay, Ladys. Haben wir alles?«, fragte Sam.

Karen wedelte mit einer kleinen Schachtel. »Etwas Altes.«

Gabi seufzte. »Das war doch nicht nötig.«

»Es ist nicht von mir, es ist von deiner Mom. Sie sagt, sie hat ihn bei ihrer Hochzeit getragen und hofft, deine Ehe wird so glücklich wie ihre.«

In der Schachtel lag ein fein gearbeiteter Kamm, mit dem man sein Haar aufstecken konnte. Sam streifte ihre hohen Schuhe ab, stieg auf einen Stuhl und befestigte ihn in Gabis Frisur.

Eliza reichte Gabi die nächste Schachtel. »Etwas Neues. Und bevor du fragst, es ist von Hunter. Er hat darauf bestanden, und wir Mädels wären zum Einkaufen sowieso zu müde gewesen.«

Die Frauen lachten und hielten sich die Bäuche. In der Schachtel lag ein Diamantarmband. Gabi schnappte nach Luft.

»Volltreffer, Hunter«, murmelte Meg.

Judy überreichte die nächste Gabe. »Etwas Geborgtes. Die sind von mir. Ich habe sie bei meiner Hochzeitsfeier mit Rick getragen.« Die tropfenförmigen Perlenohrringe waren perfekt.

»Deshalb hast du gesagt, ich soll mir zu dem Kleid keinen Schmuck aussuchen«, sagte Gabi zu Sam.

»Ja, ich kann ziemlich listig sein.«

»Etwas Blaues.« Meg meldete sich zu Wort. »Eigentlich wollte ich dir einen Schwangerschaftstest schenken. Blau für Ja, Pink für Nein. Aber die anderen waren dagegen.«

»Ich bin nicht schwanger«, sagte Gabi lachend.

»Der Tag ist noch jung«, erklärte Eliza trocken.

Das blaue Strumpfband war perfekt. Sam legte es Gabi feierlich an.

Gwen schob sich neben sie »Ich schenke jeder Braut eine Münze für ihren Schuh.«

Gabi schaute sie fragend an.

»Das ist eine englische Tradition.«

Kichernd steckte Gabi das kleine Geldstück in ihren Schuh.

Draußen setzte die Musik ein. Die Schwangeren gingen behäbig zur Tür.

Sam reichte Gabi den Brautstrauß und zog eine Strähne aus ihrer lockeren Hochsteckfrisur. Hunter liebte diesen Look.

Gabi spähte durch die offene Tür. Ihr Bruder erwartete sie. Ihm blieb der Mund offen stehen.

»Bis gleich.« Sam küsste Gabi auf beide Wangen, dann ließ sie die Geschwister allein.

»Mein Gott, *tesoro*. Hunter ist zu beneiden.«

Gabi griff nach den Händen ihres Bruders, er küsste sie auf die Wange. »Willst du das wirklich, Gabi? Noch bist du nicht verheiratet. Du kannst einfach gehen …«

Sie legte ihren Zeigefinger an Vals Lippen. »Ohne Hunter ist mein Leben nicht vollständig. Ich wünsche mir deinen Segen, Val. Von ganzem Herzen.«

»Ich gebe ihn dir gerne. Unser Vater wäre stolz.«

Gabi warf einen Blick nach oben. »Ich glaube, er ist da und schaut zu.«

Val küsste ihre Hand, dann hielt er ihr seinen Arm hin.

Der Garten des Inselresorts war ideal für eine Hochzeitsfeier. Ein Streichquartett intonierte den Hochzeitsmarsch, alle Gäste erhoben sich und drehten sich zu Gabi.

Gabi und Hunter schauten einander tief in die Augen. Er war genauso aufgeregt wie sie und so unverschämt gut aussehend. Zum zweiten Mal wollte Gabriella jetzt Ja zu ihm sagen. Aus völlig eigennützigen Gründen.

Val legte ihre Hand in Hunters, dann nahm er Platz.

»Du siehst umwerfend aus«, raunte Hunter ihr ins Ohr.

»Das sagst du jeder Frau, die du heiratest.«

Er küsste ihre Hand. »Willst du es auch wirklich?«

Gabi spürte die Blicke aller Anwesenden und wusste, dass viele dieses intime kleine Gespräch mithören konnten. »Vor einen Bus willst du dich nicht werfen und einer anderen Frau gönne ich dich nicht. Dann ist das hier wohl die beste Lösung.«

Sie gaben sich Mühe, nicht laut herauszulachen. Der Pastor räusperte sich.

Blake tippte Hunter auf die Schulter.

Hunter hob die Hand. »Eins noch.«

Er beugte sich zu Gabi. »Ich liebe dich«, flüsterte er ihr ins Ohr und küsste sie.

Dann wandten sie sich dem Pastor zu.

»Sind Sie so weit?«, fragte der Mann.

Sie nickten gleichzeitig.

»Liebes Brautpaar …«

DANKSAGUNG

Ab der ersten Seite von Sams und Blakes Geschichte in *Bis Mittwoch unter der Haube* war die Reihe *Eine Braut für jeden Tag* eine lange, aufregende Reise. Von den ersten Ablehnungsschreiben bis hin zur New-York-Times-Bestsellerliste haben diese Bücher mich dank meiner wunderbaren Leserschaft zur glücklichsten Liebesroman-Autorin der Welt gemacht. Ich möchte allen danken, die dazu beigetragen haben.

Bloggern wie Sara von Harlekin Junkies kann ich genau wie meinen eingefleischten Fans und Lesern, die immer wieder für den Feinschliff sorgen, nicht genug danken.

Auch Crystal Posey, meiner persönlichen Assistentin, die auch in den verrücktesten Zeiten dafür sorgt, dass ich nicht den Verstand verliere, gebührt mein Dank. Und dann deine Buchcover! Einfach großartig.

Angel/Sandra, meine Kritikpartnerin: Ich schreibe es am Ende jedes Buches und ich meine es von ganzem Herzen: Danke! Du lässt nicht zu, dass ich nachlässig werde. Du schaffst es, dass ich alles geben will. Schon dir zuliebe will ich immer besser schreiben.

Jane Dystel und das ganze Team von *Dystel and Goderich Literary Management*, ihr seid unvergleichlich. Ihr setzt neue

Standards, Jane. Dein Vater muss unglaublich stolz auf seine Tochter gewesen sein, und ich bin stolz, dich zu kennen. Danke, dass du ein Teil meiner Welt bist, beim Schreiben und auch sonst.

Liebes Montlake-Team! Es wird Zeit, ein lautes Danke zu rufen. Kellie, meine Lektorin, du verstehst mich einfach. Susan, du gibst dir unfassbar viel Mühe mit allem, was ich dir auf den Schreibtisch werfe. Jessica, du verlierst nie den Überblick, obwohl du dich um unglaublich viele Dinge kümmern musst. Und Tom, du mit deinem langen Haar und dem anziehenden Lächeln, du beherrschst alle Werkzeuge, die ich brauche, um meine Leserinnen und Leser zu erreichen. JoVon und Hai Yen, aber auch Jeff Belle von Amazon Publishing, ihr habt während der ganzen Serie an mich geglaubt. Danke.

Jetzt noch ein Wort zu Tiffany.

Ich habe dir dieses Buch aus mehreren Gründen gewidmet. Ja, ich habe die Wette verloren und musste eine Figur nach dir benennen. Tiffany Stone ist kein erfundener Name. Seltsam, dass ich von deinen großartigen Tippkünsten erst erfahren habe, nachdem ich dir ein paar Zeilen über die Figur im Buch geschrieben hatte.

Dir dieses Buch zu widmen, ist ein Fall von Karma. Ohne den Erfolg der Serie hätte ich dich nie kennengelernt. Enge Freundinnen sind wir erst in den letzten Jahren geworden. Hier geht es mir wie der Heldin im letzten Band der Serie. Auch Gabi kannte die anderen Figuren bis vor wenigen Jahren noch nicht. Aber jetzt sind sie ein wichtiger Teil ihres Lebens. So wie du in meinem. Danke für deine Freundschaft. Sie bedeutet mir mehr, als du ahnst.

Und jetzt lasst uns über ein paar Feiertagsbräute reden.

Vielen Dank, meine Leserinnen und Leser. Wir sehen uns wieder.

Catherine

Zeitfracht Medien GmbH
Ferdinand-Jühlke-Straße 7
99095 Erfurt, Deutschland
produktsicherheit@kolibri360.de

Druck:
CPI Druckdienstleistungen GmbH
im Auftrag der
Zeitfracht Medien GmbH
Ein Unternehmen der Zeitfracht - Gruppe
Ferdinand-Jühlke-Str. 7
99095 Erfurt